Break Out
Enchained

Für S. und S. Ich liebe euch.

Und für den Menschen, der die Kaffeemaschine erfand. Danke.

Break Out Enchained

Sandra Parker

Bibliografische Information der Deutschen Nationalbibliothek:
Die Deutsche Nationalbibliothek verzeichnet diese Publikation in der Deutschen Nationalbibliografie; detaillierte bibliografische Daten sind im Internet über http://dnb.dnb.de abrufbar.

© 2017 Sandra Parker
Alle Rechte vorbehalten. Handlung und agierende Personen sind frei erfunden. Ähnlichkeiten mit real existierenden Personen sind rein zufällig.

*Illustration: **Modern Fairy Tale Design - mft-design.com***
Bildmaterial: Studio10Artur – Shutterstock.com
Lektorat: Alina Enbrecht

Herstellung und Verlag: BoD – Books on Demand, Norderstedt
ISBN: 9783743164161

Kapitel 1

Jennifer Miller, die eigentlich von allen nur Jen genannt wurde, entsprach so ziemlich jedem Klischee, das es über Südstaatenmädchen gab und sie wusste es. Sie stammte aus einem gebildeten und selbstverständlich reichen Elternhaus, war von ihrer heutzutage tablettensüchtigen Mutter verwöhnt worden und hatte alles von ihrem Vater bekommen, was sie sich gewünscht hatte. Darunter ein elektrisches Dreirad im Alter von drei Jahren, einen Hund, den sie Toto genannt hatte, als sie sechs war und ein Pony, das den Namen Mary getragen hatte, bevor es im letzten Sommer zu ihrem Leidwesen an Altersschwäche starb. Außerdem hatte sie einen Haufen mehr oder weniger enge Freunde, Bekannte und Facebookfreunde, deren Zahl nach ihrem letzten Kenntnisstand die Zweitausendermarke geknackt hatte.

Eigentlich gab es für Jen keinen Grund, in diesem Auto zu sitzen, aus der Windschutzscheibe zu starren und sich zu fragen, ob sie mit dem Tanken nicht lieber bis zur nächsten Tankstelle warten sollte, weil sie sich nicht traute, auszusteigen. Sie hätte zu Hause sein und in ihrem Bett liegen können, ohne sich die Frage überhaupt zu stellen, welches Risiko größer war: Mitten in der Nacht an einer kaum beleuchteten Zapfsäule stehen, um nicht im Auto übernachten zu müssen, weil der Tank leer war - oder weiterfahren und riskieren, dass ihr keine andere Wahl blieb, als im Auto zu übernachten - weil der Tank leer war.

Sie schaute auf die Karte auf dem Beifahrersitz, ohne den Kopf zu drehen. Die nächste Tankstelle war mindestens fünfzig Meilen entfernt. Mit Glück schaffte sie - sie überlegte - gerade so dreißig Meilen. Und zwischen diesen Tankstellen gab es rein gar nichts. Nur Wüste, staubtrockene Böden, die sich in der Nacht als überaus ungeeigneten Untergrund zum Schlafen erweisen würden und ansonsten einfach absolut gar nichts. Vielleicht noch winzig kleine Ortschaften, die zu dünn besiedelt waren, als dass man sie auf die Karte aufnehmen könnte.

Widerwillig musste Jen sich eingestehen, dass ihr keine Optionen blieben. Außer dieser einen. Aussteigen, den Wagen tanken, beten, dass sie in der Dunkelheit niemand sah, der es als Einladung ansehen könnte, ein alleinreisendes Mädchen in eine Ecke zu stoßen, und bezahlen. Es war einfach nur Pech, dass der Bereich mit den Zapfsäulen heute nicht beleuchtet war. Vielleicht hatte es einen Stromausfall gegeben. Die komplette Beleuchtung auf dem Gelände war ausgefallen. Auch beim Schild an der Straße. Aber immerhin brannte im Shop der Tankstelle Licht. Der Angestellte schien ein Notstromaggregat zu haben. Und *sollte* sie jemand überfallen, *würde* der Angestellte es mitbekommen und ihr helfen. Sofern er nicht schlief. Aber das würde sich zeigen, wenn dieser Fall eintrat.

Komm schon, Jen! Sei nicht so zimperlich! Du wolltest diese verdammte Reise machen - also steh deine Frau!, befahl sie sich selbst und kniff sich zur Bekräftigung selbst in den Oberschenkel.

Jen stand seit zehn Minuten hier, ohne ihren Wagen verlassen zu haben. Außer dem Angestellten war niemand da. Sicherer würde es also wohl nicht werden, nicht wahr? Sie stieß ein leises Knurren aus, dann löste sie ihren Gurt und drückte die Tür des nagelneuen Ford Edge auf, der eigentlich ihrer Mutter gehörte. Ihre Hände waren schweißnass, als sie nach dem Zapfhahn griff, aber sie ignorierte es mit derselben Verbissenheit, mit der sie die Tür wieder zugeschlagen hatte.

Das hier war schließlich nicht die sibirische Wüste, sondern die Interstate 20. Sie hatte irgendwo zwischen dem Monahans Sandhills Nationalpark und Penwell, wo sie sich eigentlich ein Zimmer hatte nehmen wollen, einfach Pech gehabt. Das war alles. Ihre eigene Dummheit, weil sie sich selbst zu sehr abgelenkt hatte, um auf die Tankanzeige zu schauen. Das Ding hatte wahrscheinlich schon Kilometer vor dieser Tankstelle geleuchtet. Sie hatte nicht darauf geachtet. Pech. Mehr nicht.

Das einzige Geräusch neben dem langsamen Glucksen des Benzins war das stetige Zirpen der Grillen. Es war sogar so still, dass Jen auch diese Stille schnell zu viel wurde. Also zählte sie bis dreiundsechzig, bis der Tank endlich voll war, schraubte schnell den Tankdeckel wieder zu und beeilte sich, zum erleuchteten Shop zu kommen. Ihre Schritte schienen dabei so laut zu verhallen, dass sie fürchtete, jeden im Umkreis von zehn Meilen auf sich aufmerksam zu machen. Dabei hatte sie die Highheels, mir denen sie eine Stunde zuvor ins Auto gestiegen war, längst gegen schlichte weiße Turnschuhe ersetzt. Bequemer. Und leiser, als es ihre anderen Absätze gewesen wären.

Jen stellte erleichtert fest, dass der Tankwart nicht eingeschlafen war. Als er die Tür hörte, schaute er zwar mit sichtlichem Widerwillen über die Unterbrechung seiner Tätigkeit auf, nickte ihr aber einigermaßen freundlich zu. Sie bemühte sich, nicht allzu deutlich auf die Warze zu starren, die dem Mann unterhalb des rechten Auges aus der Wange wuchs. Sie vermutete, dass er jünger war, als er aussah. Er versuchte, die deutlich sichtbaren fettigen Haare unter seiner roten Baseballkappe in Form zu streichen. Sie ahnte, warum er das tat und stellte fest, dass sie anfing, sich zu ekeln.

Mit gesenktem Blick wanderte sie durch die beiden Reihen des zur Tankstelle gehörenden Shops und suchte nach etwas, das ihr die Nacht hoffentlich erleichtern würde. Sie vermutete, kein Auge zuzubekommen. Also könnte sie sich wenigstens mit ein paar Zeitschriften eindecken. Und vielleicht mit ein paar Keksen. Ihre Packung war schon vor etwa vierzig Kilometern alle gewesen. Und dann würde sie sich einfach morgen ein ordentliches Zimmer nehmen und so lange schlafen, bis sie fit genug war, weiterzufahren. Schließlich hatte sie noch einen ziemlich weiten Weg vor sich. Da war es doch mehr als albern, sich jetzt schon so dämlich anzustellen.

Sie entschied sich schließlich für eine Illustrierte von der Sorte, die es ihrer Mutter angetan hatte, und eine Ausgabe der New York Times, die schon in zwei

Stunden nicht mehr aktuell sein würde. Zumindest, wenn man der Uhr an der Wand hinter dem Angestellten Glauben schenken konnte. Es war kurz nach zehn. Egal. Leider hatte sie bei ihrem überstürzten Aufbruch vergessen, ein gutes Buch einzupacken. Auch Pech.

»Das macht dreiunddreißig Dollar und fünfzig Cents«, sagte der Mann hinter seinem Tresen und schob schnell das Pornoheft beiseite, als er Jens Blick darauf bemerkte. Jen dachte sich nichts dabei. Nichts anderes hatte sie erwartet.

Sie bezahlte und deutete auf die ausgeschalteten Lampen vor der Tür. »Stromausfall?«

Der Mann nickte, ohne sie aus den Augen zu lassen.

»Haben Sie eine Toilette?«, fragte sie schnell, bevor der Typ sich wieder seinem Schmuddelheft zuwenden konnte. Es behagte ihr nicht, hier aufs Klo zu gehen, aber noch weniger gefiel ihr der Gedanke, irgendwo hinter einen trockenen Busch zu kriechen. Klapperschlangen waren in dieser Gegend sehr verbreitet.

»Klar«, antwortete der Angestellte und schien nicht verhindern zu können, dass seine Augen automatisch über den Körper der jungen Frau wanderten, die hier einsam und allein in seiner Tankstelle stand. »Ist hinten. Den Schlüssel können Sie haben.« Damit drehte er sich um, reckte sich, um an einen kleinen silbernen Schlüssel an einem Haken zu gelangen und warf ihn Jen zu. Geschickt fing sie ihn auf, ohne sich darüber zu ärgern, dass der Kerl nicht einmal den Anstand zu haben schien, ihr den

Schlüssel auf normalem Wege zu überreichen. Etwas anderes hatte sie schließlich auch nicht erwartet. Wie bei dem Schmuddelheft.

Die Toilette war winzig klein, aber erstaunlich sauber. Man erreichte sie über einen kleinen, mit Müll und Unrat übersäten Hinterhof, wenn man aus der Hintertür kam. Ein kleines Auto stand in einer Ecke. Jen vermutete, dass es dem Mann in der Tankstelle gehörte. Der Wagen war so schmutzig, dass sie nicht einmal das Modell erkennen konnte. Sie rümpfte die Nase, konnte sich dem Drang ihre Blase zu entleeren aber nicht länger widersetzen. Vorhin hatte sie noch nicht gemusst. Aber so war das eben. Pech.

Eigentlich hatte sie dem Mann mit der Warze unter dem Auge seinen Schlüssel auf demselben Wege zurückgeben wollen, wie er ihn ihr zuvor zugeschmissen hatte. Aber eigentlich hatte sie auch damit gerechnet, noch immer der einzige Mensch in der Tankstelle zu sein. Dem *war* aber nicht so, und tatsächlich zuckte Jen in ihrer anhaltenden Schreckhaftigkeit zusammen, als sie die beiden Männer sah, die lachend und über etwas feixend, das nur sie sehen konnten, bei den Zeitschriften standen. Sie schienen angetrunken zu sein, denn sie redeten laut und der kleinere der beiden fiel beinahe in einen Stapel sorgfältig aufgebauter Konservendosen, als sein Kumpel ihm mit dem Ellenbogen in die Rippen stieß. Danach schien er Mühe zu haben, überhaupt auf den Beinen zu bleiben. Das fanden offenbar beide Männer so komisch, dass sie wieder anfingen, zu lachen.

Jen merkte, dass sie sich unbewusst auf die Unterlippe gebissen hatte. Sie schmeckte ein bisschen Blut und schalt sich eine Idiotin. Das war etwas völlig Normales. Etwas, das wahrscheinlich an jedem Tag geschah. Nichts, wovor man sich fürchten musste.

Normal an allen Orten, aber nicht an denen, an denen du mutterseelenallein in ihre Arme rennst, dachte sie und zwang sich, sich wieder unter Kontrolle zu kriegen. Mit einer ziemlich steifen Armbewegung gab sie dem Mann hinter dem Tresen seinen Schlüssel zurück. Er warf ihr einen Blick zu, der sein Bedauern über ihr schnelles Verschwinden ausdrückte, sagte aber nichts und nickte ihr nur zu. Jen bewegte sich auf die Vordertür zu. Die beiden Männer hatten sie offenbar noch nicht bemerkt, jedenfalls beachteten sie sie nicht. Erst, als sie die Türklingel hörten, die ihr Verlassen ankündigte, drehte der Größere der beiden sich zu ihr um.

Etwas an seinem Blick, den Jen nur flüchtig wahrnahm, ließ ihr das Blut in den Adern gefrieren. Er sagte etwas zu seinem Kumpel, aber sie konnte es nicht verstehen. Den Blick stur auf ihr Auto gerichtet, entfernte sie sich so schnell es ihre anerzogene Höflichkeit ihr gebot von der Tür. Plötzlich wollte sie nur noch weg. Das Licht unter dem Dach über den drei Zapfsäulen war immer noch aus. Also war der Stromausfall noch nicht behoben worden. Sie kümmerte sich nicht weiter darum und kramte in der Tasche ihrer Shorts nach dem Wagenschlüssel. Eine Schrecksekunde später stellte sie fest, dass er nicht da war. Sie musste ihn zusammen mit den Keksen und der Zeitschrift beim Verkäufer liegenlassen haben. Mist!

Mit wachsender Panik drehte sie sich zum Tankstellenshop um. Sie musste zurück, wenn sie den Schlüssel wollte. Und sie brauchte ihn, um hier wegzukommen. Aber wenn sie zurückging, würden da auch diese Kerle sein. Sie waren noch drin. Jen konnte ihre Köpfe durch das kleine staubige Fenster neben der Tür sehen. Ihren Wagen, einen alten rostigen Jeep, hatten sie an der Zapfsäule vor der Tür geparkt.

Okay, das ist kein Problem. Stell dich nicht so kindisch an! Die werden dir nichts tun. Warum sollten sie? Und wie? Es gibt Kameras! Meine Güte!

Aber ob die auch wirklich bei einem Stromausfall funktionierten, bezweifelte sie schon ein bisschen ...

Sie atmete durch, um sich wieder zu beruhigen. Klar. Alles in Ordnung. Eine ganz normale Situation und sie reagierte einfach über. Ein paar Sekunden später stellte sie fest, dass es gar nicht so schwer war, wie sie sich eingebildet hatte. Sie betrat die Tankstelle, schenkte dem verdutzt dreinblickenden Mann mit der roten Baseballkappe ein falsch-schüchternes Lächeln und griff nach ihren Sachen, die tatsächlich noch immer auf der kleinen Ablage vor der Kasse lagen. Der Autoschlüssel lag oben drauf. »Hab ich vor lauter Gedankenlosigkeit glatt vergessen«, sagte sie noch immer lächelnd und hoffte, dass dem Angestellten entging, dass sie die Angst nicht gänzlich verdrängen konnte.

»Beehren Sie uns bald wieder«, antwortete der Mann mit einem Kopfnicken, ohne sie wirklich anzusehen und studierte weiter sein Schmuddelheft. Er machte sich nicht mehr die Mühe, es vor ihren Augen zu verbergen, ein deutliches Zeichen dafür, dass sein Interesse an ihr bereits verebbt war. Sie war für ihn nicht mehr als eine Durchreisende, mit der *er* keinen Spaß haben würde. Uninteressant also.

Jen hoffte, dass dasselbe für die beiden Typen zwischen den Regalen galt. Bisher hatte sie es vermieden, noch einmal in ihre Richtung zu sehen. Ein Fehler, wie sich schneller herausstellte, als ihr lieb war.

»Warte mal, Hübsche. Du willst doch nicht schon gehen, oder? Du hast dich ja nicht einmal von uns verabschiedet. Wo bleiben deine Manieren?« Der Große mit dem Bauarbeitergesicht (es war kantig und grob geschnitten) stellte sich ihr in den Weg, bevor sie die Tür erreichte. Es erstaunte sie, wie behände er zwischen den Konserven und den Behältern für Kühlmittelflüssigkeit hindurchgeschlüpft war. Die Haut unter dem mit Schmieröl befleckten ehemals weißen Hemd war braun gebrannt. Sie vermutete, dass er entweder ein Straßenarbeiter oder ein Mechaniker war. Das spielte allerdings keine allzu große Rolle, denn er schien es unglaublich komisch zu finden, dass Jens Gesichtszüge entgleisten, als sie feststellte, dass er keine Anstalten machte, sie durchzulassen. *Noch mehr Klischees in meinem Leben ...*

Innerlich verfluchte sie sich dafür, dass sie nur die Highheels gegen Turnschuhe getauscht hatte, anstatt sich gleich komplett umzuziehen. Am besten nur einen Baumwoll- oder Kartoffelsack. Dann würden die dicken Kugelfischaugen des Großen

Hässlichen sie wenigstens nicht anglotzen, als wollte er sie damit ausziehen. So aber wanderte sein Blick mit genüsslicher Langsamkeit über sie. Jen wusste sehr wohl, wie gut das altrosafarbene Armani-Top ihre Taille und ihren Busen betonte. Deswegen hatte sie es schließlich gekauft!

Einem verzweifelten Impuls folgend machte sie das Erste, das ihr in den Sinn kam: Sie sprach ihn an. »Hi. Ich bin Melody. Kann ich jetzt bitte gehen? Ich werde erwartet.« Sie hoffte bei einem Gott, an den sie nicht glaubte, dass er das Zittern ihrer Stimme und die Lüge darin nicht hörte. Und trotzdem schien ihr Angriff die beste Verteidigung zu sein.

Der Große Hässliche starrte sie nur dümmlich an, während der Kleine hinter ihr ein glucksendes Lachen von sich gab, das Jen an eine Hyäne in einem Zeichentrickfilm erinnerte.

Irgendwie hoffte sie, dass der Mann hinter dem Tresen ihr nun zu Hilfe eilen würde. Schließlich würde er sich kaum all den Fragen stellen wollen, die zweifelsohne kommen würden. Wenn herauskommen sollte, dass ein Mädchen in seiner Tankstelle von zwei widerlichen Kerlen belästigt wurde, während er tatenlos danebensaß. Der Mann mit der Warze half ihr nicht. Er schien nicht einmal Notiz davon zu nehmen, was hier gerade passierte. Jen war sicher, dass er Augen und Ohren verschloss, um nicht selbst zur Zielscheibe zu werden. Typen wie er waren nun einmal so. Sie zogen die Schwänze ein und waren die Ersten, die Reißaus nahmen, wenn es hart auf hart kam.

Pech. Und noch ein Klischee, auf das sie gut hätte verzichten können.

Jen schluckte einen Kloß in ihrem Hals hinunter. Ihr gingen bereits die Ideen aus, bevor sie ihr überhaupt einfielen.

Der Große Hässliche sprach, bevor sie den Mund zu einem weiteren sinnlosen Kommentar öffnen konnte: »Schön, dich kennenzulernen, Melody. Stimmt's Frank? Ist das nicht sehr schön?« Er lachte und der Kleine Dümmliche stimmte in das Lachen ein. Er stand nun direkt hinter Jen. Der Eine vor ihr, der Andere hinter ihr - keine Möglichkeit, sich zwischen ihnen durchzumogeln.

Jen merkte, dass die Angst sie lähmte. Ihre Füße schienen mit dem Fußboden (grünes Linoleum, wie sie gerade absurderweise feststellte) verwachsen zu sein. Ihre Finger verkrampften sich um den Saum des Armani-Shirts. Vielleicht würde sie einfach vor Angst ohnmächtig werden. Sie hoffte es.

»Wie wär's, wenn du uns zu unserem Auto begleitest? Wir haben noch ein Sixpack im Kofferraum. Wir könnten uns nett unterhalten, was meinst du?« Als der Große Hässliche vor ihr mit dem Daumen hinter sich deutete, und mit der fleischigen Zunge möglichst langsam über seine Lippen leckte, fing sie an zu zittern. Viel deutlicher würde er seine Absichten ihr gegenüber kaum zur Sprache bringen können.

»Wie wär's, wenn du deine Glotzaugen nicht auf meine Freundin richten würdest, und dir stattdessen von deinem Kumpel einen blasen lässt?«

Erschrocken und überrascht fuhr Jen herum, um sich nach dem Neuankömmling hinter ihr umzudrehen. Ein junger Mann stand in der geöffneten Hintertür und grinste sie so breit an, dass sie glaubte, er würde das hier für einen ziemlich witzigen Scherz halten. Unter anderen Umständen wäre sie mit Sicherheit wütend auf ihn gewesen. So aber empfand sie nur Dankbarkeit. Schließlich hatte er offensichtlich die Absicht, ihr aus ihrer misslichen Lage herauszuhelfen. Auch, wenn er sie deswegen nicht gleich so anstarren musste, als wäre sie ein sehr teures Pferd auf einem Viehmarkt.

Jen stellte fest, dass es ihr absurderweise lieber war, wenn *er* sie so ansah, als wenn es der Große Hässliche tat. Der schien nämlich alles andere als begeistert über die unsanfte Unterbrechung zu sein, wie sie an seinem wutverzerrten Gesicht deutlich erkennen konnte. Er sah aus, als wäre er drauf und dran, den ganzen Laden kaputtzuschlagen. Der Mann mit dem Basecap sagte immer noch nichts. Immerhin schien der Fremde auch auf ihn die Wirkung zu erzielen, ihn in dem zu unterbrechen, was er gerade noch getan hatte. Das Pornoheft schien er vergessen zu haben, auch wenn er immer noch auf seinem Stuhl saß, als wäre er angeklebt.

»Was bildest du dir ein, Bürschchen?« Der Große Hässliche hatte sich offenbar gefangen. Schneller als Jen, deren Blick sich absurderweise auf die braunen Augen des Fremden fixiert hatte, und sich unter keinen Umständen wieder davon lösen wollte. Absurd.

»Was ich mir einbilde?«, wiederholte der Mann ungerührt und setzte einen Fuß in den Ladenbereich. Er war ein paar Jahre älter als sie. Vielleicht Mitte zwanzig, so genau konnte Jen das nicht sagen. Was sie aber wusste (ohne es zu wollen, oder zu wissen, weshalb), war, dass er sie faszinierte. »Was bildest *du* dir ein, mein großer klobiger Freund? Denkst du, man darf einfach so ungestraft die Spielsachen anderer Leute stehlen?« Er stieß ein kurzes heiseres Lachen aus, als würde er sich über seinen eigenen Witz amüsieren, während Jen spürte, wie das Blut in ihren Körper zurückkehrte. Zumindest in ihr Gesicht, das plötzlich ziemlich heiß wurde. »Ich schlage vor, ihr zwei Witzfiguren verkrümelt euch jetzt ganz schnell und spielt draußen in eurer Dreckskarre an euren Pimmeln herum. Dann vergesse ich vielleicht, dass ich der Typ Mann bin, der es gar nicht leiden kann, wenn man ihm etwas wegnimmt. Vielleicht vergesse ich sogar, dass eure Visagen die hässlichsten sind, die ich je gesehen habe. Hässlichkeit kann ich nämlich ganz und gar nicht leiden.«

Während er sprach, kam er immer weiter auf die kleine Gruppe zu, deren unfreiwillige Mitglieder ihn mit den unterschiedlichsten Emotionen anstarrten. Im knallroten Gesicht des Großen Hässlichen sah Jen blanken Hass, während der Kleine Dümmliche eher so aussah, als hätte er kein einziges der Worte verstanden, die der Kerl ihm gerade an seinen runden Dickschädel geknallt hatte. Wahrscheinlich traf das auch zu.

Jen hingegen fühlte sich verarscht! Als käme sie vom Regen direkt in die Traufe. Die Dankbarkeit, die sie kurz verspürt hatte, hatte sich in Luft aufgelöst. Statt ihrer war sie nun wütend. Wie konnte er es wagen, sie als sein Eigentum zu bezeichnen? Und als sein Spielzeug? Wo war sie denn hier gelandet? Gab es in diesem Kaff keine Emanzipation? Behandelte man Frauen hier immer noch wie Waren?

»Jetzt reicht's mir, Bürschchen. Du hast es zu weit getrieben! Ich werde dir zeigen, wo der Hammer -«

»Gar nichts wirst du mir zeigen, Dickerchen.« Der junge Mann lachte, fuhr sich mit den Fingern durch die ziemlich langen dunkelblonden Haare und grinste dem Großen Hässlichen überheblich ins Gesicht. »Ich werde *dir* etwas zeigen. Und zwar, wo der Maurer sein Loch gelassen hat. Kannst du nicht verfehlen. Ist sicher so groß, wie das deines kleinen dummen Freundes. Und sogar noch leichter zu finden.« Mit diesen Worten schob er den Kleinen Dümmlichen einfach zur Seite, legte Jen einen Arm um die Schulter und schob sie vor sich her. Absurderweise fand Jen, dass er ziemlich gut roch. So, als hätte er eben gerade erst geduscht. Aus dem Augenwinkel warf sie ihm einen Blick zu und stellte fest, dass es vermutlich auch so war. Seine Haare waren noch leicht feucht.

Der Kleine Dümmliche protestierte gar nicht. Sein IQ schien nicht auszureichen, um das, was hier gerade geschah, überhaupt begreifen zu können. Der Große Hässliche hingegen schien nun regelrecht zu explodieren. Sein Hals schwoll an, während sein Gesicht die Farbe einer überreifen Tomate annahm. Jen sah, wie er seine klobige Faust hob. Jeden Moment würde er dem Fremden einen ordentlichen Kinnhaken verpassen. Kein Zweifel, dass er sich danach über sie hermachen würde. Der Typ hinter ihr hatte zwar Mumm und eine große Klappe, sah aber nicht so aus, als könnte er es mit diesem Schrank aufnehmen. Ihre Chancen standen bedeutend schlecht, heile aus dieser Sache herauszukommen. Einmal mehr verfluchte sie sich selbst für ihre überstürzte Flucht.

Pech.

»Wenn ich dir sage, dass du laufen sollst, dann *läufst* du!«, zischte ihr vermeintlicher Retter ihr so leise ins Ohr, dass sie erschauderte. Sie wollte nicken, konnte ihren Kopf aber nicht bewegen. Sie spürte seine Hand, die sich so unauffällig wie möglich in ihre schob und dass er den Autoschlüssel zwischen ihren Fingern herauszog, ohne die andere Hand von ihrer Schulter zu nehmen.

Der Große Hässliche hob den Arm. Jeden Augenblick würde seine Faust das erledigen, was ihr Besitzer verlangte: Dem Typen neben Jen das Gesicht zertrümmern. Sie machte sich gefasst. Auf - alles. Schließlich hatte sie nicht den blassesten Schimmer, wie sie es überhaupt schaffen sollte, loszulaufen. Nicht, wenn ihr der Schrank hier im Weg stand.

Sie konnte ihre Überlegungen nicht zu Ende führen. Der Fremde ließ ihre Schulter los, gab ihr einen kräftigen Stoß in den Rücken und Jen wurde nach vorn geschleudert. Vor Schreck kniff sie die Augen zusammen. Sie war felsenfest davon überzeugt, mitten in die eiserne Faust des Großen Hässlichen zu rennen. Aber auch das passierte nicht, denn er verfehlte sie, weil er im selben Moment mit einem wütenden Aufschrei vor ihr zu Boden ging. Sie registrierte am Rande, dass der Fremde ihn mit einem kräftigen Tritt gegen die ungeschützten Weichteile davon abgehalten hatte. Der Schrei ging in ein klägliches Jaulen über, als Jen die Tür erreichte. Ein bisschen rechnete sie damit, dass der Kleine Dümmliche ihr sofort nachsetzen würde. Jetzt, wo sein Kumpel es ja nicht mehr konnte. Aber in der Spiegelung der Glasscheibe sah sie, dass er noch immer dastand, als wäre er mit dem Boden verwachsen. Der Große Hässliche lag in gekrümmter Haltung am Boden. Er hatte den Stapel Konservendosen umgeworfen. Die Dosen rollten zwischen den beiden Gängen hin und her.

Jen riss die Tür auf, atmete gierig die frische Luft ein und - hielt inne. Eigentlich wollte sie sofort weiter zu ihrem Wagen, aber dann fiel ihr ein, dass sie ja gar keinen Schlüssel mehr hatte. Den hatte der Fremde ihr abgenommen, der ihr, anders als erwartet, nicht umgehend gefolgt war. Er stand vor dem Tresen, hinter dem der Angestellte mit der Warze und den fettigen Haaren stand, während er die Hände über dem Kopf zusammenschlug und regelrecht zu schlottern schien. Das Chaos würde er sicherlich irgendwem erklären müssen. Das sollte nicht Jens Problem sein. Und sicher auch nicht das des Fremden. Der junge Mann bückte sich gerade, hob eine der Konserven auf und betrachtete sie zwei Sekunden lang. Sekunden, die Jen wie eine Ewigkeit vorkamen und sie sich wünschte, er würde sich um Himmelswillen endlich in Bewegung setzen! Sie wollte nur noch hier weg. Weit weg und sich auf der Rückbank des Ford zusammenrollen. Egal, dass sie dafür mitten in der texanischen Wüste halten musste. Pech.

Als die zwei Sekunden allerdings um waren, und Jen schon annahm, sie könnte gar nichts mehr erschrecken, holte der Fremde mit der Dose in seiner Hand aus und knallte sie mit einer derartigen Wucht gegen die Wand hinter dem Angestellten, dass sie aufschrie, als die Dose platzte und der Inhalt im ganzen Shop umherspritzte. Sie glaubte, Spaghetti in Tomatensauce riechen zu können. Der Mann mit der Baseballmütze schrie auch. Jämmerlich, wie ein kleines Mädchen. Er schlotterte am ganzen Körper, weil er wohl angenommen hatte, der Fremde würde ihn mit der Dose erschlagen.

»Wenn in deiner Schicht hier das nächste Mal ein alleinreisendes Mädchen auftaucht, dann wirst du ihr gefälligst helfen, wenn sie von solchen Schmierlappen angegraben wird. Und du wirst sie keine Sekunde lang aus den Augen lassen. Am besten, du wirfst dich direkt dazwischen und lässt dir deine schrumpeligen kleinen Eier abreißen, wenn diese Kleine dafür mit heiler Haut aus dieser beschissenen Tanke herauskommt. Hast du mich verstanden, du Weichei?« Der Fremde sah so grimmig und wütend aus, dass Jen einen Moment lang den Atem anhalten musste.

Der Angestellte nickte heftig und stammelte irgendwelche unverständlichen Worte, während ihm Rotz aus der Nase lief. Vielleicht würde er sich gleich in die Hose pinkeln. Jen kam nicht mehr dazu, das zu beobachten, denn der Fremde nickte ein letztes Mal grimmig und stieg dann über den Arm des Großen Hässlichen hinweg, ohne seinem kleinen Kumpel oder dem jammernden Angestellten noch einen Blick zu schenken. Stattdessen griff er nach Jens Ellenbogen und bugsierte sie - erstaunlich sanft - zu ihrem Auto. Er öffnete den Ford mit der Fernbedienung im Schlüssel und machte ihr die Beifahrertür auf.

Jen protestierte nicht dagegen, dass er ihren Schlüssel in der Hand behielt. Sie protestierte nicht einmal dagegen, dass er sich wie vollkommen selbstverständlich neben sie hinter das Lenkrad setzte, den Schlüssel ins Schloss steckte und den Startknopf drückte, der den Motor anspringen ließ. Er lenkte den Wagen vom Gelände der Tankstelle, fuhr wieder auf die Interstate 20 auf und Jen war einfach nur erleichtert. Erleichtert und todmüde. Sie warf keinen einzigen Blick zurück.

Kapitel 2

Eric Jackson konnte sein Glück kaum fassen. Das war absolut zu schön, um wahr zu sein. Gerade, als er angenommen hatte, seine Glückssträhne könnte abgerissen sein, weil er in dieser beschissenen Pampa gestrandet und kein Ausweg in Sicht gewesen war. Nur, weil er den Augenblick verpasst hatte, wieder auf den stinkenden Laster aufzuspringen, bevor der Fahrer ihn hätte sehen können. Und das nur, weil er sich zwischen den beschissenen Schafen auf der Ladefläche beinahe eingeschissen hatte.

Ich hätte mir ja schlecht in die Hose kacken können, dachte er kurz, ohne auch nur eine Miene zu verziehen. Seine Augen waren weiter auf die Straße gerichtet. Nichts an seinem Gesicht könnte dem lebensmüden Mädchen neben ihm Aufschluss über seine Gedanken geben.

Nach seinem gescheiterten Versuch, von der Pisstankstelle wegzukommen, hatte er sich um das kleine Gebäude herumgeschlichen und ein offenes Fenster gefunden. Neben dem winzigen Klo hatte es einen weiteren Raum mit einer Dusche gegeben. Keine Sekunde lang hatte Eric sich darüber Gedanken gemacht, was er gemacht hätte, wenn der Angestellte, der Typ mit der Warze im Gesicht, ihn dabei erwischt hätte. Wozu auch? Er hatte schon im Fenster neben der Tür gesehen, dass er ziemlich vertieft in irgendetwas gewesen war. So vertieft, dass er sich unentwegt in der Nase gebohrt hatte. Ekelhaft. Und als er das Auto vorne an den Zapfsäulen gehört hatte, hatte er seine Chance ergreifen wollen. Eigentlich umgehend. Aber dann war er leider in das höchst amüsante Gespräch mit den beiden entstellten Idioten geraten, die es zu ihrem Pech darauf angelegt hatten, das Mädchen flachzulegen. Gegen ihren Willen, selbstverständlich. Wenn Eric nicht allgemein etwas gegen Gewalt gegen Frauen gehabt hätte, hätte er sich wahrscheinlich nicht eingemischt, darauf gehofft, dass ihr Auto unverschlossen sein würde und er es mit ein paar einfachen Handgriffen kurzschließen könnte. Aber leider hatte Eric etwas gegen Gewalt gegen Frauen.

Er musste zugeben, dass es ihm einen Heidenspaß gemacht hatte, die beiden Typen zu vermöbeln. Und noch mehr Spaß hatte es ihm gemacht, den schwanzlosen Penner aus der Tanke anzumachen. Der Schreck saß hoffentlich tief genug, damit er in Zukunft nicht mehr vergaß, dass seine Mutter ihn mit Eiern auf die Welt gebracht hatte.

Nun. Zu Erics Pech würde sein Eingreifen wohl auch bedeuten, dass dieser Kerl sich sehr genau an sein Gesicht erinnern würde. Er machte sich keine Gedanken darüber, dass die Kameras etwas aufgezeichnet haben könnten. Der Strom vor der Baracke war ausgefallen, schon als der Laster dort gehalten hatte. Aber das Notstromaggregat hatte nicht genügend Saft, um alles an Technik darin zu versorgen. Licht und Kühlung waren sicher das höchste der Gefühle. Darauf verließ er sich.

Wenn nicht, wäre es auch einerlei. Schließlich würde jeder Bulle wissen, wer für dieses Chaos hinter ihnen verantwortlich war, wenn sie den Schmierlappen daran erinnerten, dass es seine amerikanische Pflicht war, vor dem Gesetz die Wahrheit zu sagen. Nichts als die Wahrheit.

Aber schließlich hatte das Ganze immerhin einiges an positiven Seiten zu bieten, nicht wahr? Er musste sich keine Gedanken mehr darüber machen, wann der nächste Laster kommen würde, auf dem er sich als blinder Passagier mitschleppen lassen könnte. Und er musste sich keine Gedanken mehr darum machen, wie er an die Kohle kommen sollte, die seine Flucht aus dem Monahans County Jail finanzieren würde. Schließlich saß hier neben ihm ein kleiner Goldesel. Ein hübscher Goldesel, auch das war auf seiner Liste der positiven Dinge recht weit oben angesiedelt.

Schon vorhin war ihm ihr Aussehen aufgefallen. Lange honigblonde Haare, schmale Schultern, langer Hals. Ihre Augen hatten ihn sogar ziemlich fasziniert. Sie waren blau, gingen aber zum Rand in ein tieferes Blau über, das die Iris perfekt abrundete. Ziemlich geil. Ihre Nase war nur einen Tick zu groß. Wäre sie kleiner gewesen, hätte dieses Mädchen zweifelsfrei als Model arbeiten können.

Jetzt saß sie stumm wie ein Fisch neben ihm auf dem Beifahrersitz, schien es um jeden Preis vermeiden zu wollen, ihn anzusehen und starrte aus dem Fenster, während sie mit ihren Fingern unablässig den

Stoff ihres Shirts knetete. Schade, dass sie das nicht mit ihren Brüsten machte. Sie gefielen Eric, weil sie nicht so riesig waren, wie die künstlichen Dinger anderer reicher Weiber. Davon kannte Eric zwar nicht allzu viele, aber hin und wieder war er mal einer über den Weg gelaufen. Dumm wie Bohnenstroh versteht sich. Er fragte sich, ob im hübschen Köpfchen seiner unfreiwilligen Fluchthelferin noch mehr Platz hatte, als nur der tägliche langweilige Tratsch aus der High Society, Make-up und Schuhe.

Schon bald würde sie anfangen, Fragen zu stellen. Viele Fragen. Und dann würde ihr hübscher Mund gar nicht mehr stillstehen. Eric beschloss, die Stille noch einen Moment zu genießen, bevor es so weit war. Er warf ihr einen verstohlenen Blick zu. Sie ignorierte ihn. Hm.

»Was macht jemand wie du eigentlich ganz allein mitten in der Nacht in einem stinkenden Drecksloch wie diesem?« Er deutete mit dem Daumen nach hinten zur Heckscheibe. Und es überraschte ihn, dass ausgerechnet er derjenige war, der die Stille durchbrach.

»Jemand wie *ich*?«, wiederholte sie und er spürte ihren leicht gekränkten Blick auf sich. »Was soll das denn bitte heißen? Wo sollte jemand wie *ich* denn deiner Meinung nach sein?« Sie klang eingeschnappt. Super. Hatte er ja klasse hinbekommen.

»Ich meine, dass du nicht danach aussiehst, als *solltest* du nachts allein durch die Wüste fahren, das ist alles«, gab er zu und knurrte innerlich. Vielleicht doch nicht ganz so perfekt, wie er gedacht hatte. Aber was war schon perfekt. »Kannst dich ruhig bedanken.

Immerhin war ich es, der gerade verhindert hat, dass die beiden Widerlinge nacheinander über dich rüberrutschen, oder?« Den verächtlichen Blick konnte er sich nicht sparen.

Sie sah ihn an, als wollte sie ihm am liebsten die Augen auskratzen, aber dann schien sie doch einzusehen, dass an seinen Worten etwas Wahres dran war. Auch, wenn ihr seine Formulierung vermutlich nicht zusagte. »Danke dafür«, antwortete sie leise und die Kränkung verschwand. »Ich nehme an, das hätte ziemlich übel für mich ausgesehen, wenn du nicht da gewesen wärst.«

Eric nickte, ging aber nicht weiter darauf ein. Die Vorstellung, der dicke Schrank könnte diese ellenlangen Beine auseinanderdrücken, indem er sich selbst als Rammbock benutzte, widerte ihn an. Er vertrieb die Bilder aus seinem Kopf.

»Was hast *du* da eigentlich gemacht?« Nun klang ihr Tonfall fast vorwurfsvoll. »Ich habe dich nicht gesehen und ich stand fast zehn Minuten vor der Tankstelle, bevor ich überhaupt ausgestiegen bin. Wo kamst du bitte her?« Ihre Augenbraue wanderte skeptisch zu ihrer Stirn. Eric musste seine Augen anstrengen, um es erkennen zu können.

»Ich habe dort auf einen Freund gewartet, mit dem ich mich treffen wollte. Eigentlich wollten wir zusammen weiter nach Dallas. Er ist nicht aufgetaucht und ich wollte gerade abhauen, als du mir dazwischengekommen bist.« Die Lüge ging ihm über die Lippen, ohne dass er auch nur mit der Wimper zuckte.

»Hm, tut mir leid mit deinem Freund«, sagte sie nach ein paar Sekunden und Eric hätte schwören können, ehrliches Bedauern in ihrer Stimme zu hören. »Vielleicht könntest du mit mir bis nach Dallas fahren. Das liegt fast auf meinem Weg. Ich lasse dich raus und fahre weiter.«

Jetzt konnte Eric nicht anders. Er starrte sie geradeheraus an und lachte. Es klang, wie ein Husten, weil er sich bemühte, seine Überraschung zu verbergen. Dieses Mädchen haute ihn wirklich vom Hocker. Nicht, weil sie keine Ahnung davon hatte, dass es genau *umgekehrt* laufen würde, sondern weil sie offenbar nicht nur südstaatenmäßig naiv war, sondern auch extrem vertrauensselig.

Er würde *sie* an der nächsten Ecke aus dem Wagen werfen. Vielleicht nicht gerade mitten in der Wüste, aber auch nicht gerade dort, wo sie allzu schnelle Hilfe von den Bullen zu erwarten hatte. Vorher würde er ihr die Kreditkarten abnehmen. Und dann würde er mit ihrem Auto unter seinem Hintern davonfahren - so weit weg von allem, was er hinter sich lassen wollte, wie möglich. Auf Nimmerwiedersehen.

Aber jetzt war noch nicht der richtige Moment, um ihr ihr Schicksal zu eröffnen. Das könnte noch ein bisschen warten.

»Das ist wirklich nett von dir«, sagte er, als er seine Gesichtsmuskeln wieder unter Kontrolle hatte. »Aber hast du keine Angst, dass ich vielleicht ein verrückter Spinner sein könnte, der dich gleich abmurkst und deine Leiche für die Geier an der Straße zurücklässt?«

Er sah, dass sie seine Worte in ihrem Kopf zu Bildern werden ließ. Sie verzog mit einem leicht gequälten Lächeln das Gesicht. »Nein, eigentlich nicht. Wenn du mir etwas antun wolltest, hättest du das ja locker die beiden Widerlinge erledigen lassen können, oder?«

Vielleicht erledige ich das aber viel lieber selbst, dachte er, sagte aber nichts und nickte nur. »Dein Glück.«

»Ich bin übrigens Jennifer Miller. Aber alle nennen mich nur Jen.« Sie entschied sich offenbar, dass ihr Shirt nun genug Knitterfalten hatte, und streckte ihm die Hand entgegen. Er gab ihr die rechte Hand und lächelte so freundlich, wie er konnte. »Jacob Jackson. Du kannst mich JJ nennen.«

Er sah, wie sich ihr Gesichtsausdruck veränderte und sie schließlich anfing zu lachen. Das erste Mal, dass er sie lachen hörte. In seinem Hals bildete sich ein komischer Kloß. »Was ist daran so lustig?«

»Gar nichts«, antwortete sie, offenbar bemüht, den Gefühlsausbruch wieder unter Kontrolle zu bekommen. »Du siehst nur nicht wie ein Jacob aus, das ist alles.«

Erics Augenbraue wanderte höher. Seine Verwirrung über dieses Mädchen nahm gerade zu.

»Ich meine, du siehst wie jemand aus, der Alexander heißt. Oder Josh. Oder meinetwegen auch Michael. Aber ist ja auch egal. Für seinen Namen kann man schließlich nichts, oder?«

Eric konnte nicht verhindern, dass er ihr ein Lächeln schenkte. Ein ziemlich Ehrliches. »Und was ist mit dir? ›Melody‹?« Er grinste. »Ein ziemlich dämlicher Name. Klingt nach einer Pornodarstellerin, die auf einem Schweinehof großgeworden ist, meinst du nicht?« Den Widerlingen gegenüber hatte sie vorhin behauptet, ihr Name sei ›Melody‹.

Er merkte, dass er sie ein bisschen gekränkt hatte, weil sie mit den perfekten Lippen eine Schnute zog. Eigentlich fuhr er darauf ab, wenn Frauen ihn so ansahen. Aber nicht dann, wenn sie ihn gleichzeitig mit ihren Blicken aufspießten. »Mir ist so schnell nichts Besseres eingefallen.« Sie zuckte mit den Schultern und sah wieder nach vorn auf die dunkle Straße.

Bisher war ihnen noch kein Fahrzeug entgegengekommen. Sollten die Bullen inzwischen von seinem Aufenthalt in der Kacktankstelle wissen, so würden sie aus der anderen Richtung kommen. Aus Monahans.

»Mir gefällt jedenfalls dein echter Name. Ich werde dich Jen nennen.« Eric sah, dass sie nur gleichgültig mit den Achseln zuckte, als wäre das Thema für sie damit erledigt. Und so schien es auch zu sein, denn sie lehnte den Kopf gegen das Seitenfenster und schloss die Augen. Sie musste wohl echt ziemlich fertig sein. »Wenn du willst, nimm dir eine Mütze voll Schlaf. Sollte ein UFO über unseren Köpfen auftauchen, das dich aus dem Autodach saugen will, sage ich dir Bescheid.« Er grinste kurz, ließ es aber bleiben, als er merkte, dass der Scherz nicht wirklich witzig gewesen war. Und gehört hatte sie ihn offenbar auch nicht, denn sie war längst weggepennt.

Ziemlich fertig ... Was hat sie da nur zu suchen gehabt?

Eric war klar, dass er die Antwort auf seine Fragen entweder erst bekommen würde, wenn sie aufwachte oder niemals. Wahrscheinlich Letzteres.

Als er noch einmal ihr schlafendes Gesicht betrachtete, fragte er sich plötzlich, ob er versuchen sollte, sie rumzukriegen, bevor er sie sitzenließ. Der Gedanke reizte ihn, das musste er zugeben. Klar war sie sein Typ. Er schätzte, dass sie so ziemlich der Typ von jedem Kerl war, der noch in Besitz seiner Eier war. Schwer also, sich *nicht* vorzustellen, wie er sie auf dem Rücksitz ihrer Bonzenkarre flachlegte.

Leider kam Eric in diesem Moment noch ein anderer Gedanke in den Sinn. Er betraf ihre Kreditkarten. Und diesen Wagen. Sobald er sie an einer Raststätte stehen lassen würde, wie er es geplant hatte, würde sie die Karten umgehend sperren lassen. Keine Chance also, rechtzeitig an die Menge Bargeld zu kommen, die er brauchen würde, wenn er den Wagen nicht mehr benutzen konnte. Denn diese Art von Fahrzeug war mit einem GPS-Sender ausgestattet, wie Eric leider auch sehr genau wusste. Die Cops hätten ihn aufgespürt, bevor er im nächsten County war. Geschweige denn über die texanische Grenze. Er müsste also genügend Geld zur Verfügung haben, um sich sofort einen neuen Wagen kaufen zu können. Und dafür würde er einen Ausweis benötigen. Und den hatte er nicht.

Ziemliches Pech. Wird mich die Schönheit hier wohl doch noch eine Weile begleiten müssen. Zumindest so lange, bis ich genügend Bargeld aus ihr rausgepresst habe ...

Sie schien ›Jacob Jackson‹ zumindest nicht sonderlich skeptisch gegenüberzustehen. Möglicherweise war sie sogar dankbar für seine Gesellschaft. Sie wirkte so auf ihn. Als hätte sie sich schon längst gewünscht, einfach umzudrehen und dorthin zu fahren, wo sie hergekommen war. Wo auch immer das war. Und was auch immer es gewesen war, das sie von dort weggetrieben hatte. Sie schien nicht darüber reden zu wollen. Gut. Sollte sie ihren hübschen Mund halten. Es war eh besser, wenn er nicht zu viel über sie wusste. Und sie nicht über ihn.

Sein Blick wanderte zu der Digitaluhr über dem Radio. Das Radio war noch eingeschaltet, aber ganz leise gedreht, so dass er es nicht hören konnte. War ihm gar nicht aufgefallen. Es war fast Mitternacht. Auch das war ihm nicht aufgefallen. Dass schon so viel Zeit seit ihrem Abflug aus der Tanke verstrichen war. Eric stellte fest, dass er pinkeln musste. Er fuhr rechts an den Straßenrand, setzte einen Blinker und fragte sich im selben Augenblick, wozu er das machte. Schließlich waren sie mit eingeschalteten Scheinwerfern auch so gut genug zu sehen. Ein vorbeifahrendes Auto konnte mühelos ausweichen. Egal. Er stieg aus. Jen wachte nicht auf.

Eric überlegte kurz, ob er den Schlüssel abziehen sollte, damit sie nicht auf den Fahrersitz rutschen und ihn einfach in der Pampa stehen lassen konnte, sollte ihr im Schlaf gerade die Erkenntnis gekommen sein, er könnte ihr gegenüber doch etwas andere Absichten hegen, als er sie hat glauben lassen. Dieses verängstigte Kätzchen ...

Er entschied sich dagegen. Er würde sich zum Pinkeln einfach direkt vor das Auto stellen. Sie würde ihn kaum überfahren. Und er wollte, dass das Licht eingeschaltet war. Also - los.

Als er den Motor ein paar Minuten später wieder startete, verfluchte er sich selbst dafür, vorhin bei der Tanke keine Zigaretten eingesteckt zu haben. Er hatte ein ziemlich ausgeprägtes Bedürfnis nach einer Zigarette. Ein Blick auf die Karte, die vor dem Mädchen auf dem Armaturenbrett lag, verriet ihm, dass die nächste Möglichkeit, an Kippen zu kommen, noch in meilenweiter Ferne lag. Mist!

Und außerdem merkte er auch, dass er müde war. Ziemlich sogar. Die Flucht hatte geschlaucht, auch wenn er das ums Verrecken nicht zugegeben hätte. Eric schätzte, dass er noch etwa eine Stunde weiterfahren könnte, bevor er zu müde war, um die Scheißstraße zu erkennen.

Zwei Stunden später parkte er den SUV auf einem verlassenen staubigen Parkplatz irgendwo im Nirgendwo, etwa dreißig Meilen hinter Odessa. Er war weiter gefahren, als er geplant hatte. Er hatte die Stadt durchquert, ohne anzuhalten und entschieden, dass es besser war, zumindest diese Nacht im Auto zu schlafen. Morgen würde er sich ein Zimmer nehmen. Morgen würde ohnehin alles besser werden. Mit dieser Überzeugung pennte er auf dem Fahrersitz ein.

Kapitel 3

Jen war so entsetzlich heiß, dass sie immer wieder die kleinen Schweißperlen aus ihrem Nacken wischen musste. Es war noch nicht einmal zehn Uhr morgens, aber die Sonne knallte unbarmherzig auf sie nieder, als wollte sie sie an Ort und Stelle braten. Die Landkarte, die sie benutzte, um sich Luft zuzufächeln, erfüllte ihren Zweck nur mäßig.

Sie beobachtete ihren neuen Begleiter mit dem wachsenden Bedürfnis danach, er möge endlich die Ursache dafür finden, warum der Wagen nicht wieder ansprang. Der junge Mann, der sich ihr gestern als Jacob Jackson vorgestellt hatte, nachdem er sie erst aus ihrer misslichen Lage in der Tankstelle befreit hatte und anschließend mit ihr ins Auto gestiegen war, beugte sich über den Motorblock. Die Haube stand schon eine Weile offen, weil sie zunächst versucht hatte, das Problem selbst zu lösen. Nach dem Aufwachen war sie pinkeln gegangen. Hinter dem Wagen, in der Hoffnung, er konnte sie dabei nicht sehen. Da er noch geschlafen hatte, vermutete sie, dass es auch so war. Als JJ selbst aufwachte, war sie gerade damit fertig geworden, sich in Rekordgeschwindigkeit ein neues Top und andere Shorts anzuziehen. Auf frische Unterwäsche hatte sie angesichts der Tatsache, dass sie durch nichts vor fremden Blicken geschützt war, verzichtet. Es würde auch so gehen müssen.

Eigentlich hatten sie mangels Frühstück sofort weiterfahren wollen. Aber als Jen versucht hatte, den Motor zu starten, hatte dieser nicht mehr als ein klägliches Röcheln von sich gegeben, gefolgt von einem ziemlich widerlichen Gestank, der aus der Lüftung kam.

»Ich glaube, ich weiß, warum die Karre nicht anspringt«, hörte sie JJ aus dem Motorraum rufen und sah ihn neugierig an. Den grauen Kapuzenpullover, den er gestern Nacht noch getragen hatte, hatte er wegen der Hitze längst ausgezogen. Jen stellte fest, dass seine Arme durch das schlichte schwarze T-Shirt ziemlich anziehend aussahen. Ebenso wie seine Bauchmuskeln, die sie sehr genau unter dem Stoff hervortreten sah. Heiß ...

Sofort schallt sie sich eine dumme Nuss und vertrieb diesen Gedanken aus ihrem Kopf. Er war nur ein Gestrandeter, den sie schon sehr bald nicht mehr wiedersehen würde. Dallas würden sie in etwa fünf Stunden erreichen. Er würde aussteigen und verschwinden und sie würde ihren eigenen Weg fortsetzen und ihn schon morgen längst vergessen haben. Außerdem konnte sie es sich nicht leisten, sich ausgerechnet jetzt von etwas so Kindischem ablenken zu lassen. Wie eine untervögelte Teenagergöre.

»Und? Wieso geht der Wagen nicht an? Und wo zur Hölle kommt der Gestank her?« Sie merkte, dass sie das Gesicht verzog. Es hatte irgendwie verbrannt gerochen. Wie ein verkohltes Steak auf einem BBQ-Grill.

»Oh, ich schätze, das willst du lieber nicht wissen«, antwortete er, beugte sich noch tiefer über den Motor und steckte seine Hand so tief hinein, dass sein halber Unterarm darin verschwand. Er zog etwas heraus und Jen wünschte sich schon im nächsten Augenblick, nicht gefragt zu haben. »Das Mistviech schien fälschlicherweise angenommen zu haben, dass es eine gute Idee ist, direkt neben den Zündkerzen zu pennen. Ihr Pech. Magst du Klapperschlange? Soll wie Hühnchen schmecken.« Er lachte, während er die tote Schlange demonstrativ in seiner Hand schwenkte, als würde er es tatsächlich in Erwägung ziehen, das Tier zu essen. Anstelle des nicht vorhandenen Frühstücks.

Angewidert schüttelte Jen den Kopf und drehte sich weg. »Wirf sie weg! Das arme Ding!« Eigentlich mochte sie Schlangen nicht, Klapperschlangen erst recht nicht. Es war nicht so, dass Jen Angst vor ihnen hatte, wie es bei einigen ihrer Schulfreundinnen der Fall war. Die fürchteten sich vor so ziemlich allem; Spinnen, Maden, Schlangen, Regenwürmern ... Aber trotzdem stieß sie die Vorstellung ab, dass sie so ein Viech aus Versehen selbst gegrillt hatte, indem sie den Fahrzeugschlüssel herumgedreht hatte.

»Schon passiert«, flötete er, als wollte er sich über sie lustig machen, und wischte sich die Hände an seiner Jeans ab, bevor er die Motorhaube wieder zumachte. »So etwas passiert halt, wenn man mitten in der Wüste pennt, was? Was hättest du denn gemacht, wenn ich nicht da gewesen wäre?«

Sie quittierte sein Grinsen mit einem biestigen Blick, warf die Straßenkarte wieder auf das Armaturenbrett vor der Windschutzscheibe und setzte sich hinter das Lenkrad. Hoffentlich sprang der Ford jetzt an. Ihre Mutter würde sie umbringen, wenn sie den Wagen zu Schrott fuhr, den sie gestern erst mehr oder weniger entwendet hatte. Jen atmete erleichtert auf, als der Motor ansprang. So schnurrend leise wie ein Kätzchen. Als wäre nie etwas passiert.

Mit einem kurzen Seitenblick zu JJ, der gerade neben ihr auf den Beifahrersitz stieg, stellte sie fest, dass seine Hände ölverschmiert waren. Mit dem Daumen deutete sie nach hinten auf die Rückbank. »Nimm dir eins von meinen Kosmetiktüchern. Mit einer Dusche kann ich leider nicht dienen, aber meine Mom killt mich, wenn du Flecken in ihre Sitze machst.«

»Die Karre gehört also deiner Mutter? Interessant.« Das Grinsen kehrte in sein Gesicht zurück, aber er griff nach hinten, wühlte kurz in ihrer geöffneten Kulturtasche, bis er die Kosmetiktücher fand, und nahm eines heraus, um sich die dreckigen Hände sauberzumachen.

Ausnahmsweise sagte sie nichts dazu, als er das dreckige Tuch einfach achtlos aus dem Fenster warf. Aber eigentlich hasste sie Umweltverschmutzung so sehr, dass sie jedem anderen wahrscheinlich einen Vortrag darüber gehalten hätte, was ein einziges weggeworfenes Kaugummipapier mit der Natur machen konnte. Sie wollte nur hier weg.

»Also. Du meinst, wir brauchen etwa fünf Stunden, bis wir in Dallas sind?«, fragte sie, als sie den Ford zurück auf die staubige Straße lenkte und hoffte, dass er den Tonfall in ihrer Stimme nicht bemerkte. Den Tonfall, für den sie sich selbst am liebsten eine Ohrfeige verpasst hätte. »Hast du Verwandte dort? Familie? Freunde?«

»Ganz schön neugierig bist du ja, oder?«, antwortete er mit einer Gegenfrage, die nicht so klang, als wäre sie böse gemeint. Er ließ das Seitenfenster wieder hoch und stellte stattdessen die Klimaanlage ein. Und das Radio. Jen hörte leise einen Song der Black Eyed Peas aus den Lautsprechern. »Ich will dort einen Freund besuchen, nichts weiter.«

Dann verschränkte er die Arme hinter seinem Kopf und setzte sich bequemer hin, während Jen den Wagen unbewusst beschleunigte. Wahrscheinlich war es der Hunger. Ihr Magen knurrte zur Bestätigung.

»Kaffee und was zu beißen wären jetzt nicht schlecht, was?« Er lachte leise, sah sie aber nicht an. »Genau wie eine kalte Dusche. *Die* könnte ich jetzt wirklich vertragen.«

Plötzlich bildete sich in Jens Hals ein ziemlich dicker Kloß, weil sie spürte, dass er sie nun doch ansah und sie mit seinem Blick zu durchbohren schien. Ihr Gesicht wurde heiß, obwohl aus der Lüftung inzwischen nur noch angenehm kühle Luft kam. Irgendetwas sagte ihr, dass er denselben absurden Gedanken in seinem Kopf hatte wie sie selbst. Denn aus irgendeinem *wirklich* spätpubertären Impuls heraus stellte sie sich vor, mit ihm *zusammen* zu duschen. Völlig verrückt. Schließlich hatte sie nie Probleme damit gehabt, ihre eigenen Triebe nicht kontrollieren zu können. Oder gar einen Mangel an deren Befriedigung gehabt.

Wenn Dad das wüsste ...

Das Bild ihres Vaters entstand in ihrem Kopf, wie er seine kleine geliebte verwöhnte Tochter dabei erwischte, wie sie draußen vor der Garage stand - wild fummelnd mit einem Jimmy Meyer, oder knutschend mit einem Mike Darkens oder sogar dabei, wie sie Carl Foster einen geblasen hatte ... Sie wollte den Gedanken verdrängen, konnte aber nicht verhindern, dass sie sich auch an das Kribbeln in ihrem Magen erinnerte, das durch die Angst vor dem Erwischtwerden hervorgerufen worden war und das Ganze nur noch interessanter für sie gemacht hatte. Dinge, die verboten waren, machten eben Spaß. So wollte es das *Gesetz*.

»Ich nehme an, das Grinsen in deinem Gesicht soll mir sagen, dass du nicht abgeneigt bist, mit mir zusammen unter die Dusche zu hüpfen, was?« JJs Stimme riss sie aus ihren Gedanken und jetzt wusste sie, dass sie knallrot angelaufen war. Sie sah einen Ausschnitt ihres Gesichts im Außenspiegel und biss sich peinlich berührt auf die Unterlippe. Hoffentlich sah er *das* nicht.

»Bilde dir ja nichts ein, kapiert?«, fauchte sie eine Spur zu biestig und fügte hinzu: »Nur, weil ich *vielleicht* finde, dass du ganz gut aussiehst und weil ich dir *vielleicht* dafür dankbar bin, dass du mir gestern geholfen hast, muss ich noch lange nicht mit dir in die Kiste steigen wollen. Dafür haben wir ohnehin keine Gelegenheit mehr. Sobald die Tür hinter dir zufällt, werde ich dich aus meiner Erinnerung streichen und fertig.«

Dass sie selbst nicht so wirklich an das glaubte, was sie gerade sagte, erwähnte sie natürlich nicht.

Und sie hoffte, dass ihr Gesicht wieder einigermaßen entspannt aussah, sodass er es dieses Mal nicht direkt daran ablesen konnte.

»Schon klar«, erwiderte er, ohne das Grinsen aus seinem eigenen Gesicht zu vertreiben. »Aber wenn du nichts dagegen hast, könntest du mich vorher trotzdem noch zum Frühstück einladen. Immerhin *habe* ich dir ja geholfen, oder?«

Irgendwie hatte Jen das Gefühl, als wollte er noch mehr sagen, aber er schwieg und sah seinen Gedanken nachhängend aus dem Fenster.

Sie fuhren an einem Hinweisschild vorbei, das ihnen verriet, dass sie Dallas in 300 Meilen erreichen würden. Und, dass sie kurz vor Big Spring waren. Ein Ort, in dem sie hoffentlich irgendwo ein einigermaßen anständiges Frühstück bekamen. Jen hatte das Gefühl, alles für einen großen Milchkaffee bei Starbucks zu tun.

Der Song der Black Eyed Peas war vorbei, und als der Kommentator die Nachrichten zur vollen Stunde ankündigte, drehte sie das Radio lauter. Urplötzlich verspürte sie eine irrationale Angst davor, ihr Dad könnte sie inzwischen als vermisst gemeldet haben, weil er sie zwar nicht davon hatte abhalten können, mit dem Ford ihrer Mutter vom Hof zu rasen, aber auch noch keinen Anruf von ihr erhalten hatte, dass es ihr wenigstens gut ging. Vielleicht machte er sich Sorgen. Jen spürte das schlechte Gewissen in ihrem Magen wüten. Wenn sie Big Springs erreichten, sollte sie zu Hause anrufen. Ihren Eltern wenigstens sagen, dass es ihr gut ging und dass sie wohlauf war. Auch, wenn sie sicherlich nicht gedachte, allzu schnell nach

Hause zurückzukehren. Sie würden auf sie einreden, alles versuchen, um sie umzustimmen und am Ende würde ihre Mutter nur noch ins Telefon heulen und sie wahrscheinlich verfluchen, weil sie mit so einer ungehorsamen starrköpfigen Tochter gestraft war.

Jen wollte nicht daran denken, was dieses Gespräch vielleicht in ihr selbst auslösen könnte. Dass es vielleicht doch dazu führen könnte, dass sie sich besann und umkehrte ...

Sie wischte diese Gedanken aus ihrem Kopf, als wären sie lästige Schmeißfliegen. Darüber konnte sie sich den Kopf zerbrechen, wenn es so weit war. Wenn sie schon jetzt darüber nachdachte, umzukehren, konnte sie es genauso gut jetzt tun.

Aber der Nachrichtensprecher sagte nichts über ihr Verschwinden. Kein Wort von einer Vermisstenmeldung. Stattdessen hörte sie, wie er mit monotoner Stimme über das anstehende Veteranenfestival in Odessa berichtete. In der Stadt, die sie letzte Nacht durchfahren hatten, ohne dass Jen etwas davon mitbekommen hatte.

»- weiterhin bittet das Büro des Sheriffs in Ward County die Bevölkerung darum, sich umgehend unter der Nummer der geschalteten Hotline zu melden, wenn Sie den seit dem gestrigen Nachmittag verschwundenen Eric Jackson sehen sollten, oder etwas über dessen aktuellen Aufenthaltsort wissen. Jackson entkam aus dem County Jail, wo er sich in Untersuchungshaft befand, als er einen Wärter niederschlug, und mit dessen Schlüssel die Tür zu einem Seiteneingang aufschloss. Ob er bewaffnet ist, ist derzeit nicht bekannt. Bei Sichtkontakt wird daher darum gebeten -«

Den Rest des Satzes konnte Jen nicht mehr hören, denn JJ drehte mit einer schnellen Bewegung das Radio aus, bevor sie dagegen protestieren konnte. Wütend starrte sie ihn an, ohne eigentlich zu wissen, weshalb es sie wütend machte. Immerhin war es ja eigentlich keine große Sache.

»Ich hab Kopfschmerzen«, sagte er nur mit einem Schulterzucken und schaute wieder aus dem Fenster, als wäre nichts gewesen. »Außerdem hat der Nachrichtensprecher eine gruselige Stimme.«

Ein leise hämmerndes Etwas stahl sich in Jens Kopf, sie wusste aber nicht, was es war. Zweifel? Lag es daran, dass sie nicht so wirklich glaubte, dass er tatsächlich Kopfschmerzen hatte? Sie warf JJ einen verstohlenen Blick zu. Sein Gesicht war vollkommen unbewegt. Nichts daran bekräftigte ihre plötzliche Skepsis, aber trotzdem wurde sie das Gefühl nicht los, dass etwas nicht stimmte. War es nicht ihr Grandpa gewesen, der ihr schon als Kind geraten hatte, sich immer auf ihre Intuition zu verlassen?

Ohne zu wissen, weshalb, entschied sie, etwas vorsichtiger bei JJ zu sein. Etwas stimmte nicht mit ihm, auch wenn sie vielleicht jetzt noch nicht sagen konnte, was das sein sollte. Aber es konnte schließlich nicht schaden, auf der Hut zu sein.

Keine zwanzig Minuten später parkte Jen den Wagen ihrer Mutter auf dem Parkplatz vor einem Diner im Herzen von Big Springs. Der Name machte der Stadt nicht wirklich Ehre. Es war eine, wie sie fand, ziemlich heruntergekommene Kleinstadt, ohne nennenswertes Leben. Die Straßen waren größtenteils leer. Die Menschen schauten sie mehr grimmig als neugierig an, wenn sie vor den Ampeln standen und darauf warteten, endlich weiterfahren zu können und man begrüßte sie auch nicht, als sie über den Parkplatz zum Diner liefen. Nebenan war ein Supermarkt, was Jen sehr praktisch fand. Dort würde sie sich für die Weiterfahrt mit ein paar Lebensmitteln eindecken können. Ihr Wasservorrat, der eigentlich nur für sie allein gedacht war, neigte sich auch dank ihres Mitfahrers dem Ende entgegen. Aber das konnte sie auch später noch erledigen. Sie hatte Hunger und schaffte es nun mit dem Duft von Spiegelei und heißem Kaffee in der Nase nicht länger, dieses Gefühl zu verdrängen. Einen Starbucks gab es in Big Springs nicht. Aber das Frühstück in diesem Diner, das den Namen Rosis Pancakes trug, würde seinen Zweck sicher auch erfüllen.

»Nach Ihnen, Ma'am« sagte JJ mit einem ziemlich spitzbübischen Lächeln auf den Lippen, als er Jen zu ihrer Überraschung die Tür aufhielt und ihr den Vortritt ließ. »Wehe dem, der es wagt, Euch kalten Kaffee zu servieren.«

Jen starrte ihn an, bevor sie das Diner betrat, und konnte nicht mehr an sich halten. Sie lachte lauthals los, weil dieser Spruch so gar nicht in das Bild passte, dass sie sich seit ihrer Begegnung gestern Nacht von ihm gemacht hatte. Er konnte also auch galant sein. Interessant. Er grinste zurück und schien darauf zu warten, dass sie endlich eintrat. Sie tat ihm den Gefallen und setzte sich auf eine Bank am Fenster, während JJ sich ihr gegenübersetzte.

Die neugierigen bis hin zu skeptischen Blicke der wenigen Gäste ignorierte sie dabei gekonnt. Jen war es gewöhnt, angestarrt zu werden. Vielleicht nicht unbedingt von Männern, die so alt waren wie die, die sich vorne am Tresen herumdrückten und so taten, als würden sie sie nicht anstarren, aber trotzdem war ihr das nicht neu. Und schließlich war es nicht ihre Schuld, dass sie eine einigermaßen gut proportionierte Gestalt besaß, richtig? Es war nicht gerade so, dass sie hungerte, oder dass ihre Mom sie zwang, möglichst wenig Kalorien zu sich zu nehmen. Aber weil Jen eben nun mal ein wandelndes Klischee war, wusste sie, dass es sie selbst stören würde, wenn sie dicker wäre, als nötig. Sport mochte sie nicht besonders. Hin und wieder ging sie laufen, das war aber auch schon das höchste der Gefühle. Und nun ja - sie aß eben nicht mehr, als ausreichte, um satt zu werden. Fertig. Das war das ganze Geheimnis.

»Der alte Sack da in der Ecke sieht aus, als könnte er eine Abreibung gebrauchen. Wenn er nicht aufhört, sich die Sabberfäden vom Kinn zu lecken, während er dich dabei anglotzt, reiße ich ihm seine schmierige Zunge heraus!«

Überrascht und ein kleines bisschen angewidert, starrte Jen JJ an. Sein höflicher Anflug von vorhin war vergessen. Das Arschloch, als das er sich auch gestern so wunderbar präsentiert hatte, war offenbar aus seinem Schlummer erwacht. Herrlich.

»Lass ihn doch glotzen«, antwortete sie scharf und merkte, dass sie das Gesicht verzog. »Ist doch nicht deine Sache, oder? Was interessiert es dich?«

»Pah.« JJ verdrehte kurz die Augen, schnaufte beleidigt und hob die Hand, um die Bedienung an ihren Tisch zu locken.

Jen ließ es auf sich beruhen. So war dieser Kerl anscheinend einfach drauf. Er schien sich gerne in Sachen einzumischen, die ihn nichts angingen. Dann konnte sie ihren eigenen Worten auch selbst Taten folgen lassen. Es ging sie nichts an, worüber er sich aufregte, was er von anderen Leuten hielt und wie dämlich er sich in der Öffentlichkeit aufführte. In diesem Kaff kannte Jen niemanden, der ihr das Benehmen ihres Begleiters persönlich übel genommen hätte. Was soll's also.

»Was darf's sein, ihr Hübschen?«

Jen hoffte, dass man an ihrem Gesicht nicht ablesen konnte, dass sie auch die Kellnerin für ein einziges Klischee hielt. Die rothaarige Frau in den Dreißigern trat mit schwingenden Hüften an ihren Tisch, kaute auf einem Kaugummi herum und musterte ihre neuen Gäste beinahe abschätzig. Während sie Jen nicht mehr als einen flüchtigen Blick schenkte, klebten ihre Augen offensichtlich an JJ fest, der die muskulösen Arme vor seiner Brust verschränkt hatte und die Kellnerin angrinste. Auf eine Weise, die für die Frau keinen Zweifel daran zuließen, was in ihren Augen wohl seine Absichten waren. Die Tatsache, dass sie bestimmt zehn Jahre älter war als er, schien sie dabei gekonnt zu ignorieren.

»Kaffee, Süße. Zwei Mal. Und Toast. Rührei auch, wenn euer Koch so etwas ordentlich drauf hat. Mit Speck, wenn's geht. Danke.«

Irritiert stelle Jen fest, dass sie irgendwie mehr damit gerechnet hatte, dass JJ eine offensichtlich zweideutige Einladung aussprach, mit der Rothaarigen hinter dem Diner oder auf dem Klo zu verschwinden. Sie hatte nicht im Geringsten erwartet, dass das *nicht* passieren würde und er stattdessen eine ganz normale Bestellung aufgab.

Meine Güte! Hast du es echt so verdammt nötig, dass du selbst nur an dieses Zeug denken kannst?

Und wieder schaffte es allein JJs Anwesenheit, dass sie sich vor sich selbst schämte. Dabei konnte er dieses Mal ja nicht einmal etwas dafür. Nicht er starrte die Kellnerin an, sondern sie starrte ihn an. Als wollte sie ihm das Hemd vom Leib reißen, ihre krallenartigen rotlackierten Fingernägel in seinen Rücken schlagen und ihre Füße um seine -

Jen schob den Gedanken rigoros beiseite und sah der Frau mit ziemlichem Widerwillen hinterher, als sie davon wackelte, um ihre Bestellung fertigzumachen. Offensichtlich war sie enttäuscht, weil JJ sie nicht angebaggert hatte, wie sie es zweifelsohne erwartet hatte. Ebenso wie Jen. Wahrscheinlich war es ein Schock für sie, dass ihre Avancen einfach von einem Mann ignoriert wurden.

Jen warf JJ einen verstohlenen Blick zu. Tatsächlich hatte er einfach nur so gelächelt. In seinem Gesicht sah sie nichts, was auf eine Zweideutigkeit hindeutete. Wahrscheinlich hatte er an der Kellnerin ebenso wenig Interesse wie sie an dem Mann hinten in der Ecke. Der konnte nämlich auch nicht aufhören, Jen anzuglotzen und allmählich fing es doch an, unangenehm zu werden.

Sie schätzte ihn einfach falsch ein. Und das war unfair. Oder?

»Was ist? Habe ich was im Gesicht?« Neugierig musterte er sie. Jen fühlte sich ertappt, hoffte aber, dass er das nicht allzu deutlich erkennen konnte.

»Sorry - ich war nur in Gedanken«, antwortete sie schnell und schaute aus dem Fenster. Ein Pärchen, das ungefähr in ihrem Alter war, schlenderte an den Schaufenstern der wenigen Geschäfte vorbei. Sie schienen auf dem Weg ins Einkaufszentrum nebenan zu sein. Der einzige Ort in dieser Kleinstadt, an dem anscheinend überhaupt etwas los war.

»Ich hoffe sehr, dass deine Gedanken interessant waren. Es hat sich ein bisschen so angefühlt, als wolltest du mir mit deinen Augen das T-Shirt vom Leib reißen. Ich muss doch sehr bitten!«

Jen quittierte sein zweideutiges Grinsen mit einem biestigen Knurren, sagte aber nichts darauf. Sollte er doch denken, was er wollte. Offenbar hatte sie sich doch nicht geirrt. Dieser Typ *war* gestört. Auf seine ganz eigene Art nicht ganz richtig im Kopf. Sein Pech.

»Nicht, dass ich mich wehren würde, solltest du zu der Ansicht gelangen, meinen Astralkörper irgendwann auch ohne Klamotten sehen zu wollen ...!« Der Blick, mit dem er seine obszöne Anmache herüberbrachte, ließ Jen kurz den Atem anhalten. Unter anderen Umständen hätte sie jeden, der zu so billigen Sprüchen greifen musste, einfach ausgelacht. Aber das Ziehen in ihrem Unterleib hielt sie davon ab, ihm einfach eine ordentliche Ohrfeige zu verpassen und ihn hier stehenzulassen, während sie in ihren Wagen stieg und davonfuhr.

»Aber eingebildet bist du gar nicht, oder?«, zischte sie, wich seinem Blick aber nicht mehr aus. »Außerdem scheinst du es ja echt nötig zu haben. Was ist los? Hat deine letzte Tussi mit deinem Bruder gevögelt, und du bist vielleicht deshalb so drauf?« Ihre eigenen Worte überraschten sie am meisten. Normalerweise ließ sie sich nicht dazu hinreißen, auf diese Art von Sprüchen auch noch zu reagieren. Sie hoffte, dass er endlich einsah, dass er damit bei ihr nicht landen konnte. Sie verstand nicht, weshalb sie überhaupt auf ihn einging. Er schien sie provozieren zu wollen und es ärgerte sie, dass sie es nicht ignorierte. Hoffentlich hielt er jetzt endlich den Mund.

Aber das tat er nicht. Er stieg sogar auf ihre Vorlage ein. »Du kannst dir sicher sein, dass mein Bruder, hätte er das wirklich getan und sollte er überhaupt existieren, danach sicher keinen Schwanz mehr hätte. Ich habe nämlich keinen Bruder.« Das Grinsen in seinem Gesicht wurde immer breiter. JJ fuhr sich übertrieben langsam mit den Fingern durch die Haare und ließ sie nicht aus den Augen. Jens Hals fühlte sich trocken und zugeschnürt an. »Eine ›Tussi‹, wie du es nennst, habe ich auch nicht. Und *hätte* ich sie dabei erwischt, wie sie meinen Bruder vögelt - den ich ja nicht habe - dann würde sie sich jetzt sicher wünschen, ihre Beine brav zusammengehalten zu haben, meinst du nicht?«

Jen wollte schlucken, konnte es aber nicht. Ihr Hals hinderte sie. Sie wollte etwas erwidern, aber auch das konnte sie nicht. Nicht nur, weil ihr nichts

Passendes dazu einfiel, sondern auch, weil die Kellnerin in diesem Moment zurückkam und ihren Kaffee brachte.

»Bitteschön, ihr Hübschen. Essen kommt gleich.«

»Danke, meine Schöne. Sei so gut, und bring uns noch Milch, ja?« Das übertrieben freundliche Lächeln kehrte auf JJs Gesicht zurück.

»Gerne, Süßer.« Die Kellnerin drehte sich um, aber nicht ohne ihm noch einen sehnsüchtig erwartungsvollen Blick zu schenken. Offensichtlich hatte sie die Hoffnung noch nicht aufgegeben, er könnte sie doch auf ein schnelles Nümmerchen auf dem Klo mit ihr einlassen. Aber JJ sah ihr nicht nach. Stattdessen blieben seine Augen weiter auf Jen kleben, als erwarte er noch immer, dass sie das Spielchen fortfuhr.

Jen ignorierte ihn. Sie griff nach ihrer Tasse und trank vorsichtig, um sich nicht zu verbrühen. Die Vorsicht hätte sie sich sparen können. Der Kaffee war nur lauwarm und schmeckte auch nicht besonders gut. Einmal mehr wünschte sie sich, in einem Starbucks zu sitzen.

Plötzlich fing JJ an zu lachen, was sie dazu brachte, widerwillig den Kopf zu heben und ihn nun doch anzuschauen. »Was ist? Hab *ich* was im Gesicht?«

»Ne, alles in Ordnung. Ich hätte nur nicht erwartet, dass du deinen Kaffee schwarz trinkst, das ist alles.« Er lachte. Sein Blick war inzwischen weniger zweideutig und sie glaubte, Neugier darin zu erkennen.

»Dann bin ich vielleicht doch weniger klischeehaft, als ich angenommen hatte«, murmelte sie mehr zu sich selbst, als zu ihm und trank noch einen Schluck. Wirklich ziemlich scheußlich.

Die Kellnerin kehrte mit der Milch und ihrem Frühstück zurück und hinderte JJ auf diese Weise daran, noch mehr zu sagen. Sie stellte ihre Sachen vor ihnen auf den Tisch, ignorierte Jen und zwinkerte JJ zu, der nur nickte und sofort anfing, sich über sein Rührei herzumachen.

Jen merkte, dass sie den Hunger nun nicht mehr unterdrücken konnte. Sie fing an, Marmelade auf eine der Toastscheiben zu schmieren.

Tatsächlich schien JJ die Lust daran verloren zu haben, sie weiter mit Anzüglichkeiten zu bombardieren. Sie aßen ihr Frühstück schweigend auf, tranken den widerlichen Kaffee aus und bezahlten mit dem Rest Bargeld, den Jen noch in ihrer Brieftasche hatte. Den überaus enttäuschten Blick der Kellnerin ignorierte sie gekonnt. Irgendwie hatte sie gedacht, noch mehr Geld zu haben. Sie meinte, sich an einen Fünfzig-Dollar-Schein zu erinnern, der zwischen ihren Ausweispapieren gesteckt hatte. Vermutlich hatte sie den aber gestern benutzt, um an der Tankstelle zu bezahlen. Sie nahm es achselzuckend zur Kenntnis, wunderte sich aber nicht mehr. Schließlich konnte man das in all dem Chaos gut vergessen.

»Hast du was dagegen, wenn wir gerade noch zum Supermarkt nebenan gehen?«, fragte sie, als sie ›Rosis Pancakes‹ endlich hinter sich ließen. »Ich brauche noch ein paar Sachen. Auch neue Kekse, denn meine hast du ja letzte Nacht alle allein aufgefuttert.« Eigentlich sollte es nicht so vorwurfsvoll klingen, wie es das offensichtlich tat, denn Jen sah, wie er schuldbewusst die Augen zukniff.

JJ hatte nichts einzuwenden. Also gingen sie einkaufen. Jen füllte ihren Getränkevorrat auf, kaufte aber außer ein paar Flaschen Wasser auch noch vier Dosen Coke Light für sie beide und eine Flasche Rosé, den sie sich heute Abend vor ihrer ersten Nacht in einem Motelzimmer außerhalb von Dallas gönnen wollte. Nur sie allein - die Freiheit vor ihrer Nase - niemand, der sie schief dafür ansehen würde. Perfekt!

»Hier, deine Kekse!«, rief JJ hinter ihr und warf Jen eine Packung zu, die sie beinahe nicht rechtzeitig zu fassen bekommen hätte. Missmutig verstaute sie die Kekse in ihrem Einkaufskorb, bemüht, ihn nicht anzukeifen, weil er sich schon wieder über sie lustig zu machen schien. »Gute Reflexe hast du ja, das muss ich dir lassen«, raunte er in ihr Ohr, als er sich durch den Gang an ihr vorbeidrückte und Jens Herz setzte einen Augenblick lang aus, weil sie seinen warmen Atem an ihrem Hals spürte. »Schade, dass ich wohl nie herausfinden werde, wie schnell du reagieren würdest, wenn ich *wirklich* versuchen sollte, mich an dich ranzumachen.«

Und damit hatte er es geschafft. Jen war so perplex, dass ihr Kopf wie leergefegt war. Sie hätte nicht antworten können, selbst wenn sie es gewollt hätte. Weil ihr einfach keine gottverdammte Erwiderung eingefallen wäre. Er hatte sie absolut sprachlos gemacht.

Verdammte -

Sie brachte den Gedanken nicht zu Ende. Denn JJ, der schon vorne an der Kasse stand, drehte sich auffordernd zu ihr herum, ohne dass Jen auch nur die Spur einer Emotion auf seinem Gesicht sah. Er schien sie wieder einmal nur verarscht zu haben. Als Jen das bewusst wurde, gab sie sich innerlich eine Ohrfeige, damit ihr eingeschlafener Verstand anfing, ihr diese verrückten Gedanken an diesen Kerl auszutreiben. Das konnte nur mies enden. Und ihr Grandpa würde sich im Grabe umdrehen, wenn er sie so sehen könnte.

Kapitel 4

Zwischen ihnen und Dallas lagen noch knapp achtzig Meilen Strecke. Eric überschlug im Kopf, wie viel Zeit ihm blieb, einen Plan auszuarbeiten und ihn auch umzusetzen. Er schätzte, dass es nicht viel sein würde. Aber er brauchte schließlich einen Plan. Sonst konnte er seine Ziele vergessen. Und sein hübscher Goldesel würde ihn in Dallas aus dem Auto werfen und auf Nimmerwiedersehen verschwinden. Eric ahnte zumindest, dass sie es kaum erwarten könnte, ihn endlich loszuwerden.

Gut. Vielleicht hatte er es heute Morgen ein bisschen übertrieben. Vielleicht hätte er einfach die Fresse halten und seine Gedanken für sich behalten sollen. Nur dieses eine Mal, denn es schien im Augenblick so zu sein, dass seine direkte Art dafür gesorgt hatte, dass die Kleine ihm nicht mehr ganz so zugetan zu sein schien.

Aber es machte ihm tatsächlich einfach zu viel Spaß, sie aufzuziehen. Jen verleitete ihn einfach dazu, sie zu ärgern. Ihr Aussehen, das zweifelsohne nicht nur ihm zusagte, reizte ihn fast so sehr wie ihre Art, auf seine Sprüche zu reagieren. Irgendetwas sagte ihm, dass sie ihm unter anderen Umständen nur mit gleichgültiger Verachtung gegenübergetreten wäre. Aber die Umstände sahen im Augenblick für Eric so aus, dass sie ihn heiß fand. Dass sie sich sehr wohl von ihm angezogen fühlte, auch wenn sie steif und fest das Gegenteil behauptete. Und um das Ganze noch abzurunden, befand sie sich in einer Situation, in der sie sich ebenso offensichtlich ziemlich wohl fühlte. Zumindest glaubte sie, dass es eine für sie gute Situation war.

Eric wusste nichts darüber, wo sie herkam und was sie dazu gebracht hatte, allein durch das halbe Land zu fahren. Aber er ahnte, dass ihr dieser Grund ausreichte, um sich losgelöst und frei zu fühlen. Das, was sie dazu brachte, sich ihm gegenüber auf diese latent aggressive Weise zu verhalten, ohne ihn wirklich in seine Schranken zu weisen und ihn dadurch nur noch mehr anzustacheln. Genau das war ihr bewusst, da war Eric sich ziemlich sicher. Sie machte das also mit voller Absicht, ohne es sich selbst einzugestehen. Es musste Jen eine ziemliche Befriedigung verschaffen, ausgerechnet auf diese Art mit Eric zu flirten. Er ahnte auch, dass das eigentlich nie ihre Art gewesen war. Aber nun hatten sich ihre Umstände ja geändert, weshalb sie anzunehmen schien, dass es eine gute Idee war, von alten Verhaltensweisen Abstand zu nehmen.

Eric war es ganz recht so. So konnte er wenigstens mit ihr spielen. Irgendwie glaubte er, dass das vor ein paar Tagen noch nicht so ohne weiteres möglich gewesen wäre. Und dann hätte es ihm auch keinen Spaß gemacht. So aber war ihre Gesellschaft durchaus angenehm. Und ganz vielleicht würde er doch noch eine Gelegenheit bekommen, in den

Genuss zu kommen, sie flachzulegen. Wenigstens ein Mal.

Aber leider hatte Eric eigentlich keine Zeit, um sich darüber den Kopf zu zerbrechen, wie er sie rumkriegen konnte. Er musste sich etwas einfallen lassen, um sie daran zu hindern, ihre kleine gemeinsame Tour zu beenden. Was er von ihr wollte und brauchte, war schließlich nicht ihr Körper, sondern ihre Kohle. Und um an die heranzukommen, blieben ihm nur zwei Möglichkeiten. Entweder, ihm fiel während eines Geistesblitzes eine unglaubliche Geschichte ein, mit der er sie dazu bringen konnte, ihm noch für eine ganze Weile aus der Hand zu fressen, oder er musste die harte Tour wählen. Und weil Eric wusste, dass er im Geschichtenerfinden noch nie sonderlich gut gewesen war, würde es zwangsläufig auf die harte Schiene hinauslaufen.

Also musste er einen Weg finden, sie zu fesseln und sie am besten mundtot zu machen, damit sie ihm auf keinen Fall in die Quere kam, wenn er das Konto ihrer garantiert reichen Eltern plünderte. Er könnte sie vielleicht sogar in den Kofferraum ihrer Bonzenkarre stecken und sie erst wieder herauslassen, wenn er sein Ziel erreichen würde. Und mit etwas Glück würde das nicht nur die texanische Grenze sein.

»Was ist? Du siehst aus, als hättest du Blähungen«, sagte Jen neben ihm mit einem fiesen Grinsen im Gesicht und riss ihn unsanft aus seinen Gedanken.

»Ja, ich glaube, ich muss mal - aufs Klo«, antwortete er schnell, bevor er ›kacken‹ hätte sagen können, und fing an, sich diebisch über ihre unwissend gestellte Frage zu freuen. Das war die Lösung. Sie würden gleich an Weatherford vorbeifahren. Zumindest, wenn er das Schild vor einigen hundert Metern richtig gelesen hatte. Dort würde er vorgeben, in einen Drugstore zu gehen, um sich ein Mittel für seinen ach so angeschlagenen Magen zu besorgen. Stattdessen würde er sich aber nach einem möglichst unauffälligen Waffenladen umsehen.

Nicht, um sich dort eine Waffe zu besorgen. Eric wusste, dass er das mit dem nötigen Kleingeld auch ohne einen Waffenschein schaffen könnte, sollte er es darauf anlegen. Immerhin waren sie hier in Texas, nicht wahr? Aber genau so effektiv die kleinen praktischen Schießeisen waren, so gefährlich waren sie auch, wenn man ihn widererwarten doch aufgreifen und festnehmen würde. Leider wusste Eric, dass er mehr als nur ein paar Jahre in einem Bundesgefängnis einsitzen würde, wenn er bei seiner Festnahme tatsächlich bewaffnet sein sollte. Eine dumme Idee also. Ihm fiel auch nicht wirklich ein Grund dafür ein, aus dem er eine Pistole hätte gebrauchen können.

Nein. Was Eric wollte, waren Handschellen. Damit konnte er das Mädchen, das sicher keine Kabelbinder oder eigene Handschellen mit sich führte, praktisch außer Gefecht setzen. Und Eric musste leider auch zugeben, dass ihn die Vorstellung anmachte, sie könnte ihm hilflos ausgeliefert sein. Nicht, dass er ihr etwas getan hätte. Er ahnte, dass er seine Chance, bei ihr zu landen, in dem Augenblick vertun würde, in dem die Handschellen zuschnappten. Schade, aber das würde sich dann eben nicht ändern lassen. Pech.

»Hey, da drüben ist eine Buchhandlung. Ich geh rein und besorg mir ein bisschen was zu lesen, okay JJ?« Jen deutete mit dem Finger auf einen Laden neben dem Drugstore, vor dem sie anhielten, und stieg aus dem Wagen. Bevor er selbst ausstieg, beobachtete Eric, wie sie mit ihren Fingern kurz durch ihre langen blonden Haare fuhr, das weiße Top mit den Spaghettiträgern zurechtzupfte und sich schließlich mit so geschmeidigen Bewegungen auf den Weg zur Buchhandlung machte, dass er schlucken musste.

Wirklich - sehr schade drum.

Aber ganz ganz vielleicht gab es noch eine dritte Option. Wenn ihm irgendein Grund einfiel, aus dem sie die Nacht hier verbringen müssten. Aus dem sie heute ganz einfach noch nicht weiter nach Dallas konnten. Ganz vielleicht würde sie sich dann spontan auf einen seiner Versuche einlassen, sie um den Finger zu wickeln. Selbstverständlich, bevor er sie fesseln und knebeln und damit unschädlich machen würde. Ein äußerst reizvoller Gedanke.

Eric beschloss, dass er genauso gut darüber nachdenken konnte, während er sich zunächst an das machte, was er hier eigentlich wollte. Die Handschellen kaufen. Praktischerweise schien ihr nämlich nicht aufgefallen zu sein, dass er letzte Nacht in ihrem Portmonee herumgeschnüffelt hatte. Den Fünfziger schien sie nicht zu vermissen. Aber vermutlich war sie ohnehin so reich, dass sie und vor allem ihre Eltern in Geld schwimmen konnten. Was machten da schon läppische fünfzig Dollar aus. Eric entschied, dass der

Verlust sie sicher nicht schmerzen würde, und bereute es nicht. Nicht im Geringsten.

»Was kann ich für Sie tun?« Der Mann hinter dem Tresen des Waffengeschäfts musterte seinen neuen Kunden skeptisch. Wahrscheinlich waren seine Augen hinter der winzigen Brille so erfahren und geschult, dass er einen potenziellen Irren auf einen Blick erkennen könnte. Dann würde er zweifelsohne den Panikknopf drücken, der sich unterhalb seiner Kasse befand und in weniger als fünf Minuten würde hier eine Horde Bullen herumschwirren, die jeden Verdächtigen umgehend verhaften würden.

»Ich habe eine Freundin -«, begann Eric mit einem aufgesetzt schüchternen Lächeln und deutete mit dem Daumen nach hinten auf den Parkplatz, »und unser Liebesleben ist ein bisschen eingeschlafen, verstehen Sie?« Auch diese Lüge, eine von vielen seit gestern Nacht, ging ihm über die Lippen, ohne dass er auch nur mit der Wimper zuckte.

Der Verkäufer, der inzwischen zu dem Schluss gelangt zu sein schien, dass er es nicht mit einem potenziellen Amokläufer zu tun hatte, sondern mit einem liebestollen Jüngling, der seiner Angebeteten ganz neue Erfahrungen nahebringen wollte, nickte knapp. Offenbar schien er derartige Kundenwünsche durchaus gewöhnt zu sein, denn ohne weitere Fragen zu stellen griff er nach einer Kiste in einem Regal hinter sich an der Wand.

»Modelle mit Plüsch führe ich leider nicht, tut mir leid, falls Sie auf der Suche danach sein sollten. Wenn Sie sich stattdessen aber mit dem Standardmodell aus rostfreiem Edelstahl zufriedengeben, kann ich Ihnen durchaus weiterhelfen.« Der Verkäufer sah nur kurz zu Eric auf, während er in der Kiste herumwühlte und schließlich eine schmucklose Pappschachtel daraus hervorzog. »Leider habe ich keine Ausführung mehr, die die gängige glänzende Lackierung aufweist. Was ich Ihnen anbieten kann, ist eine Variante, die gern von der Army verwendet wird. Die Oberflächenbeschichtung ist in Mattschwarz gehalten. Dadurch werden eventuelle Lichtreflexe nicht gespiegelt. Das ist alles.«

Eric war sich nicht ganz sicher, ob er wirklich kapierte, was der Kerl da faselte, entschied dann aber, dass es vielleicht cool war, schwarze Handschellen zu kaufen. Keine Ahnung. Vielleicht standen manche Leute drauf. Darum ging es ihm aber nicht. Auch nicht darum, ob die verdammten Dinger Plüsch hatten, oder nicht. Er fand, dass es kaum etwas Alberneres gab, als Handschellen mit Plüsch. Das war wie - Sex auf Armlängenabstand mit einer Gummipuppe. Langweilig.

»Ich nehme sie«, antwortete er mit demselben falsch-schüchternen Lächeln und hoffte, dass er so erleichtert aussah, wie er vorgab. Immerhin war er ja kein flüchtiger Untersuchungsgefangener, sondern nur ein verzweifelter junger Mann, der seine heißgeliebte Freundin noch ein kleines bisschen länger an sein Bett fesseln wollte. Im wahrsten Sinne des Wortes.

»Das macht neunzehn Dollar.« Der Verkäufer steckte die Pappschachtel in eine Plastiktüte und nahm das Geld entgegen, das Eric ihm reichte.

»Sagen Sie«, begann Eric, dem plötzlich etwas Verlockendes in den Sinn kam, »gibt es in dieser Stadt einen Club? Irgendetwas, wo man abends hingehen und ein bisschen feiern kann?« Er nickte eifrig, um seine Show noch ein bisschen besser zu spielen. »Oh, und ein Motel oder irgendetwas, wo man gut übernachten kann. Sie verstehen schon.«

Der Mann rückte kurz seine Brille zurecht und schien nachzudenken. Dann nickte er. »Es gibt eine kleine Diskothek. Mehr eine Westernkneipe als das, was Sie suchen, aber etwas anderes haben wir hier in Weatherford nicht. Sie finden sie in der Nähe des Colleges. Drei Blocks von hier; können Sie nicht verfehlen. Einen Block weiter gibt es ein kleines Bed-and-Breakfast-Motel. Ein Familienbetrieb, der einer ehemaligen Schulfreundin von mir gehört.«

»Wunderbar«, rief Eric begeistert. »Ich danke Ihnen vielmals, Sie haben mir sehr geholfen. Eine schöne Stadt übrigens, in der Sie hier leben.«

Damit drehte er sich um und verließ das Waffengeschäft. Genug geschleimt. Jetzt musste er nur noch eine Möglichkeit finden, seinen hübschen Goldesel dazu zu bringen, die Nacht mit ihm in dieser Stadt zu verbringen und erst am nächsten Tag wieder nach Dallas aufzubrechen. Und Eric hatte auch schon eine Idee, wie er das umsetzen würde.

Kapitel 5

»Das ist nicht dein Ernst, oder?« Jen starrte JJ an, als hätte er den Verstand verloren. »Wieso zur Hölle sollte ich eine Nacht lang hierbleiben? Ich dachte, *du* hättest es so eilig, zu deinem Kumpel nach Dallas zu kommen. Und jetzt willst du plötzlich Zeit verschwenden und hier rumgammeln?« Sie war wütend auf ihn. So wütend, dass sie mit ihrer Faust vor seinem Gesicht herumwedelte.

»Aber ich meine doch nicht, dass wir rumgammeln sollen«, beeilte er sich zu sagen und machte ein betroffenes Gesicht. Ein bisschen wirkte er auf sie, als wäre er gekränkt. »Ich habe Magenschmerzen, das ist alles. Ich will dir unterwegs nicht in den Wagen kotzen. Und was ist, wenn ich plötzlich Durchf-«

Jen unterbrach ihn mit einer herrischen Armbewegung, bevor er weitersprechen konnte. »Das ist doch totaler Quatsch. Du siehst überhaupt nicht so aus, als hättest du was mit dem Magen. Eher wie ein Spinner, der sich idiotischerweise in den Kopf gesetzt hat, er könnte mich auf diese Weise rumkriegen.«

Wütend sah sie ihm ins Gesicht, aber in seinen Augen erkannte sie eigentlich nichts dergleichen. Sollte das, was sie ihm vorwarf, seine Absicht sein, so konnte er es ziemlich gut vor ihr verbergen.

»Aber, das will ich doch gar nicht«, setzte er noch einmal an, ohne dass sie ihn zu Wort kommen ließ. »Ich könnte dich auch einfach hierlassen und allein weiterfahren. Schließlich habe ich gar nichts davon, dass du bei mir bist, oder? Ich meine, du bezahlst ja nicht einmal dein eigenes Essen. Du trägst seit gestern dieselben Klamotten und hast nichts bei dir gehabt, als ich dir gestern -«

»Richtig«, unterbrach er sie nun seinerseits und an seiner Stimme hörte sie wirklich, dass er beleidigt war. »Weil dieser ganze Spaß hier gar nicht geplant gewesen ist, schon vergessen? Eigentlich wollte ich mit meinem Kumpel fahren. *Er* hatte meine Tasche. Mit meinen Sachen. Mit meiner ganzen Kohle. Woher hätte ich bitte wissen sollen, dass er gar nicht auftaucht? Und ich denke«, sagte er und schaute sie nun ziemlich böse an, »dass du mir eigentlich dankbar dafür sein solltest, dass ich dir bei den Kerlen geholfen habe. Das hätte ich ja wohl nicht tun müssen, oder? Ich hätte es auch so machen können, wie der Schwanzlutscher mit der Pickelfresse - dich einfach hängen lassen. *Habe ich aber nicht!*«

Jen schluckte ihre Worte hinunter, bevor sie noch mehr sagen konnte. Es hatte keinen Sinn. JJ hatte ihr geholfen, daran gab es nichts zu rütteln. Sie konnte rein gar nichts daran erkennen, das ihm irgendeinen Vorteil verschafft hätte. Hätte er sie vergewaltigen wollen, hätte er das zweifellos tun können, als sie neben ihm im Auto geschlafen hatte. Oder auch einfach so. Dass er Kraft genug hatte, sie auch im völlig wachen Zustand zu überwältigen, stand ganz außer Frage.

Außerdem - was sprach eigentlich dagegen, eine Nacht hier zu verbringen, anstatt in irgendeinem einsamen Motel an der Interstate 20? Doch eigentlich nur die Tatsache, dass sie dadurch Zeit verlor. Zeit, die sie eigentlich genug hatte. Und eigentlich gab es auch nichts, das sie antrieb. Warum also nicht ...

Aber da war noch etwas. Etwas an seinem Hundeblick, das ihr verriet, dass es etwas *gab*, das sie nicht sehen konnte. Sie hatte sich doch vorgenommen, auf der Hut zu sein, oder nicht? Dann sollte sie wohl auch daran festhalten und ihn im Auge behalten. Denn trotz allem, was er versuchte, ihr weißzumachen, sah er nicht wirklich so aus, als hätte er echte Magenprobleme. Wenn es einen Grund dafür gab, dass er unbedingt bleiben wollte, dann würde sie ihn herausfinden.

»Also gut«, gab sie schließlich nach, um sich weitere Diskussionen zu ersparen, die vielleicht in einen Streit übergegangen wären. Darauf konnte sie wirklich verzichten. »Wir können bis morgen hierbleiben. Aber denk ja nicht, dass ich dein Zimmer bezahle, klar? Ich will das Geld wiederhaben, wenn ich dich bei deinem Kumpel abgesetzt habe, verstanden?«

Er nickte und sah sie an, als wäre er überaus froh über ihr Einlenken. »Aber sicher, meine Liebe. Ich will dir auf keinen Fall etwas schuldig bleiben. Dann lass uns irgendwo ein schnuckeliges Motel suchen, dann kann ich mich hinlegen und ausruhen und dann geht es mir sicher schnell wieder besser.« Als wollte er seine Worte unterstreichen, hielt er lächelnd die weiße Plastiktüte in seiner Hand in die Höhe. Jen konnte nicht sehen, was da drin war, nahm aber an, dass es wohl Medikamente gegen seine angeblichen Magenbeschwerden waren. Ihr war es nur recht, wenn es ihm bald wieder gut ging. Dann konnte sie ihn in Dallas abladen und den Rest ihrer Strecke allein zurücklegen.

Und trotzdem verschwand das komische Gefühl in ihrem Magen nicht. Nicht, als sie in das winzige Motel eincheckten, zu dem er sie geführt hatte (er hatte den Apotheker wohl schon danach gefragt, wo sie schlafen könnten), und auch nicht, als JJ sie schließlich mit einem derart übertriebenen Lächeln vor ihrer Zimmertür stehen ließ, dass daran nur etwas faul sein *konnte*. Er ging in das Zimmer nebenan, schlug die Tür hinter sich zu und nur eine Minute später konnte Jen hören, dass er die Dusche angestellt hatte. Von wegen, Magenprobleme.

Was führst du im Schilde?

Da sie ihn aber kaum noch dazu bewegen konnte, ihr die Tür aufzumachen und ihre Fragen zu beantworten, ging sie schulterzuckend in ihr eigenes Zimmer. Sie war erstaunt, wie sauber und ordentlich es war. Sogar liebevoll eingerichtet und die die Möbel zeugten von gutem modernen Geschmack. Jen musste zugeben, dass sie so etwas nicht erwartet hatte. Wahrscheinlich war sie zu sehr davon ausgegangen, dass dieser Tag nur schlimmer werden konnte. Es hätte sie wohl weniger überrascht, Wanzen unter dem Bett und klebrige Flecken auf den Laken vorzufinden.

Schließlich fand Jen, dass sie es schlechter hätte treffen können. Auf der Interstate 20 gab es sicher keine Motels, die so aussahen. Also konnte sie auch anfangen, sich ein bisschen zu entspannen. Und duschen. Dringend duschen! Und das tat sie.

Kapitel 6

Eric war ein bisschen überrascht darüber, wie leicht es ihm fiel, Jen um den Finger zu wickeln. Er hatte beschlossen, sie ein paar Stunden allein zu lassen. In dieser Zeit hatte er ausgiebig geduscht, geschlafen und sich in einem Laden um die Ecke eine neue Jeans und zwei schlichte schwarze Shirts gekauft. Und Unterwäsche natürlich. Schon scheiße, wenn man rein gar nichts bei sich hat. Dann hatte er darüber nachgedacht, wie er es schaffen sollte, sie aus dem Zimmer zu kriegen. Zu dieser Disco, von der der Waffenhändler ihm erzählt hatte. Dort wollte er sie abfüllen und hoffentlich direkt zu seinem Plan übergehen: Den hübschen Goldesel auspressen wie eine Zitrone, sie gefesselt und geknebelt zur nächsten Bank schleifen und ihr die Kohle abknüpfen, die Mommy und Daddy zweifelsohne auf ihrem Konto geparkt haben würden. Und dann würde er sie hier zurücklassen. Vorausgesetzt, sie würde ihm genug Bargeld verschaffen, damit er sich ein neues Auto besorgen konnte.

»Du wirst sehen, es wird sicher Spaß machen. Ist doch nichts dabei. Du siehst aus, als wärst du kein sonderlich spontaner Mensch. Aber du bist ganz allein unterwegs durch das halbe Land - was macht es da schon aus, ein bisschen mit einem Fremden zu feiern?«, rief er ihr durch ihre geschlossene Badezimmertür zu und grinste.

In der Hand hielt er ihre geöffnete Weinflasche. Sie hatte sie schon fast zur Hälfte allein geleert, als er an ihre Tür geklopft hatte. Das schien immerhin der ausschlaggebende Punkt dafür zu sein, dass sie eingewilligt hatte, mit ihm zusammen dorthin zu gehen. In die Disco, in der sich das Ende ihrer Reise anbahnen würde.

»Woher willst du wissen, dass ich nicht doch ein spontaner Mensch bin?«, antwortete sie schnippisch, als er schon gar nicht mehr damit gerechnet hatte. Er hatte das Buch umgedreht, das sie sich in der Buchhandlung gekauft hatte, und den Klappentext gelesen. Jetzt öffnete sie die Tür und verließ das Badezimmer und Eric hätte die Weinflasche beinahe fallengelassen, als er sie sah. Sie sah -

»Ich wusste gar nicht, dass du auf solche Sachen stehst«, sagte er schnell, ohne den Blick von ihr zu lösen und trommelte mit dem Zeigefinger auf den Titel des Buches. »Der dunkle Turm von Steven King? Ich dachte, jemand wie du steht auf Schnulzen?«

»Jemand wie ich?«, zischte sie ungehalten und drehte sich um, und bückte sich nach ihren Schuhen. »Warum sagst du das ständig? Du kennst mich gar nicht. Du weißt nicht das Geringste über mich!«

Eric musste zugeben, dass das stimmte. Wieso sollte sie schließlich nicht auf Grusel- und Fantasyzeug stehen? Und wieso sollte sie nicht dazu fähig sein, etwas Ungeplantes zu machen? Spontan sein? Vielleicht hatte er sie doch etwas falsch eingeschätzt ...

»Ich bin sehr wohl spontan! Und ich steh auf King. Und auf Hamburger. Und sogar auf Splatterfilme, wenn du es ganz genau wissen willst. Nur weil ich in deinen Augen vielleicht aussehe wie eine Tussi, muss ich doch noch lange keine sein, oder?« Wütend fuhr sie wieder herum, setzte sich schwungvoll neben ihn auf das Bett und fing an, die Highheels über ihre perfekt lackierten Füße zu ziehen.

Das überhaupt ein Mensch auf diesen Dingern laufen kann, dachte er einen Moment lang und merkte, dass er sie schon wieder anstarrte. Aber verdammte Scheiße! Es war auch schwer woanders hinzusehen! Unmöglich! Bisher hatte er sie eigentlich schon ziemlich heiß gefunden. Immerhin hatte sie ja während der beiden Tage, an denen sie sich kannten, auch kurze Shorts getragen. Wegen der Hitze. Aber das hier war -

»Glotz nicht so! Gleich fallen dir die Augen aus dem Schädel!« Rigoros griff sie nach der Weinflasche in seiner Hand und trank einen ziemlich ordentlichen Schluck daraus. Ihr Glas neben dem Bett auf dem kleinen Tisch schien sie vergessen zu haben. »Und bilde dir nichts darauf ein, kapiert? Das hier ist sicher kein Date! Ab morgen gehen wir getrennte Wege. Ich will nur meinen Spaß!«

Den will ich auch, dachte Eric, sagte aber nichts und nahm ihr nur lächelnd die Weinflasche aus der Hand, als sie wieder aufstand, um sich im Spiegel an der Wand neben der Tür zu betrachten.

Eric entschied, dass sie wohl dasselbe wollten. Er konnte einfach nicht anders. Sie war einfach so atemberaubend sexy, dass er das Gefühl hatte, ihm würden wirklich jeden Moment die Augen aus dem Schädel fallen. Sie trug ein dunkelblaues Minikleid, das gerade lang genug war, um nicht als schlampig zu gelten, dazu die Highheels und schließlich war sie absolut perfekt geschminkt. Nicht zu viel und nicht zu wenig.

Manche Weiber übertrieben es gerne, wenn sie ausgingen. Eric starrte dann in ihre übermalten Gesichter, fragte sich, aus welchem Zirkus sie ausgebrochen waren und ließ sie meistens links liegen. Er empfand es als abstoßend, wenn eine Frau so extrem viel Schminke auftrug, dass man sie am nächsten Morgen mit einem Spachtel abkratzen musste. Und meistens schafften sie es dadurch ohnehin nicht, die Unzulänglichkeiten ihrer Gesichter zu überdecken. Pickel, unreine Haut oder was auch immer sonst noch dazu beitragen könnte, dass ein Mensch nicht sonderlich ansehnlich war. Wie er es auch gestern zu dem großen Kerl in der stinkenden Tanke gesagt hatte: Hässlichkeit konnte Eric nun mal nicht ausstehen.

»Können wir dann los? Oder willst du auf meinem Bett Wurzeln schlagen.« Auffordernd sah Jen ihn an, griff nach ihrer Handtasche auf der Kommode und stopfte ihr Portmonee hinein. »Müssen wir da hinfahren? Oder kann man auch laufen?«

»Laufen«, sagte Eric schnell, stand auf und hielt ihr so galant den Arm hin, wie er konnte. Er hatte das als Kind manchmal in den alten Liebesfilmen gesehen, die seine Mutter so gerne angesehen hatte. Dann, wenn der Alte nicht im Haus gewesen war und sie hatte träumen können. Dann, wenn es still und friedlich war, und sein Geschrei nicht die ganze Nachbarschaft in Aufregung versetzt hatte. Eric schob den Gedanken schnell beiseite. Zwecklos, sich darüber den Kopf zu zerbrechen, aber so war das wohl mit Erinnerungen. Manchmal kamen sie einfach und scherten sich einen Dreck darum, wie passend oder unpassend der Zeitpunkt dafür war.

»Wehe, es ist so weit, dass ich die Schuhe ausziehen muss! Dann darfst du mich tragen. Barfuß laufe ich keinen Meter!«

»Aber sicher, Ma'am«, antwortete er grinsend und konnte sich das Lachen nicht verkneifen. Der Alkohol schien bereits eine Wirkung auf Jen zu haben. »Ich werde Sie auf Händen tragen, wenn es erforderlich sein sollte.« Jen stimmte in sein Lachen ein und ließ sich endlich bereitwillig auf ihren gemeinsamen Abend ein.

Wunderbar. Dann kann die Show ja losgehen.

Aber bei allem, was eigentlich *wichtig* an dieser Aktion war, verlor Eric doch noch lange nicht die Hoffnung darauf, dass sich ihm eine Möglichkeit eröffnete, sie vorher flachzulegen. Auf die freiwillige Tour, versteht sich. Oh, wie sehr er das genießen würde, überlegte er und konnte nicht anders: Er starrte Jen auf den perfekten Arsch und grinste so breit, dass ihn ein vorbeilaufender pickeliger Teenager mit einem Blick anschaute, als hätte er den Verstand verloren. Eric dachte nur: *Wenn du wüsstest, Jungchen. Wenn du wüsstest ...*

Kapitel 7

Jen war annähernd betrunken. Okay - sehr betrunken. Sie hatte feststellen müssen, dass es weit weniger unangenehm war, mit Eric hierher zu gehen, als sie angenommen hatte. Zwar hatten ein paar Leute in dem düsteren Kellerraum, den sie Disco nannten, sie beide schief angesehen, als sie gekommen waren, aber das war schließlich irgendwie in Ordnung. Immerhin waren sie fremd und die Stadt war nicht besonders groß. Auch ihre ursprüngliche Vermutung, ausschließlich auf alte Säcke zu stoßen, war nicht eingetreten. Der Altersdurchschnitt bewegte sich in der Hälfte der Zwanziger. Und das war wirklich okay.

Jen war ein bisschen überrascht darüber gewesen, dass JJ ihr den ersten Drink spendiert hatte. Immerhin war sie davon ausgegangen, dass er so pleite war, wie der ganze griechische Staat. Aber sie hatte das Bier trotzdem angenommen, das er ihr auf den klapprigen Stehtisch gestellt hatte, an den sie sich zunächst gestellt hatten. Sie bevorzugte Wein, ging aber davon aus, dass man das hier sicher nicht bekommen konnte. Und Bier war immer noch besser als Whiskey. Er hatte sich einen Whiskey mit Eis bestellt. Sie fand es ekelig und JJ hatte sie ausgelacht, als er ihr Gesicht gesehen hatte. Sie musste ziemlich angewidert ausgesehen haben.

»Hast du ein bisschen Kleingeld?«, fragte er irgendwann laut, als der DJ, ein kleiner dicker Mann mit einem T-Shirt so groß wie ein Zirkuszelt, einen bekannteren Popsong anspielte. »Ich will mir Zigaretten holen.«

O Gott!, dachte sie überrascht, als er sich zu ihr über den Tisch rüberbeugte und ihr bittend die Hand entgegenstreckte. *Warum riecht er so verdammt gut?* Es musste an dem Duschgel liegen, das das Motel zur Verfügung stellte. Ganz sicher. Vorher hatte er doch nicht so gerochen - so - abartig gut ... Sie erinnerte sich vage an seinen Geruch der letzten beiden Tage. Ein bisschen nach Schweiß, aber alles andere als unangenehm. Und wahrscheinlich lag es auch eher am Alkohol, dass ihr Magen einen kleinen Hüpfer machte, als dass er sich geruchsmäßig tatsächlich verändert hatte. Sie war schlicht und ergreifend zu betrunken, das war alles. Und Jen wusste leider aus Erfahrung, dass sie manchmal wuschig wurde, wenn sie getrunken hatte. JJ hätte es wahrscheinlich als ›geil‹ bezeichnet. Sicher sogar.

»Hallo? Hast du mich gehört?«

Erschrocken schaute sie ihn an und er starrte zurück. Mit einem derart breiten Grinsen im Gesicht, als hätte er ihre Gedanken gelesen. Um sich nicht zu verraten, schaute sie ihn möglichst gehetzt und müde zugleich an, als sie in ihrer Handtasche nach ein bisschen Kleingeld suchte. Sie fand es und ließ die Münzen in seine offene Hand fallen.

»Dankeschön«, sagte er, als er um den Tisch herumging, sie dabei halb umkreiste und so nah an sie herankam, dass ihr der Atem stockte. Offenbar wusste er sehr genau, was sich in ihrem Kopf gerade abgespielt hatte. Vielleicht sogar besser, als sie selbst es wusste. Oder es sich eingestehen wollte.

Konnte ein bisschen Alkohol wirklich dazu führen, dass man alle Hemmungen vergaß? Oder lag es doch an der Gesamtsituation? Daran, dass sie zum ersten Mal in ihrem Leben mutterseelenallein unterwegs war - etwas tat, das bis vor Kurzem noch absolut undenkbar gewesen wäre und sich dabei vielleicht einfach nur dachte, dass sie es tun *könnte*? Auf seine offensichtlichen Absichten ihr gegenüber einsteigen, ihn weiterspielen und gewinnen lassen? Einfach ihren Spaß haben, ohne an die Konsequenzen zu denken?

Teufel, so eine Frau war sie noch nie gewesen. Klar, sie *hatte* Spaß gehabt. Ziemlich viel sogar. Aber diese Typen hatte sie alle gekannt und sie hatte es nie so übertrieben, dass ihr ach so toller Ruf als Südstaaten-Lieblingstochter dadurch in Gefahr geraten wäre.

Aber das hier war etwas völlig anderes. Wenn sie sich darauf einließ, so kam es Jen zumindest vor, überschritt sie eine unsichtbare Grenze, die sie sich selbst gesteckt hatte, als sie noch ein junges Mädchen gewesen war. Als sie noch Träume gehabt hatte. Als sie noch nicht in dieser Lage gesteckt hatte ...

O Mann! Je länger sie darüber nachdachte, dass es ein Fehler sein würde, mit Jacob Jackson noch heute Nacht ins Bett zu gehen, weil sie ja morgen keine Gelegenheit mehr dazu haben würde, desto mehr wollte sie es. Was hatte sie auch zu verlieren. Er sah so beschissen gut aus, dass er wahrscheinlich jede Frau in diesem Laden sofort hätte flachlegen können.

Vielleicht zog er genau das sogar inzwischen in Erwägung, weil Jen ihn ja mehr oder weniger klar vor eine Wand laufen ließ.

Als ihr das bewusst wurde, störte es sie. Sehr sogar. Es war nicht die kindische Eifersucht, die sie früher schon mal erlebt hatte. Als sie ihren ersten Freund gehabt hatte. Tony Salvadore, ein Mitschüler aus ihrer Highschool, den ihr Vater auf den Tod nicht hatte ausstehen können. Aber damals fand sie ihn toll und war tatsächlich irgendwie eifersüchtig gewesen, wenn er auch nur mit anderen Mädchen gesprochen hatte. Das hier war etwas anderes, auch wenn sie es nicht genau beschreiben konnte.

»Hey Püppi! Ganz allein da?«

Erschrocken drehte Jen sich um, weil sie eine Hand an ihrem nackten Oberarm spürte. Sie hatte die beiden Typen hinter sich gar nicht beachtet. Sie schienen sie schon eine Weile lang beobachtet zu haben, während sie so vertieft in ihre dummen Gedanken gewesen war.

»Willst nicht ein bisschen zu uns herüberkommen und etwas mit uns trinken?« Als wäre es das Selbstverständlichste auf der Welt, griff einer der beiden Männer nach ihrem Bierglas und stellte es auf den Tisch, an dem die beiden gerade noch gestanden hatten. Bevor Jen protestieren konnte, schob der andere, der seine Pfoten nun an ihrer Taille hatte, sie in seine Richtung, und ehe sie sich versah, stand sie zwischen den beiden. Sie schienen ziemlich betrunken zu sein, machten aber keine Anstalten, in aller Öffentlichkeit über sie herzufallen. Im Gegenteil. Der, der sie herübergeschoben hatte, ließ sie sofort los und streckte ihr stattdessen seine Hand entgegen. »Ich bin Marc. Ich arbeite im Umspannwerk in der Nähe. Entschuldige, dass wir dich so überfallen, aber anders hätten wir uns wahrscheinlich nicht getraut, dich anzusprechen.«

Irritiert und ohne nachzudenken, schüttelte Jen seine Hand. Sie war groß und schwielig, aber seine Haut war warm. Sie schaffte es sogar, sich ein Lächeln abzuringen, das nicht allzu gequält aussah.

»Und ich bin Jason«, stellte der andere sich vor und grinste dümmlich, aber sie stellte fest, dass ebenso ein schüchternes Grinsen sein konnte. »Sorry wegen des Überfalls. Was treibt dich in die Gegend?«

»Ich bin auf der Durchreise«, gab sie zögernd zu und fragte sich, was die beiden mit diesem Gespräch eigentlich bezwecken wollten. Keinen von beiden fand Jen auch nur ansatzweise attraktiv. Klar, hässlich waren sie nicht unbedingt. Aber der, der sich als Marc vorgestellt hatte, war so groß und breit wie ein Schrank und Jen konnte sich nur schwer vorstellen, wie der arme Kerl eine Frau in seinen Armen halten würde. Irgendwie glaubte sie, er würde die Ärmste zerquetschen, wenn er sie nur zu doll anfasste. Der andere hingegen, Jason, sah eher nach dem kompletten Gegenteil aus. Mit der Brille auf der Nase und den langen Haaren, die ihm fast bis zum Kinn reichten, sah er eher aus wie ein typischer Nerd. Absolut nicht ihr Typ.

»Durchreise? Wo geht's denn hin?« Der Große trank aus seinem eigenen Bierglas. Er leerte es fast in einem Zug. Kein Wunder, dass er schon ziemlich voll war.

»Nach New York. Ich will dort - jemanden besuchen.«

»New York? Da hast du aber noch einen ganz schönen Weg vor dir, Mädchen. Und den fährst du allein? Warum zum Teufel macht man das?«

Jen grinste schwach. »Oh, ich habe meine Gründe.« Sie hielt es nicht wirklich für eine gute Idee, diesen Kerlen alles über sich und ihr Leben zu erzählen. Wozu auch? Sie würde sie nie wieder sehen und es ging sie schlicht und ergreifend nichts an.

»Tja, Jason, da können wir uns aber glücklich schätzen, dass wir das hübsche Ding gesehen haben, oder?«

Der andere nickte eifrig und schob Jen ihr Glas zu. Irgendwie hätte sie schwören können, dass er gerade etwas damit gemacht hatte. Vielleicht daraus getrunken? Sie konnte es im difusen Discolicht nicht erkennen. Sie roch vorsichtig daran. Ihr Dad hatte ihr eingeschärft, immer auf alles zu achten, wenn sie auf eine Party ging. Aber das Bier roch nur nach - Bier. Und schmecken tat es auch nur nach Bier. Sie sah schon Gespenster. Das war alles.

»Trink aus, Süße! Und dann lass uns tanzen. Wenn du schon mal das wunderschöne Städtchen Weatherford besuchst, musst du auch ordentlich Spaß haben.« Der Große nickte ihr wieder zu und bestellte sich im selben Atemzug ein neues Bier, das der Barkeeper, der den Mann offenbar gut zu kennen schien, mit einem ziemlich mürrischen Blick zu ihm rüberschob. »Trink nicht so viel, Marc! Penny macht mir morgen die Hölle heiß, wenn du den ganzen Tag sturzbesoffen in der Ecke liegst!« Dann wandte er sich mit einem letzten missbilligenden Blick wieder seinen anderen Gästen zu. Der Angesprochene quittierte den Kommentar mit einem herzhaften Lachen. »Ist mein Schwager nicht ein freundlicher Kerl? Eines Tages kann er seine Eier vom Fußboden aufsammeln, weil seine olle Schwester sie ihm zu langgezogen hat.«

Jen fand den Spruch nicht wirklich lustig. Sie entschied sich gegen eine Antwort und dafür, ihr Bier weiter zu trinken. Und sie fing an, sich zu fragen, wo JJ so lange blieb. Es konnte doch nicht ewig dauern, sich eine blöde Schachtel Kippen aus einem Automaten zu ziehen.

Marc rülpste herzhaft, nachdem er auch dieses neue Glas Bier so schnell geleert hatte, dass Jen schwindelig davon wurde. Irgendwie kam es ihr ohnehin so vor, als sollte sie lieber die Finger von Alkohol lassen. Ihre Beine waren ziemlich schwer …

»So, fertig. Auf auf, Jungs und Mädchen. Wir mischen den Laden hier mal ein bisschen auf.« Er schien seinen Worten umgehend Taten folgen lassen zu wollen, denn seine Hand griff nach Jens Hand, bevor sie sie wegziehen konnte. Mit einem breiten Lächeln auf den ziemlich wulstigen Lippen schob er sie wieder vor sich her - dieses Mal zur Tanzfläche. Das Bierglas hatte sie noch in der anderen Hand und presste es zwischen den ganzen Menschen eng an ihren Körper, um niemanden mit dem Bier zu überschütten.

Sie wand sich und wollte sich wegducken, aber plötzlich tauchte der kleinere, Jason, neben ihr auf und gesellte sich offensichtlich ziemlich munter zu ihnen. Dem Nerdcharakter setzte er die Krone auf, als er sich mit schwingenden Bewegungen daran machte, sie anzutanzen. Erschrocken wich Jen zurück, weil sie Angst hatte, seine herumschlingernden Arme könnten sie K.O. hauen.

»Nicht so schüchtern. Komm schon, ist doch nichts dabei.« Aufmunternd lächelte der Große zu ihr herunter.

Aber Jen war nicht nach Tanzen zumute. Ganz und gar nicht. Sie wollte nur noch hier weg. Weg von diesen beiden Männern, weg von den anderen Leuten, die sie zu erdrücken schienen und weg von der Musik, die in ihren Ohren dröhnte. Was war auf einmal mit ihr los? War das wirklich nur das Bier? Oder drehte sie gerade am Rad ...

Jen wusste es nicht. Was sie aber mit Bestimmtheit wusste, war, dass sie eigentlich kein Mensch war, der in großen Menschenmassen schnell Panik bekam. Einmal war sie mit ein paar Freundinnen auf einem Festival in Palm Springs gewesen. Auch damals hatte ihr Vater getobt und sogar gedroht, sie zu enterben, wenn sie nicht mit ihrem Hintern in ihrem Zimmer blieb. Jen war trotzdem gefahren, hatte eine Menge Spaß gehabt und ihr Vater hatte sie selbstverständlich nicht enterbt.

Aber das hier war anders. Das hier war - erdrückend!

Jen kniff die Augen zusammen und hoffte nur noch, dass sie nicht umkippte. Wahrscheinlich wären die anderen Leute einfach tölpelhaft über sie drüber getrampelt, ohne zu merken, dass sie auf ihren Armen und Beinen herumliefen. Eine wirklich unangenehme Vorstellung.

Jens Herz raste inzwischen. Ganz offensichtlich war sie kurz davor, eine echte Panikattacke zu bekommen. Raus! Einfach nur Weg! Luft -

Plötzlich spürte Jen, dass sich jemand von hinten an sie heran presste, seine Hände an ihre Hüften legte und sie herumdrehte, so dass ihr noch schwindeliger wurde. Sie war schon felsenfest davon überzeugt, dass der Kerl, der sie gerade dreisterweise antatschte, dieser Jason war, und riss erschrocken die Augen auf. Bereit, dem Mistkerl ihr Bierglas ins Gesicht zu rammen und seine Brille damit zu zertrümmern.

Umso überraschter war sie, als sie JJ erkannte, der sie mit einem seltsam verträumten Ausdruck in den Augen anschaute, während er sie enger an sich zog und irgendwie so tat, als würde er mit ihr tanzen wollen. Jen ließ ihn gewähren, weil sie einfach nur unendlich froh und dankbar war, ihn zu sehen. So froh, dass -

Jens Herz rutschte in ihre nicht vorhandene Hose, als JJ sich zu ihr herunterbeugte und sie so unvermittelt küsste, dass ihr der Atem stockte. Verwirrt starrte sie ihn an, unfähig, ihn davon abzuhalten oder sich auch nur dagegen zu wehren, dass er seine Hand dreisterweise an ihren Hintern legte. Die abklingende Panikattacke tat vermutlich ihr Übriges dazu.

Denn dann war da nur - Verlangen! Urplötzlich reagierte ihr Körper auf eine Weise, die sie kaum von sich gekannt hatte. Jede Zelle, jede Faser, schien sich nach ihm und seinen Berührungen zu sehnen. Alles, was ihr vernebelter Verstand wollte, war *ihn*! Und zwar sofort!

Jen dachte nicht darüber nach, was für Konsequenzen ihr Handeln nach sich ziehen könnte. Wozu? Warum sollte man sich über etwas Gedanken machen, das morgen eh egal wäre? Morgen wäre er weg - und sie würde ihn nie wiedersehen. Warum also nicht alle Hemmungen fallen lassen - nur ein einziges Mal? Er zumindest hatte seine Absichten ihr gegenüber so deutlich gemacht, wie es nur ging. Die beiden Kerle, Jason und Marc, hatte sie längst vergessen.

Jen stand auf der Tanzfläche dieser seltsamen Disco, konnte sich kaum noch daran erinnern, wie sie überhaupt hergekommen war und es war ihr egal. Absolut egal. Genau wie die Tatsache, dass JJ den Kuss wie selbstverständlich intensivierte. Mehr noch. Er berührte ihre Arme, fuhr mit seinen Fingern über ihre Haut, die sofort in Flammen aufzugehen schien, und sie wollte einfach nur noch, dass er sie flachlegte. Jetzt sofort und auf der Stelle. Egal, dass hundert Leute dabei zusahen. Egal, dass sie das eigentlich nie geplant hatte. Egal, dass -

»Das reicht«, sagte JJ bestimmt und entzog sich ihr so plötzlich, wie er sich überhaupt erst an sie herangemacht hatte. Verwirrt und so enttäuscht, dass sie ein protestierendes Jammern von sich gab, starrte sie zu ihm hoch. Sein Gesicht war unbewegt, aber in seinen Augen sah sie pure Abscheu.

Was? Warum das denn? Er war doch schließlich derjenige gewesen, der sie angemacht hatte! Sollte er doch sauer auf sich selbst sein ...

»Ihr beiden Pisser seht sofort zu, dass ihr Land gewinnt, habt ihr verstanden? Wenn ich euch noch einmal in ihrer Nähe sehe, sorge ich dafür, dass ihr keine Beine mehr habt, mit denen ihr laufen könnt. Und eure Schwänze reiße ich euch ab und stopfe sie euch in den Arsch! Deinen in seinen Arsch - und deinen mickrigen Pimmel in seinen Arsch! Haut ab!«

Erschrocken und völlig verwirrt drehte Jen sich zu Marc und Jason (waren das ihre Namen gewesen? Sie war sich plötzlich nicht mehr sicher) um. Die beiden sahen aus, als wollten sie JJ am liebsten das vorlaute Maul polieren, aber dann sah Jen noch etwas anderes: Schuldbewusstsein. Und das verstand sie am allerwenigsten.

Irgendwie rechnete eine kleine dunkle Ecke ihres kaum noch vorhandenen Verstandes damit, dass hier gleich eine Prügelei losgehen würde. Aber diese Ecke wurde auch schon dunkel und machte dem restlichen Verlangen Platz, das in ihrem Körper wütete. *Gott! Wie kann man sich so fühlen? So viel habe ich doch gar nicht getrunken ... Wieso will ich nichts anderes, als dass er mich fickt?*

»K.o.-Tropfen«, antwortete JJ auf ihre unausgesprochene Frage, weil er sie offenbar sehr genau beobachtet hatte, griff wieder nach ihrem Arm und zog sie mit sich. Jen stolperte fast blind hinter ihm her durch die Menschenmenge und den künstlichen Nebel, ignorierte die tiefen Bässe der Housemusik, die aus den Lautsprechern dröhnte und ihr Verlangen nach Sex nur noch mehr anzufachen schienen und sah noch, dass die beiden Typen, mit denen sie gesprochen hatte, sich mit wütenden Gesichtern von ihnen abwandten.

Sie zitterte am ganzen Körper, als JJ die Hintertür der Disco neben den Toiletten aufriss und die frische Luft sie so hart traf, dass sie beinahe gefallen wäre, wenn er sie nicht aufgefangen hätte.

Was ist das nur für ein Albtraum, dachte Jen, als sie keuchend zu ihm aufsah und - bei Gott - nichts anderes wollte, als dass er das von eben wiederholte. *Lass mich aufwachen ...*

Kapitel 8

Eric musste sich zu seinem großen Bedauern eingestehen, dass er nicht die geringste Vorstellung davon hatte, was er jetzt machen sollte. Mit seiner betrunkenen Begleiterin, die alles andere als Herrin ihrer Sinne oder Handlungen zu sein schien - und mit sich selbst. Denn das erwartungsvolle Hochgefühl, das er gespürt hatte, als er sie vor wenigen Augenblicken geküsst und gemerkt hatte, dass sie mehr als nur bereitwillig darauf eingegangen war, war verschwunden. Als er die kühle Luft außerhalb des stickigen Raumes eingeatmet hatte. Einfach weg. Zusammen mit der inneren Befriedigung, die es ihm verschafft hatte, die beiden Affen mit ihren abartigen Plänen in die Flucht geschlagen zu haben.

Eric hasste nichts mehr, als Kerle, die meinten, sie müssten zu solch niederträchtigen Mitteln greifen, um zu bekommen, was ihnen Mutter Natur aufgrund ihres erbärmlichen Äußeren sonst verwehrte. Am liebsten hätte er ihnen die Eingeweide herausgerissen, so wütend war er geworden, als er gesehen hatte, was da abging. Und er erwischte sich bei dem Gedanken daran, wie ihr Plan wohl weiterverlaufen wäre. Wahrscheinlich hätten sie noch kurz gewartet, bis die Wirkung des Liquid Ecstasys sich entfaltet hätte, und Jen dann einfach irgendwo in einer dunklen Ecke der stinkenden Disco vergewaltigt. Da wäre sie schließlich schon unfähig gewesen, zu schreien und Hilfe herbeizurufen, nicht wahr?

»Geht's dir gut?«, fragte er idiotischerweise, als fiele ihm gerade zum ersten Mal auf, dass es ihr *nicht* gut ging. Das Zeug schien ihr den Verstand zu vernebeln. Warum sonst sollte sie hier wie festgewachsen stehen, ihn dabei so hingebungsvoll anstarren, als wäre er der leibhaftige Verschnitt eines Leonardo DiCaprio und dabei in so flachen Zügen atmen, dass man annehmen könnte, sie hätte gerade einen Zehn-Meilen-Lauf hinter sich?

»JJ«, stieß sie atemlos hervor, als sehe sie ihn gerade zum ersten Mal. Eric sah, dass ihre Augen aufleuchteten, und wollte gerade einen Schritt zurückweichen, als sie seine Hand packte und so fest drückte, dass sich ihre Nägel in seine Haut bohrten. »Du hast mir geholfen - schon wieder! Danke!«

»Äh, ja. Keine Ursache. Sollen wir dann zurück? Du siehst aus, als könntest du eine Mütze voll Schlaf brauchen.« Es bereitete ihm plötzlich Unbehagen, so von ihr angestarrt zu werden. So, als wollte sie auf einmal *ihn* mit ihren Blicken ausziehen und nicht umgekehrt. Das - irritierte ihn. Natürlich wusste er, dass dieses Verhalten durch die Drogen ausgelöst wurde. K.o.-Tropfen sorgten dafür, dass das Opfer alle Hemmungen verlor, schläfrig wurde und man sich ungestört daran machen konnte - was auch immer mit ihm anzustellen. Und dieses ›Was auch immer‹ schien es zu sein, das ausgerechnet sie nun von ihm zu erwarten schien.

»Was?«, stieß sie schon fast panisch hervor und schüttelte vehement den Kopf. »Aber ich bin gar nicht müde!« Ihre blonden langen Haare strich sie sich fahrig mit den Fingern hinter die Ohren, während sie gleichzeitig zu versuchen schien, den ohnehin schon ziemlich tiefen Ausschnitt ihres Kleides noch weiter von ihrem Hals wegzuhalten; wo ja gar kein Stoff auflag, weil der Ausschnitt irgendwo knapp über ihren Brüsten begann. Als würde sie keine Luft bekommen.

Eric starrte sie an. Er konnte nicht anders. In seinem Hals bildete sich ein Kloß gigantischen Ausmaßes, während seine Starre verflog und das Verlangen zurückkehrte. Das Verlangen, das er verspürt hatte, als er sie geküsst hatte. Das Verlangen danach, sie vor der versammelten Feiergemeinde zu ficken, ohne sich vorher die Mühe zu machen, sie auszuziehen. Ein Wunschtraum, klar. Aber auf einmal erschien er gar nicht mehr so abwegig zu sein ...

Aber dann protestierte das Stimmchen seines Gewissens in seinem Kopf. Sie war nicht nur betrunken, was vielleicht noch als hinnehmbar und als eher kleines Übel durchgegangen wäre, hätte er es darauf angelegt, sie zu verführen. Sie war außerdem voll bis oben hin. Mit einer Droge, die Eric so sehr verabscheute, dass er es unter keinen Umständen in Erwägung ziehen würde, eine Frau zu benutzen, die unter ihrem Einfluss stand. Wäre das nicht ebenso widerlich gewesen, wie es ihr selbst zu verabreichen? Wäre es nicht feige und ziemlich armselig, ihre Situation auf diese Weise auszunutzen?

Ja, dachte Eric. *Das wäre es.*

Der Kloß in seinem Hals blieb, wo er war, als er sie überraschend sanft am Arm berührte und sie langsam vor sich herschob. »Komm schon, Jenny. Du gehörst ins Bett!«, sagte er leise, aber bestimmt und wunderte sich, als sie ihm ihren Arm überraschend ungestüm entriss. »Nenn mich nicht Jenny!«, befahl sie und funkelte ihn derart wütend an, dass er sich ein kleines Grinsen nicht verkneifen konnte. »Nenn mich niemals Jenny, kapiert? Das darfst du nicht!«

Eric wollte sie fragen, warum er das so unbedingt gar nicht und auf keinen Fall tun durfte, kam aber nicht dazu, weil der wütende Ausdruck in Jens Gesicht so plötzlich verschwand, wie er gekommen war. Statt seiner sah er, dass sich ein gequälter Zug um ihre Mundwinkel legte, der sie kaum hörbar aufstöhnen ließ.

Ehe Eric wusste, wie ihm geschah, schlang sie ihre zierlichen Arme um seinen Hals, zog ihn kräftig zu sich herunter und küsste ihn so ungestüm, dass ihm die Luft wegblieb.

Himmel! Das Zeug wirkt abartig stark, dachte er und war sich ziemlich sicher, dass es, entgegen seiner zweifelsfrei ehrenhaften Absichten, nicht lange dauern würde, bis er einknickte, sollte sie nicht umgehend wieder damit aufhören! *Fuck! Das war so nicht geplant!*

Was nicht hieß, dass es in ihm nichts auslöste. Denn das tat es. Die Erektion wuchs augenblicklich und spannte die neue Jeans auf so unangenehme Weise, dass er es kaum ertragen konnte. Sein Körper reagierte so heftig auf sie, dass er auf keinen Fall zögern dürfte, sich von ihr zu lösen, denn sonst hätte er es nicht mehr getan. Niemals. Scheiße, er wollte sie so sehr, dass sein Schwanz wehtat. Etwas, das außerordentlich selten in diesem Ausmaß auftrat.

Falsch - falsch -falsch -

Die kleine Stimme seines Gewissens hämmerte unermüdlich gegen seine Schläfen. Gleich würde sie ihm den Schädel zertrümmern. Er musste aufhören. Sofort!

Und er schaffte es. Ohne zu wissen, wie es ihm gelang, diesen unsagbar heißen, feuchten, lustvollen Kuss zu beenden - er machte es.

»Hey, was soll das! Willst du mich verarschen?« Jens Wut war wieder da, als er ihre Arme von seinen Schultern schob und sie von sich wegdrückte. Auf Armlängenabstand. Eric glaubte, Tränen in ihren Augenwinkeln zu sehen. Wahrscheinlich würde sie losplärren, wenn sie sich dem Willen der Drogen nicht unterwerfen konnte, weil das Objekt ihrer augenblicklichen Begierde es nicht zuließ.

Eric zwang sich, sich zusammenzunehmen. Er hoffte nur, dass seine Stimme so fest war, wie er es gewohnt war. Nicht, dass sie zitterte, wie bei einem kleinen Bengel, dem gerade die Chance zum besten Anstich seines Lebens durch die Lappen ging. »Ich glaube, das ist keine gute Idee. Du willst gar nicht mit mir schlafen. Du willst ins Bett. Du magst mich doch nicht einmal, verdammt. Reiß dich zusammen!«

»Ich *will* mich aber nicht zusammenreißen!«, protestierte sie und machte schon wieder einen Schritt auf Eric zu. Er wich zurück, stieß mit der linken Ferse gegen einen kleinen Metalleimer und blieb notgedrungen stehen. Sie verharrte ebenfalls. Vielleicht, weil sich ihr eigenes gottverdammtes Südstaatengewissen zu Wort meldete. Er betete fast, dass ihr Verstand zurückkehrte.

Aber selbstverständlich war das nicht der Fall. Die Wirkung der Droge war einfach zu stark und sie konnte sich nicht widersetzen, selbst wenn sie es wirklich von ganzem Herzen gewollt hätte.

»Ich will mit dir schlafen. Sofort! Herrgott, stell dich doch nicht so an, als wärst du ein Weichei! Wir wissen doch beide, dass du keins bist und das hier genauso willst wie ich«, rief sie so laut, dass Eric seinen Blick kurz durch den Hinterhof schweifen ließ, weil er fürchtete, sie könnte ungebetene Zuschauer angelockt haben. Es war niemand da. Sie standen allein zwischen stinkenden und teilweise überquellenden Mülltonnen, von fremden Blicken durch den bereits verfallenden Bretterzaun abgeschirmt. Niemand konnte sie sehen. Und niemand hatte sie gehört.

Und auf einmal war Eric wütend. *Ziemlich* wütend. »So, du willst also, dass ich dich vögel?«, wiederholte er mit einem säuerlichen Tonfall und spürte, wie sein Gesicht sich zu einer verächtlichen Grimasse verzog. Dabei verachtete er eigentlich nicht sie - sondern sich selbst. Das Stimmchen hämmerte wieder. »Und du glaubst echt allen Ernstes, dass du irgendetwas darüber wüsstest, was *ich* will?« Er lachte kurz und trocken, ohne sie aus den Augen zu lassen. »Du hast gar keine Ahnung, was *ich* will. Und ich glaube, du hast auch nicht die geringste Vorstellung davon, wie kurz ich davor bin, zu einem *richtigen* Arschloch zu werden. Du willst, dass ich dich ficke?«

Das Grinsen wurde immer breiter, während er seine abwehrende Haltung aufgab. Er stellte fest, dass das sogar ziemlich leicht war, nachdem er der hämmernden Stimme in seinem Kopf eine imaginäre Kopfnuss verpasst hatte. »Jetzt sofort? Das kannst du haben, süße Jen. Aber glaub nicht, dass ich mich danach bei dir entschuldige, kapiert? Glaub ja nicht, dass ich der Typ Mann bin, der es bereut, ein solch verlockendes Angebot angenommen zu haben.« Er ging auf sie zu, packte sie (vielleicht ein bisschen zu grob) an den Oberarmen und stieß sie rückwärts. »Die Einzige von uns, die das hier bereuen wird, bist du! Und soll ich dir noch was sagen? Zurückhaltung ist nicht gerade meine Stärke. Die sanfte Tour kriegst du nämlich nicht bei mir. Denk noch einmal scharf darüber nach, ob du dich noch schnell umentscheiden willst. Besser für dich wäre es nämlich.«

Eric stieß Jen unsanft gegen die Wand hinter ihr. Sie keuchte kurz und überrascht auf, hielt seinem Blick aber stand. So fest und klar, dass er einen winzigen Moment lang daran zweifelte, dass sie wirklich unter dem Einfluss der K.o.-Tropfen stand. Ein Zweifel, der wahrscheinlich nur von seinem eigenen Verstand hervorgerufen wurde, damit er sich nicht mehr wie ein mieses Schwein fühlen musste. Und das tat er auch nicht. Nicht mehr.

»Es ist ganz allein meine Entscheidung, was ich bereue, und was nicht, klar?« Ihre blauen Augen, die Eric wirklich ziemlich anturnten, blitzten erwartungsvoll, dann schob sie ihren Arm zwischen ihren Oberkörpern nach oben und legte ihre Finger bestimmt an Erics stoppelige Wange. Sie hatte ihre Entscheidung getroffen. Und Eric nahm es hin.

Plötzlich war es unendlich leicht, alle Hemmungen fallenzulassen, mit den Fingern ihre langen blonden Haare zu durchwühlen, sie atemlos und stürmisch zu küssen und mit der anderen Hand nach ihren Brüsten zu suchen, die sich durch den dünnen Stoff ihres Kleides hindurch perfekt in seine Hand schmiegten. Sein Atem ging schneller, während er das Tempo des Kusses erhöhte, den sie mit leidenschaftlicher Bereitwilligkeit erwiderte, als hätten sie beide nie etwas anderes getan, als sich auf diese schmerzhaft verzehrende Weise zu küssen. Der Grund dafür war vergessen. Vergessen, dass sie unter anderen Umständen nie zugelassen hätte, dass seine Hand auf ihrer Brust langsam tiefer wanderte. Über ihren Bauch. Über ihre schlanke Taille. Zu ihrem Hintern, der sich genauso perfekt an seine Hand anpasste wie ihre Brüste. Und unter den Saum ihres knappen Kleidchens.

»JJ«, stöhnte sie an seinen Hals und biss für Erics Geschmack schon fast ein bisschen zu fest in seine Haut. Natürlich machte sie das nur, um irgendein Ventil für ihre Lust zu bekommen. Um nicht aufschreien zu müssen. Und natürlich machte es ihn extrem an, dass sie das machte. Er grinste, ohne dass sie es sehen konnte, und entlockte ihr einen weiteren kleinen Aufschrei, als er sie kurzerhand hochhob und mit dem Rücken fester gegen die Wand presste.

Er stellte erfreut fest, dass er sich nicht geirrt hatte, als er ganz kurz darüber nachgedacht hatte, ob es überhaupt möglich sein würde, das Ganze auf diese Weise durchzuziehen. Sie war leicht. Fast ein Fliegengewicht. Es machte ihm nicht die geringste Mühe, sie in dieser Position zu halten, während sich ihre Arme haltsuchend um seinen Hals legten und sie ihn so noch enger an sich presste. Und ihn selbst machte diese Position wirklich extrem an.

»Mach schon, JJ! Bitte! Gott!« Sie zitterte vor lauter erwartungsvoller Anspannung, als er mit der rechten Hand versuchte, den Reißverschluss seiner Jeans zu öffnen und nach dem Kondom in seiner Hosentasche suchte, das er vorhin mehr zufällig auf dem Zigarettenautomaten gefunden hatte. Er hoffte, dass es nicht beschädigt war, machte sich aber nicht die Mühe, es zu überprüfen.

Dein Gott kann dir nicht mehr helfen, dachte er mit einem fast boshaften Lächeln auf den Lippen, als es ihm endlich gelang, die Scheißhose aufzumachen. Stattdessen sagte er aber: »Eric. Das ist mein Name.«, ohne zu wissen, weshalb er ihr das ausgerechnet jetzt sagte. Absolut der falsche Zeitpunkt, oder?

»Eric«, wiederholte Jen leise und aus ihrem Mund klang es beinahe, wie ein flehendes Stöhnen. Natürlich stellte sie keine Fragen. Nicht jetzt. Dazu war sie kaum in der Lage, denn alles an ihr schrie ihn an, er sollte endlich weitermachen. Eric sah ihr ins Gesicht und stellte fest, dass er nicht mehr warten konnte. Dass er es jetzt auf der Stelle wollte.

Und er bekam das, was er wollte. Er drang mit einem ungewollt heftigen Ruck in sie ein, ohne sich die Mühe zu machen, ihr den Tanga vorher auszuziehen, den sie unter ihrem Kleid trug. Er schob den dünnen Stoff einfach beiseite, als existierte er gar nicht. Jen biss sich auf die Unterlippe, hielt seinem Blick aber überraschend fest stand. Als Eric in ihre Augen sah, wusste er, dass sie aufgehört hatte, nachzudenken. Sollte sie in den letzten Minuten überhaupt noch dazu im Stande gewesen sein, so war davon nun nichts mehr übrig. Alles, was er sah, waren Lust und Leidenschaft. Er spürte, wie sie die perfekten nackten Beine enger um seine Hüfte schlang, sich völlig auf seine Bewegungen einstellte und merkte plötzlich, dass sich der Wunsch in seinem Hirn manifestierte, er wolle sie befriedigen, anstatt sie nur zu benutzen. Um jeden Preis.

Also zwang Eric sich dazu, einen Gang runterzuschalten. Seine Stöße wurden langsamer und weniger fest. Er drückte seinen Rücken ein bisschen durch, damit er ihre Lippen erreichen konnte. Damit er sie küssen konnte. Schnell und hart, aber nicht ohne Zärtlichkeit. Er hob ihre Hüften ein Stückchen an, entzog sich ihr beinahe ganz und ließ sie langsam wieder auf sich gleiten, während er spürte, dass ihn diese Art von Sex extrem anmachte.

Jen stöhnte nun zügellos in seinen Mund. Es schien ihr ähnlich zu gehen, dachte er und merkte, dass er wohl doch nicht mehr so lange durchhalten würde, wie er gehofft hatte. Es war viel zu geil, ihren heißen Atem an seinem Ohr zu spüren. Viel zu intensiv. Viel zu gut.

Also ließ er auch seine letzten Hemmungen noch fallen, packte sie fester und stieß tief in sie hinein. Alles an ihr war heiß und feucht und wahnsinnig erregend. Zu genial, um sich dem nicht hinzugeben.

Zu geil, um weiter nachzudenken. Also hörte er damit auf und ließ sich stattdessen treiben.

Nur einen Moment später registrierte Eric nicht ohne Überraschung, dass sie im selben Augenblick zu ihrem Höhepunkt kam wie er selbst. Sie verkrampfte sich und hielt den Atem an, während sie ihre Nägel tief in seine Schultern grub. Ein sicheres Zeichen dafür, dass es ihr mindestens so gut gefallen hatte, wie ihm. Ihr Gesicht war gerötet und er sah kleine feine Schweißperlen auf ihrer Haut glitzern, als sie den Kopf nach hinten warf und schwer atmend an der Wand hinter ihr verharrte.

Eric zwang sich, seinen rasenden Herzschlag unter Kontrolle zu bekommen, als er sie anlächelte. Ein ehrliches Lächeln, das keine Spur von seinem überheblichen Arschlochdasein zeigte. Jen schloss die Augen, als er mit seiner Zunge ein letztes Mal über die zarte Haut an ihrer Halsbeuge fuhr und mit sanftem Druck hineinbiss. Er spürte gerade, dass sich ihr Herzschlag ebenfalls wieder normalisierte, und wollte sich schon von ihr lösen, als er ein Geräusch vernahm, dem er sich widerwillig zuwandte, ohne sein Gesicht von ihrer Schulter zu heben.

Irgendein Pisser schien ausgerechnet jetzt auf die Idee gekommen zu sein, den Weg zum Klo zu vergessen, nur um sich stattdessen im stinkenden Hinterhof der Kackdisco zu erleichtern. Die Hand des Jungen, der kaum älter als achtzehn sein konnte, verharrte verwirrt an seinem geöffneten Hosenstall, als sein Blick auf Eric und Jen fiel, die in eindeutiger Position zwischen den Mülltonnen an der Wand standen. Erics und seine Blicke trafen sich kurz. Eric sah, dass der Zwerg den Mund öffnete, als wollte er schreien. Aber sein eigener vernichtender Blick und die stumm mit den Lippen geformten Worte: *Verpiss dich, sonst reiße ich dir den Schwanz ab!*, schienen ihn daran zu hindern. Der Junge schloss den Mund und Eric sah mit einem Anflug von Belustigung zu, wie er in offensichtlicher Panik wieder zurück in den Club stolperte. Mit noch immer geöffnetem Hosenstall.

Jetzt waren sie wieder ungestört. Gut. Er stellte fest, dass Jen den Typen gar nicht bemerkt zu haben schien, denn ihr Hinterkopf ruhte noch immer an der Mauer hinter ihr und ihr Gesicht hatte nichts von der tiefen Entspannung nach ihrem netten kleinen Stelldichein verloren. Sie wirkte auf Eric ziemlich zufrieden. Etwas, das ihm auf widerstrebende Weise sehr gut gefiel. Schade, dass er das wohl nie wieder sehen würde ...

»Alles okay?«, fragte er schließlich, den Gedanken vertreibend und damit beschäftigt, sich langsam aus ihr zurückzuziehen, um sie wieder absetzen zu können. Auf einmal wurden seine Arme doch ziemlich schwer.

Jen protestierte nicht dagegen, dass er sie runterließ, schien sich aber nicht wirklich auf den Beinen halten zu können. Ihr rechter Fuß knickte um und beinahe wäre sie gestürzt, wenn Eric sie nicht rechtzeitig am Arm gepackt und wieder hochgezogen hätte. Ob ihre plötzliche Schwäche von dem Fick kam, oder doch eine Nachwirkung der Drogen war, wusste er nicht und es spielte auch keine allzu große Rolle.

»Sorry«, murmelte sie an seine Brust und schien tatsächlich nicht einmal in der Lage dazu zu sein, noch alleine zu stehen.

Verdammtes Zeug. Dreckspack!

Eric hob Jen kurzerhand hoch und trug sie zu dem schiefen Tor am anderen Ende des Hinterhofes. Er hatte wirklich keine Lust, mehr Zeit zwischen den stinkenden Mülltonnen zu verbringen, als unbedingt nötig. Vorhin war ihm der Gestank des Mülls nicht aufgefallen. Vielleicht lag es auch an der Brise, die der Wind ausgerechnet jetzt in seine Richtung trieb. Plötzlich wurde ihm übel von dem Geruch.

»Kein Problem«, flüsterte er ihr zu und meinte auch das ehrlich. Eric stellte mit wachsendem Schrecken fest, dass er anfing, sich den morgigen Tag in weite Ferne zu wünschen. Und dass er tatsächlich anfing, sich zu fragen, ob er nicht auch andere Möglichkeiten hätte. Andere, als diesen hübschen Goldesel in die nächste Bank zu schleifen, ihr Konto zu leeren und sie einfach sitzen zu lassen, auf dass sie bloß nicht zu schnell die Bullen rief.

Auf dem Weg zu ihrem Motel war Jen eingeschlafen. Ihr Kopf ruhte an seiner Brust, sie atmete in flachen aber entspannten Zügen und schien nichts um sich herum mitzubekommen. Nicht, dass Eric der alten Frau, die den Laden hier leitete, einen vernichtenden Blick zuwarf, weil sie den Mund aufmachte, um ihn anzukeifen. Weil er es gewagt hatte, sie so spät noch aus dem muffigen Bett zu holen, damit sie ihren Gästen die Tür aufsperren musste. Sie bekam auch nicht mit, wie er sie die ganze Zeit über gedankenlos und leer anstarrte, während er mit ihr auf den Armen die Treppen zu ihren Zimmern hinaufstieg. Und sie bekam auch nicht mit, wie er sie auf ihr Bett legte, die Decke über sie warf und gegen den plötzlichen Drang ankämpfte, sie im Schlaf zu küssen.

Eric gewann diesen Kampf. Er küsste sie nicht und verließ stattdessen ihr Zimmer, um sich für den Rest der Nacht unter die Dusche zu stellen. Damit sein Verstand zurückkehrte und die unheimlichen Gespenster des schlechten Gewissens vertrieb, das wieder angefangen hatte, gegen seine Stirn zu hämmern. Duschen und schlafen. Und es am besten ganz schnell wieder vergessen. Morgen würde er weitersehen. Morgen würde er sich einfach wieder an seinen ursprünglichen Plan halten, sie abservieren und sein Ding durchziehen. Nichts, worüber er sich Sorgen machen müsste.

Kapitel 9

Mit geschlossenen Augen lag Jen in ihrem Bett und kämpfte gegen Übelkeit und Kopfschmerzen an, die sie vorhin unsanft aus ihrem Schlaf gerissen hatten. Leider wusste sie, dass beides die Nachwirkungen der gestrigen Nacht waren und sie wappnete sich dafür, sie den restlichen Tag lang nicht mehr loszuwerden. Alkohol hatte sie noch nie sonderlich gut vertragen. Zwar lebte sie nicht gerade abstinent, aber sie war alt genug, um ihre Grenzen zu kennen und sie nicht zu überschreiten.

Aber leider wusste Jen auch, dass sie ihr heutiges Elend nicht ausschließlich dem Bier und dem Rosé zu verdanken hatte. Anhand ihrer schwammigen Erinnerungsfetzen konnte sie sich zusammenreimen, dass es an dem Zeug lag, das diese beiden Kerle ihr ins Glas geschüttet hatten. Ohne, dass sie es bemerkt hatte. Weil sie absolut unvorsichtig gewesen war und sich mehr oder weniger von ihnen hatte überrumpeln lassen.

Sie erinnerte sich, dass JJ eingeschritten war, bevor ihr ihre Dummheit zum Verhängnis geworden war. Er hatte sie nach draußen an die frische Luft gebracht und sie hatte sich bedankt. Auf eine Weise, die ihr wahrscheinlich gerade die Schamesröte ins Gesicht trieb, der Hitze nach zu urteilen, die sich auf einmal in ihrem ganzen Körper ausbreitete.

Verdammt! Hatte sie das wirklich gemacht? Hatte sie es wirklich in einem Hinterhof mit ihm getrieben?

Das war - verrückt! Absolut bescheuert!

Aber Jen wusste auch, dass es stimmte. Und sie war nicht wirklich wütend darüber. Weder auf sich selbst, weil sie sich so absolut schamlos verhalten hatte, dass sie ihm an den Hals gesprungen war, noch auf ihn, der ihre Situation ja schon irgendwie ausgenutzt hatte, oder?

Aber auch das stimmte nicht, wie sie sich eingestehen musste. Schließlich hatte er doch irgend-was davon gesagt, dass sie sich das ganz genau überlegen sollte, und auch versucht hatte, sie davon abzuhalten, ihn zu überfallen, nicht wahr? Er hatte sich zunächst geweigert, ihre stürmischen, durch die Drogen hervorgerufenen Triebe zu befriedigen. Und erst, als sie ihm mehrfach versichert hatte, dass sie es unbedingt wollte und die Konsequenzen in Kauf nahm, hatte er aufgehört, sich zu wehren.

Jens Körper wurde von einer plötzlichen Welle aus Verlangen erfasst, als weitere Bilder vor ihren geschlossenen Augen abliefen. Wie ein Film sah sie dabei zu, wie er es mit ihr getrieben hatte und noch immer empfand sie keine Scham, auch wenn sie fest damit gerechnet hatte, sich in Grund und Boden zu schämen. Guterzogene Südstaatentöchter ließen sich schließlich nicht auf einen spontanen Fick mit fremden Arschlochtypen ein, richtig?

Als sie merkte, dass das *wirklich* bescheuert war, drängte sie die Bilder weg. Da war noch etwas, an das sie glaubte, sich zu erinnern. Sein Name. Sie hatte ihn JJ genannt, so wie er sich ihr gegenüber ja auch vorgestellt hatte. Aber irgendwie hatte er ihr auf einmal gesagt, dass sie ihn - wie nennen sollte? Sie versuchte, sich genauer zu erinnern. Eric? Konnte das sein? Ja. Sie glaubte, dass er Eric gesagt hatte. Aber warum? Wieso hatte er sich für jemanden ausgegeben, der er gar nicht war? War vielleicht das schon das ganze Geheimnis?

Irgendwie hatte sie ja vermutet, dass etwas an ihm faul war. Und anscheinend wusste sie auch nun, was das war. Er hatte gelogen und ihr seinen echten Namen vorenthalten. Warum, wusste sie nicht. Vielleicht war er ihm peinlich. Aber ihr gefiel der Name deutlich besser. Oder er hatte es aus einem Impuls heraus behauptet, so wie Jen den Männern in der Tankstelle vorgestern ja auch gesagt hatte, ihr Name sei Melody.

Jen wusste nicht, was seine Gründe gewesen waren. Und irgendwie fand sie, dass es im Augenblick Wichtigeres gab, als sich darüber den Kopf zu zerbrechen. Kotzen, zum Beispiel. Jen riss die Augen auf, als ihr Magen von einem Augenblick auf den anderen anfing, zu rebellieren, sprang mit einem Hechtsprung aus dem Bett und rannte in ihr kleines Badezimmer, wo sie es gerade noch rechtzeitig schaffte, sich über die Toilette zu hängen.

Einen Moment lang gab sie sich ihrem Elend hin. Nur einen Moment lang wollte sie nichts als sterben. Oder schlafen. Als Alternative. Aber dann entschied sie, dass das vielleicht keine sonderlich gute Idee war. Denn der Übelkeit zum Trotz spürte sie ein auffallend nagendes Hungergefühl. Ziemlich drängend. Vielleicht auch nur eine Nachwirkung der Drogen. Wer weiß.

Jen erhob sich, indem sie sich stöhnend am Toilettenrand festklammerte, sah ein bisschen widerstrebend in den Spiegel und stellte fest, dass ihr Anblick nicht ganz so schrecklich war, wie sie angenommen hatte. Gut. Das Make-up und der Eyeliner waren ziemlich verschmiert. Außerdem trug sie immer noch das blaue kurze Kleid, mit dem sie gestern ihr Zimmer verlassen hatte. Und ihre Haare standen ziemlich ab. Aber das würde sich in ein paar Minuten irgendwie wieder in Ordnung bringen lassen.

Als Jen sich schließlich in Rekordgeschwindigkeit duschte und sich schließlich frische Unterwäsche, Jeans-Shorts und ein hellblaues Top mit V-Ausschnitt anzog, stellte sie widerstrebend fest, dass sie außerdem dankbar war. Nicht nur dafür, dass sie die ganze Nacht irgendwie heil überstanden hatte. Sondern vor allem war sie JJ - Eric - dankbar, dass er ihr bei diesen Typen geholfen hatte. Er hätte ihr nicht helfen müssen. Genau wie vorgestern in der Tankstelle. Er hätte einfach weitergehen und so tun können, als hätte er nichts gesehen. Aber das hatte er nicht getan und das verriet Jen, dass er wirklich nicht so ein riesiges Arschloch war, wie er sich ihr gegenüber und allen anderen Leuten meistens präsentierte.

Ein paar Minuten später klopfte sie leise gegen seine Zimmertür, weil sie ihn fragen wollte, ob er mit ihr zum Frühstück hinunterging. Als niemand auf ihr

Klopfen reagierte, ging sie allein nach unten. Vielleicht war er ja längst unten ...

»Guten Morgen, Dornröschen. Na? Ausgeschlafen? Alles klar?«

Tatsächlich schien - Eric - schon eine Weile wach zu sein. Der Teller vor ihm auf dem Tisch war bereits leer und er musste seine Tasse wohl schon nachgefüllt haben. Jen roch heißen Kaffee und hoffte, dass ihr Magen dieses Mal nicht protestieren würde. Außerdem stellte sie fest, dass sie es ziemlich angestrengt vermied, ihrem Begleiter ins Gesicht zu sehen, während sie sich zu ihm an den Tisch im Frühstücksraum setzte.

Aus dem Augenwinkel sah sie, dass die Frau, die diese Pension leitete, den Raum gerade durch eine Tür zur Küche betrat, und ihr und - Eric - einen ziemlich missbilligenden Blick zuwarf. Sie fragte sie, was ihren Unmut wohl so erregt hatte, konnte es sich aber dann doch denken. Das Haus wurde nachts abgesperrt. Wahrscheinlich hatte - Eric - die alte Dame aus dem Bett geklingelt. Das schien sie nicht sonderlich amüsant gefunden zu haben.

»Hey, ich hab dich was gefragt«, sagte er neben ihr mürrisch und schien sie die ganze Zeit über beobachtet zu haben. »Willst du jetzt etwa eingeschnappt sein und dich wie eine kleine Göre benehmen? Gestern Abend bist du dafür aber ein bisschen zu forsch rangegangen, oder?«

»Halt den Mund!« Jen, die das Grinsen in seiner Stimme hören konnte, das ihr das Blut wieder ins Gesicht trieb, fuchtelte mit der Hand vor seinem Gesicht herum. »Das gestern - tut mir leid!«, gab sie mürrisch zu und sah ihm immer noch nicht ins Gesicht. »Aber ich denke, wir sollten das einfach vergessen. Ich hab's längst vergessen, klar?«

Als sie ihn nun doch mit einigem Widerwillen anschaute, hoffte sie inständig, dass er ihre Lüge und die damit verbundene Unsicherheit nicht bemerkte. Wenn es doch so sein sollte, so ließ er sich nichts anmerken, als er die Schultern hob und gleichgültig sagte: »Klar. Gar kein Problem. Schon vergessen.« Und dann aber noch hinzufügte: »Aber trotzdem darf ich ja wohl noch ergänzen, dass mir das ziemlich gut gefallen hat. Das hat es nämlich. *Außerordentlich* gut.« Er grinste sie so frech an, dass ihr augenblicklich klar wurde, dass er es nicht vergessen würde. Nicht in eintausend Jahren. Und wahrscheinlich würde er sie bei jeder sich ihm bietenden Gelegenheit daran erinnern, dass *sie* diejenige gewesen war, die sich *ihm* an den Hals geschmissen hatte, nachdem er sie aus ihrer misslichen Lage befreit hatte. Jen konnte sich nur dadurch ein bisschen trösten, dass sie sich vor Augen führte, dass es dafür nicht mehr allzu viele Gelegenheiten geben würde. Denn spätestens am Mittag würden sie Dallas erreichen. Und dann war sie ihn los.

Aber der Gedanke daran erfüllte sie nicht annähernd so sehr mit Erleichterung, wie sie gedacht hatte. Und sie hoffte, dass ihm auch das entgangen war.

Er ließ es dabei bewenden und schenkte ihr stattdessen Kaffee ein. Schweigend blätterte er in einer lokalen Tageszeitung herum, während Jen anfing zu essen. Die Brötchen waren erstaunlich frisch. Überhaupt wunderte sie sich darüber, dass es welche gab. Üblich waren eigentlich nur Weißbrot und vielleicht noch Toast. Während Jen aß und sich bemühte, - Eric - zu ignorieren, dachte sie darüber nach, ihre Mutter anzurufen. Sie würde sich nicht ewig vor diesem Gespräch drücken können, auch wenn ihr wohl tausend Sachen eingefallen wären, die angenehmer wären. Oder Gründe genug, die sie davon abhalten könnten. Aber leider kannte Jen ihre Mutter nur zu gut. Sie würde inzwischen wohl krank vor Sorge sein, vielleicht mit Migräne und einer gehörigen Portion Tabletten betäubt in ihrem Schlafzimmer liegen und sich selbst beweinen. Mit Sicherheit sogar. Und ganz vielleicht würde ein Lebenszeichen ihrer ach so heißgeliebten Tochter dafür sorgen, dass sie wenigstens einen einzigen Tag lang auf ihre Tabletten verzichtete. Aber eigentlich bezweifelte Jen auch das.

Wenn sie ihre Beweggründe gründlich hinterfragte, kam sie doch nur wieder zu dem Punkt, an dem sie eigentlich nur noch hoffte, ihre Eltern würden zur Vernunft kommen. Aufhören, sie zu etwas zwingen zu wollen, das sie unter keinen Umständen wollte. Und dass sie damit aufhörten, ihr zu drohen, weil sie die Forderungen nicht erfüllen wollte.

Aber schließlich würde ihr das niemand mit einem gesunden Menschenverstand übel nehmen, oder? Kein halbwegs normaler Mensch würde sie dafür verurteilen, dass sie vor etwas floh, das so absurd rückständig war, dass man eigentlich nur darüber lachen konnte ...

Nur ihr Dad. Der lachte nicht. Und er würde sich nicht umstimmen lassen. Selbst dann nicht, wenn sie die Staaten verließ und ein neues Leben in Europa anfing, wie sie ihm vor ihrer Abreise gedroht hatte. Woraufhin er ihr gedroht hatte, all ihre Kreditkarten sperren zu lassen. Und ihren Treuhandfond aufzulösen. Und sie zu enterben. Und sie auf immer und ewig aus der Familie zu verstoßen.

Dabei wollte Jen doch eigentlich nur, dass er ihr die Wahl ließ. Dass er sie selbst und frei entscheiden ließ und aufhörte, ihr etwas aufzuzwingen, das sie doch gar nicht wollte ...

»Noch Kaffee?«

Überrascht sah Jen auf, als sie die alte Dame neben sich sah, der das Motel gehörte. Sie hielt inzwischen nicht mehr ganz so missmutig dreinblickend eine Glaskanne mit Kaffee in der Hand und sah Jen und - Eric - auffordernd an. Jen nickte und schluckte ihr Brötchen hinunter. »Dankeschön.«

»Keine Ursache, Kindchen.«

»Hey, jetzt sind Sie nicht mehr so schlecht gelaunt, oder? Ma'am?« Er schaute von seiner Tageszeitung auf und grinste die alte Dame freundlich an. Freundlich. Nicht grimmig und nicht überheblich. »Dann haben Sie uns wohl verziehen, dass wir Sie mitten in der Nacht aus dem Bett geholt haben, oder?«

Die ältere Frau, die die grauen Haare zu einem akkuraten Knoten gebunden hatte, schenkte ihm nur ein ziemlich eisiges Lächeln, so als wäre sie derlei Dinge schon lange gewohnt. Jen schätzte, dass es auch so sein würde. »Junger Mann, ich bin nur froh darüber, dass Sie mir nicht das ganze Haus auseinandergenommen haben. Manche Gäste treiben es hier so wild, dass man meinen könnte, die Wände würden einstürzen. Und glauben Sie mir, wenn ich sage, dass ich es trotzdem nicht bedaure, dass Sie gleich abreisen.«

Jen starrte ihr nach und war so perplex über die direkte Antwort, dass sie das Kauen ganz vergessen hatte. »Musste das unbedingt sein?«, knurrte sie mit vollem Mund in seine Richtung, ohne ihm ins Gesicht zu sehen. Sie war auch so sicher, dass er bis über beide Ohren grinste und sich diebisch darüber freute, dass er ihr den gestrigen Abend *noch* einmal in Erinnerung rufen konnte. Plötzlich fand sie das nämlich ganz und gar nicht mehr komisch. »Darf ich dich noch kurz daran erinnern, dass du die Situation eigentlich schamlos ausgenutzt hast?«, fragte sie kalt und ignorierte die Tatsache, dass sie sich nach dem Aufwachen eigentlich vorgenommen hatte, ihm keine Vorwürfe zu machen. Aber leider konnte er seine Klappe einfach nicht halten. Sein Pech. »Ich meine, es ist ganz schön dreist, jemanden in meiner gestrigen Lage einfach zu benutzen, um seine eigenen unbefriedigten Bedürfnisse zu bezähmen, nicht? Hast du es so nötig gehabt?« Sie konnte es sich nicht verkneifen. Unmöglich. Sie war inzwischen sogar so wütend auf ihn, dass sie ihn am liebsten sitzengelassen hätte.

Dann entschied sie, dass sie genau das tun würde. Jen stand von ihrem Stuhl auf, knallte ihre halbvolle Kaffeetasse auf den Tisch und verließ den Frühstücksraum, ohne auf seine Antwort zu warten.

Sollte er doch bleiben, wo der Pfeffer wuchs. Und zusehen, wie er nach Dallas kam. Mit ihr jedenfalls nicht. Sein Pech. Ganz allein sein Pech.

Der Gedanke daran, dass ihr Verhalten kindisch und albern war, kam ihr zwar kurz in den Sinn - sie ignorierte ihn aber gekonnt.

Aufgebracht stürmte sie in ihr Zimmer, kämpfte das Bedürfnis nieder, irgendetwas kaputtzuschlagen und setzte sich schließlich aufs Bett. Eigentlich könnte sie diese Wut wunderbar kanalisieren, indem sie bei sich zu Hause anrief. Sollte ihre Mutter sie abbekommen. Da traf sie auch die Richtige. Eric - oder Mom - wo war der Unterschied?

Missmutig wählte sie die Handynummer ihrer Mutter. Sicher würde sie nicht auf die Idee kommen, auf dem Festnetzanschluss anzurufen. Da war die Gefahr viel zu groß, dass ihr Dad ans Telefon ging. Immerhin war heute Sonntag und wahrscheinlich würde er seinen Whiskeyrausch ausschlafen, sich selbst dafür beweihräuchern, was für ein toller und erfolgreicher Mann er war und würde darauf warten, dass die ganze Welt ihm huldigte. Mit Sicherheit.

»Ja?«, ertönte die wie üblich dünne Stimme ihrer Mutter aus ihrem Handy und Jen merkte, wie sie schon jetzt das Gesicht verzog. Ihre Mutter war also auf Tabletten. Wunderbar. »Wer ist da?«

»Mom, ich bin es«, antwortete Jen schnell und bemüht, sich ihre Missbilligung über das Verhalten ihrer Mutter nicht anmerken zu lassen. »Ich wollte nur anrufen, um Bescheid zu sagen, dass es mir gut geht. Wie geht's Dad?« Eine rhetorische Frage, auf die sie nicht wirklich eine normale Antwort erwartete.

Entweder wusste ihre Mutter nicht, wie es um den geistigen und körperlichen Zustand ihres Mannes bestellt war, oder sie würde nur die Worte wiederholen, die er selbst ihr eingetrichtert hatte. Damit sie die missratene Südstaatengöre zurück nach Hause lockte.

»Dein Vater ist außer sich vor Wut, Jennifer. Du musst nach Hause kommen. Du musst tun, was wir besprochen haben, das ist deine Pflicht im Namen unserer Familie!«

»Ach, Mom«, antwortete Jen und massierte mit den Fingern ihre schmerzende Stirn, knapp oberhalb ihrer Nase. Derselbe Schmerz, der immer dann auftauchte, wenn sie mit einem ihrer Elternteile diskutierte. »Du weißt, dass das nicht geht. Ich habe mich klar ausgedrückt, als ich gesagt habe, dass ich eure Schmierenkomödie nicht mitspiele, oder? Ich *fahre* nach New York. Und ich *werde* an der UNU studieren. Ob es euch passt, oder nicht.«

Und dann ging es richtig los. Ihre Mutter setzte zu den Schimpftiraden und Vorwürfen an, die sie auch in einem von Tabletten ausgelösten Dämmerzustand noch so perfekt herüberbringen konnte, dass Jen sich wie ein kleines Kind fühlte. Als hätte sie in einem Laden eine Dose Bonbons geklaut. Und als hätte sie nicht jedes Recht der Welt, den absolut idiotischen Wunsch ihrer Eltern zu ignorieren.

Kapitel 10

Eigentlich war es nicht Erics Absicht gewesen, vor Jens Tür zu stehen und dem Gespräch zu lauschen, das sie zweifelsohne mit ihrer Mutter führte. Aber eigentlich fand er, dass es doch ganz interessant war, was die beiden zu besprechen hatten. Dabei stellte er sich die ganze Zeit über die Frau vor, die seinen hübschen Goldesel zur Welt gebracht hatte. Eine wesentlich ältere Version der Jen, die er kennengelernt hatte und die er gestern Abend so genüsslich vernascht hatte, dass seine Lenden allein bei dem Gedanken daran heiß wurden. Wahrscheinlich, überlegte er, war es ihm dennoch lieber, die jüngere Ausgabe unter sich zu haben, als ihre Mutter. Wie auch immer sie in Wahrheit aussehen mochte. Ältere Frauen waren einfach nicht sein Ding.

Aber es interessierte Eric sehr, dass Mutter und Tochter ganz offensichtlich ein mehr als unterkühltes Verhältnis pflegten. Denn plötzlich erhoffte er sich durch das unfreiwillige Lauschen ein paar Hinweise darauf, wie es ihm doch noch gelingen könnte, Jen umzustimmen.

Sie war vorhin einfach abgerauscht und hatte ihn sitzen lassen und Eric war ziemlich davon überzeugt, dass sie ihn tatsächlich nicht mitnehmen würde, wenn sie das Motel verließ. Etwas an der Art, wie sie ihn angesehen hatte, hatte das sehr deutlich gemacht.

Bedauerlich. Aber vielleicht ergab sich eine Möglichkeit, ihr diesen Plan auszureden.

Natürlich konnte er nur das verstehen, was sie auf ihrem Zimmer sagte. Aber anhand ihrer Erwiderungen ließ sich wenigstens erahnen, dass die Mutter Jen Vorwürfe machte. Darüber, dass sie Hals über Kopf ihr Elternhaus verlassen hatte, obwohl die Interessen ihrer Eltern doch in eine ganz andere, höchst interessante Richtung gingen. Und, dass Jens eigene Pläne ebenso interessanterweise eine gegensätzliche Tendenz zeigten.

Eric hörte, wie sie davon sprach, nach New York zu fahren, um dort an die UNU zu gehen. Die United Nations University of New York. Er wusste, dass es sich um eine gute Uni handelte, die quasi ein Garant dafür war, auf internationaler Ebene Erfolg zu haben, auch wenn er selbst nie auch nur ein College von innen gesehen hatte.

Faszinierend, dachte er und merkte, dass er grinste, *sie will also für die Vereinten Nationen arbeiten. Scheint wirklich eine Helferader zu haben, nicht wahr?*

Nun. Jens Eltern jedenfalls schienen nicht sonderlich angetan davon zu sein. Etwas, das Eric angesichts des Prestiges, das so eine Ausbildung auf jeden Fall mit sich brachte, nicht wirklich verstand. In seinen Augen sollten die Eltern lieber stolz auf ihre Tochter sein, dass sie so eine Chance bekam. Jeder wäre stolz gewesen, so eine Uni besuchen zu dürfen. Er stellte sich seine eigene Mutter vor. Ihr Gesicht, wenn Eric an einer Uni wie Harvard oder Stanford aufgenommen werden würde. Was natürlich nie geschehen würde, aber darum ging es ja auch nicht. Fakt war nun mal, *dass* sie stolz sein würde.

Er horchte angestrengter, um mehr über die Absichten ihrer Eltern zu erfahren, aber Jen schien diesem Thema unbedingt ausweichen zu wollen. Sie lenkte das Gespräch immer wieder auf ihren Studienplatz, bis ihr am Ende doch noch der Kragen platzte, sie die Beschimpfungen ihrer Mutter einfach niederschmetterte und mit den Worten: »Eher sterbe ich, als dass ich diesen Spinner heirate!« das Gespräch beendete. Kurz darauf hörte er, wie sie offenbar ziemlich energisch versuchte, ein Schluchzen zu unterdrücken. Sie stieß einen Fluch aus, schnaufte voller Verachtung und dann hörte Eric, wie sie im Zimmer auf und ab ging.

Er hatte genug gehört.

So leise wie möglich öffnete er die Tür zu seinem eigenen Zimmer nebenan und schlüpfte hinein, ohne dass sie ihn hätte hören können. Er konnte nicht aufhören zu grinsen, als er in seinem kleinen Badezimmer verschwand, sich die Zähne putzte und die Dusche anstellte. Eric war ziemlich froh darüber, das Gespräch heimlich belauscht zu haben. Außerordentlich froh. Denn jetzt hatte er endlich ein Druckmittel gegen seinen kleinen hübschen Goldesel in der Hand. Eines, dem sie nicht widerstehen könnte, wenn sie nicht umgehend mit ihrem süßen Hintern zurück nach Pecos verfrachtet werden wollte. Denn auch das hatte Eric bei dem Gespräch erfahren. Wo sie eigentlich *herkam*. Das hatte die Kleine nämlich bisher rigoros verschwiegen.

Er ging davon aus, dass ihr reicher Daddy zu einem der wenigen gehörte, der von der Wirtschaftskrise nach den Schließungen der Schwefelminen nicht betroffen war. Vermutlich verdiente er seine ganze Kohle also mit Landwirtschaft. Oder mit Vieh. Auch möglich. Was auch immer es war - das spielte keine Rolle. Denn jetzt würde Eric anfangen, das verwöhnte Töchterchen des Glücklichen zu melken. Ganz so schnell würde er sie nicht gehen lassen. Und ganz bestimmt würde nicht *sie* diejenige sein, die ihn abservierte.

Kapitel 11

Jen bemühte sich, mit einem nicht ganz so mürrischen Gesichtsausdruck hinter das Steuer ihres Wagens zu steigen. Sie hatte Eric erlaubt, sie weiter bis nach Dallas zu begleiten. Obwohl sie das eigentlich nicht gewollt hatte. Obwohl sie ihn am liebsten zum Mond geschossen hätte. Aber als er vor ein paar Minuten an ihre Tür geklopft und sich tatsächlich bei ihr entschuldigt hatte, hatte sie eingelenkt. Was machte es schon, ihn noch ein paar Meilen mitzunehmen. Dallas war nicht mehr weit. Sie würden bald getrennter Wege gehen und sicher würde sie diese ganze Sache dann einfach vergessen können. Am besten alles. Von dem Moment an, an dem sie ihm begegnet war. Bis hin zu dem Vorfall gestern Abend. Sie würde vergessen, dass er sie benutzt hatte und sie würde erst recht vergessen, dass sie es zugelassen hatte.

Dallas - und weg.

Mit einem schuldbewussten Lächeln aber Gott sei Dank schweigend stieg er neben sie auf den Beifahrersitz, nachdem sie ihn mehr oder weniger dazu gezwungen hatte, ihren Koffer zu verstauen. Sollte er bloß nicht glauben, dass sie ihn völlig umsonst mitnahm.

»Bist du endlich fertig?«, fauchte sie, stopfte den Schlüssel ins Schloss und fuhr so schnell an, dass die

Reifen des Ford durchdrehten. Sofort nahm sie den Fuß wieder vom Gas. Das war albern. Sie war erwachsen und sollte vielleicht doch langsam anfangen, sich so zu verhalten.

»Danke, dass du es dir anders überlegt hast. Wer weiß, wann ich eine Gelegenheit zum Trampen bekommen hätte.« Eric grinste sie an, doch Jen entschied, dass sie lieber nicht antworten wollte. Nicht, weil sie nicht konnte, sondern, weil sie nicht wollte, dass sie ihm einen fiesen Spruch an den Kopf knallte. Immerhin war er seit der Sache beim Frühstück ausgesprochen freundlich zu ihr. Sogar von der alten Dame, die das Motel führte, hatte er sich in aller Höflichkeit verabschiedet.

Als nach ein paar Minuten Fahrt auf der Interstate 20 noch immer trübes Schweigen im Auto herrschte, schaltete Eric das Radio ein. Er schien nicht wirklich zu wissen, wonach er suchte, denn er schaltete wahllos zwischen den Sendern hin und her.

»Das Wetter über Südtexas wird in den -«

»- sagte der Präsident am Abend bei einer Pressekonfe-«

»- Flüchtige noch immer auf freiem Fuß. Jackson wird beschuldigt, maßgeblich an einem Raubüberfall auf einen Drugstore in Thorntonville bei Monahans beteiligt gewesen zu sein. Die Behörden bitten die Bevölkerung weiterhin um Mithilfe. Unklar ist noch immer, ob Jackson bewaffnet ist. Seien Sie also vorsichtig, wenn sie dem Entflohenen begegnen. Jackson ist siebenundzwanzig Jahre alt, etwa 1,87 groß und hat dunkelblondes Haar. Er neigt zu Wutausbrüchen, sollten Sie also -«

Er drehte das Radio aus, bevor der Nachrichtensprecher den Satz beenden konnte. Jen warf ihm von der Seite einen irritierten Blick zu. Irgendetwas war ihr gerade seltsam vorgekommen, sie konnte aber bei bestem Willen nicht sagen, was sie das glauben ließ. Eric starrte wieder aus dem Fenster. Schweigend. Gedankenversunken. Nichts an seinem Gesicht wirkte so, als wäre irgendetwas gewesen, und doch wurde Jen das Gefühl nicht los, dass er sich irgendwie auf die Zunge biss. Ein kleines bisschen verkniffen sah sein Gesicht schon aus ...

»Ist was?« Er schien ihren Blick auf sich gespürt zu haben und sie beeilte sich, wieder nach vorn auf die Straße zu sehen.

»Nein. Ich war einfach abgelenkt, das ist alles.« Sie schluckte. Das komische Gefühl ließ sich nicht vertreiben. »Wo wohnt dein Kumpel denn genau? Müssen wir direkt in die Stadt rein? Ich hasse den Verkehr in Großstädten, nur, dass du es weißt.« Eigentlich sollten ihre Worte nicht so schnippisch klingen, aber nun war es zu spät.

»Nein, nein. Er wohnt in Cedars. Ein südlicher Randbezirk. Da gibt's nicht ganz so viel Verkehr.« Er grinste sie an, aber Jen ignorierte ihn weiter. Sollte er sich ruhig über sie lustig machen. Bald würde sie ihn los sein.

»Kannst du bitte bei der nächsten Tankstelle kurz anhalten? Ich muss mal -« Er sprach den Satz nicht ganz zum Ende und grinste immer noch. Als wäre er ein blöder Clown. Jen stellte fest, dass sie anfing, Clowns nicht zu mögen.

»Warum das denn? Bis Cedars sind es doch nur noch gut fünf Meilen!« Sie hatten die Außengrenze von Dallas eben gerade passiert. Die Wüste schien beinahe urplötzlich zum Leben zu erwachen. War auf ihrer bisherigen Fahrt kaum eine Ortschaft oder eine Stadt größer gewesen, als Big Springs oder Weatherford, so konnte man nun die Ausläufer der Millionenmetropole deutlich erkennen. Bei Duncanville waren sie auf die Route 67 aufgefahren und näherten sich der Stadt nun von Südwesten her.

»Ich muss aber!«, wiederholte er und verzog die grinsende Visage zur Untermalung seiner Worte.

Entnervt verdrehte Jen die Augen und hoffte, dass er sich wenigstens beeilen würde. Eine Meile später fuhr sie auf den Parkplatz auf dem Gelände einer kleinen Shell-Tankstelle. »Beeil dich, ich habe nicht vor, hier Wurzeln zu schlagen!«

»Du bist ganz schön genervt von mir, oder? Ich hätte ja nicht gedacht, dass du mich *so* schnell loswerden willst.«

Aus dem Augenwinkel sah Jen, wie er seinen Gurt löste. Anstatt aber die Beifahrertür zu öffnen und sich zu beeilen, wie sie es erwartete, griff er mit seiner Hand nach ihrer, die noch am Lenkrad lag, und zog sie ein Stückchen zu sich rüber. Erschrocken und verwirrt riss sie die Augen auf, als er die restliche Distanz zwischen ihnen blitzschnell überbrückte und sie auf den Mund küsste, bevor sie protestieren konnte. Vollkommen irritiert hielt Jen den Atem an. Nicht nur *seinetwegen* irritiert, weil er sich erdreistete, sie überhaupt zu küssen, obwohl sie keinerlei Anstalten gemacht hatte, ihn zu ermutigen, sondern vor allem *ihretwegen*. Weil sie nicht einmal zwei Sekunden benötigte, um ihm auf diese abartige Weise zu verfallen, die sie ihm und sich selbst auch gestern so grandios präsentiert hatte. Mit dem Unterschied, dass sie heute Mittag weder betrunken, noch unter Drogen gesetzt worden war. Sie küsste ihn einfach so. Weil sie ein ziemlich gutes Gefühl dabei verspürte, es zu tun. Weil es ihr Spaß machte. Und weil sie es auf einmal wollte.

Himmel noch mal! Sie wollte Eric küssen! Wollte, dass er seine Zunge wie vollkommen selbstverständlich dazu benutzte, über ihre halb geöffneten Lippen zu fahren und sie schließlich in ihrem Mund verschwinden zu lassen, als würde er das andauernd tun.

Schließlich reagierte auch ihr Körper umgehend auf ihn und sie musste sich innerlich kneifen, um nicht aufzustöhnen, als er den Kuss genauso schnell und leidenschaftlich wieder beendete, wie er ihn begonnen hatte.

»Ich dachte, das wäre ein netter Abschluss unserer gemeinsamen Reise, meinst du nicht? Immerhin werden wir uns wohl nie wieder begegnen. Und es ist nicht so, als würde ich es nicht bedauern, dass du mich nun unbedingt loswerden willst.« Eric lächelte Jen an und sie hätte schwören können, wirklich echtes Bedauern in seinen tiefbraunen Augen erkennen zu können.

Ihr Herz pochte wild gegen ihre Brust, als er ohne ein weiteres Wort aus dem Ford stieg, die Tür hinter sich zuwarf und sich auf den Weg in die Tankstelle machte. Und sie hatte wirklich große Schwierigkeiten, das Verlangen niederzukämpfen, das bereits anfing, in ihrem Unterleib zu wüten.

Ich kenne ihn seit zwei Tagen und ich mag ihn doch nicht einmal wirklich. Warum fühlt sich das hier dann gerade beschissen danach an, als würde ich mich in ihn verlieben? Das ist - abartig!

Aber eigentlich fand Jen nicht, dass es abartig war. Eigentlich fand sie Eric mehr als nur okay. Sie fühlte sich zu ihm hingezogen und das wussten sie beide, aber es lag nicht nur an seinem unverschämt guten Aussehen. Es lag an seiner Ausstrahlung. An der Art, wie er sie ansah. Selbst an der Art, wie er sie angrinste. Die Art, die sie bei jedem anderen Typen wohl zur Weißglut getrieben hätte.

Der Eric, den sie als JJ kennengelernt hatte und den sie schon bald nicht mehr wiedersehen würde, hatte etwas an sich, das ihr Herz schneller schlagen ließ. Etwas - Düsteres, von dem sie nie angenommen hätte, es könnte sie irgendwie reizen. Aber genau das tat es. Seine Aura machte sie wahnsinnig. Sie wollte nicht, dass das so war. Sie wollte nicht, dass sie so auf ihn reagierte, wie sie es gerade vor ein paar Sekunden getan hatte. Sie wollte nicht, dass er sie anfasste, küsste, mit ihr schlief …

Und sie wollte es doch. Denn eigentlich war Jen längst in ihn verknallt. Und als sie zwei Minuten später mit ziemlich zittrigen Händen aus dem Wagen stieg, wusste sie, dass sie im Begriff war, etwas sehr sehr Dummes zu tun. Und doch - konnte sie nicht anders. Sie folgte Eric in die Tankstelle.

Kapitel 12

Eric, dessen einziger Plan es gewesen war, die Kleine davon abzubringen, noch weiter in die Stadt zu fahren, sah seine Chance an der Tankstelle gekommen. Der Kuss vorhin war zwar kein direkter Teil seines Plans, aber doch ein durchaus willkommener Bonus. Und ihr Gesicht war auch nicht schlecht gewesen. Ihre überspielte Enttäuschung, als er sie allein sitzen gelassen hatte. Oder das plötzliche Verlangen, das sie wirklich ziemlich gut überspielt hatte. Das Verlangen danach, er würde diese gewissen Dinge von gestern wiederholen ...

Ja, Eric war sich ziemlich sicher, dass er sie da hatte, wo er sie haben wollte. Dass sie ihm schon bald aus der Hand fressen würde. Und dass sie dadurch um einiges leichter zu manipulieren sein würde. Herrlich.

Betont langsam wanderte er durch die Reihen des Tankstellenshops. Er würde sich Zeit lassen. Natürlich musste er nicht pinkeln. Aber er brauchte die passende Gelegenheit, um sie zu überrumpeln. Das ging schlecht, wenn sie gerade auf einer vielbefahrenen Straße unterwegs waren und sie am Steuer saß. Sicher keine sonderlich gute Idee, ihr ausgerechnet dann die Handschellen anzulegen, wenn ein Vierzigtonner auf sie zuraste. Wenn er sich genügend Zeit ließ und noch ein bisschen trödelte, würde sie ihm von ganz allein in die Arme laufen.

Zweifellos würde sie ihm folgen, um ihm Feuer unter dem Hintern zu machen. Schließlich stahl er ihr dadurch ja ihre kostbare Zeit. Zeit, die sie nicht hatte, wenn sie schneller vor ihrer Familie davonlaufen wollte, als diese sie würde einholen können. Schließlich zweifelte Eric auch nicht daran, dass das früher oder später geschehen würde. Wenn er ihre schwerreichen Eltern richtig einschätzte - und Eric war sicher, dass das der Fall war - dann würden sie schon bald dafür sorgen, dass ihr geliebtes verwöhntes Töchterchen wieder in den heimischen Südstaatenschoß ihrer Familie zurückkehrte. Auch gegen Jens Willen.

Nun. Darum würde er sich kümmern, wenn es so weit war. Jetzt war es erst einmal wichtig, sie unschädlich zu machen. Damit sie ihm nicht in die Quere kam. Und damit sie ihm ihre Kreditkarten gab. Denn Geld brauchte er ja immer noch, oder?

»Eric? Eric Jackson? Ich glaub ich spinne! Du bist es ja wirklich!«

Irritiert drehte Eric sich zu der Stimme um, die ihm vage bekannt vorkam. Sein Gesicht versteinerte augenblicklich, als er erkannte, wer sich da von hinten an ihn herangeschlichen hatte. »Joe? Was machst du denn hier?«

Joe Fisher, ein ehemaliger Komplize von Eric, hob lachend die Hand, um Eric damit kräftig auf die Schulter zu klopfen. Sichtlich erfreut, seinen alten Kumpel wiederzutreffen. Dabei war Eric alles andere als erfreut darüber. Vor allem, weil er in diesem

Moment gerade sah, wie sein ursprünglicher Plan aufging. Jen kam aus dem Auto und lief auf die Tankstelle zu. »Alter, ich lebe jetzt hier. Nur ein paar Blocks weiter. Hab Frau und ein Baby. Toll, was?« Der große Mann, der drei Jahre älter war als Eric, lächelte selig und kramte ein Foto aus seiner Brusttasche hervor. Stolz präsentierte er es. Eric sah Joe neben einer jungen rothaarigen Frau. Auf seinem Arm hielt er ein Kleinkind. Ein vielleicht zwei Jahre alter Junge.

Eric zwang sich, so zu wirken, als teilte er die Freude seines Gegenübers und grinste hoffentlich anerkennend. »Mann, du hast ja ganz schön was auf die Reihe gekriegt, was? Hätte ich dir gar nicht zugetraut.«

Joe nickte und lächelte selig. »Nach der Sache in Barstow damals bin ich irgendwie ruhiger geworden. Hab mir gedacht, dass es niemandem nützt, wenn ich in den Bau fahre, oder? Am allerwenigsten meiner Jane. Sie ist ein echter Engel. Nur wegen ihr hab ich mit den Brüchen aufgehört.«

»Freut mich für dich, Kumpel. Ehrlich.« Eric wurde nervöser. Jen öffnete bereits die Tür. Jeden Moment würde sie ihn sehen und -

»Und was ist mit dir? Machst du noch Brüche? Hab gehört, du hättest im Monahans County eingesessen. Bist ausgebrochen, richtig? Starke Sache!«

Bevor Eric auch nur den Mund öffnen und ihn zum Schweigen bringen konnte, war es zu spät. Jen, die ihn wirklich gesehen hatte und geradewegs auf ihn und Joe zugesteuert war, hatte jedes Wort gehört.

»Wie bitte?«, fragte sie mit so überdeutlich sichtbarer Verwirrung, dass sie nur den Kopf schüttelte und zwischen den beiden Männern hin und her starrte. »Was bedeutet das - ›ausgebrochen‹? Und was meint er mit Brüchen?«

Erics Kehle schnürte sich zu. Er wollte sich eine Ausrede einfallen lassen. Irgendetwas über einen Insiderwitz oder so. Aber sein Kopf war auf einmal wie leergefegt. Sein schöner Plan - war geplatzt. Fuck!

»Oh, hi«, stieß Joe mit einem total dümmlichen Grinsen hervor und kratzte sich am Hinterkopf. Er sah aus, als fühlte er sich auf frischer Tat ertappt und genauso war es auch. Nur dass Eric derjenige war, der ertappt worden war. »Ich bin Joe. Bist du seine Flamme?« Sein Daumen fuchtelte in Erics Gesichtsfeld herum. »Dann bringst du meinen Kumpel sicher auch dazu, ein ehrenwertes Leben zu führen, was? Gutes Mädchen.«

Sollte Joe gerade versucht haben, die unglückliche Situation irgendwie zu Erics Gunsten zu kippen, so hatte er auf ganzer Linie versagt. Jen warf ihm einen derart hasserfüllten Blick zu, dass Eric glaubte, sofort zu einem Eisklotz zu erstarren. Er bemühte sich, die Lippen zu bewegen, aber seine Zähne schienen auf einmal aneinander festzukleben. Keinen Ton brachte er heraus.

Jen fackelte nicht lange. Sie drehte sich so ruckartig um, dass sie beinahe einen Stapel Bücher umriss, als sie durch den Laden rauschte, als wäre sie von irgendetwas gebissen worden. Sie riss die Tür auf, bewegte sich auf ihr Auto zu und - endlich erwachte Eric aus seiner Starre. Er ließ Joe einfach stehen, der ihm nur völlig verwirrt hinterher starrte, und setzte seinem außer Kontrolle geratenen Goldesel nach. Er musste sie erwischen, bevor sie ins Auto steigen konnte. Und zwar schnell!

Kapitel 13

Jen konnte es nicht fassen! Sie konnte und wollte nicht glauben, was sie gerade gehört hatte. In ihren Ohren rauschte es. Sie ignorierte die verwirrten Blicke einer Omi, die ihr von einer der Zapfsäulen entgegenkam, schritt mit so großen Schritten aus, dass sie fast Angst hatte, irgendwo zu stolpern und sich auf die Fresse zu legen und suchte in ihrer Hosentasche fahrig nach ihrem Autoschlüssel. Aber ihre Finger zitterten so stark, dass er immer wieder zwischen ihnen hindurchschlüpfte. Jen stieß einen Fluch aus und spürte die Erleichterung, als sie ihn endlich zu fassen bekam. Sie drückte den Knopf der Fernbedienung, sah anhand des Aufleuchtens der Rücklichter, dass der Wagen auf war und - wurde so brutal zurückgerissen, dass sie taumelte und beinahe doch noch über ihre eigenen Füße gestolpert wäre.

Ihr Herz hämmerte wild gegen ihre Brust, sie fühlte den Schweiß auf ihrer Stirn und die Angst in ihrem Magen, als sie Erics Arme registrierte, die sie so fest umklammerten, dass ihr die Luft wegblieb. Nicht so, dass ein zufälliger Beobachter glauben könnte, er hätte es hier gerade mit einer waschechten Entführung zu tun, sondern so, als würde hier nur ein liebestoller junger Mann versuchen, seine Freundin daran zu hindern, ihn an Ort und Stelle sitzenzulassen.

»Du hältst auf der Stelle still, hast du mich verstanden?«, flüsterte er ihr zu, strich mit seiner rechten Hand die Haare weg, die ihr ins Gesicht gefallen waren, und hielt direkt darauf ihr Kinn fest. So fest, dass es wehtat. Mit dem anderen Arm umklammerte er ihren Oberkörper, während er ihre beiden Handgelenke so stark zusammenpresste, dass sie sich keinen Millimeter bewegen konnte. »Ich würde dir ja liebend gern eine Erklärung geben, aber ich fürchte dafür haben wir keine Zeit. Leider meinte Joe offenbar, es könnte eine gute Idee sein, dir gewisse Dinge zuzuflüstern, die du gar nicht über mich wissen solltest. Dein Pech!«

Jens Kopf schmerzte. Ihr Schädel schien zu platzen, weil sie so absolut überfordert damit war, das zu begreifen, was gerade mit ihr geschah. Wieso sie so blind gewesen war. Wieso sie ihm gegenüber nicht viel misstrauischer gewesen war. Ihr Instinkt hatte doch mehrfach versucht, sie vor ihm zu warnen. Aber sie hatte in ihrer unendlichen Dummheit und ihrer Notgeilheit alle Warnungen ihres Verstandes ignoriert. Und das hatte sie nun davon. Entführt und gekidnappt auf offener Straße. Mitten am Tag. Und niemand, der ihr half, weil Eric sein Schauspiel offenbar mehr als gut beherrschte. Gerade, als die Omi, die Jen vorhin so komisch angeguckt hatte, wieder aus der Tankstelle kam und ihr und Eric schon wieder einen schiefen Blick zuwarf, küsste Eric sie demonstrativ heftig auf den Mund. Dazu lockerte er den Griff um ihren Oberkörper etwas, aber nur so weit, dass er sich weiter nach vorne beugen konnte.

Jen kniff entsetzt und panisch die Augen zusammen. Sie erwiderte den Kuss nicht, aber das schien Eric auch nicht erwartet zu haben. Die Omi schüttelte missbilligend den Kopf, dann stieg sie wieder in ihren alten VW Käfer ein und fuhr davon.

»Steig ein!«, befahl er noch einmal, aber dieses Mal nahm Jen ihren Mut zusammen und schüttelte trotzig den Kopf.

»Ich schreie, wenn du mich nicht loslässt! Du bist ja gemeingefährlich - kein Wunder, dass sie dich weggesperrt haben!« Sie spukte ihm die Worte ins Gesicht und hoffte irgendwie, ihn dadurch aus der Fassung zu bringen, aber leider erreichte sie nur, dass er sie mit einem müden Lächeln betrachtete und seinerseits den Kopf schüttelte. »Wenn du nicht tust, was ich sage, muss ich dir leider wehtun, meine Süße. Es wäre doch schade, wenn Daddy nun keine Gelegenheit mehr bekommen könnte, sein geliebtes Töchterchen zu verheiraten, oder?«

Jen, die gerade versuchen wollte, einen ihrer Arme frei zu bekommen, um ihm damit einen saftigen Schlag in den Magen zu verpassen, stockte in ihrer Gegenwehr und starrte ihn an. Sie wollte ihn fragen, woher er das wusste, schaffte es aber nicht, auch nur einen Laut zu produzieren. Sie war viel zu perplex, und so blieb ihr nur übrig, dabei zuzusehen, wie seine perfekt geformten Lippen sich zu einem breiten Lächeln verzogen.

»Da staunst du, was? Manche Wände haben eben Ohren.« Er nickte zu ihrem Auto und verstärkte den schraubstockartigen Griff an ihrem Kinn. Jen keuchte, weigerte sich aber weiter, das zu tun, was er von ihr verlangte. »Fick dich!«

Eric schien nicht sonderlich beeindruckt zu sein. »Dann eben auf die harte Tour. Sorry.« Aber leider schien er nicht wirklich traurig darüber zu sein, dass er ihr Kinn abrupt losließ, stattdessen mit der nun freien Hand in ihren Nacken griff und sie an einem Punkt zwischen den Schulterblättern berührte. Jen registrierte am Rande ihres vor lauter Angst außer Kontrolle geratenen Verstandes, dass er beinahe sanft zudrückte - dann wurde vor ihren Augen alles schwarz und sie versank in tiefe Bewusstlosigkeit.

Kapitel 14

Eric warf alle paar Minuten einen Blick auf das bewusstlose Mädchen neben sich, um sich zu vergewissern, dass sie noch atmete. Er war sich nicht ganz sicher gewesen, ob er ihren Vargusnerv richtig erwischt hatte, und nicht vielleicht doch ein kleines bisschen zu fest zugedrückt hatte. Er wusste, dass es ein schwieriger Griff war und er hatte ihn erst ein einziges Mal angewandt. In seiner Jugend, bei einem Mitschüler. Mit Taekwondo hatte er angefangen, als er in der Mittelschule gewesen war. Damals, als in seinem Leben noch hinreichend genug Ordnung herrschte, sein Vater sich noch nicht zu Tode gesoffen hatte und seine Mutter noch nicht anschaffen gehen musste, um Eric und Jessica zu versorgen. Und schließlich war Jessica auch noch nicht krank gewesen. Der ausschlaggebende Punkt dafür, dass der Alte mit dem Saufen angefangen hatte und Eric damit, Einbrüche in kurzzeitig verlassene Einfamilienhäuser zu begehen. Um die Behandlungskosten zu bezahlen, die das knappe Vermögen der Familie binnen kürzester Zeit vollständig aufgefressen hatten.

Tja. Jetzt sah er ja, wohin ihn das alles geführt hatte, nicht wahr? Wie lange musste man für Kidnapping laut texanischem Gesetz einsitzen? Zehn Jahre?

Eric war sich nicht ganz sicher. Aber das würde keine sonderlich große Rolle spielen, wenn er erwischt wurde. Denn auf der Liste seiner Vergehen standen ja auch noch diverse Einbrüche, ein angeblich bewaffneter Raubüberfall und ein Ausbruch aus einem County Gefängnis. Um seine Haftstrafe musste er sich keine Gedanken machen. Sie würde *lang* sein.

Dabei war Eric kein Verbrecher. Jedenfalls kein Richtiger. Er hatte seine Gründe gehabt. Wie er fand, gute Gründe. Aber wahrscheinlich war das bei allen Typen so ...

Er hatte schon ein gutes Stück auf der Interstate 30 zurückgelegt und war bereits an Royse City vorbeigefahren, als Jen sich neben ihm regte. Er zwang sich, auf die Straße zu sehen. Schließlich würde sie ja nichts mehr gegen ihn unternehmen können, selbst, wenn sie es versuchen sollte. Er hatte sie an der Tankstelle schnell auf die Rückbank neben ein paar ihrer getragenen T-Shirts geschoben und sie erst ein paar Minuten später gefesselt. Als er an einer anderen Tankstelle angehalten hatte. Abseits von den anderen Wagen, denn er hatte sie wieder nach vorne schaffen müssen, wenn er nicht riskieren wollte, dass sie ihm von hinten während der Fahrt die Arme um den Hals legte. Das hätte sie immerhin auch in gefesseltem Zustand machen können.

»W- was ist passiert?«, murmelte sie verschlafen und schien nicht wirklich zu wissen, wo sie war oder was eben mit ihr geschehen war. »Wieso bin ich gefesselt? Hey! Sag mal, hast du noch alle Tassen im Schrank?« Plötzlich schien sie hellwach zu sein, klapperte mit den Handschellen gegen die

Beifahrertür und versuchte, sich weiter von ihm wegzusetzen, als durch die Enge des Autos möglich war. Wahrscheinlich wäre sie irgendwie *durch* die Tür gekrochen, wenn sie gekonnt hätte.

»Hey, krieg dich wieder ein, ja?« Eric musste sich zwingen, den halb belustigten, halb wütenden Tonfall vor ihr zu verbergen. Immerhin hatte er sie ja schließlich nicht so behandeln wollen, oder? Es war ihre Entscheidung, sich gegen ihn zu wehren und ihn dadurch dazu zu zwingen, zu diesen Maßnahmen greifen zu müssen. »Ist ja nicht so, als hätte ich dir ernsthaft was getan. Du warst nur ein paar Minuten ohnmächtig.«

»Und warum bitteschön, war ich ohnmächtig?« Jen funkelte ihn so boshaft an, dass er fürchtete, ihre Blicke würden ihn töten. »Bist du von allen guten Geistern verlassen? Warte nur ab! Mein Vater wird dich -«

»Dein *Daddy* wird gar nichts unternehmen, weil er es nämlich niemals erfahren wird«, unterbrach er sie und konnte das Lachen nun doch nicht mehr unterdrücken. Es war aber auch zu niedlich, wie falsch sie ihre Situation tatsächlich einschätzte. »*Niemand* wird davon erfahren, kapiert? Und weißt du auch, woher ich das weiß?« Jetzt war es an ihm, sie boshaft anzugrinsen. Und er merkte, dass es ihm gerade gefiel, das zu tun. Schließlich musste man sie offenbar darauf hinweisen, was für Konsequenzen sein Aufgreifen für *sie* bedeutete. »Weil es für *Daddy* dann ganz leicht sein wird, das arme arme Jenniferlein zurück nach Hause zu holen, sie in ihrem Zimmer einzusperren - zu ihrem eigenen Schutz, versteht sich - und bei der nächstbesten Gelegenheit wie ein teures Pferd auf den Heiratsmarkt zu werfen. Was ist los? Hat es dir die Sprache verschlagen?«

Jen saß stumm wie ein Fisch neben ihm. Er sah, dass es in ihrem Kopf arbeitete, weil sie ihn so ungläubig anstarrte, als wären ihm gerade Hörner gewachsen. Vielleicht überlegte sie auch, ob sie es nicht einfach darauf ankommen lassen sollte. Oder, ihm einen Bären aufzubinden und zu behaupten, das alles wäre reiner Unsinn. Er war jedenfalls gespannt darauf, wie sie reagieren würde. Also ließ er ihr Zeit, um zu antworten.

»Warte nur«, sagte sie schließlich nach einer halben Minute und der drohende Unterton in ihrer Stimme belustigte ihn noch mehr. »Ich werde einen Weg finden, dir zu entwischen. Und dann werden sie dich einbuchten, wenn ich schon längst über alle Berge bin. Sobald ich in New York bin, wird mein Vater mir gar nichts mehr können!«

Eric lachte leise. »New York, New York. Du glaubst wohl, sobald du an der UNU eingeschrieben bist, denkt der alte Herr sich, er könnte es sich nicht mehr leisten, sein Ansehen in eurem Kuhkaff zu verlieren, wenn er dich mit Gewalt dort wegzerrt, oder?«

»Woher -«

»Schätzchen, es ist leicht, alles über jeden herauszufinden, wenn man nur einen Blick in sein IPhone wirft. Es war einfach, das Ding zu entsperren, schließlich hast du ja gepennt. Ich musste nur deinen Daumen benutzen und schon konnte ich mir dein ganzes Leben ansehen. Wirklich. Sehr interessant. Du bist erst einundzwanzig? Ich hätte dich älter geschätzt.«

Eric sah, dass sich ihr Gesicht nun rot färbte. Vielleicht platzte sie sogar gleich vor Wut. Jedenfalls schien sie nicht zu wissen, was sie darauf antworten sollte. Aber wahrscheinlich machte sie sich doch eine gedankliche Notiz, ihr Handy besser zu schützen. Oder einfach nicht mehr so viele private Dinge über sich selbst darin mit sich herumzutragen.

Eine Weile lang schwiegen sie und es war Eric recht. Er fuhr an einem Hinweisschild vorbei. Bis nach Texarkana war es nicht mehr weit. In weniger als fünfzig Meilen würden sie die texanische Grenze passieren und diesen Scheißhaufen von Drecksstaat endlich hinter sich lassen. Hinter der Grenze würde es den Behörden bedeutend schwerer fallen, ihn festzunehmen, oder auch nur aufzuspüren. Zumindest hoffte er das. Eric beschloss, erst anzuhalten und eine Rast einzulegen, wenn die Grenzstadt hinter ihnen lag. Er hatte sogar das Gefühl, die Freiheit schon riechen zu können.

Am Abend würde er in Monahans anrufen. Drei Tage waren nicht viel, aber er hoffte trotzdem, dass der Anschluss seiner Mutter und seiner Schwester nicht angezapft war. Schließlich war er nur ein Kleinkrimineller. Nichts, was ein dauerhaftes Abhören eines Telefonanschlusses rechtfertigte. Vor allem nicht, da bekannt war, dass Eric schon lange nicht mehr bei seiner Familie lebte.

Außerdem musste er langsam damit beginnen, sich Gedanken darüber zu machen, wohin er eigentlich wollte. Bisher war es sein einziges Ziel gewesen, die Staatsgrenze zu überqueren und durch das Netz der Kackbullen zu schlüpfen. Aber dann? Wo wollte er hin, wenn Texarkana hinter ihm lag? Wollte er in Arkansas bleiben und sich dort niederlassen? Oder noch weiter weg? Die Vereinigten Staaten waren riesig. Genug Orte, an denen er sich ein neues Leben aufbauen könnte. Irgendwo eine Arbeit finden, Geld verdienen und einen Großteil davon nach Hause zu Jessica schicken, damit sie ihre Behandlung nicht aufgeben musste ...

Ja. Kein schlechter Plan. So weit weg wie möglich. Wo ihn niemand kannte. Wo er hoffentlich einen ehrlichen Job fand. Und neu anfangen konnte.

Sein ehemaliger Komplize stahl sich in seine Gedanken. Joe hatte es geschafft, nicht wahr? Er war zu einem ehrlichen Bürger geworden. Hatte einen Job. Ein Haus. Und schien auch ziemlich zufrieden gewesen zu sein, überlegte Eric. Mit Frau und Kind würde es sich wahrscheinlich leben lassen. Keine Flucht mehr. Keine Brüche. Kein Gefängnis. Ein verlockender Gedanke.

Eric erwischte sich dabei, wie er Jen einen verstohlenen Blick zuwarf. Sie hatte es nicht bemerkt, weil sie weiter stur aus dem Seitenfenster schaute. Die Landschaft wurde bereits wüstenähnlicher, aber nicht mehr ganz so schlimm, wie auf dem Weg nach Dallas.

Nach weiteren zehn Meilen, ohne dass sie ein Wort gesagt hatte, hatte er plötzlich die Nase voll. Es störte ihn, dass sie ihn offenbar für den Leibhaftigen hielt, obwohl er ihr ja gar nichts tun wollte. Er wollte doch nur ihre verdammte Kohle, und dann könnte sie seinetwegen gehen, wohin auch immer sie wollte.

Nach New York an ihre tolle Uni oder nach Hause zu Mommy und Daddy und sich mit irgendeinem Landei verheiraten lassen. Sollte ihm schließlich Wurst sein.

»Hör mal«, begann er, ohne von der Straße aufzusehen. »Deine Lage muss nur so schlimm sein, wie du es zulässt, kapiert? Ich will dich weder fesseln, noch knebeln und dir auch nichts antun! Ich will nur ein bisschen Kohle, das ist alles.«

»*Kohle*?«, schrie Jen ihn an, und brachte ihre Wut auf ihn von null auf hundert in einer Sekunde zurück. »Du willst mein Geld? Spinnst du oder was? Keinen verdammten Cent werde ich dir geben! Da hast du dich aber getäuscht, wenn du denkst, dass ich dich auch noch dafür belohne, dass du -«

»Himmel! Halt mal die Luft an!«, unterbrach Eric sie und sog scharf die Luft zwischen seinen Zähnen ein. »Wer hat denn was von einer Belohnung gesagt? Das ist meine Bedingung kapiert?«

»Bedingung?«, wiederholte Jen und schaute ihn nun derart hasserfüllt an, dass er sich vorkam, als würde er vor dem Lenkrad schrumpfen. Irgendwie lief das nicht ganz so nett ab, wie er sich erhofft hatte. »Du bist nicht in der Position, irgendwelche Bedingungen zu stellen. Wenn ich nicht bereit bin, dir Geld zu geben, wirst du auch keines bekommen!« Eric sah von der Seite, wie sie versuchte, die mit Handschellen gefesselten Arme vor der Brust zu verschränken. Es gelang ihr nicht und sie gab den Versuch auf.

»Pass mal auf. Du gibst mir genug Geld, damit ich ein Auto kaufen und ein paar Tage allein klarkommen kann, bevor ich mir irgendwo einen Job suche und du kannst gehen - ist doch ganz leicht!« Seine eigene Wut kehrte zurück. Ihr Starrsinn nervte ihn.

»Damit du weiter in fremde Häuser einbrechen und Sachen stehlen kannst, die dir gar nicht gehören? Oder ahnungslose Frauen entführst und benutzt, wie es dir gerade passt?« Pah!«

»Pass auf, was du sagst!«, zischte er. »Du hast gar keine Ahnung, wovon du überhaupt sprichst! Ich hatte gute Gründe ...!« Er überlegte kurz, ob er noch mehr sagen sollte, entschied sich aber dagegen. Besser, wenn sie nicht zu viel von ihm wusste. Sie wusste ohnehin schon viel zu viel.

»Das macht nichts!«, antwortete sie eingeschnappt. »Ich will es auch gar nicht wissen. Es interessiert mich nämlich nicht. Du bist ein Verbrecher - das ist alles, was ich wissen muss!« Jen schaute wieder aus dem Fenster. Sie rührte sich nicht. Offenbar hatte sie hingenommen, dass sie sich in diesem Zustand eh nicht hätte bewegen können. Ohne es zu wollen, schaute Eric auf ihre Handgelenke. Die Haut unter dem Metall wies bereits rote Striemen auf. Vielleicht hatte er sie ein bisschen zu festgemacht.

»Du wärst überrascht, wenn du wüsstest, dass ich noch einiges mehr bin als das«, sagte er leise und warf einen Blick auf die Tankanzeige. Nicht mehr lange, und sie mussten anhalten und tanken. Er hoffte, dass das erst hinter der Grenze der Fall sein würde, schätzte aber, dass das Benzin noch ausreichte.

»Ja, ein Vergewaltiger zum Beispiel!«

»Bitte?« Überrascht ließ er zu, dass sie ihn aus seinen Gedanken riss, und starrte sie nun beinahe ungläubig an. »Ich glaube, ich habe mich verhört, oder?« Böse drehte er den Kopf zu Seite. »Wer hat sich denn bitte mit Drogen vollpumpen lassen und ist mir um den Hals gefallen? Ich habe dich extra gewarnt! Du wolltest nicht hören! Ich habe nur das getan, was *du* wolltest!«

Jen zuckte bei seinen Worten zusammen und er ahnte zumindest, dass es von ihrem Schuldbewusstsein kam. Sie hatte nichts, was sie sonst hätte vorbringen können. Sie schien wütend auf sich selbst zu sein, weil sie mit ihm gevögelt hatte, und ließ es nun an ihm aus. Klar. Er war ja nun ein bequemes Opfer für ihre Wut auf sich selbst. Aber als sie ihm nun ihrerseits einen verstohlenen Blick von der Seite zuwarf, sah Eric in ihren Augen, dass das längst nicht alles war. Es gab etwas, für das sie sich offenbar selbst noch mehr hasste als ihn. Und an der winzigen Träne in ihrem Augenwinkel erkannte er auch, was das war: Sie hatte sich in ihn verliebt. Und dafür verfluchte sie sich wahrscheinlich selbst mehr als alles andere.

Eric schluckte. Irgendwie löste diese scheinbare Tatsache etwas in ihm aus, das ihm ganz und gar nicht gefiel. Er spürte so etwas wie ein schlechtes Gewissen und hoffte inständig, dass sie es nicht sah. Vor allem, weil sie ihm gerade nur noch leidtat. Klar. Es war eine Sache, sie zu entführen und sich ihr Geld zu holen. Dafür hatte er diesen wunderhübschen Goldesel schließlich bis jetzt behalten. Er kam auch damit klar, dass sie ihn dafür hasste. Aber leider kam er nicht damit klar, dass er dadurch anscheinend unbeabsichtigt ihr Herz gebrochen hatte. Gut. Das war vielleicht ein bisschen übertrieben. Aber er hatte ihr *keinen* Schaden zufügen wollen. Und nun versetzte es ihm einen Stich, dass er sah, wie Jen den Kopf wieder wegdrehte, damit er nicht sehen konnte, wie die Träne stumm über ihre Wange rollte. Einen ziemlichen Stich sogar.

Kapitel 15

Mit verkniffenem Gesicht sah Jen zu Eric auf, während er mit der einen Hand den Zapfhahn festhielt, und mit der anderen ihren Arm, damit sie nicht weglaufen konnte. Sein Griff war fest, aber nicht schmerzhaft. Was man von ihren Handgelenken nicht gerade behaupten konnte. Die verschwitzte Haut unter den Handschellen juckte entsetzlich. Sie war sogar an einigen Stellen aufgescheuert. Um die Blicke Fremder nicht auf sie zu lenken, hatte Eric ihr einen Pullover darübergelegt. So waren die Handschellen nicht zu sehen, während sie darauf warteten, dass der Wagen endlich wieder vollgetankt war, und anschließend in der Tankstelle mit ihrer Kreditkarte bezahlen konnten.

Eric hatte ihr unmissverständlich klargemacht, dass er keinen Fluchtversuch von ihr dulden würde. Sollte sie schreien, so hatte er gedroht, würde er umgehend ihre Eltern anrufen, sie gefesselt und geknebelt an der Straße stehenlassen und mit dem Wagen ihrer Mutter so weit wegfahren, bis er ihn irgendwo stehenließ und zu Fuß weiter fliehen würde. Ihr Vater würde sie finden und nach Hause bringen und Jen wusste, was das bedeutete. Nämlich, dass er sie in ihrem Zimmer einsperren würde bis sie schwarz wurde. Dann würde er nur noch darauf warten müssen, dass es sie so sehr zermürbte, dass sie freiwillig einwilligte, den Sohn seines Geschäftspartners zu heiraten. Etwas, auf das sie schließlich ihr ganzes Leben lang vorbereitet worden war.

So war das eben in Texas. Mädchen sollten sich anständig benehmen, einen Haushalt führen können und gefälligst dafür sorgen, dass das Vermögen der reichen Eltern durch eine vorteilhafte Ehe noch gemehrt wurde, nicht wahr? Scheiß auf Ausbildung. Scheiß drauf, dass nicht alle Mädchen so einen unterirdischen IQ besaßen, dass sie sich niemals dagegen wehren würden, wenn ihre Eltern ihnen einen überaus annehmbaren Ehepartner präsentierten.

Viele ihrer Freundinnen aus Schulzeiten waren bereits verheiratet, bevor sie das College überhaupt abgeschlossen hatten. Andere standen kurz davor, die Ehe einzugehen. Meistens mit jungen Männern aus dem Ort. So reich wie Jens Familie, waren in Pecos schließlich nur sehr wenige Familien. Die meisten waren schon froh, wenn sie nach ihrer Heirat ein Dach über dem Kopf hatten. Teufel - sie waren froh, wenn sie *überhaupt* unter die Haube kamen.

Jens Eltern hatten eigentlich nie von etwas anderem geredet. Ihre Tochter sollte heiraten, ein oder zwei Kinder bekommen und dafür sorgen, dass ihr Vater reich blieb. Das war alles. Sie hatten sich niemals dafür interessiert, was Jen wollte. Dass sie viel lieber studieren wollte. Die Welt sehen. Herumkommen. Und ganz sicher nie im Leben daran denken würde, einfach irgendeinen Kerl zu heiraten, nur damit sie ihre Eltern glücklich machte. Was war denn mit ihrem Glück? Mit ihren Träumen?

Die waren egal.

Innerlich seufzte Jen, als sie sich diese unumstößliche Tatsache noch einmal vor Augen führte. Immerhin gab es ja einen Grund für die beschissene Lage, in der sie sich gerade befand, nicht wahr? Ihre Sturheit und ihr Dickkopf, sich mit aller Macht zu widersetzen. Um nicht doch noch durch irgendeinen dummen Zufall in die Lage zu kommen, in ein Leben gezwängt zu werden, das sie mehr verabscheute als alles andere.

Und was hatte sie davon? Sie war trotzdem eine Gefangene. Ihre Freiheit war heute Mittag in unerreichbare Ferne gerückt. Selbst ihre Heimat war es irgendwie. Vorhin hatten sie die texanische Staatsgrenze überquert. Und sie erinnerte sich noch daran, wie zufrieden ihr Kidnapper dabei gelächelt hatte.

»Fertig. Komm schon, beweg dich!«, befahl besagter Entführer gerade, als er den Zapfhahn zurück an die Säule hängte und sie unsanft am Ellenbogen in Richtung der Tankstelle schob.

Jen schenkte ihm nur einen giftigen Blick und ließ sich von ihm vorwärts schieben. Sollte er nur nicht denken, dass sie es ihm allzu leicht machen würde. Ganz sicher nicht!

Natürlich schenkte der Tankwart den beiden keinerlei Beachtung. Er reagierte nicht, als Eric Jen ungeduldig mit seinem Ellenbogen in die Seite stach, als sie nicht sofort auf die Aufforderung des Mannes reagierte, den geforderten Betrag zu begleichen. Er reagierte auch nicht auf Jens hilfesuchenden Blick. Vielleicht hatte er das dümmliche Grinsen irgendwie fehlinterpretiert. Oder sich einfach nicht dafür interessiert, weshalb sie ihn anschaute als hätte sie einen Schlaganfall. Sie verließen die Tankstelle so schnell und unbehelligt, wie sie sie betreten hatten. Mit ein paar neuen Dosen Coke und zwei Päckchen Zigaretten im Gepäck. Und niemand bemerkte Jens missliche Lage oder machte auch nur Anstalten, sie aufzuhalten.

»Na siehst du, war doch gar nicht so schwer«, grinste Eric schließlich, als er ihr die Beifahrertür des Ford aufhielt und darauf wartete, dass sie einstieg.

Jen überlegte einen kurzen Augenblick, ob es sinnvoll wäre, einen Ohnmachtsanfall vorzutäuschen, der vielleicht doch noch die Aufmerksamkeit der Leute auf sie gelenkt hätte, entschied sich dann aber dagegen. Das hätte ebenso wenig etwas genützt wie alles andere, was ihr leider nicht einfiel.

»Gib mir dein Handy.« Auffordernd streckte er ihr die Hand hin, aber Jen schüttelte nur schnell den Kopf. Leider interessierte es ihn nicht sonderlich, dass sie sich weigern wollte. Er griff kurzerhand nach dem Gerät, das zwischen den Sitzen in einer Ablage lag, und drückte Ihren Daumen schmerzhaft doll auf den Sensor, der das Display entsperrte, wenn es den passenden Fingerabdruck registrierte. »Komm nicht auf die Idee, Dummheiten zu machen. Ich beobachte dich, kapiert?« Mit diesen Worten schlug er die Beifahrertür zu und verschloss den Wagen mit Hilfe der Fernbedienung von außen ab.

Tatsächlich beobachtete er sie nun durch das Fenster, während er etwas auf dem Display zu suchen schien und schließlich darauf herumtippte. Als er sich das IPhone ans Ohr hielt, wusste sie, dass er jemanden anrief.

In einer plötzlichen irrationalen Angst glaubte sie, er könnte ihren Vater anrufen und seine Drohung von vorhin schon wahrmachen. Aber das war natürlich absurd, oder? Schließlich hatte er ja noch nicht das bekommen, was er wollte: Geld. Bisher waren sie noch nicht in einer Bank gewesen. Bisher hatte er noch nicht die Mittel, die er benötigte, bevor er sie zum Teufel schicken konnte. Also konnte es natürlich nicht ihr Vater sein, den er anrief.

Jen bemühte sich, das zu verstehen, was er sagte, konnte es aber nicht. Die Scheiben des SUV waren zu dick. So konnte sie nur zusehen, wie sein Gesichtsausdruck sich veränderte. Von der anfänglichen Freude darüber, eine offensichtlich bekannte Stimme zu hören, wandelte sich sein Gesicht zu einer düsteren Grimasse, die darauf hindeutete, dass das, was er hörte, nicht wirklich dem zu entsprechen schien, mit dem er gerechnet hatte. Jen glaubte sogar, dass er am Ende des relativ kurzen Gesprächs ziemlich niedergeschlagen aussah. Vielleicht sogar richtig traurig.

Nur eine Minute später stieg Eric wieder neben ihr auf den Fahrersitz, nachdem er sich kurz von ihr abgewandt hatte, um sich die Haare zu raufen. Vielleicht wollte er nicht, dass sie die Emotionen sehen konnte, die sich kurzzeitig auf seinem Gesicht widergespiegelt haben mussten.

Aber Eric sagte kein einziges Wort. Sein Gesicht war vollkommen unbewegt, als er den Motor startete und sich wieder in den Feierabendverkehr einfädelte, der um diese Uhrzeit wirklich nicht sehr angenehm war. Die Leute fuhren von der Arbeit auf den umliegenden Farmen und Feldern nach Hause. Dorthin, wo sie zweifellos von ihren Familien erwartet wurden, mit ihren Frauen und Kindern spielten und ihr Leben lebten, als gäbe es in der Welt nichts Böses.

Als Jen merkte, dass sie das Gesicht verzog, bemühte sie sich etwas, sich zu entspannen. Wenn sie nur noch ein bisschen durchhielt, würde sie auch bald frei sein. Und dann würde sie ganz vielleicht sogar einen Weg finden, doch weiter nach New York zu fahren. Wenn er hatte, was er wollte, würde er sie gehen lassen. Immerhin hatte Eric das versprochen, oder? Was blieb ihr schon anderes übrig, als darauf zu vertrauen, dass er sein Wort hielt?

Schon bald würden sie Little Rock erreichen. Die arkansische Hauptstadt. Dort würde sie in eine Bank gehen, den größtmöglichen Betrag von ihrem Konto holen und ihn damit gehen lassen. Und dann würde sie sich irgendwo zusammenrollen und heulen, weil sie so dumm und bescheuert gewesen war, auf ihn hereinzufallen und sich auch idiotischerweise auch noch in ihn zu verlieben.

Denn bei aller Angst spürte Jen noch immer ein ziemliches Brennen in ihrem Unterleib, wenn sie ihn ansah. Und sie hoffte wirklich bei Gott, dass es ihm nicht aufgefallen war. Sie war sicher, darüber hinwegzukommen. Aber trotzdem musste sie ihm ja nicht noch mehr Gründe liefern, ihr wehzutun ... Was er bisher in dieser Hinsicht geleistet hatte, reichte Jen wirklich aus.

»Kleine Planänderung«, sagte er irgendwann, als sie schon gar nicht mehr wusste, wie lange sie beide nur schweigend nebeneinandergesessen und sich durch den Verkehr gefädelt hatten. Jen schaute verwirrt auf. Irgendwie hatte sie plötzlich das Gefühl, mit einer Planänderung könnte er meinen, sie einfach jetzt schon aus dem Fahrzeug zu werfen. Vielleicht mitten in der Fahrt, ohne sich die Mühe zu machen, rechts ran zu fahren. Sie schluckte. »Wir übernachten in Benton.«

»Was?« Verwirrt starrte sie zu Eric herüber, der nur ungeduldig mit der Hand wedelte. Ihr war gar nicht aufgefallen, dass er wohl die ganze Zeit über gegrübelt haben musste. Er wirkte nicht sonderlich zufrieden. Vielleicht war ihm eine Laus über die Leber gelaufen, überlegte Jen mit einem Anflug von Bosheit.

»Eigentlich wollte ich heute noch weiter nach Memphis, um auch diesen Drecksstaat zu verlassen, aber ich bin müde. Ich muss schlafen.«

Jetzt war Jen wirklich restlos verwirrt. Sie hatte angenommen, dass er nur noch bis zur nächstgrößeren Stadt fahren, in eine Bank gehen und sie dann wegwerfen wollte, als wäre sie ein alter Kaugummi. Offenbar hatte sie sich geirrt ...

»Was soll das? Wolltest du nicht nur meine Kohle und dich dann verpissen? Das hast *du* doch gesagt!« Sie wollte anklagend mit dem Finger auf ihn deuten, aber dann fiel ihr auf, dass ihre Hände ja noch immer gefesselt waren. Sie musste in Gedanken versunken an den Handschellen gezerrt haben, ohne es zu merken. Als sie versuchte, ihre Handgelenke auseinander zu drücken, durchzuckte sie ein ekelhafter Schmerz, der in ihre Arme zog. Inzwischen war die Haut schon ziemlich stark aufgescheuert. Es brannte und Jen musste sich auf die Zunge beißen, um nicht aufzustöhnen. Diesen Gefallen würde sie ihm sicher nicht tun!

»Ich sagte doch - Planänderung«, erwiderte er scheinbar ungehalten, ohne auf sie und ihr schmerzverzerrtes Gesicht zu achten. »Ich bin einfach kaputt.«

Jen starrte ihn an und fand, dass er nicht wirklich müde aussah. Irgendwie sah er sogar eher danach aus, jeden Moment in Tränen auszubrechen, und das verstand sie absolut nicht. Immerhin war er der so ziemlich härteste Typ, dem Jen je über den Weg gelaufen war. Im Leben hätte sie nicht damit gerechnet, dass er über etwas traurig sein könnte. Verrückt.

Bevor sie den Mund öffnen und ihn womöglich noch fragen könnte, was mit ihm los war, biss sie sich schmerzhaft fest auf die Unterlippe. Ganz sicher würde sie ihn nicht ausfragen! Sollte er doch leiden - weshalb auch immer. Es war ihr nur recht. Denn es würde ihn vielleicht genügend von ihr ablenken. Und ganz vielleicht würde sich für Jen dadurch eine Möglichkeit ergeben, ihm zu entwischen und die Polizei zu alarmieren. Natürlich wollte sie längst weg sein, wenn die auftauchte. Aber mit ein bisschen Glück - und davon konnte Jen eine ganze Menge vertragen - würde es ihr vorher gelingen, Eric unschädlich zu machen. Damit er den Bullen nicht entwischen konnte und endlich seine gerechte Strafe bekam. Vielleicht nicht gerade für ihre Entführung. Denn wenn sie jemandem davon erzählte, dass dieser Kerl sie gekidnappt hatte, würde sie sich Fragen stellen müssen. Und das wäre zumindest eine Chance für ihren Vater, sie aufzuhalten. Und das konnte sie sich nicht leisten. Also sollten sie ihn nur für das wegsperren, das er gemacht hatte, bevor sie sich begegnet waren. Die Einbrüche und diesen Gefängnisausbruch. Das würde sicher auch ausreichen, um ihr Rachebedürfnis zu befriedigen. Zumindest hoffte Jen das.

Kapitel 16

Eric trank den ersten Schluck vom Johnny Walker, ohne sich die Mühe zu machen, die Flasche aus der braunen Papiertüte zu ziehen, die der Verkäufer in dem kleinen Laden neben dem Motel darübergestülpt hatte. Der Whiskey brannte sofort auf seiner Zunge. Das Gefühl breitete sich in seinem Rachenraum und seinem Hals aus, bis es die befriedigende Wärme auch in seinem Magen verbreitete.

Er schloss einen Moment lang die Augen, bevor er das Zimmer betrat, in dem Jen ihn zweifellos mit ziemlich hasserfüllten Blicken erwarten würde. Klar. Er hatte sie fast kommentarlos an das klapprige Bettgestell gefesselt und war einfach gegangen. Zuvor hatte er alles aus ihrer Reichweite entfernt, was es ihr vielleicht ermöglicht hätte, das Schloss der Handschellen zu knacken, während er sich den Alkohol besorgt hatte. Zusammen mit einer Flasche Jod und ein paar Verbänden für ihre aufgescheuerten Handgelenke. Als er gesehen hatte, dass die Haut durch die ständige Reibung schon an manchen Stellen wund war, hatte er ein schlechtes Gewissen bekommen. Und er wollte nicht, dass es noch schlimmer wurde. Also würde er ihre Handgelenke verbinden und so hoffentlich verhindern, dass sie sich entzündeten.

»Ich habe Hunger!«, empfing sie ihn mit einem derart herrischen Tonfall, dass Eric kurz die Augenbrauen hochzog. »Und Durst! Und auf's Klo muss ich auch!«

»Ich freue mich auch, dich zu sehen«, murmelte er mehr zu sich selbst als zu ihr, zog den Kapuzenpullover aus, in dem ihm plötzlich viel zu heiß wurde, und stellte die braune Papiertüte mit ihrem Inhalt auf den kleinen wackeligen Holztisch in der Mitte des Zimmers.

Dieses Motel war bei Weitem nicht so gut und komfortabel ausgestattet, wie das, in dem sie die gestrige Nacht verbracht hatten. Aber eigentlich hatte Eric auch nichts anderes erwartet, als sie vorhin bei dem ziemlich schrägen Vogel eingecheckt hatten, der unten am Empfang saß. Es hatte Eric gestört, wie er seine kleinen Schweinsaugen über Jen wandern ließ, als wäre sie so ungefähr genau das, was er sich zum Abendessen vorstellen könnte. Während Eric die Anmeldepapiere ausgefüllt hatte, hatte er aus dem Augenwinkel sehr genau gesehen, wie der Pisser sich mit der wulstigen Zunge über die Lippen gelegt und sich erwartungsvoll über das stoppelige Kinn gekratzt hatte. Eric konnte sich ziemlich genau vorstellen, was in diesem Moment in dem hässlichen Schädel vor sich gegangen sein musste und es schüttelte ihn, als er daran dachte.

Als er sich allerdings in Erinnerung rief, wie er nach einem Zimmer in einem oberen Stockwerk verlangt hatte, konnte er sich den Anflug des Grinsens nicht ganz verkneifen.

»Wir hätten gerne ein Zimmer weit oben. Möglichst ohne Nachbarn, Sie verstehen?«, hatte er mit einem süffisanten Lächeln auf den Lippen gesagt und sich so dicht hinter Jen gestellt, dass er die Wärme ihres Körpers gespürt hatte. Natürlich hatte sie versucht, sich ihm zu entziehen, aber ein kleiner Kniff in ihren perfekten Hintern hatte gereicht, um sie daran zu hindern. »Wir wollen niemanden stören. Wissen Sie, wir bevorzugen es *wilder*. Da könnte es schon mal etwas lauter werden. Sie wollen doch, dass Ihre anderen Gäste unbehelligt schlafen können, nicht wahr?«

Der Mann mit der Halbglatze hatte geglotzt, wie ein Fisch und nur auf eine Weise genickt, die Eric sehr wohl verraten hatte, wie enttäuscht er über diesen Hinweis wohl gewesen sein musste. Der Hinweis eines anderen Mannes, es handle sich hier um *sein* alleiniges Vorrecht, die Dinge mit der schönen Frau in seiner Begleitung zu tun, die er am liebsten selbst erledigt hätte, musste ihn ziemlich getroffen haben. Sein Pech.

In Wahrheit war es Eric nur darum gegangen, ein Zimmer zu bekommen, in dem es nahezu ausgeschlossen war, dass jemand Jens Hilferufe hören würde, wenn er sie allein ließ, um sich den Alkohol zu besorgen, den er so unbedingt hatte haben müssen. Denn das musste er. Trinken. Viel trinken. Um nicht nachdenken zu müssen. Um sich nicht vor Augen zu führen, wie schlecht die Nachrichten waren, die er von seiner verheulten Mutter vor ein paar Stunden erhalten hatte. Darüber, wie schlecht es Jessica ging ...

Eric griff nach der Flasche und riss die Papiertüte von ihr weg. Er trank ein paar ordentliche Schlucke in einem Zug, registrierte das Brennen und fühlte sich augenblicklich besser. Noch ein bisschen mehr Whiskey und er würde nicht mehr daran denken müssen. Nur noch ein kleines bisschen mehr. Dann könnte er wenigstens schlafen, ohne vom Bild seiner kranken kleinen Schwester verfolgt zu werden.

»Hallo? Spreche ich chinesisch? Ich habe Hunger!« Um ihre Worte zu bekräftigen, schlug Jen mit dem Metall der Handschellen gegen das Bettgestell. Das Klappern riss ihn aus seinen Gedanken.

»Ich hab Pizza bestellt. Kommt gleich.« Eigentlich hatte Eric keinen Hunger. Aber weil sie beide heute Morgen nur gefrühstückt hatten, war er zumindest davon ausgegangen, dass Jen Hunger haben könnte. Also hatte er dem Typen an der Rezeption aufgetragen, eine große Salami-Pizza auf ihr Zimmer im dritten Stock liefern zu lassen. Der Kerl hatte nur mürrisch genickt und sich zweifellos wieder seinen Gedanken an eine splitterfasernackte Jen in einem seiner Motelzimmer hingegeben, die von einem anderen (viel männlicheren, natürlich) Kerl bis zur Besinnungslosigkeit gefickt wurde.

Eine äußerst interessante Vorstellung, wie Eric, bei dem der Alkohol nun wirklich zu wirken begann, sich eingestehen musste. Er hoffte, dass sie seine Gedanken nicht an seinem Gesicht ablesen konnte, als er zum Bett ging, um die Handschellen vom Bett loszumachen, damit sie aufs Klo gehen konnte. »Mach dir keine Hoffnung. Aus dem Fenster springen kannst du nicht und ich warte vor der Tür«, sagte er möglichst eisig und fuchtelte ungeduldig mit der Hand vor ihrem Gesicht herum.

Sie wussten beide, dass ihr auf diesem Wege keine Flucht gelingen würde, also entspannte er sich ein bisschen. Trinken, aufhören nachzudenken, und schlafen. Mehr wollte er nicht.

»Was ist los? Hast du vorhin mit deinem Henker telefoniert, der dir gesagt hat, dass deine Hinrichtung vorgezogen wurde?«

Eric zuckte tatsächlich ein bisschen zusammen, als er hörte, wie schneidend ihre Stimme klang. Jen kam aus dem Badezimmer, rieb sich die offenbar schmerzenden Handgelenke und schaute ihn mürrisch an. Aber sie machte keine Anstalten, aus dem Zimmer zu rennen, was Eric mindestens genauso sehr überraschte, wie die Tatsache, dass sie zurück zum Bett ging und sich schwungvoll auf die Matratze fallen ließ.

»Mit meiner Mutter«, antwortete er trocken, »aber ich wüsste nicht, was dich das anginge, oder? Wenn du also zur Abwechslung nicht darauf aus bist, einen Streit anzufangen, wechsele das Thema. Sonst halt einfach die Klappe.«

Als sie beleidigt den Mund zuklappte, stellte Eric die Flasche zurück auf den Tisch und hielt ihr auffordernd die Hand hin. »Zeig mir deine Handgelenke. Ich mache dir einen Verband drum, damit es nicht so scheuert und sich entzündet.« Ihre Blicke trafen sich kurz und jetzt sah Eric nur noch pure Überraschung in ihren blauen Augen, die ihn gestern noch beinahe um den Verstand gebracht hatten. Und heute? Heute war es ähnlich. Er fühlte seinen Körper sofort auf sie anspringen, wollte aber genau das energisch vermeiden. Also schaute er wieder weg. Nur, weil sie eben heiß war, musste er ja noch nicht gleich wie ein Hund auf sie reagieren, oder? Dann wäre er nicht besser, als die Typen mit den K.o.-Tropfen von gestern oder der Schmierlappen vom Empfang.

Während Eric die Striemen auf ihrer Haut möglichst vorsichtig mit einem Tuch und dem Jod abtupfte, vermied er es, Jen ins Gesicht zu sehen. Und sie schien es ebenfalls vermeiden zu wollen, ihn anzusehen. Er spürte, wie sie ihren Kopf drehte, um woanders hinzuschauen. Und trotzdem konnte sie nicht verhindern, dass sie erleichtert aufatmete, als er den zweiten Verband endlich um ihr Handgelenk gewickelt hatte.

»Danke«, sagte sie leise. Das war alles. Sie sah ihn nicht an.

»Gern geschehen«, antwortete Eric, der schon wieder ein schlechtes Gewissen bekam, als er ihre Hände losließ, langsam aus der Hocke zu ihren Füßen aufstand und nach dem freien Ring der Handschellen griff, um sie wieder ans Bett zu fesseln.

Nun verzog sie doch das Gesicht. »Muss das sein? Ich verspreche auch, dass ich nicht -«

»Es muss sein«, unterbrach er sie, nicht ohne sich das Lächeln ernsthaft verkneifen zu müssen. »Ich lasse mich wirklich ungern im Schlaf überrumpeln.«

Bevor sie noch mehr Argumente vorbringen konnte, die ihn davon überzeugen sollten, sie nicht zu fesseln, klopfte es an ihrer Zimmertür. Eric vergewisserte sich mit einem Blick, dass die Handschellen geschlossen waren, dann legte er warnend den Finger an seine Lippen und ging zur Tür.

»Ihre Bestellung«, sagte der Mann vom Empfang mürrisch, weil er offenbar gehofft hatte, dass der Pizzabote diese Aufgabe erledigen würde. Eric sah aus dem Augenwinkel, wie die neugierigen Fischaugen des Mannes suchend durchs Zimmer wanderten, während Eric ein paar Dollar abzählte, um die Pizza zu bezahlen, und schließlich wohl auf Jen hängenblieben, die zwar bekleidet aber doch in ziemlich deutlicher Position ans Bett gefesselt war.

»Einen Dollar gibt's extra, weil Ihre Betten so überaus bequem sind. Außerdem eignet sich das Kopfteil prima, um - na Sie wissen schon.« Eric konnte es sich nicht verkneifen. Unmöglich. Um den Wichser daran zu hindern, vor lauter Geilheit auf Erics Füße zu sabbern, zwinkerte er ihm mit einem eiskalten wissenden Lächeln zu. Er sah noch, wie sich die Augen des Mannes widerwillig von Jens zweifellos sehr reizendem Anblick lösten, und sich wieder auf ihn richteten, dann schmiss Eric die Tür einfach mit einem lauten Knall vor seiner Nase zu. Die Befriedigung war wirklich nicht schlecht. Herrlich.

»Essen ist fertig, Schatz«, grinste er und sah mit Belustigung dabei zu, wie Jen ihm tatsächlich die Zunge herausstreckte. »Du solltest deine Zunge lieber in deinem hübschen Mund lassen. Sonst könnte es mir vielleicht noch gefallen, daran zu knabbern.« Er zwinkerte ihr zu, bevor er sich mit dem Pizzakarton in der Hand neben sie aufs Bett fallen ließ. Natürlich war dieses Bett alles andere als bequem. Aber der

Gesichtsausdruck des kleinen Scheißers war einfach zu genial gewesen. Er grinste.

»Was ist daran bitte so komisch?«, fragte sie mürrisch und fing an, das Stück Salami-Pizza zu essen, das er ihr reichte.

Jetzt, wo ihm der Geruch der Pizza in die Nase stieg, verspürte er plötzlich doch ein Hungergefühl. Es würde sicher nicht schaden, auch ein paar Stücke zu essen, bevor er fortfuhr, sich zu besaufen. Und schließlich kehrte auch Erics Neugier zurück, als sie essend auf dem Bett saßen und außer des nervtötenden Tropfens des Wasserhahns im Badezimmer nichts zu hören war.

»Was ist dein Vater eigentlich für ein komischer Typ, der seine Tochter heutzutage lieber verheiratet, als ihr ein vernünftiges Studium zu ermöglichen?« Er schluckte seine Pizza hinunter und schaute sie interessiert an.

Jen sah so aus, als wollte sie ihm eigentlich nicht darauf antworten, tat es aber dann doch: »Er meint eben, das wäre der beste Weg für mich in eine gesicherte Zukunft«, antwortete sie schulterzuckend und mit vollem Mund. »Keine Ahnung. Ich schätze, so sind wohl die meisten Leute in den ländlichen Gebieten drauf, oder?«

Eric wusste nicht, ob die meisten Leute in ländlichen Gegenden so drauf waren. Er jedenfalls kannte niemanden, der es war. »Ich find's trotzdem ziemlich schräg. Ich meine, meine Eltern hätten sich alle Beine ausgerissen, wenn ich auf so eine Uni gehen könnte ...!« Er lächelte und biss noch ein Stück von seiner Pizza ab. Sie schmeckte erstaunlich gut. »Was willst du eigentlich bei den Vereinten Nationen machen?«

Jen, die offenbar einen Moment darüber nachzudenken schien, wie sie ihre Antwort möglichst wenig schnippisch formulieren sollte, lächelte ihn zu seinem Erstaunen ebenfalls an. »Frag mich was Leichteres. Ich glaube, das ist irgendwie meine Vorstellung davon, die Welt zu verbessern. Ich könnte Diplomatin werden. Oder Ländern der Dritten Welt dabei helfen, ihre Wirtschaft und ihre Landwirtschaft zu verbessern. Damit kenne ich mich immerhin aus.« Sie lachte, aber in Erics Ohren hörte es sich nicht wirklich nach einem fröhlichen Laut an. Mehr so, als würde sie etwas sehr bedauern.

»Weil deine Familie ihre Kohle durch Landwirtschaft verdient?« Eric ging davon aus, dass sie nun ausweichen würde. Aber auch jetzt redete sie einfach weiter, ohne dass er den Eindruck bekam, dass sie ihn belog.

»Nein, mein Vater baut Landmaschinen. Eigenes Ackerland besitzen wir nicht. Er verkauft das ganze Zeug. Mähdrescher und diese riesigen Traktoren und so.«

Eric nickte. »Und der Kerl, den du heiraten sollst, wenn es nach deinem Dad geht?« Eine Frage, die er eigentlich nicht hatte stellen wollen. Nicht nur, weil ihn das nichts anging, sondern, weil er irgendwie merkte, dass er die Antwort darauf gar nicht wissen wollte. Sein Magen fühlte sich auf einmal irgendwie schwer an ...

»Sein Name ist Peter McDougle. Sein Dad und mein Dad arbeiten schon seit Jahren zusammen.

Eigentlich ist er wirklich ganz nett. Wir haben schon als Kinder zusammen gespielt.« Jen hob wieder die Schultern, schien das Thema aber nicht vertiefen zu wollen und aß stumm weiter.

»Tja«, sagte Eric nach einer Weile, als ihm die Lust am Essen vergangen war und er nun doch lieber weiter trinken wollte, »dann wird es wohl kaum so schlimm sein, ihn zu heiraten. Wenn er *nett* ist und ihr euch schon *ewig* kennt, kannst du dich ja vielleicht doch eines Tages dem Willen deines alten Herrn beugen.«

So schnell die Worte aus ihm herausgepurzelt waren, so schnell bereute er es auch schon, sie nicht zurückgehalten zu haben. Jen, der die Pizza im Halse stecken geblieben zu sein schien, schaute ihn mit einem derart vernichtenden Blick an, dass er schon das Messer spüren konnte, das sie ihm bei der erstbesten Gelegenheit in den Hals rammen würde.

»Ich hoffe, du erstickst im Schlaf«, zischte sie leise, als Eric aufstand und sich die Flasche auf dem Tisch holte. »Was ist denn bitte mit *dir*? Welcher Kerl fängt denn gleich das Flennen an, wenn er mit seiner Mama telefoniert, hm? Hast wohl vergessen, ihr zu sagen, dass du ein Krimineller bist, was? Hat sie es in den Nachrichten gesehen? Deinen Ausbruch? Hat sie erst da erfahren, was ihr Sohn für ein missratener -«

Eric wirbelte herum, bevor sie noch mehr Dinge sagen konnte, die ihn erschreckend hart trafen. Ohne darüber nachzudenken, schlug er den Pizzakarton vom Bett, der inzwischen fast leer war, packte Jens ungefesseltes Handgelenk und presste sie mit seinem Körpergewicht aufs Bett. Erschrocken japste sie auf, doch er ignorierte ihre Angst einfach. Er *hoffte*, dass sie Angst vor ihm hatte. Sehr sogar!

»Halt den Mund! Du weißt nicht das Geringste über mich, kapiert? Nur, weil du irgendetwas über mich gehört hast, glaubst du anscheinend, mich zu kennen und steckst mich in eine deiner tollen Schubladen, die deine heile Welt so herrlich geordnet erscheinen lassen. *Gar nichts* weißt du!« Er biss sich auf die Zunge, um seinen plötzlichen Wutanfall wieder in den Griff zu kriegen.

»Au! Du tust mir weh!«

Eric spürte, wie sie unter ihm zappelte und versuchte, seinen Körper mit ihren Beinen zur Seite zu schieben. Als er sah, dass sie Tränen in den Augen hatte, lockerte er seinen Griff. Er hatte nicht bemerkt, dass er ausgerechnet dort zugedrückt hatte, wo die Handschellen ihre Haut verletzt hatten. Das musste ziemlich wehtun.

»Fuck!«, presste er nicht annähernd so wütend hervor, wie er es geplant hatte, ließ Jens Arm los, als hätte er sich an ihr verbrannt und drückte sich wieder hoch. Sein Herz hämmerte ziemlich schnell gegen seine Brust. Er hatte wirklich die Kontrolle verloren. Normalerweise ließ er seiner Wut nicht so schnell freien Lauf ...

Zwischen dem Rauschen in seinen Ohren hörte er, dass sie die Nase hochzog und offenbar ziemlich angestrengt versuchte, die Tränen zu unterdrücken. Er sah es nicht, weil er sich den Whiskey schnappte, und einen ordentlichen Zug davon in seinen Hals schüttete. Irgendwo am Rande seines Verstandes ahnte, er, dass er sich wohl entschuldigen sollte, aber er schaffte es nicht, die entsprechenden Worte auch nur zu denken.

»E- es tut mir leid«, flüsterte Jen stattdessen hinter ihm und Eric hielt überrascht den Atem an. Er schloss die Augen, um sich zu beruhigen. Um zu begreifen, warum ausgerechnet sie sich bei ihm entschuldigte. Aber sie gab ihm die Antwort auf seine Fragen von allein: »Ich hätte das nicht sagen sollen. Du hast schließlich recht, oder? Ich weiß gar nichts über dich. Sicher bist du nicht ohne Grund so, wie du heute bist. Und vielleicht sind es sogar gute Gründe. Es geht mich - einfach nichts an«, schloss sie und Eric hörte, wie sie ein trauriges Seufzen unterdrückte.

Einen Moment lang stand er einfach da, ohne ein Wort zu sagen. Er wusste nicht, wie er sich verhalten sollte. Er wusste nicht, was er sagen sollte. Und er wusste auch nicht, ob es eine gute Idee wäre, sie ausgerechnet jetzt anzusehen. Aber er sah sie an, als er sich mit der Johnny Walker-Flasche in der Hand zu ihr herumdrehte und ihr die Flasche hinhielt. »Nicht du musst dich entschuldigen, sondern ich«, sagte er, wie er fand, erstaunlich fest. »Ich weiß nichts über dich und du weißt nichts über mich. Und bisher habe ich gedacht, dass es vielleicht auch besser so wäre. Aber weißt du was? Irgendwie finde ich gerade, dass ich doch ein bisschen mehr über dich wissen will. Keine Ahnung, warum. Hier trink.«

Jen nahm die Flasche stumm entgegen. Eric dachte, dass sie nicht trinken würde, aber dann nahm sie doch einen, für ein Mädchen ziemlich anständigen, Schluck.

»Vielleicht möchte ich mehr über dich wissen, damit es mir schwerer fällt, weiterhin fies zu dir zu sein. Ich werde dich nicht gehen lassen, bis ich deine Kohle habe. Aber deswegen muss ich dich ja nicht weiterhin so schlecht behandeln, oder?« Er schaffte es sogar, sich ein gequältes Lächeln abzuringen, das er nur zustande brachte, weil er in ihre Augen sah. In die ziemlich heißen blauen Augen, die ihn nun neugierig und nicht länger hasserfüllt ansahen. »Und wenn du mehr über mich weißt, dann fällt es dir vielleicht schwerer, mich zu hassen, bis ich dich laufen lasse.«

Jen trank wortlos einen weiteren Schluck, wischte sich mit dem Handrücken über den Mund und gab ihm die Flasche wieder. Die Handschellen klapperten leise gegen das Bettgestell, als sie versuchte, sich in eine bequemere Position zu bringen. Schließlich saß sie im Schneidersitz vor ihm, den ans Bettgestell gefesselten Arm von ihrem Körper weggestreckt.

»Soll ich dir mal verraten, dass es mir eigentlich ziemlich schwerfällt, dich zu hassen?«, gab sie zu und lächelte zu ihm hoch. Kein wirklich fröhliches Lächeln. Mehr eines, das aussah, als ergab sie sich gerade in ihr unausweichliches Schicksal. Und vielleicht war das auch so. Denn schließlich würde ihr nur die Wahl bleiben, weiterhin Krieg mit ihm zu führen, bis ihre Wege sich trennten, oder es sich selbst so angenehm wie möglich zu machen, dem Ende ihrer Entführung entgegenzugehen. Sie schien sich für Letzteres entschieden zu haben. Etwas, das Eric widererwarten mehr freute, als er zugeben wollte.

Eric grinste schwach und nahm ihr die Flasche ab. »Ach ehrlich? Bisher hast du diesen Anschein ziemlich gut erweckt.«

»Schauspielern kann ich eben gut«, sagte sie. »Noch etwas, das du jetzt über mich weißt.«

»Oh, im Schauspielern bin ich auch nicht schlecht. Aber das hast du ja gemerkt.«

»Naja«, erwiderte sie, als er die Flasche wieder an sie zurückreichte, »ich habe *schon* gemerkt, dass etwas mit dir nicht stimmt. So perfekt bist du also nicht.« Sie lachte kurz und trank.

Eric fragte sich, ob sie nur trank, um die Angst zu überspielen. Oder, weil sie irgendwie hoffte, dass sie dadurch vergessen konnte, in welcher Lage sie sich befand. Er wusste es nicht. Aber er überlegte, wie viel sie wohl vertragen würde, bis sie sturzbetrunken sein würde. Gestern war sie schon ziemlich voll gewesen, aber das meiste hatten sicher die Drogen bewirkt.

»Ein Punkt für dich. Was sind deine Lieblingsblumen?«, fragte er und setzte sich vor sie auf den Boden, mit dem Rücken gegen das Bett lehnend, und wartete darauf, dass sie das Frage-Antwort-Spielchen fortsetzte.

»Hortensien. Und deine?«

»Gänseblümchen. Zumindest, wenn es nach meiner kleinen Schwester geht, die das ungefähr seit zehn Jahren steif und fest behauptet.« Er lächelte, als er an Jessica dachte. Er war etwa fünfzehn Jahre alt gewesen, als sie mit ihren winzigen Händchen und ihren gerade mal drei Jahren die Blümchen aus dem Garten hinter dem Haus seiner Eltern gepflückt hatte. Wie sie gestrahlt hatte, als sie ihrem großen Bruder das kleine Sträußchen voller Stolz überreicht hatte. Und wie stolz er selbst auf sie gewesen war, weil sie die Diagnose, die seine Eltern da gerade erst erhalten hatten, so tapfer ertrug. Natürlich hatte sie damals noch nichts von dem verstanden, was es für sie später einmal bedeuten würde ...

»Du hast eine Schwester? Wie heißt sie? Und wie alt ist sie?«

Eric hörte ihre Neugier und zögerte mit seiner Antwort. »Ihr Name ist Jessica. Sie ist jetzt fünfzehn. Für ihr Alter noch ein ziemlicher Wirbelwind.« Er grinste schwach und hoffte, dass sie die Wehmut in seiner Stimme nicht hören konnte.

»Echt?« Zumindest anhand ihrer Stimme hörte er, dass sie grinste. »Ist sie so wie du? Oder kennt sie etwa den Unterschied zwischen Mein und Dein?«

»Den kennt sie sehr wohl«, antwortete Eric eine Spur zu scharf. »Sie ist mein Ein und Alles. Wunderschön, zart und absolut liebenswürdig. Wahrscheinlich würdest du sie mögen.« Eric trank einen riesigen Schluck, um nicht noch mehr zu sagen. Der Whiskey fing bereits an, sein Hirn zu vernebeln. Warum sonst sollte er ihr all das erzählen?

»Kann sein«, antwortete sie und schien nicht wirklich bemerkt zu haben, was in ihm vorging. »Ich wünschte, ich hätte auch Geschwister. Dann würde mein Dad mich vielleicht studieren lassen. Also, wenn er jemanden hätte, dem er seinen ganzen Mist sonst aufbürden könnte.«

»Vielleicht.«

»Ja.«

Er merkte, dass er keine Lust mehr hatte, zu spielen. Frage-Antwort-Spielchen waren einfach nicht sein Ding. Und er hoffte, dass sie *keine* weiteren Fragen mehr stellte. Es gefiel ihm gerade, annähernd betrunken zu sein. Genug, um nicht mehr nachdenken zu müssen, wenn er es nicht wollte. Herrlich.

Jen schien keine Fragen mehr zu haben. Jedenfalls vorerst nicht. Vielleicht war sie auch einfach nur zu müde. Er hörte, wie sie über ihm gähnte, auf dem Bett herumrutschte, und sich wahrscheinlich nun eine Position suchte, in der sie schlafen konnte.

»Gute Nacht, Eric«, sagte sie nach einer Weile leise, in der er nur dagesessen und getrunken hatte. Dann war sie eingeschlafen. Und Eric war dankbar dafür.

Kapitel 17

Der Kater war an diesem Morgen viel stärker, als der Gestrige. Viel zu stark, als dass Jen sich hätte wehren können, als Eric sie zum Frühstück in ein Diner an der Ecke neben ihrem muffigen Motel zerrte. Selbstverständlich mit Handschellen gefesselt, über denen sie einen Pullover liegen hatte, den er die ganzen drei Tage angehabt hatte. Klar. Sonst hatte er ja auch nichts bei sich gehabt. Die beiden T-Shirts, die er gekauft hatte, hatte er ja auch von ihrem Geld bezahlt, wie sie inzwischen herausgefunden hatte.

Jen hatte keinen Appetit. Gähnend saß sie an ihrem Platz, in einer der hinteren Ecken des winzigen Diners und bemühte sich, Eric nicht anzustarren. Er sah mindestens so müde aus, wie sie sich fühlte, schien im Gegensatz zu ihr aber nicht von Kopfschmerzen geplagt zu werden. Schön für ihn.

»Wie geht's jetzt weiter?«, fragte sie eine Spur zu mürrisch, als die Kellnerin, eine Frau mit griesgrämigem Gesicht in den Vierzigern, ihre Tassen mit Kaffee auffüllte. Sie hoffte, dass der Kaffee hier besser war, als der, den sie Gesten aufgetischt bekommen hatten.

»Wie schon? Wir essen und machen uns wieder auf den Weg.« Eric hob die Schultern, als wäre das die dümmste Frage, die er je gehört hatte, und trank seinen Kaffee. Mit Milch. »Aber weißt du was? Ich bin heute einigermaßen gut gelaunt. Deswegen lasse ich dir die Wahl, ob du mich noch bis nach Memphis begleitest, oder ob sich unsere Wege hier trennen, sobald wir bei der Bank da drüben waren.« Grinsend deutete er mit dem Daumen aus dem Fenster. Die Bank of America war nicht zu übersehen.

Jen schluckte, wusste aber zu ihrem tiefen Erstaunen nicht, was sie darauf antworten sollte. Den ersten Impuls, ihm die Pest an den Hals zu wünschen, widerstand sie, indem sie nach der Milch auf dem Tisch griff und ihren Kaffee damit trinkbar machte. Mit Milch war er wirklich deutlich besser zu ertragen. »Ist mir egal«, antwortete sie schließlich, ohne ihm ins Gesicht zu sehen. »Mach, was du willst.«

Sie stellte fest, dass sie dankbar dafür war, dass er die Handschellen zumindest von ihrem rechten Handgelenk gelöst hatte. So konnte sie immerhin ungehindert essen und trinken, auch wenn er sie beobachtete wie ein Schießhund. Außerdem zweifelte Jen keine Sekunde daran, dass er sie hier vor versammelter Mannschaft einfach ausgeknockt hätte, sollte sie auf die Idee kommen, abzuhauen. Einem Arschloch wie ihm traute sie das auf jeden Fall zu, auch wenn er gerade ganz nett tat.

Na gut. So musste sie wenigstens nur den linken Arm unter dem Pullover vor den Blicken der Leute verstecken, die zum Frühstücken hereinkamen, sie aber nur flüchtig beachteten. Sie fragte sich, was sie wohl dachten, wenn sie den deutlich sichtbaren Verband an ihrem Handgelenk sahen. Hoffentlich nichts Schmutziges, überlegte sie und merkte, dass sie das Gesicht zu einem grimmigen Lächeln verzog.

»Das ist deine Entscheidung, süße Jen. Aber wenn ich mir dein Gesicht so ansehe, könnte es dir vielleicht doch Spaß machen, mich noch ein bisschen in deiner Nähe zu haben, oder?«

Jen schenkte ihm einen vernichtenden Blick, als sie sah, dass er sie mit einem unverschämt breiten Grinsen ansah. »Wenn du dich da mal nicht täuschst, mein Lieber.«

Am liebsten hätte sie noch mehr gesagt. Aber plötzlich kam ihr eine Idee in den Sinn, wie sie ihn vielleicht doch loswerden konnte, ohne dass am Ende sie diejenige sein würde, die am Straßenrand stehengelassen werden würde. Sie müsste ihn einfach dazu kriegen, ihr zu vertrauen. Wenn er nicht mehr glaubte, dass sie ihm bei der nächstbesten Gelegenheit gegen den Karren pisste - wie man in Pecos manchmal sagte - dann musste sie ihn rumkriegen. Rumkriegen war vielleicht nicht das passendste Wort dafür, aber Jen fiel kein besseres ein. Sobald Eric ihr aus der Hand fraß, würde sie verschwinden.

»Ach komm schon. Ist ja nicht so, als würdest du meine Gesellschaft nicht auch genießen.« Er hörte einfach nicht damit auf, sie auf diese dumme überhebliche Weise anzusehen, die ihre Wut erneut entfachte.

Sie zwang sich, durchzuatmen. Natürlich konnte sie nicht umgehend damit anfangen, ihn zu verführen. Oder auch nur damit, ihm schöne Augen zu machen, wie ihre Mutter zu sagen pflegte. Das hätte ihn misstrauisch gemacht. Aber ein ganz kleines

Bisschen ging vielleicht doch: »Selbst, wenn es so wäre. Sei dir sicher, dass ich lieber mit jedem beliebigen Bauarbeiter flirten würde, als mit dir.«

»Hm, sicher? Für mich sieht es aber schwer danach aus, als *würdest* du mit mir flirten. Und zwar jetzt gerade.«

Jen merkte, dass sie es konnte, wenn sie es musste. Sie hatte es tatsächlich fertiggebracht, ihn absichtlich mit einem Blick anzusehen, den sie sich sonst nur für andere Gelegenheiten aufhob. Meistens benutzte sie ihn, wenn in Pecos mal wieder ein Rodeoturnier anstand. Oder eine Rally. Dann, wenn sie auf ihren Spaß aus war. Man könnte es als ›Schlafzimmerblick‹ bezeichnen, wenn man wollte.

»Wenn du meinst«, antwortete sie mit einem wissenden Lächeln, trank aus ihrer Kaffeetasse und ließ es dabei bewenden. Nicht zu viel. Nur so viel, wie nötig. »Vielleicht komme ich noch ein Stückchen mit dir mit. Vielleicht habe ich nicht wirklich die größte Lust, ausgerechnet in diesem Kaff sitzengelassen zu werden.«

»Ganz, wie es Ihnen beliebt, Ma'am.« Eric erwiderte das Lächeln auf eine Art, die Jen kurz den Atem anhalten ließ. Gott. Sie stand leider wirklich auf seine Augen. Und sie stand auch darauf, wenn er sie so ansah. Mit diesem Blick, den auch sie vorhin benutzt hatte, auch wenn es nur eine Finte gewesen war. Zumindest bei Eric war sie sich sicher, dass er gerade versuchte, sie zu verführen. Auf seine ganz eigene Art. Die Art, die ihr bedauerlicherweise sehr gut gefiel.

»Dann lass uns gleich los«, sagte sie, als sie sicher war, dass ihre Stimme fest genug war, und schob ihre leere Tasse beiseite. »Du musst zahlen!« Sie deutete etwas zu ungehalten auf ihn. »Immerhin kann ich so ja wohl kaum bezahlen gehen, oder?« Um ihren Worten Nachdruck zu verleihen, schob sie ihre Hand einem spontanen Impuls folgend unter den Tisch zu seinem Knie. Die Hand, an der die Handschellen noch befestigt waren. Die freie Schelle baumelte an seinem Bein. Eine ziemlich gute Idee, wie sie nur eine Sekunde später feststellte, denn er schien die Berührung als Aufforderung aufzufassen. Dafür, ihre Hand auf seinem Knie festzuhalten, mit den Fingerspitzen so langsam über Jens Haut zu wandern, dass sie eine Gänsehaut davon bekam (und hoffte, dass er es nicht bemerkte), und sie schon wieder mit diesem Blick ansah.

Innerlich stöhnte Jen auf. Wenn er sie doch nur nicht so ansehen würde … Sie hatte das Gefühl, nicht klar denken zu können, wenn er sie mit seinen Augen zu fesseln schien. Als würde ihr Verstand sich einfach in Luft auflösen. Klar. Wahrscheinlich zog diese Masche bei so ziemlich allen Weibern, die er aufriss. Und ja - vielleicht auch bei ihr. Aber sie durfte nicht vergessen, dass sie ja wollte, dass er sie so ansah. Dass sie wollte, dass er glaubte, sie rumzukriegen.

Sie atmete durch und schaffte es sogar, Eric nicht hinterher zu schauen, als er aufstand, um ihre Rechnung zu bezahlen. Atmen. Tief durchatmen. Das lief doch ganz gut. Jetzt musste sie nur noch hin und wieder etwas von dieser Flirterei in ihre Gespräche einfließen lassen und zack - hatte sie ihn da, wo sie ihn haben wollte. Er würde die Handschellen losmachen, sie würde abhauen und alles würde gut werden. Ganz sicher.

Kapitel 18

Eric stellte schon beim Eintreten in die Filiale der Bank of America fest, dass das hier ein Kinderspiel werden würde. Jen hatte ihn anstandslos hierher begleitet, wühlte nun in ihrer Handtasche nach ihrer Geldbörse und war überhaupt seit dem Frühstück so umgänglich, wie er sich kaum erhofft hätte. Was sie damit bezwecken wollte, war ihm noch nicht ganz klar. Er wusste nicht, ob es daran lag, dass sie ihm gegenüber seit ihrem Gespräch in der letzten Nacht nicht mehr so aggressiv eingestellt war wie zuvor. Ob sie vielleicht im Schlaf zu dem Schluss gekommen war, dass er gar kein so widerlicher Typ war, wie sie zu glauben schien. Oder - was ihm im Augenblick wahrscheinlicher erschien - sie versuchte, ihn ihrerseits zu manipulieren. Dahingehend, dass er vielleicht so viel Vertrauen zu ihr fasste, dass er es unterließ, sie zu fesseln und zu bewachen.

Beides waren durchaus interessante Gedanken. Denn in beiden Fällen rückte die Möglichkeit näher, dass zwischen ihnen vielleicht doch noch einmal etwas laufen könnte, bevor er sich aus dem Staub machen würde.

Mit der Kohle, die sie jeden Moment von ihrem Konto räumen würde. Hoffentlich in der Menge, die er von ihr gefordert hatte. Er hatte ausgerechnet, dass er mindestens fünftausend Dollar brauchte, um sich abzusetzen. Für einen neuen Wagen, die Reise wohin auch immer und dafür, sich an diesem Ort eine Wohnung zu nehmen und erst einmal über die Runden zu kommen, bis er einen Job gefunden hatte. Er hatte es sogar in Erwägung gezogen, Jen dieses Geld eines Tages wiederzugeben. Immerhin wusste er dank ihrer Papiere ja, wo sie wohnte. Oder besser gesagt, ihre Eltern. Wer wusste schließlich, wo sie sich eines Tages aufhalten würde, wenn Eric das Geld zusammengekratzt hatte, um es ihr zurückzugeben?

Um das Geld abheben zu können, hatte Eric die Handschellen ganz entfernen müssen. Zu seinem großen Bedauern. Aber sie würde ihm auch hier nicht entkommen können und er glaubte zu wissen, dass ihr das auch klar war. Ihren Autoschlüssel hatte er einbehalten. Ebenso wie ihr Handy. Minimales Risiko. So hatte er es schon immer gehalten.

Eric beobachtete sie aus ein paar Metern Entfernung dabei, wie sie an den Schalter trat, hinter dem eine kleine dicke Frau stand. Er schlenderte in der Empfangshalle umher und tat so, als könnte ihn kein Wässerchen trüben. Hin und wieder lächelte er, wenn einer der Angestellten ihm einen fragenden Blick zuwarf, und deutete dann nur zu Jen hin. Dann wussten sie darüber bescheid, dass er nur in Begleitung hier war, und ließen ihn in Ruhe. Gut.

Der Vorgang dauerte einige Minuten. Sogar so lange, dass er anfing, nervös zu werden. Er warf Jen einen Blick zu, um ihr zu verstehen zu geben, dass sie sich beeilen sollte, aber sie schüttelte nur kaum merklich den Kopf und kniff die Lippen zusammen.

Irgendwie glaubte Eric, dass das kein sonderlich gutes Zeichen war, und machte sich bereit, im Notfall aus der Bank zu stürmen. Wie auch immer dieser Notfall aussehen sollte. Schließlich hatten sie ja nicht vor, die Bank auszuräumen, oder?

Aber dann nickte Jen der kleinen Frau zu, verabschiedete sich und schloss zu Eric auf. »Und?«, fragte er leise, aber noch immer nervös, während sie die Bank dicht nebeneinander hergehend verließen. Er beschloss, sie keine Sekunde lang weiter von sich weg zu lassen, als er sie mit einer Armbewegung wieder würde einfangen könnte, sollte sie beschließen, einfach zu türmen.

»Tja, tut mir leid. Mein grandioser Vater hat eine Sperre in meine Konten einbauen lassen. Ich kann nicht mehr als fünfhundert Dollar pro Tag abheben.« Jens Tonfall klang säuerlich. Er vermutete, dass sie über diesen unangenehmen Umstand nicht weniger wütend war als er selbst. »Wahrscheinlich will er mir damit eine Lektion erteilen. Nett, oder?«

»Mist!«, zischte Eric leise, als sie die Treppen vor dem Bankgebäude hinunterstiegen. »So eine Scheiße!«

Er war wütend. Nicht auf sie, weil sie ja nun nicht wirklich etwas dafürkonnte. Eric glaubte ihr, dass sie es nicht gewusst hatte, denn sie sah so aus, als würde sie ihrem Daddy am liebsten die Augen auskratzen.

»Tja, er ist halt ein Arschloch!« Sie nickte; mehr zu sich selbst als an ihn gewandt. »Dann musst du dich wohl mit weniger Geld zufriedengeben.«

Eric verzog das Gesicht, entschied sich dann aber, ihr ein dünnes Lächeln anstatt einer dummen Antwort zu schenken. »Ist ja nicht deine Schuld. Und weniger Geld geht nicht, tut mir leid. Fünftausend Dollar. Keine Ahnung. Dann musst du hat noch etwas länger bei mir bleiben. In zehn Tagen bist du mich dann los.«

Er sah, dass ihr Gesicht versteinerte, als sie sich diesen Gedanken durch den Kopf gehen ließ.

Aha. Also bist du plötzlich doch nur so nett, weil du mich manipulieren willst, was?

Er wartete auf die Befriedigung, dass er wohl recht mit seiner Vermutung gehabt hatte. Aber die blieb aus. Stattdessen fühlte er sich - gekränkt. Etwas, das Eric eigentlich absolut fremd war.

Na toll. Was bin ich doch nur für ein Weichei ...

Die restlichen Meter zum Auto entschied er sich, dass er lieber schweigen wollte. Um nicht doch damit herauszuplatzen, dass er sie durchschaut hatte, und seinem Ärger auf ihren vermaledeiten Vater damit Luft zu machen. Um wieder damit anfangen zu können, sie aufzuziehen. Sich vielleicht sogar an ihrer Abscheu für ihn weiden zu können. Oder auch nur, sie wieder zu ärgern und gemein zu ihr zu sein. Er stellte fest, dass das die richtige Entscheidung war. Als er ihr die Handschellen wieder anlegte, die Beifahrertür hinter ihr schloss und selbst ins Auto stieg, war seine Wut annähernd verraucht.

Was machten schließlich zehn Tage? Es ging ja immerhin um seine Zukunft. Darum, den Rest seines Lebens in Freiheit und außerhalb von Gefängnismauern zu verbringen. Das war wichtiger als weitere zehn Tage mit dem nun nicht mehr ganz so reichen Goldesel an seiner Seite.

Pech.

Sie fuhren über die Interstate 40 aus Benton raus und Eric stellte das Radio an. Ohne zu wissen, nach was er eigentlich suchte, blieb er bei einem Sender für Countrymusik hängen. Jen protestierte nicht dagegen. Entweder mochte sie diese Musik, oder es war ihr einfach egal. Eric stellte fest, dass es ihm auch egal gewesen wäre, wenn sie protestiert hätte. Dann hätte er den Sender behalten, nur weil sie etwas anderes hören wollte. Einfach so. Um sie zu provozieren und ihr Spielchen vielleicht schon jetzt zu gewinnen.

Jen starrte einfach weiter aus dem Fenster. Sie sah aus, als würde sie jeden Moment wegnicken. Vorhin schon hatte sie den Eindruck auf ihn gemacht, als würde es ihr nicht gut gehen, er war aber nicht sicher, ob das nicht vielleicht auch nur ein Spiel sein könnte. Also hatte er sie ignoriert.

In Gedanken ging Eric den Teil der Karte von Arkansas durch, den sie gerade durchquerten. Wenn er richtig geplant hatte, würden sie noch lange vor Einbruch der Nacht in Nashville ankommen. Die Staatsgrenze zu Tennessee war bereits ausgeschildert gewesen. Nicht mehr lange, und sie würden auch Arkansas hinter sich lasen.

Ohne genau sagen zu können, wann er auf die Idee gekommen war, fand er, dass es vielleicht nicht schlecht wäre, Jen nach New York zu bringen. Er hatte sie nie gefragt, wo sie dort wohnen würde, aber ganz sicher *hätte* sie eine Wohnung. Und er könnte genauso gut dort auf seine Kohle warten. Wie er diesen Plan umsetzen würde, würde sich zeigen. Er hatte noch genug Zeit, sich darüber den Kopf zu zerbrechen, denn bis sie in New York ankamen, würden bei ihrem bisherigen Durchschnittstempo sicher noch zwei bis drei Tage vergehen.

»Eric, pass auf!«, rief Jen neben ihm derart panisch, dass er reflexartig seinen Fuß auf die Bremse stellte und den Wagen schliddernd zum Stehen brachte. Er war so in seine Gedanken vertieft gewesen, dass er den Wagen nicht gesehen hatte, der ein paar Meter vor ihnen im Straßengraben lag. Plötzlich war er hellwach, löste seinen Gurt und sprang aus dem Wagen, ohne den Motor abzustellen oder den Schlüssel zu ziehen.

Blitzschnell machte er sich ein Bild von der Lage, checkte, ob Gefahr von dem Fahrzeug ausging und es vielleicht Feuer fangen könnte, und stellte fest, dass dem wohl nicht so war. Ein Mann, wahrscheinlich der Fahrer, kam hinter seinem Auto aus dem Graben geklettert. Mit den Armen ruderte er in der Luft, aber verletzt schien er nicht zu sein. Eric merkte, dass er aufatmete. Das hätte ihm noch gefehlt. Ein Grund, um in ein Krankenhaus zu fahren und dort vielleicht von irgendeinem gelangweilten Streifenbullen erkannt zu werden. Nicht, dass die Behörden so fix waren, und Fahndungsbilder im ganzen Land verteilten. Nicht von Kleinkriminellen wie ihm. Aber trotzdem.

»Ist alles in Ordnung, Sir?«, rief er dem Mann zu und setzte sich wieder in Bewegung.

»Ja! Danke, dass Sie angehalten haben. Entschuldigen Sie, dass ich so mit der Tür ins Haus falle, aber können Sie mich vielleicht ein Stück mitnehmen? Sie sehen ja - mein Wagen -« Der Mann, der nur ein bisschen älter sein konnte als Eric, lächelte bedrückt, schien aber nicht wirklich traurig über sein Missgeschick zu sein. Mit einem weiteren Blick zum umgekippten Fahrzeug stellte Eric fest, dass es eine uralte Schrottlaube war. Vermutlich hätte er früher oder später eh den Geist aufgegeben, wenn dieser Unfall ihm nicht zuvor gekommen wäre.

»Was ist passiert? Ein anderes Auto?«

»Nein nein. Es war meine eigene Schuld. Es war ein Feldhase.« Der Mann lachte, als er Erics Gesichtsausdruck bemerkte. »Er ist über die Straße gerannt und ich habe versucht auszuweichen. Nicht sehr erfolgreich, wie Sie sehen.«

»In der Tat«, murmelte Eric und zwang sich zu einem Lächeln. Er drehte sich um und sah Jen, die ausgestiegen war, um zu sehen, was hier los war. Und vielleicht, ob sie in ihrem offensichtlichen Helfersyndrom behilflich sein könnte. Zufrieden bemerkte er auch den Pullover, den sie sich geistesgegenwärtig über die Hände gelegt hatte. Gutes Kind.

»Alles in Ordnung bei euch?«, rief sie den Männern von hinten zu und tapste unruhig mit den Füßen hin und her.

»Ja, Schatz«, rief er zurück und konnte sich das Grinsen nicht verkneifen. An den Unfallfahrer gewandt sagte er: »Sie können uns ein Stück begleiten. Wohin müssen Sie denn?«

Der Mann lächelte glücklich, schloss zu Eric auf und reichte ihm in überschwänglicher Dankbarkeit die Hand. »Nashville«, antwortete er. »Meine Frau - bekommt unser Baby. Ich fürchte, ich schaffe es nicht mehr rechtzeitig, aber wenn sie mich mitnehmen, muss ich nicht auf den nächsten Abschleppwagen warten.«

»Na, dann treten wir mal aufs Gas, was?« Eric grinste und schüttelte die angebotene Hand. »Ich bin Eric. Und das ist Jen.« Er deutete auf Jen, die noch immer darauf wartete, dass sie jemand aufklärte. »Kommen Sie. Zufällig haben wir dasselbe Ziel.«

»Herzlichen Dank! Sie wissen gar nicht, was mir das bedeutet! Ich bin William. William Ashford. Sehr erfreut.«

»Ach, wie wäre es, wenn wir gleich zum Du übergehen? Solche Höflichkeitsfloskeln liegen mir nicht.« Eric lachte. Diese unerwartete Wendung wäre sicher interessant. Und ganz sicher sogar würde ihm so einiges einfallen, wie er es zu seinem Vorteil nutzen könnte. Oder vielmehr zu seiner Belustigung. Die Bilder in seinem Kopf waren immerhin mehr als amüsant. Er freute sich auf diesen Spaß, als er Jen stumm anwies, sich wieder ins Auto zu setzen.

»Also, ihr könnt mich Will nennen. Und danke nochmal«, sagte ihr neuer Fahrgast auf dem Rücksitz und schnallte sich an, während Eric den Wagen wieder anfuhr. Das umgekippte Auto würdigte er keines Blickes. Und er war nicht sonderlich überrascht, dass das auch für Will galt.

Eric reagierte auf Jens fragende Blicke mit seinem freundlichsten und gleichzeitig anzüglichsten Lächeln und sah gespannt dabei zu, wie ihre Gesichtsmuskeln sich anspannten. Im Gegensatz zu ihm schien sie nämlich nicht wirklich davon auszugehen, dass das hier eine spaßige Sache werden würde. Schade. Für sie.

Kapitel 19

B ist du verrückt geworden?«, fragte Jen eine Stunde später so leise, dass nur Eric sie verstehen konnte. Sie waren auf einen kleinen Rastplatz mitten im Nirgendwo gefahren, weil ihr Begleiter pinkeln musste. Eric, der sich die Beine vertreten wollte, führte sie wie selbstverständlich am Arm neben sich her und lächelte nur, als wäre dieser Ausdruck auf seinem Gesicht angeklebt. Überhaupt hatte sein Mund die ganze Fahrt über, seit sie den Mann aufgelesen hatten, gar nicht mehr stillgestanden. Plötzlich war er so redselig gewesen, dass sie glaubte, sie hätte einen ganz anderen Menschen vor sich.

Die Männer hatten sich über alles Mögliche unterhalten. Den Unfall, das Baby, dass die Frau von William Ashford, den sie Will nennen sollten, wohl im Augenblick bekam und sogar über das verdammte Wetter.

Es störte Jen, dass er sie die auch die ganze Zeit über im Auto betatscht hatte. Nicht so, dass es als obszön hätte bezeichnet werden können. Seine Berührungen waren mehr zärtlicher Natur. Auch, wenn Jen ganz genau wusste, dass er das nur vorspielte, um seine Show vor ihrem Gast zu perfektionieren. Dem hatte Eric nämlich in Jens Anwesenheit erzählt, sie beide seien ein Pärchen! Das musste man sich mal vorstellen. Deswegen das Getatsche auf ihren Knien oder an ihrem Oberarm. Etwas anderes konnte er kaum erreichen, weil sie ja noch immer gefesselt war.

Jens Handgelenke juckten fürchterlich. Inzwischen hatte sie sich heimlich die Verbände abgemacht, weil sie glaubte, die Hitze darunter nicht mehr ertragen zu können. Er schien es noch nicht bemerkt zu haben und darüber war sie froh. Wahrscheinlich führte das auf Dauer eher dazu, dass die Haut noch mehr gereizt wurde, aber im Augenblick war Jen das ziemlich egal. Sie wollte Luft an die inzwischen blutigen Abschürfungen haben. Frische Luft. Das trug wenigstens ein bisschen zur Linderung des Schmerzes bei.

»Hey, bleib locker. Was ist denn dabei? Er brauchte eben Hilfe. Wir nehmen ihn nur bis nach Nashville mit. Wir übernachten dort und fahren morgen weiter. Keine große Sache.« Eric lächelte sie an, aber in seinen Augen sah Jen keine Freundlichkeit, sondern nur Spott. Als würde es ihm unglaublich Spaß machen, sie einfach zu übergehen. »Ich denke ja auch nicht, dass du dich vor ihm verplapperst, oder?«

Sie wollte den Mund zu einer biestigen Erwiderung öffnen, besann sich dann aber eines Besseren. Immerhin wollte sie ihn ja einlullen, oder? Also musste sie sich zusammenreißen und diese Situation vielleicht stattdessen lieber zu ihrem Vorteil nutzen.

»Ach weißt du«, sagte sie und zwang sich zu einem hinreißenden Lächeln, »ich wusste einfach nur nicht, dass du auch so nett sein und anderen Leuten uneigennützig helfen kannst, das ist alles.« Jetzt fehlte nur noch, dass sie sich an seinen Arm hängte, wie eine verliebte Teenagergöre. Das konnte sie sich aber gerade noch so verkneifen. Schließlich wollte sie es nicht übertreiben.

Aber Eric schien sofort anzubeißen, denn der Spott verschwand augenblicklich. »Es gibt immer noch sehr viele Dinge, die du nicht über mich weißt.«

Jen sah aus dem Augenwinkel, dass Will aus dem Toilettenhäuschen zurückkam, während Eric, der dasselbe gesehen zu haben schien, sich zu ihr herunterbeugte und sie so unvermittelt auf die Wange küsste, dass sie erschrocken zurückweichen wollte. Er hielt ihren Arm allerdings so fest umklammert, dass ihr das nicht möglich war. Also blieb sie stehen und ließ es über sich ergehen.

Und stellte im selben Moment fest, dass es ihr nicht wirklich so sehr missfiel, wie sie zunächst angenommen hatte. Nicht nur, dass er selbst ihr durch diese zweifelsfrei von ihm geplante Geste in die Hände spielte. Die unerwartet sanfte Berührung löste auch einen heißen Schauer in ihr aus, der sich in ihrem Magen ausbreitete und sich rasend schnell in ihrem ganzen Körper verteilte. Seine nachwachsenden Bartstoppeln kitzelten sie ein bisschen. Jen hielt den Atem an, und hoffte, dass es ihm nicht auffiel. Auch nicht, dass ihr Gesicht inzwischen wohl die Farbe einer Tomate angenommen hatte. Denn genau so fühlte es sich an. Jen war heiß. Und sie wollte nichts lieber, als wieder ins Auto zu steigen. Mit der eingeschalteten Klimaanlage. Sofort!

Eric löste sich von ihr, ohne ein Wort zu sagen, aber sein Gesicht sprach mehr als tausend Worte. Er *hatte* es bemerkt. Und jetzt würde er erst richtig loslegen, da war sie sich sicher.

Jen schluckte den riesigen Kloß herunter, der ihr die Kehle zuzudrücken schien und stieg ins Auto, nachdem Will auf die Rückbank gestiegen war. Genauso dankbar und glückselig lächelnd, wie vor einer Stunde, als sie ihn eingesammelt hatten.

»Sagt mal, wohin wollt ihr zwei eigentlich?« Will steckte seinen Kopf neugierig zwischen die Vordersitze.

»Nach New York«, antwortete sie schnell, bevor Eric ihm eine weitere Lügengeschichte auftischen konnte. »Ich habe einen Studienplatz an der UNU. Er«, sie nickte zu Eric, »begleitet mich nur bis dorthin und verschwindet dann wieder.« Sie hoffte, dass ihre Stimme nicht den missbilligenden Tonfall hatte, den sie vermutete. Und sie merkte auch erst, dass sie selbst gerade gelogen hatte, als es zu spät war.

»So so, ich begleite dich also nur bis nach *New York* und verschwinde dann?« Eric grinste sie an und schob seine Hand schon wieder zu ihrem Knie, als hätte sie einen höchst amüsanten Scherz gemacht. »Aber Schatz! Wir haben doch gestern erst darüber gesprochen, dass ich auch genauso gut bleiben könnte und wir uns gemeinsam eine Wohnung nehmen. Hast du das vergessen?«

Jen schluckte. Jetzt war ihr seine Hand auf ihrem Knie definitiv zuwider, aber wegschieben konnte sie sie auch nicht. Schließlich konnte sie nicht riskieren, dass Will, der immer noch neugierig zwischen ihnen hin und her schaute, die Handschellen sah.

»Bis New York ist es ja noch ein Stückchen, *Schatz*«, antwortete sie möglichst eisig und atmete auf, als er seine Hand endlich wieder wegnahm. »Noch eine halbe Stunde und wir sind erst einmal in Nashville. Schließlich kann in der ganzen Zeit noch viel passieren, nicht wahr?«

Will lachte und lehnte sich auf seinem Sitz zurück. »Ihr beide seid wirklich klasse. Ihr erinnert mich an meine Frau und mich selbst, als wir noch so jung waren. Wir waren auch mal verliebt, wisst ihr? Und haben uns gehasst wie die Pest. Trotzdem habe ich sie geheiratet.«

»Hä?« Eric schüttelte verwirrt den Kopf, konnte sich das Lachen aber wohl doch nicht verkneifen. »Wieso hast du sie geheiratet, wenn ihr euch hasst? Das ergibt doch gar keinen Sinn, Alter.«

»Findest du?« Will stimmte in Erics Lachen ein, wurde aber sofort wieder ernst. »Ich denke, ich habe sie einfach viel mehr geliebt, als dass ich sie gehasst habe. Schließlich ist sie die schönste Frau, die ich je in meinem Leben gesehen habe. Temperamentvoll, willensstark und hingebungsvoll. Und klar - es hat mich gereizt, mit ihr zu streiten. Ihr wisst schon, was ich meine.« Will lächelte, als wäre es ihm ein kleines bisschen peinlich, so direkt zu sein. Im Gegensatz zu Eric schien er es nämlich nicht gewohnt zu sein, anderen brühwarm seine dunkelsten Phantasien aufzutischen - ob sie sie hören wollten, oder nicht.

»Ich denke, ich weiß, was du meinst«, antwortete Eric und warf Jen, die angestrengt versuchte, auf die Straße zu sehen, einen vielsagenden Blick zu.

»Diese Eigenschaften werden ihr hoffentlich auch jetzt gerade hilfreich sein, wenn ich nicht da bin.« Will lachte wieder, aber Jen hatte den Eindruck, als wäre es ein Laut, der irgendwie aus einer Mischung aus seiner Liebe zu seiner Frau und aus den Gedanken daran bestand, was sie ihm an den Kopf werfen würde, wenn er nicht rechtzeitig zur Geburt erschien.

Jen musste sich eingestehen, dass sie Will gut leiden konnte. Ein bisschen tat er ihr sogar leid, weil sie zumindest ahnte, dass seine Frau, die er ja trotz allem liebte, ein kleiner Tyrann sein konnte. Vielleicht war das ja auch der Grund dafür, weshalb er nicht bei ihr war, sondern einige Meilen weit entfernt - was auch immer getan hatte.

»Was ist eigentlich mit dir, Will? Was hast du unten in Memphis gemacht?« Jen drehte den Kopf, damit sie Will ansehen konnte.

Will lächelte schuldbewusst. »Oh, ich hatte dort beruflich zu tun. Leider konnte ich mir bisher nicht frei nehmen, aber Emily hat das schon verstanden. Immerhin geht es ja um das Wohl unserer Familie, nicht wahr?«

»Und was ist dein Job? Was arbeitest du?« Jen merkte, dass sie ihren Fahrgast lieber ausfragte, als sich mit Eric zu befassen, der stetig weiter lächelte, als würden in seinem Kopf ganz viele lustige Bilder herumschwirren. Sie ahnte, dass sie sicher einen Teil davon ausmachen würde, also ignorierte sie ihn.

»Ach, wir führen ein Restaurant und ein Hotel. Nichts Besonderes. Und gerade sind wir dabei, auch eines in Memphis -« Ein Handy klingelte. Will zog es hektisch aus der Brusttasche seines karierten Hemdes, vielleicht, weil er annahm, es könnte das Krankenhaus sein. Jen verstand nicht, was die Person am anderen Ende sagte, sah aber Wills enttäuschten Gesichtsausdruck, als er sagte, dass er trotzdem so schnell wie möglich zu kommen versuchte. Als er auflegte, lächelte er gequält. »Entschuldigt bitte. Meine Frau hat doch noch kein Baby bekommen. Es war wohl falscher Alarm. Sie behalten sie über Nacht im Krankenhaus und sie will mich nicht sehen. Ich glaube, sie ist sauer.«

Jen lächelte ihm aufmunternd zu. »Ach was. Sie freut sich sicher trotzdem, wenn du erst einmal bei ihr bist.«

»Hoffentlich«, antwortete Will, ohne den Ausdruck in seinem Gesicht zu verlieren, der besagte, dass er das nicht wirklich glaubte. »Was haltet ihr beide davon, wenn ich euch als Dankeschön zum Essen in unser Restaurant einlade?«

Eric lachte begeistert. »Aber sicher doch, Kumpel. Gerne. Das sagen wir doch nicht nein, was, Schatz?«

Jens Gesicht wurde schon wieder heiß, als er seinen Blick über sie wandern ließ - auf die Art, wie er es schon die ganze Zeit über machte, seit Will ins Auto gestiegen war. Als wollte er sie mit seinen Blicken ausziehen.

Sie zwang sich, sich zusammenzureißen. Das war es, was sie gewollt hatte. Das war es, was ihr die Chance zur Flucht eröffnete. Also. Mitspielen. Nur nicht die Nerven verlieren. »Aber klar. Wir nehmen die Einladung gerne an. Danke, Will.« Sie schenkte dem Mann hinter sich ein strahlendes Lächeln und schaffte es sogar, Eric mit demselben süffisanten Blick anzusehen, von dem sie hoffte, dass sie ihn damit um den Finger wickeln konnte.

Keine dreißig Minuten später mit diversen nervigen Gesprächen über Frauen mit Neigungen zu Sadismus, den sie gegen die ach so armen Männer richteten, kamen sie vor dem Restaurant an, zu dem Will sie geführt hatte. Er hatte Eric geschickt durch den Verkehr in Nashville geleitet, ihn durch Nebenstraßen geführt, die wohl nur ein Ansässiger kannte, und präsentierte nun stolz: »Voilà! Wir sind da.«

Überrascht schaute Jen nach vorne. Sie hatte ein kleines Restaurant erwartet, vielleicht ein etwas Größeres, als ein Fastfoodrestaurant. Aber auf keinen Fall diesen riesigen Fünf-Sterne-Kasten, der mit seinem imposanten Eingang und den Steinsäulen rechts und links aussah, als wäre es das Hilton.

Sie konnte sich die diebische Freude über Erics Gesichtsausdruck nicht verkneifen. Innerlich lachte sie sich halb tot, weil er aussah, als würde er am liebsten Weinen. Nach allem, was sie inzwischen über ihn wusste, war sie sicher, dass er noch nie in seinem Leben in so einem Restaurant gegessen hatte. Geschweige denn, auch nur in seine Nähe gekommen war. Die plötzliche Nervosität und das Unwohlsein standen ihm außerordentlich gut, fand sie voller Schadenfreude. Ganz bestimmt würde es äußerst amüsant sein, dabei zuzusehen, wie er sich bei dem

Versuch halb umbrachte, einen vernünftigen Eindruck zu machen. Etwas, das sie ihm ebenso wenig zutraute, wie eine Ausrede aus dem Hut zu zaubern, um den Mangel an angemessener Garderobe zu erklären. Man konnte nicht einfach in Jeans und T-Shirt in so einem Etablissement speisen. Das käme einem Affront gleich und Jen sah, dass Eric zumindest das durchaus bewusst war.

»*Will*«, sagte sie tadelnd und konnte sich das Kichern doch nicht verkneifen, »hättest du nicht wenigstens hinzufügen können, dass du ausgerechnet ein Nobelrestaurant leitest? Ich fürchte, Eric ist nicht passend genug ausgestattet. Und wir wollen deine anderen Gäste doch nicht vergraulen.« Es ging nicht. Sie musste lachen. Eric sah aus, als hätte sie ihm eine Ohrfeige verpasst. Sein Gesicht war ziemlich weiß. Herrlich.

»Hm? Oh, das tut mir wirklich leid. Ich dachte, ihr wärt in Besitz von angemessener Garderobe. Immerhin fahrt ihr dieses Auto und -«

»Ich habe durchaus etwas dabei, das ich anziehen könnte«, unterbrach sie Will schnell. »Aber mit Erics Koffer hat es - einen kleinen Unfall gegeben«, fügte sie die Lüge hinzu und wartete auf Erics Reaktion. Aus irgendeinem Grund kam ihr der plötzliche Gedanke in den Sinn, dass es sie reizen könnte, ihn in Hemd und Jackett zu sehen. Seltsam ... Schließlich hatte sie nicht die geringste Ahnung, wo sie noch so spät an geeignete Klamotten für ihn herankommen könnte.

»Na, wenn das so ist - kein Problem.« Will klatschte in die Hände, als wäre ihr angebliches Missgeschick nicht das geringste Problem. Als gäbe es für alles eine Lösung. »Wie wäre es, wenn ihr beide schon einmal in das Zimmer eincheckt, das ich euch - selbstverständlich kostenlos - zur Verfügung stelle. Du kannst dich umziehen, liebste Jen, und Eric bekommt ein paar Sachen von mir. Nehmt es auch als Dankeschön, ja?«

Jen starrte ihn an, weil sie irgendwie nicht ganz glauben konnte, dass das sein Ernst war. Aber Wills bittender Blick sagte ihr, dass es ihm sogar bitterernst war. Er wollte sie tatsächlich nicht nur zum Essen einladen, sondern ihnen auch noch ein Zimmer in diesem überteuerten Laden schenken. Für eine Nacht, klar. Aber trotzdem ...

»Wow, danke, Will. Das wäre doch wirklich nicht nötig -«

»Ach, papperlapapp! Ihr habt mir geholfen, da müsst ihr jetzt auch hinnehmen, dass ich eben dankbar bin. Also, nehmt das an, was ich euch anbiete. Bitte, ja?«

»Okay, Will. Ganz wie du willst. Dankeschön.« Jen grinste ihren Fahrgast an, der sichtlich erfreut über ihre Entscheidung aus dem Wagen schlüpfte und mit tatkräftigen Schritten auf sein Restaurant zueilte. Eric und Jen tauschten einen Blick, der Jen verriet, dass er nicht wirklich von dem überzeugt war, was sie gerade ohne ihn zu fragen ausgehandelt hatte und dass er nicht wirklich Lust hatte, bei dieser Sache mitzuspielen. Jen ließ sich nicht davon beirren. Sie freute sich viel zu sehr darauf, zu sehen, wie er sich blamierte. Und diese Freude würde sie sich nicht nehmen lassen. Ganz sicher nicht!

Kapitel 20

Missmutig saß Eric auf dem Bett in dem beschissen protzigen Hotelzimmer mit seiner protzigen Einrichtung und den protzigen Leuten da draußen, die hier arbeiteten, und fühlte sich unwohl. So unwohl und fehl am Platz wie noch nie zuvor in seinem Leben. Was zum Teufel war in den hübschen kleinen Goldesel gefahren, dass sie ihn so überrumpelt hatte, dass ihm nichts anderes übrig geblieben war, als die Fresse zu halten? Was war in ihn gefahren, dass er es zugelassen hatte, dass sie *tatsächlich* eingecheckt hatten?

Das war absurd! Absolut bescheuert! Noch nie war er in so einem überteuerten Laden gewesen und er hatte es auch nie vorgehabt. Wozu? Er wusste, dass er in seinem ganzen Leben nie genug Kohle haben würde, um sich hier auch nur einen Salat zu bestellen. Klar. Sie würden nichts bezahlen müssen, weil der Kerl, Will, sie eingeladen hatte. Inzwischen bereute Eric sogar schon, dass er nicht einfach weitergefahren und den Typ auf der Straße stehen gelassen hatte. Aber er hätte ja auch kaum ahnen können, dass der Kerl mit der Rostlaube ein reicher Schnösel mit einer eigenen Hotelkette war, oder?

Als Jen ihn vorhin nur kurz darauf angesprochen hatte, hatte Will bloß mit den Schultern gezuckt und dümmlich gegrinst. Er lege keinen Wert auf teure

Autos und investiere lieber in andere Dinge. Was auch immer er damit meinte. Schmuck. Aktion. Weiß der Herrgott. Ging Eric nichts an und eigentlich interessierte es ihn auch nicht.

Aber wer hätte das schon ahnen können. Dass ihn diese ursprünglich auf seinen Spaß ausgelegte Aktion nun dahin brachte, dass er sich vor allen Snobs dieser Welt blamierte. Klasse!

»Hör gefälligst auf, so griesgrämig zu gucken, ja?« Jen funkelte ihn an, während sie im Zimmer umherlief, ein paar ihrer Klamotten aus dem Koffer holte, sie vor dem Spiegel neben dem protzigen Badezimmer hochhielt, um zu schauen, was sie anziehen konnte und was nicht.

»Du hast leicht reden«, knurrte er, »immerhin hast du ja genug Sachen, die du anziehen kannst. Ganz zu schweigen davon, dass du weißt, wie man sich hier benimmt und dich wahrscheinlich schon diebisch darauf freust, dass ich mich wie ein Affe benehme.«

»Wie ein Affe?« Sie schaute ihn an, ohne sich vom Spiegel zu lösen, während sie eine altrosa Bluse vor sich hochhielt. »Ich glaube nicht, dass du dich wie ein Affe benimmst. Du hast doch Manieren. Benutz sie!«

Damit schien sich das Thema für sie erledigt zu haben. Ohne ihn wissen zu lassen, für welches ihrer Kleidungsstücke sie sich entschieden hatte, lief sie wieder zu ihrem Koffer und kramte darin herum. »Ich werde jetzt duschen. Ich muss mir die Beine rasieren! Wehe, du kommst einfach rein, kapiert? Es gibt keinen Schlüssel!«

Eric, der viel zu angespannt war, um einen provokanten Spruch abzulassen, schüttelte nur missmutig den Kopf.

»Ach - und danke nochmal! Wegen *dir* muss ich jetzt eine Bluse mit langen Ärmeln tragen! Arschloch!«, rief sie ihm durch die geschlossene Badezimmertür zu.

Ohne es zu wollen, spürte Eric sich schuldig. Er hatte die roten und inzwischen deutlich entzündeten Stellen an ihren Handgelenken gesehen, als er ihr die Handschellen abgenommen hatte. Sie musste den Verband abgenommen haben, ohne ihm etwas davon zu sagen. Ihre Haut war heiß gewesen, als er sie an den Unterarmen berührt hatte. Er hoffte, dass sie keine wirklichen Schäden davontrug.

»Selber schuld, wenn du den Verband einfach abnimmst«, sagte er leise, mehr zu sich selbst als zu ihr. Sie antwortete ihm, nicht. Eric hörte, dass sie längst die Dusche angestellt hatte. »Mist!«

Gelangweilt und mies gelaunt starrte er im Zimmer umher. Das hier war wirklich ein ziemlicher Protzbau. Das Bett war so riesig, dass es sein ganzes Zimmer im Haus seiner Mutter ausgefüllt hätte. Von den Echtholzkomoden mal ganz abgesehen. Er konnte sehen, dass sie regelmäßig geölt wurden. Die Fronten glänzten im Schein des Kronleuchters, der dem Raum wohl das gewisse Etwas geben sollte. Klar. Reiche Typen standen wohl drauf, wenn alles um sie herum funkelte.

Als es nach einer Weile an der Zimmertür klopfte und Eric hörte, dass Jen die Dusche wieder abgestellt hatte, stand er auf. Will stand vor ihm und hielt Eric grinsend eine Kleiderschutzhülle vor seine Nase. »Bitteschön. Ich denke, er wird dir passen. Das Hemd könnte an den Schultern vielleicht ein bisschen zu eng sein, aber es wird schon gehen. Schuhe hatte ich leider nicht in deiner Größe. Deine Füße sind riesig!«

Eric, der irgendwie noch immer nicht fassen konnte, was für ein seliger Einfaltspinsel Will war, hob eine Augenbraue, ließ Will dann aber eintreten. »Danke, Mann.«

Eric fing an, sich vor Wills offenbar fachkundigen Augen umzuziehen, vermied es aber, ihm den Rücken zuzudrehen. Aus dem Bad hörte er leises Geklapper. Wahrscheinlich schminkte Jen sich gerade ziemlich eilig, um rechtzeitig zum Abendessen fertig zu sein. Eric hatte keinen Hunger. Nicht das geringste bisschen. Aber irgendwie gelang es ihm anscheinend, seinen Unmut vor Will zu verbergen, der seinerseits in einem perfekt sitzenden Smoking vor ihm stand, und Eric schließlich dabei half, die unbequeme Krawatte zu richten. Sollte ihm aufgefallen sein, dass Eric nicht die geringste Ahnung hatte, wie man so ein Teil band, so zeigte er es nicht.

»Siehst du? Passt doch perfekt. Sitzt es angenehm?« Will trat einen Schritt zurück, sodass Eric sich im Spiegel betrachten konnte. Er hoffte, dass ihm die Augen nicht aus dem Kopf fielen. Sein eigener Anblick erschreckte ihn ein bisschen, aber nicht so, wie erwartet, auf eine unangenehme Weise. Tatsächlich musste er sogar zugeben, dass ihm so ein Anzug durchaus ganz gut stand. Vielleicht bewegte er sich darin nicht so selbstverständlich wie Will, der es wohl gewohnt war, diese Dinger anzuziehen. Aber er konnte sich durchaus sehen lassen.

»Was denn, seid ihr schon fertig? Ich muss mir noch die Haare machen, dann können wir - wow!«, stieß Jen hervor, als sie aus dem Badezimmer kam und ihren Blick völlig perplex auf Eric haften ließ. Eric sah die Überraschung in ihren Augen, weil sie offenbar ebenso wenig damit gerechnet hatte, dass Will etwas Passendes fand, wie er selbst. Aber sein Anblick schien ihr trotzdem nicht zu missfallen, denn mit Genugtuung sah Eric zu, wie sie den Mund schloss, der einen sehr langen Moment lang erstaunt offengestanden hatte. Sie beeilte sich, wieder ins Badezimmer zu kommen. Vielleicht, damit Eric den Ausdruck in ihren Augen und die Röte auf ihren Wangen nicht sehen konnte. Zu spät. Er hatte es gesehen. Und das reichte ihm, um sich nicht mehr ganz so unwohl zu fühlen. Ganz vielleicht konnte er doch ein bisschen Spaß bei dieser Veranstaltung haben. Wenn er sie aufziehen und ärgern könnte, würde ihn das sicher für alles entschädigen.

Will, der von all dem schon wieder rein gar nichts mitbekommen zu haben schien, lachte nur. »Keine Sorge, meine Liebe. Wir werden schon nicht ohne dich zum Dinner aufbrechen. Nebenbei bemerkt«, rief er in die hohle Hand zum Badezimmer, »dieses Kostüm steht dir außerordentlich gut. Wenn ich nicht verheiratet wäre ...!« Den Rest des Satzes ließ er offen. Aber weil es nur ein Scherz war, störte Eric sich auch nicht daran. Bei jedem anderen hätte das sicher anders ausgesehen. Ein Umstand, der Eric mindestens so sehr störte, wie die Tatsache, dass ihr Anblick ihm auch ziemlich gut gefallen hatte.

Ein schwarzer Minirock, der dem Anlass entsprechend nicht zu kurz geschnitten war und die altrosa Bluse, die im Bund des Rockes steckte. Dazu ihre perfekten langen Beine, die schon bald in ihren Highheels stecken würden und das Gesicht, das sie nur dezent geschminkt hatte. Und ihre langen nassen Haare ...

Eric schluckte. Er bemerkte den Blick, den Will ihm lächelnd zuwarf, tat aber, als wäre nichts gewesen und drehte sich schnell um, als suchte er etwas in den Klamotten von Jen, die auf dem Bett verstreut lagen.

Keine zwanzig Minuten später war es so weit. Eric saß auf seinem Stuhl, rutschte unruhig darauf herum und hoffte, dass es keinem auffiel, dass er sich fast in die Hosen schiss. Nicht, weil er wirklich Schiss hatte, sondern, weil es ihm unangenehm war, überhaupt hier zu sitzen. Er kam sich dumm vor. Absolut fehl am Platz. Und an dieser unumstößlichen Tatsache konnte auch dieser Anzug nichts ändern, der in Eric gerade das Gefühl auslöste, so verdammt eng zu sitzen, dass er ihm die Luft abdrückte.

Er kam nicht einmal dazu, sich an dem Gespräch zwischen Will und Jen zu beteiligen. Sie redeten über - nicht einmal das wusste er. Was er wusste, war, dass sie sich benahmen, als würden sie das hier jeden Tag tun. In einem beschissenen Nobelrestaurant beim Dinner zu sitzen, sich über Politik und das Wetter unterhalten und nebenbei eine Suppe aus irgendwelchen Pilzen zu essen, deren Namen Eric noch nicht einmal kannte. Aber wahrscheinlich taten sie das auch ständig. Deswegen war es ihnen egal. So egal, wie es Jen zu sein schien, dass es ihm hier nicht gefiel.

Eric wusste nicht, was er mit seinen Händen anstellen sollte. Also griff er nach dem Weinglas auf dem Tisch. Ein schwerer Rotwein, der ihm nicht wirklich schmeckte, aber scheiß drauf. Alkohol war eben Alkohol. Und der Wein würde immerhin dafür sorgen, dass er lockerer wurde. Jedenfalls hoffte er das.

»Ich habe vorhin mit meiner Frau telefoniert. Sie war sogar erstaunlich gut gelaunt.« Will lachte sie beide an. »Vielleicht, weil sie jetzt erst einmal noch etwas schlafen kann. Jedenfalls erlaubt sie mir nun doch, sie zu besuchen, wenn ich mit dem Essen fertig bin. Es stört euch hoffentlich nicht, dass ich euch dann gleich nach dem Dinner wieder verlasse, oder?«

Jen lachte, griff über den Tisch hinweg nach Wills Hand und tätschelte sie. »Keine Sorge, lieber Will. Es gibt viel Wichtigeres, als uns zu bespaßen, während jeden Augenblick dein Baby zur Welt kommen könnte. Wir verzeihen dir selbstverständlich.«

»Danke, meine Liebe. Wirklich. Ich bin überaus froh, euch beiden begegnet zu sein. Ohne euch könnte ich niemals rechtzeitig dabei sein.«

Eric, der so viel Glückseligkeit nicht ertragen konnte, schaute auf seinen Teller. Der Kellner, ein Kerl mit Schmalzfrisur und Pinguinkostüm, hatte die leeren Suppenteller gerade durch etwas ersetzt, das er immerhin als Fleisch identifizieren konnte. Auch, wenn er nicht ganz genau wusste, was das war. Denn wie ein Steak sah es nicht wirklich aus.

»Das ist Lammkarree«, flüsterte Jen ihm zu, ohne von ihrem eigenen Teller aufzuschauen. »Probier es. Es schmeckt ganz vorzüglich.«

Eric zweifelte keine Sekunde daran, dass ihr dieser Hinweis einen Heidenspaß machte, und starrte sie verwirrt an. Verwirrt, weil er keine Ahnung hatte, was das sein sollte und, weil er sich immer mehr vorkam, wie ein kleiner Junge. Am liebsten wäre er aufgestanden, hätte Jen und Will einfach sitzen lassen und hätte sich an der Hotelbar zulaufen lassen. Mit den fünfhundert Dollar in der Tasche seines geliehenen Anzugs wäre das sicher kein Problem gewesen.

Aber dann spürte er ihre Hand unter dem Tisch, die sich auf seinen Oberschenkel legte, als wäre es das verdammt Selbstverständlichste der Welt und entschied sich dagegen. Vielleicht wollte sie ihm doch nur helfen, oder?

Aber vielleicht auch nicht, wie er nur eine Sekunde später feststellte, als ihre Finger nicht wie erwartet an dieser Stelle verharrten, sondern sich aufwärts bewegten - unendlich langsam über seinen Oberschenkel, die Innenseite entlang und zu seinem Schwanz, der in seiner geliehenen schwarzen Anzughose auf einmal Amok zu laufen schien.

Vor lauter Schreck stieß Eric beinahe das Rotweinglas vom Tisch, das er gerade noch fest umklammert gehalten hatte. Jens Finger sorgten dafür, dass in Erics Gesicht eine Hitze aufstieg, die ihn verzweifelt den Atem anhalten ließ. Er hatte nicht den blassesten Schimmer, warum sie das gerade machte und es interessierte ihn auch nicht. Was ihn aber sehr wohl interessierte, war, dass er sie anflehen wollte, damit aufzuhören! Sie sollte aufhören, auf seinem besten Stück herumzudrücken, als wäre es etwas sehr Kostbares und unglaublich Tolles und um Himmelswillen auch damit, vor sich hin zu lächeln, ohne ihn dabei auch nur eines Blickes zu würdigen.

Eric griff mit seiner eigenen Hand unter den Tisch, um sie wegzuschieben. Damit sie nicht noch weitergehen und ihn vielleicht dazu bringen könnte, seine Selbstbeherrschung zu verlieren. Gottverdammt! Er wollte nicht, dass sie aufhörte, aber sie musste es tun! Sah sie nicht, dass sie ihn nur quälte?

Nein. Natürlich sah sie es nicht, denn der kleine Goldesel wusste sehr genau, was er tat. Dass sie ihn dadurch wahnsinnig machte, dass er nicht reagieren konnte, ohne sie beide vor versammelter Mannschaft bloßzustellen. Es schien ihr einen Mordsspaß zu machen, ihn auf diese Weise zu ärgern und nichts und niemand konnte sie davon abhalten, wenn er sie nicht anschrie, um ihr zu befehlen, dass sie aufhören sollte.

Als Eric das Gefühl hatte, die Hitze in seinem Kopf würde sich auf den Rest seines Körpers ausweiten und ihn einfach schmelzen lassen, weil er seine Erfüllung natürlich unter keinen Umständen hier finden würde, ließ sie von ihm ab. Und zu seinem großen Entsetzen stellte Eric fest, dass er sie dafür hasste, dass sie das tat. Verdammte Affenscheiße - dieses kleine Miststück wollte ihn nur ärgern! Oder ihr Spielchen weiterspielen, das Eric längst durchschaut hatte. *Na warte!*, dachte er und lächelte ihr böse über den Rand seines Weinglases hinweg zu, *Das wirst du noch bereuen, verlass dich drauf!*

Der Wein glitt seinen rauen Hals hinunter wie Öl. Und dann entschied Eric, dass er eigentlich auch jetzt sofort mit seiner Revanche beginnen konnte. Der Gedanke an ihr dämliches Gesicht war einfach zu verlockend.

Kurzerhand packte er Jens Hand, lächelte Will so freundlich an, dass es sich anfühlte, als würde sein Grinsen über die Ränder seines Gesichtsfeldes hinausgehen und sagte: »Vielen Dank für die Einladung, Will. Eigentlich wollte ich meiner lieben Jen das erst sagen, wenn wir in New York sind, aber dieser Ort hier und das ganze Drumherum -«, er hob untermalend seine andere Hand zu Decke, »ist einfach so wundervoll, dass es gar nicht perfekter sein kann. Also ist es mir eine Ehre, wenn du dabei bist, während ich um die Hand meiner schon so lange angebeteten Jen anhalte. Hier. Vor aller Augen.«

Und dann stand Eric auf, musste all seine Willenskraft aufbringen, um dabei auf keinen Fall in einen Lachanfall überzugehen und kniete sich neben Jen auf den Boden, die ihn derart entgeistert anstarrte, dass es seine Freude über diesen Streich perfekt machte.

Eric schaute ihr so fest, wie er konnte, in die Augen, sah ihr stummes Flehen, er möge endlich wieder aufstehen und wie sie kaum merklich den knallroten Kopf schüttelte. Er nahm die Hand, die sie gerade noch auf so dreiste Weise an seiner Erektion liegen gehabt hatte, und hielt sie so fest, dass sie sich ihm nicht entziehen konnte. Und Eric *wusste*, dass sie das wollte. Er wusste auch, dass sie ihm am liebsten an die Kehle gesprungen wäre. Aber sie beide waren

Teil dieses netten kleinen Schauspiels, das sie genauso begonnen hatte wie er selbst. Und jetzt musste sie es ausbaden. Herrlich.

»Oh, das ist ja - ich weiß gar nicht, was ich sagen soll«, plapperte Will ihm gegenüber los, der vermutlich wirklich aussah, als wäre er gerade in einen Film geplatzt. Eric wusste es nicht, weil er ihn nicht ansah. Er starrte weiter Jen an und sie starrte zurück, unfähig, auf seinen fingierten Antrag zu reagieren.

Eric fragte sich, wie sie reagieren würde, wenn die Wut und die Überraschung sich legten. Sicher wäre es interessant, es herauszufinden. Würde sie die Bombe platzen lassen? Oder würde sie, um zu verhindern, dass sie aufflogen, darauf eingehen. Er wartete.

Ein paar der versnobten Gäste, die an den Tischen um sie herum saßen und die Szene offenbar beobachteten, fingen leise an, zu klatschen. Das Klatschen wurde lauter, als Eric aus dem Augenwinkel sah, wie ein alter Opa mit einem Monokel im Gesicht seine Hände an seiner Serviette abwischte, und lauthals Beifall klatschte. Die ersten Rufe wurden lauter, Jen sollte endlich etwas sagen. Eric grinste sich innerlich fast zu Tode.

»Der lieben Jen hat es offenbar die Sprache verschlagen«, kommentierte Will mit offensichtlicher Belustigung, fiel aber in den Beifall seiner Gäste ein.

»Du musst etwas sagen, Schatz«, lächelte Eric sie an und konnte nun doch nicht mehr verhindern, dass sein Gesicht nun einen offensichtlich böswilligen Eindruck zu machen schien. In Jens Augen sah er es blitzen. Alles an ihr schien danach zu schreien, dass er sie loslassen sollte. Sie wollte ihm die Augen auskratzen, daran gab es keinerlei Zweifel. Aber dann nickte sie mit fest aufeinandergepressten Lippen und sagte: »Es ist - Ich weiß gar nicht, was ich sagen soll -« Noch wehrte sie sich, das sah er ihr an. Das Grinsen wurde breiter.

»Sagen Sie ja!«, rief ein etwas jüngerer Mann, der offenbar in Begleitung seiner schwerreichen uralten Eltern zum Essen erschienen war. Mommy und Daddy sahen eher aus, als wüssten sie die unerwartete Störung ihres kleinen Intermezzos ganz und gar nicht zu schätzen.

»Ja, los. Nehmen Sie den Antrag an. So einen hübschen Kerl findet man schließlich nicht auf der Straße, oder?« Eric musste den Kopf leicht neigen, um die Frau in den Vierzigern zu sehen, die aussah, als würde sie alles dafür geben, wenn er *ihr* statt Jens diesen Antrag gemacht hätte. Fehlte nur, dass sie anfing zu sabbern. »Los, Schätzchen.«

Jens Finger zitterten in seiner Hand. Eric hoffte, dass sie nicht anfing zu flennen, weil es sie so anzustrengen schien, die Haltung zu wahren. Selbst Will rutschte nun aufgeregt auf seinem Stuhl herum, als gäbe es in seinem eigenen Leben nicht schon genug dramatische Dinge.

»Gott!«, zischte sie, aber Eric vermutete, dass sich der hasserfüllte Fluch für alle anderen nach einem verzückten Ausruf anhören würde. »Ja - ich will dich heiraten«, presste sie schließlich so gequält hervor, dass Eric nicht anders konnte: Er zwinkerte ihr so fies zu, dass es ihn mit Genugtuung erfüllte. Niemand bemerkte es und das war auch gut so.

»Herrlich! Ich gratuliere euch beiden!«, rief Will begeistert, klatschte in die Hände und winkte einen seiner Kellner an ihren Tisch. »Manuel, Champagner. Den Besten. Das Essen heute Abend geht für alle Anwesenden aufs Haus, verstanden?« Eric, der gerade wieder aufstand, um sich zurück an seinen Platz zu setzen, sah, dass sich der Kellner im Pinguinkostüm vor seinem Chef verneigte, und dann eilig in die Küche lief, um das Bestellte zu bringen.

Die anderen Gäste im Speisesaal applaudierten und es vergingen beinahe fünf Minuten, bis die Gratulationswünsche endlich verebbten.

Als Will einen Moment nicht in ihre Richtung sah, warf Jen ihm einen hasserfüllten Blick zu, den Eric nur mit einem müden Lächeln quittierte. Er hatte seine Rache gerade bekommen und er genoss sie in vollen Zügen.

»So, ihr Turteltäubchen. Ich will es nicht, aber leider muss ich euch hier verlassen. Ich hoffe sehr, dass wir uns eines Tages wieder über den Weg laufen. Ich danke euch nochmals für meine Rettung in der Not und wünsche euch beiden für eure Zukunft alles Gute.« Will stand mit ausgebreiteten Armen vom Tisch auf, küsste Jen überschwänglich auf die Wange und schüttelte Eric die Hand. »Den Anzug kannst du morgen einfach an der Rezeption abgeben, ja? Aber lass ihn bitte heil. Und lasst euch den Champagner schmecken.« Mit einem zweideutigen Zwinkern drehte der Hotelbesitzer sich um und verließ unter Applaus den Saal. Klar. Die reichen Scheißer waren froh, dass sie das Essen nicht zahlen brauchten. Reich aber geizig. Das passte.

»Sag mal, hast du den Verstand verloren?«, zischte Jen ihm nun ungehalten zu, als Will außer Hörweite war und die anderen Leute sich wieder ihren eigenen Gesprächen widmeten. Wütend schmiss sie ihre Serviette auf den Tisch und funkelte ihn derart hasserfüllt an, dass er glaubte, sie wollte ihn nur mit ihrem Blick erstechen.

»Krieg dich wieder ein«, antwortete er mit einem eiskalten Lächeln auf den Lippen, griff nach einem der Gläser, die der Pinguin gerade gebracht hatte, und schüttete Champagner in ihr Glas. »Dafür haben wir jetzt etwas Feines zu trinken, oder?«

Jen schnaufte verächtlich, sagte aber nichts mehr dazu und riss ihm das Glas aus der Hand. »Und womit bitteschön habe ich diese Demütigung verdient?«

Eric lachte leise, griff, ohne zu zögern, nach ihrer anderen Hand und legte sie an seinen Schritt. Die Erektion war so plötzlich wieder da, wie sie eben verschwunden war. »Damit!«, sagte er so liebenswert, wie es ging, und weidete sich an der Schamesröte auf ihren Wangen. »Ein bisschen Rache musste sein.«

»Aber das war -«, wollte sie protestieren, aber Eric ließ sie den Satz nicht beenden. Um sein kleines Schauspiel perfekt zu machen, beugte er sich zu ihr herüber und küsste sie auf ihre makellosen vollen Lippen. Und er war nicht im Geringsten überrascht, als er spürte, dass sie sich zwar im ersten Überraschungsmoment dagegen wehren wollte, es sich aber dann wohl doch anders überlegte und den Kuss erwiderte.

Sie hatte also noch nicht aufgegeben. Sehr interessant. Und Eric war mehr als gespannt darauf, wie weit sie wohl dafür gehen würde, ihn um den Finger zu wickeln und zu überrumpeln, wenn sie glaubte, dass er nicht mehr aufpasste. *Sehr* gespannt.

Kapitel 21

Jen, der die ganze Aktion da unten eigentlich so zuwider gewesen war, dass sie am liebsten auf und davon gelaufen wäre, stand nun mit überraschend weichen Knien neben Eric im Fahrstuhl. Sie waren allein. Etwas, das sie nur am Rande ihres völlig durcheinandergeratenen Verstandes wahrnahm. Und sie kamen ihrem Zimmer mit jeder Etage näher - ob sie wollte oder nicht. Ihr war bewusst, dass sie sich nicht die ganze Nacht lang im Badezimmer einsperren konnte, um ihm aus dem Weg zu gehen. Nicht nur, weil es keinen Schlüssel gab, sondern auch, weil es im Gegensatz zu ihrem Plan gestanden hätte, der sich gerade wider Erwarten deutlich seinem für sie glücklichen Ausgang entgegenneigte. Sie hatte ihn fast da, wo sie ihn haben wollte. Fast. Sie musste nur noch dafür sorgen, dass er alle Vorsicht einfach fahren lassen und unaufmerksam werden würde.

»Ich dachte, du würdest mir die Augen auskratzen«, sagte Eric neben ihr belustigt, ohne sie anzusehen. Ihr Bedürfnis danach, genau das zu tun, wuchs an. Sie zwang sich, ruhig zu atmen und so zu tun, als wäre nichts. Als hätte er ihr nicht gerade den filmreifsten Antrag auf dem Planeten gemacht. Ein falscher Antrag, natürlich. Aber was soll's. Das wusste ja niemand, außer ihnen beiden. »Sag nur, du würdest mich tatsächlich heiraten wollen?«

Jen sog scharf die Luft zwischen ihren Zähnen ein, damit er nicht bemerkte, wie viel Mühe es ihr machte, ihm nicht den Hals umzudrehen. Stattdessen zwang sie sich dazu, sich zu ihm herumzudrehen und ihm direkt in die Augen zu sehen. Mit dem reizendsten Blick, den sie drauf hatte.

»Und wenn es so wäre?«, fragte sie leise und hoffentlich genauso aufreizend. »Wenn ich dich zwar nicht direkt heiraten würde, aber mir durchaus etwas Festeres mit dir vorstellen könnte?«

Sie legte ihre Hand an seinen Unterarm. Das Jackett, das Will ihm geliehen hatte, hing auf seinem anderen Arm. Die Hände hatte er in den Hosentaschen vergraben. Jen sah die Überraschung in Erics Augen. Genau wie die leise Hoffnung darauf, das zu bekommen, was er sich vielleicht schon gar nicht mehr erhofft hatte: eine zweite Chance, sie flachzulegen. Klar. Er war ein Arschloch. Und alle Arschlöcher legten es immer nur auf dasselbe an, oder?

Sie lächelte weiter. »Was, wenn ich mir zumindest vorstellen könnte, die unangenehmen Seiten unserer kleinen Reise für einen kurzen Moment zu vergessen?« Es funktionierte. Das Hochgefühl, das sie verspürte, verstärkte sich, als sie ihre Hand langsam über den Ärmel seines Hemdes wandern ließ. Höher. Bis sie an seinem Hals ankam. Bis ihre Finger an seiner Wange ruhten, die er offenbar vorhin noch akkurat rasiert hatte. Wahrscheinlich auch mit Wills Rasierer. Sie wusste es nicht und es spielte keine Rolle.

Was aber eine Rolle spielte, war, dass sie sah, dass sich Begehren in seinen Blick legte. Unheimliches, tiefes Begehren. Eric bewegte sich. Er nahm die Hand aus der Hosentasche und legte sie an ihre Taille. Jen ließ zu, dass er sie zu sich heranzog. Sie ließ auch zu, dass sie sich nun so dicht gegenüberstanden, dass sie seinen Atem auf ihrem Gesicht spüren konnte. Er roch nach Champagner, aber das störte sie nicht. *Was* sie allerdings störte, war die Tatsache, dass es ihr nicht wie erwartet unangenehm war, von ihm festgehalten zu werden. Immerhin sollte es nur ein Spiel sein und ganz sicher sogar hatte sie nicht gewollt, dass sie sich wirklich zu ihm hingezogen fühlte. Aber leider spürte sie genau das. Die Hitze in ihrem Gesicht, als er immer näher kam, ohne sie wirklich zu berühren, geschweige denn, sie zu küssen. Sie hatte sogar den Eindruck, als wollte er Letzteres um jeden Preis vermeiden.

Und trotzdem schaffte er es, nur durch die Art, wie er sie ansah und wie seine Hand von ihrer Taille quälend langsam tiefer an ihren Hintern wanderte, dass ihr eigenes unwillkommenes Verlangen nach ihm wuchs. Sein Gesicht war ihrem so nahe, dass sie ihn hätte küssen können. Der Wunsch danach, es zu tun, war stark. Unglaublich stark. Sie wehrte sich dagegen. Gegen sich selbst und dieses kindische Gefühl in ihrem Magen, das sich anfühlte, wie ein Wirbelsturm aus Schmetterlingen.

»So unangenehm finde ich unsere kleine Reise aber gar nicht. Soll ich es dir beweisen?«, fragte er so leise an ihrem Ohr, dass seine tiefe Stimme sich in Jens Kopf anhörte, als würden seine Worte vibrieren. Gleichzeitig zog er ihre Hand an sich und presste sie auf die deutlich spürbare Beule in seiner Hose. Er stöhnte durch ihre Berührung kaum hörbar auf und

Jen erschrak, als auch sie ein Geräusch von sich gab, das sich schwer nach einem ziemlich eindeutigen Seufzen anhörte. »Du offenbar auch nicht, was?« Eric lächelte sie wissend an und Jen klappte den Mund zu. Ihr Gesicht fühlte sich so heiß an, dass sie wusste, dass sie knallrot war.

Eric schien davon wenig beeindruckt zu sein. Er presste ihre Hand fester auf seine Erektion und schaute sie dabei mit diesem Blick an, der Jens Herz zum Rasen brachte.

Innerlich betete sie, dass nicht im nächsten Moment die Fahrstuhltüren aufgingen und eine Horde Omis hereinplatzten, die diese sehr eindeutige Szene ganz gewiss nicht fehlinterpretieren könnten.

Der Fahrstuhl hielt an und klingelte leise, als die Türen aufsprangen. Vor Schreck wollte Jen sich von Eric abwenden, aber er hielt ihre Hand dort fest, wo sie lag. »Wir sind da«, sagte er mit dem Hauch von Belustigung in seiner immer noch rauchigen Stimme und hielt die Tür auf. »Ich schlage vor, wir machen mit dem Rest lieber auf dem Zimmer weiter, oder?«

Jen wollte schlucken, war aber nicht dazu in der Lage, weil sich in ihrem Hals ein gigantischer Kloß gebildet hatte. Sie schaffte es gerade so, zu nicken, dann ließ Eric ihre Hand los und sie verließen den Fahrstuhl.

Der Weg zu ihrem Zimmer erschien ihr plötzlich endlos. Der Flur vor ihnen war menschenleer und still, aber die schwache indirekte Beleuchtung und Eric, der ihr mit seinen eindeutigen Absichten auf dem Fuß folgte, verliehen all dem einen seltsam verbotenen Touch. Sie kam sich wie ein Schulmädchen vor, das gerade im Begriff war, eine der Zigaretten ihrer Mutter heimlich hinter der Garage zu rauchen.

Jens Finger umklammerten die weiße Schlüsselkarte zu ihrem Zimmer. Sie hielt sich daran fest, als wäre sie das Einzige, das ihren Verstand daran hinderte, einfach davonzufliegen. Und als sie nach einer scheinbaren Ewigkeit endlich vor ihrer Zimmertür ankam, war es auch so. Denn Eric nahm ihr die Karte aus der Hand, während er so dicht hinter ihr stand, dass sie nicht nur die Wärme spüren konnte, die von seinem Körper ausging, sondern auch seine Erektion, knapp oberhalb ihres Hinterns.

Gleich würde sie ohnmächtig werden. Ganz sicher. Hoffentlich.

Aber natürlich geschah das nicht. Eric steckte die Karte in den Schlitz, wartete, bis das LED-Licht auf Grün sprang, und stieß die Tür mit einer Handbewegung auf, ohne sich auch nur einen Millimeter vom Fleck zu bewegen. Seine freie Hand berührte Jens Hals, strich die Haare, die sie zu einem lockeren tiefsitzenden Zopf gebunden hatte, zur Seite und dann küsste er sie nur eine Sekunde später. Sein Atem auf ihrer Haut war - unbeschreiblich heiß. Seine Zähne bissen so sanft in die Stelle, unter der ihre Halsschlagader verlief, dass sie die Augen zusammenkniff. Jen stand wie versteinert da, fühlte seine für einen Mann ziemlich langen Haare an ihrer Schläfe und wünschte sich, ein Loch würde sich unter ihr auftun und sie verschlucken. Damit sie das unbeschreibliche Verlangen danach, er möge fortfahren und um keinen Preis der Welt wieder damit aufhören, nicht mehr spüren musste. Damit sie wieder fähig war, etwas anderes zu empfinden, als die verzehrende Begierde in ihrem Unterleib. Diese Dinge, die sie nicht hatte fühlen wollen. Denn schließlich waren ihre Absichten ja eigentlich ganz anderer Natur gewesen ...

»Willst du Wurzeln schlagen und es gleich hier tun?«, murmelte er an ihrem Hals und sie konnte spüren, dass sich seine Lippen zu einem Lächeln verzogen. »Ich hätte ja nichts dagegen, aber der Opi da vorne guckt so, als würde er gerne mitmachen wollen. Ich teile nur leider nicht besonders gerne.«

Zutiefst erschrocken drehte Jen den Kopf und sah gerade noch, wie ein älterer Herr mit einem Zylinder auf dem Kopf und einem Gehstock in der Hand missbilligend mit dem runzeligen Finger wedelte, bevor Eric sie mit einem, für ihren Geschmack ziemlich unsanften, Stoß ins Zimmer beförderte. »Sorry, Alterchen. Die Jugend von heute«, hörte Jen Eric hinter sich sagen, dann warf er die Tür mit einem lauten Knall hinter sich zu und stand schon wieder hinter ihr, bevor sie registrieren konnte, dass sie anfing, sich in Grund und Boden zu schämen.

Jen spürte seine Hände, die sich von hinten auf ihren Bauch legten, seine Nase an der Seite ihres Halses und seinen Atem auf ihrer Haut, der sich nur noch heiß anfühlte. »Nein. Teilen kann ich wirklich nicht gut«, bekräftigte er seine Worte an den alten Mann, der sie nun nicht mehr hören oder sehen konnte, und fuhr mit seiner Zunge höher über ihren Hals. Mit den Fingern seiner linken Hand umschloss er Jens Kinn, drehte ihren Kopf beinahe ruckartig so, dass seine Lippen die ihren erreichen konnten, und küsste sie so hart und schnell auf den Mund, dass ihr der Atem stockte. Unfähig, sich ihm zu entziehen, öffnete sie den Mund, ließ seine Zunge hinein und spürte im selben Augenblick ein Feuer in ihrem Unterleib, das sie jeden Moment um den Verstand bringen würde.

Sie brachte es nicht fertig, sich zu fragen, wie er es schaffte, den Spieß einfach so umzudrehen und nun sie zu verführen. Dazu war sie nicht mehr in der Lage, denn Erics bestimmende Art, sie zu küssen und gleichzeitig damit zu beginnen, mit geschickten Fingern ihre Bluse zu öffnen, ließ sie jeden klaren Gedanken vergessen.

Sie wusste kaum wie ihr geschah, als er sich von ihr löste, die Bluse über ihre Schultern streifte und sie gleich darauf um ihre eigene Achse drehte, damit er ihr ins Gesicht schauen konnte. »Hast du eine Ahnung, was für eine scharfe Ehefrau du abgeben würdest? Schade, dass dein alter Herr nicht auf die Idee gekommen ist, mich als deinen Mann vorzuschlagen. Ich hätte sicher nicht tatenlos zugesehen, wie du mir davonläufst.«

Das, was er sagte, ergab für Jens ohnehin schon verschwindenden Verstand keinen Sinn. Aber in seinen tiefbraunen Augen sah sie nichts, was darauf hindeutete, dass er sich über sie lustig machte. Und irgendwie wusste sie, wäre *er* es gewesen, den ihr Dad ihr als seinen zukünftigen Wunschschwiegersohn präsentiert hätte, dass sie sich nicht so sehr dagegen gesträubt hätte.

Was natürlich völliger Unsinn war. Nie im Leben würde ihr Vater zulassen, dass Jen jemanden wie Eric an ihre Seite ließ. Einen kriminellen Verbrecher, der jeden um sich herum wie den letzten Dreck behandelte, wenn er nicht zufällig einen Vorteil aus einem Hauch von Nettigkeit schlagen könnte. Einen unverschämten Kerl, der weder vermögend noch gesellschaftlich geachtet war. Niemals.

Erics Augen fesselten sie, als er sie so eng an sich zog, dass Jen den Atem anhielt. »Ich würde dich nicht gehenlassen. Ich würde dich im Haus einsperren und dich vor den Augen der Welt verbergen. Ich würde dich ans Bett fesseln und -«

Den Rest des Satzes ließ er offen, lächelte sie an und stieß sie nur einen Wimpernschlag später rückwärts auf das Bett zu. Jen stöhnte erschrocken auf, als die Bettkante an ihrer Wade spürte, schaffte es aber nicht mehr es zu verhindern, dass sie aufs Bett fiel. Und ehe sie wusste, wie ihr geschah, war Eric über ihr. Mit einem eindeutigen Lächeln im Gesicht hielt er die Handschellen in seiner Hand so, dass sie sie sehen konnte. Jen schluckte, aber es war zu spät, um sich zu wehren. Das Klicken und das Ziehen an ihren Armen verrieten ihr, dass er sie verschloss, bevor sie sich seinem festen Griff entziehen konnte.

Das Verlangen in ihrem Unterleib erlosch beinahe sofort und Panik machte sich statt seiner in ihr breit. »Was hast du vor?«, fragte sie und hoffte, dass er nicht hörte, wie nervös sie gerade wurde. Das entsprach so absolut nicht ihrem Plan - sie hatte doch eigentlich dafür sorgen wollen, dass er sie *nicht* mehr fesselte -

»Wonach sieht das denn aus?«, fragte er und fuhr vollkommen unbeeindruckt fort, ihren Hals zu küssen, ohne sich die Mühe zu machen, sich auch nur die Schuhe auszuziehen. »Ich zeige dir ganz neue Wege zum Spaßhaben auf, meine süße Jen.« Er biss in die Haut in ihrer Halsbeuge und lachte leise, als sie widerwillig aufkeuchte. Das hatte ziemlich wehgetan. Vielleicht kam es auch nur von der Nervosität, aber - »Außerdem hindert es dich daran, mir davonzulaufen, wenn das hier vorbei ist. Denkst du wirklich, dass ich dich und deine kindischen Absichten nicht durchschauen könnte?«

»Was?«, keuchte sie und riss entsetzt die Augen auf. »Woher -«

Eric lachte trocken, aber sein Blick verlor nichts von der Art, auf die er sie schon die ganze Zeit über angesehen hatte. Mit Begehren und dem Willen, das hier durchzuziehen. »Ach, komm schon. Du bist als Schauspielerin auch nicht wirklich besser, als ich es bin.« Dem fügte er nichts hinzu. Er grinste nur auf eine halb böse und halb gierige Art, als Jen seine Finger spürte, die sich wie von selbst unter ihren Rock geschoben hatten, und nun die empfindliche Stelle zwischen ihren angewinkelten Beinen berührten. Sie keuchte, als sich die Hitze in ihrem ganzen Unterleib ausbreitete, wand sich unter ihm und wollte ihn anschreien, doch Eric hörte so schnell wieder damit auf, wie er angefangen hatte. Er entfernte sich sogar ein Stück von ihr, sodass sein Körper nun nicht mehr mit seinem halben Gewicht auf ihr lag. Die Arme links und rechts neben ihrem Kopf auf das Bett gestemmt, schaute er sie an. Er schaute sie einfach nur an. Er lächelte nicht, aber er grinste auch nicht auf diese fiese Art, die dafür sorgte, dass Jen ihm den Hals brechen wollte. Er schaute ihr in die Augen und sie schaute zurück - unfähig, auch nur einen rationalen Gedanken zu fassen.

Jen hatte nicht die geringste Ahnung, wie lange dieser Moment dauerte. Es kam ihr vor, wie eine Ewigkeit, in der die Stille um sie herum nur durch ihre Atemgeräusche durchbrochen wurde. Und durch Jens wild klopfendes Herz, das ihr aus der Brust zu springen schien.

Bei Gott! Sie wollte ihn hassen. Ihn verfluchen und ihm die Pest an den Hals wünschen. Die schlimmsten Flüche, die sie kannte, wollte sie ihm zuschreien und dafür sorgen, dass ihr Gebrüll jemanden anlockte, der ihr half und diesen Scheißkerl endlich aus ihrem Leben entfernte. Sie fühlte sich von ihm gedemütigt und zu seiner Belustigung missbraucht und das - tat weh. Eric hatte Jen so sehr wehgetan, wie sie es selbst nicht für möglich gehalten hatte. Schließlich konnte er sie doch gar nicht verletzen - weil sie beide nichts verband. Außer vielleicht dem Wunsch danach, den jeweils anderen endlich loszuwerden.

Aber das nagende Gefühl in ihrem Herzen, das unentwegt gegen ihre Brust hämmerte, und ihren ganzen Körper mit Schmerz erfüllte, erinnerte sie nun auf grausame Art daran, dass es noch mehr gab. Mehr, als nur Hass und Verachtung. Nämlich eine sich langsam entwickelnde Liebe, die sie von innen brennen ließ. Die sie schreien und weinen lassen wollte, weil es so unglaublich dumm und bescheuert war, sie zu fühlen. Aber sie war da. Ob Jen es wollte oder nicht - sie hatte sich in Eric verliebt.

Und Eric - brach ihr das Herz.

»Hey - okay. Tut mir leid. Vergiss alles, was ich gesagt habe, in Ordnung? Jen?«

Verwirrt starrte sie Eric an, als seine irritierte Stimme sie unsanft aus dem Selbstmitleid riss, in dem sie sich gerade suhlte. Mit seinen Fingern berührte er ihre Wange, fuhr beinahe zärtlich über ihr Gesicht und dann fiel ihr auf, dass sie weinte. Dass sie -

»Gott!«, fluchte sie mehr zu sich selbst als zu ihm und versuchte, das Gesicht von ihm abzuwenden. »Du bist ein verdammter Bastard! Du sollst zur Hölle fahren, kapiert? Was bildest du dir eigentlich ein? Du tauchst in meinem Leben auf, benutzt mich, als wäre ich ein Spielzeug und -«, sie schniefte leise, »warum verschwindest du nicht einfach wieder ...?« Der letzte Satz klang so flehend, dass sie sicher war, nun endgültig die Nerven zu verlieren. Ihr Hass auf ihn war verschwunden. Er war einem unglaublich verzehrenden Hass auf sich selbst gewichen, der noch viel schlimmer war. Sie schämte sich dafür, dass sie es so weit hatte kommen lassen. Dass sie ihren Vorteil einfach aus der Hand gegeben hatte. Dass sie zugelassen hatte, dass sie sich in ihn verliebte. Sie *hasste* sich nur noch. Und um Himmelswillen er sollte endlich aufhören, sie anzusehen!

Aber Eric verschwand nicht und hörte auch nicht auf, sie anzusehen. Er kniete über ihr, die Hände neben ihrem Kopf auf die Matratze gestützt und die Lippen so plötzlich auf ihren Mund gepresst, dass sie das verzweifelte Schluchzen nicht länger zurückhalten konnte. Wie lange wollte er sie denn noch quälen?

Jen erwiderte diesen völlig unpassenden kurzen Kuss nicht. Dazu wäre sie nicht in der Lage gewesen, selbst wenn sie nun doch endlich gnädigerweise den Verstand verloren hätte. Niemals!

Aber das war auch nicht nötig, denn Eric tat es. Er sah sie an, und als sie den Blick widerwillig erwiderte, sah sie in seinem Gesicht nur Schmerz. Und das Wissen darum, dass er zu weit gegangen war. Es tat ihm leid, was er gesagt hatte, das wusste Jen, auch ohne dass er es erwähnen musste. Aber er entschuldigte sich bei ihr. Und sie wusste, ohne zu wissen, woher sie es wusste, dass es die Wahrheit war.

»Es tut mir leid«, flüsterte er, presste schuldbewusst die Lippen aufeinander und schien bemüht zu sein, seine Fassung zu wahren. Aber er stand nicht auf. Er bewegte sich keinen Zentimeter von ihr weg, als er mit den Fingerspitzen die Tränen aus ihren Augen wischte und Jen gequält anlächelte. »Ich bin wohl etwas zu weit gegangen, was?«

Es dauerte einen Augenblick, bis Jen sicher war, dass ihre Stimme nicht zu sehr zitterte, dann nickte sie. »Ja, das bist du. Du bist - Himmel ich *will* dich hassen, kapiert? Ich will, dass du in irgendeinem Straßengraben verreckst! Und ja - ich wollte abhauen. Aber -« Sie brach ab, weil sie auf einmal wusste, dass sie schon zu viel gesagt hatte. Vor lauter Anspannung und Verwirrung über sich selbst hätte sie sich beinahe verplappert.

Als sie sich auf die Zunge biss und ihren Kopf wieder wegdrehte, hoffte sie, dass er jetzt endlich die Klappe halten und sie in Ruhe lassen würde. Dass er am besten aus dem Zimmer verschwand, damit sie heulen konnte, ohne dass er sich dabei innerlich über sie lustig machte.

»Aber was?«, fragte er leise und ließ nicht zu, dass sie wegsah. Seine Hand legte sich unter ihr Kinn und drehte ihr Gesicht beinahe sanft wieder in seine Richtung. »Kann es sein, dass du gar nicht mehr weglaufen willst?«

Sie antwortete nicht. Aber das Schluchzen, das ihrer Kehle mit aller Macht entweichen wollte, konnte sie nur noch mäßig zurückhalten. Würde er denn niemals aufhören, sie zu bedrängen?

»Jen«, hörte sie ihn ihren Namen sagen und schloss die Augen. »Jen.« Er wiederholte ihn. Immer wieder. Dabei streichelten seine Finger die ganze Zeit über ihr Gesicht, als hätte er ihr niemals etwas Böses gewollt.

»Eric«, presste sie irgendwann hervor, als sie es nicht länger ertragen konnte. »Verschwinde! Geh! Ich kann und will dein Gesicht nicht mehr sehen! *Hau ab!*«

»Aber -«

»Nichts aber«, schrie sie nun mehr oder weniger hysterisch, als sie merkte, dass ihr gerade allein von seinem Anblick übel wurde. »Verpiss dich endlich! Weglaufen kann ich dir ja wohl jetzt nicht mehr, oder?« Voller Verachtung schlug sie mit der Kette zwischen den Schellen gegen das Bettgestell. Schmerz durchzuckte sie, als das Metall über ihre Haut glitt. Er hatte ihr wieder Verbände um die wunden Stellen gemacht, aber das änderte nichts daran, dass es trotzdem höllisch wehtat.

Eric sah nicht wirklich danach aus, als wollte er ihrem Wunsch folgen. Er verzog das Gesicht, als hätte er auf etwas Saures gebissen. Aber dann, vielleicht als er den tiefen Schmerz in Jens Augen sah, stand er auf, drehte sich um, und verließ wortlos das Zimmer. Die Tür fiel hinter ihm ins Schloss, ohne dass Jen ihm nachsah. Sie war viel zu sehr damit beschäftigt, die Tränen bis zu diesem Moment zurückzuhalten. Bis er endlich weg war.

Dann weinte sie.

Kapitel 22

Missmutig saß Eric an der Hotelbar, hob einen Finger, um dem Barkeeper wortlos mitzuteilen, dass er ihm noch einen doppelten Scotch einschenken sollte, und grübelte vor sich hin. Seit er das Zimmer im achten Stock verlassen hatte, kreisten seine Gedanken unentwegt um das, was vorhin zwischen ihm und Jen vorgefallen war. Darum, wie gründlich schief alles gelaufen war. Darum, wie sich sein Herz auf seltsam schmerzhafte Weise zusammengezogen hatte, als er noch einen Moment vor der Tür stehengeblieben war, und gehört hatte, wie sie im Zimmer schluchzte und weinte. Und darum, wie leid es ihm nun tat, was er gemacht hatte.

Hätte er es wirklich so weit treiben müssen? Hätte er sie nicht einfach vor eine Wand laufen lassen können, ohne sie dadurch zum Weinen zu bringen? Eric hasste es nämlich, wenn Frauen weinten. Das konnte er auch bei seiner Schwester nie leiden. Anderen Frauen kam er nie so nahe, dass er es erleben würde, dass sie seinetwegen heulten. Die Mädels, mit denen er hin und wieder seinen Spaß hatte, verließ er meistens noch vor dem Morgengrauen wieder. Sollten sie sich also deswegen die Augen aus dem Kopf heulen, fiel es ihm gar nicht erst auf. Praktisch. Meistens.

Aber bei Jen hatte es ihn gestört. Sehr sogar. Und er hatte sich tatsächlich wie ein Arschloch gefühlt. Etwas, das ihm bis heute unbekannt war.

Er vermutete, dass es daran lag, was sie zu ihm gesagt hatte. Oder vielmehr daran, was sie *nicht* gesagt hatte. Denn er hatte den Schmerz in ihren Augen sehr wohl gesehen. Genau wie die Tatsache, dass sie kurz davor gewesen war, ihm zu sagen, dass sie sich in ihn verliebt hatte.

Klasse. Er hatte es doch geahnt, oder? Hatte geahnt, dass sie Gefühle für ihn entwickelt hatte, die über einen Fick hinausgingen. Aber nachdem sie die Wahrheit über ihn erfahren hatte, war es doch vorbei gewesen, oder? Zumindest hatte er das fest angenommen. Angenommen, dass sie nun ihrerseits versuchte, sich von ihm zu befreien und dieses ganze Spielchen nur deshalb spielte, damit sie eine Gelegenheit bekam, ihm zu entwischen. Vielleicht war das sogar bis zu einem gewissen Grad so. Aber vielleicht hatte sie selbst ihre Gefühle ihm gegenüber ja auch unterschätzt ...

Eric wusste es nicht. Aber je mehr er sich den Kopf darüber zerbrach, desto verwirrter war er. Desto mehr bekam er das Gefühl, ein Schwein zu sein. Er fühlte sich mies und wollte nicht einsehen, warum er sich mies fühlte. Warum er sich so fühlen *sollte*. Denn dann hätte er sich vielleicht eingestehen müssen, dass er sie auch mehr mochte, als er sollte. Dass er vielleicht auch anfing, sich in einer Weise zu ihr hingezogen zu fühlen, die über sein übliches Maß hinausging. Und dafür war er noch nicht annähernd betrunken genug.

»Danke«, sagte er, als der Barkeeper, ein Mann Brille und gescheiteltem Haar sein Glas vor ihn hinstellte. Der Mann nickte, sagte aber nichts und widmete sich wieder den Gläsern, die er mit einem Handtuch abtrocknete und zurück in das gläserne Regal in seinem Rücken stellte.

»Hey, Junge. Was machst du denn hier? Solltest du nicht oben im Bett bei deiner Verlobten sein und ordentlich - na du weißt schon.«

Widerwillig drehte sich Eric zu dem Mann um, dessen Stimme ihm vage bekannt vorkam. Es war der ältere Typ, der vorhin in ihrer Nähe im Speisesaal gesessen und wild applaudiert hatte, als Eric in seiner grenzenlosen Suche nach Spaß um Jens Hand angehalten hatte. Eric, der keine große Lust auf ein Gespräch hatte, nickte nur müde. »Kann sein.«

»Was ist? Hängt der Haussegen schon vor der Ehe schief?« Der dicke Mann mit der Westernjacke hob die Hand und bestellte zwei doppelte Scotchs. Er schien anzunehmen, dass Eric noch mehr vertragen konnte, als er ohnehin schon intus hatte. »Ja ja, so sind die Frauen. Manchmal kann man es ihnen einfach nicht recht machen.«

»Wie kommen Sie darauf, dass ich es ihr nicht recht machen konnte?«, fragte er widerstrebend und warf dem Mann einen Blick zu, ohne sein Glas abzusetzen. Der Scotch brannte in seinem Mund, aber er genoss das Gefühl. Dadurch fühlte er sich weniger tot.

Der Mann lachte und hielt Eric seine riesige Pranke hin. »Du siehst so aus, als hättest du was ausgefressen, Junge. Hi, ich bin Jonathan Wolf. Nett, deine Bekanntschaft zu machen.«

»Eric Jackson«, antwortete Erik lustlos und schüttelte die Hand. Der Kerl hatte einen festen Händedruck. Das musste man ihm lassen. »Freut mich auch.« Es freute ihn nicht. Es war ihm egal. Aber in diesen Läden musste man leider höflich sein. Er wollte Will nicht in Verlegenheit bringen und wunderte sich sogar darüber. Was kümmerte ihn schließlich dieser großherzige Idiot ...

»Nun, Eric Jackson. Trink noch ein Gläschen mit mir und geh wieder rauf zu deiner Süßen. Kein Streit ist es wert, sich seinetwegen volllaufen zu lassen. Manche Dinge müssen einfach geklärt werden, weißt du?« Der Mann nickte eifrig, knallte dem Barkeeper schwungvoll einen Fünfzig-Dollar-Schein vor die Nase und fügte hinzu: »Den Rest kannst du behalten, Anton. Hauptsache, unserem jungen Freund hier geht's nach diesem Schlückchen besser.«

»Das müssen Sie nicht tun«, widersprach Eric nun leicht säuerlich und zog ein paar Geldscheine aus der Brusttasche von Wills Hemd. Es störte ihn ziemlich, dass dieser Typ anscheinend zu glauben schien, Eric wäre ein armer Schlucker. Er fühlte sich dadurch ertappt und wusste nicht einmal wieso. Immerhin kannte ihn hier niemand. Niemand wusste, dass er eigentlich nicht einmal das Geld besaß, um so einen Anzug zu kaufen. Geschweige denn, hier ein Zimmer oder das Essen zu bezahlen.

»Passt schon, Jungchen.« Der Blick von Jonathan Wolf wanderte ganz kurz zu Erics Schuhen und machte ihm bewusst, dass man es offenbar doch sehen konnte. Wenn man nur genau genug hinsah. Eric sagte nichts. Er trank sein Glas in einem Zug leer und tat, als hätte er nicht bemerkt, wie der Kerl seine alten Turnschuhe musterte. »Auf auf zu deiner Zukünftigen. Man sieht dir an, dass es dich nicht kalt lässt. Was auch immer passiert ist - es ist unwichtig, solange es noch Dinge gibt, die euch verbinden.« Jonathan Wulf zwinkerte Eric zu. Keine Spur von Überheblichkeit, wie Eric angenommen hatte. Nur eine Art väterliches Wohlwollen. Und Freundlichkeit.

Eric schluckte. Mehr als ein Nicken zum Abschied, als der Mann sich umdrehte und Eric mit einem Schulterklopfen allein ließ, brachte er nicht zustande. So ein Verhalten war Eric fremd. Dort, wo er herkam, waren die Menschen sicher alles Mögliche - aber nicht uneigennützig freundlich. Er musste daran denken, wie er selbst sich verhielt. Wie er sich sein ganzes Leben lang anderen gegenüber verhalten hatte. Und, wie er sich Jen gegenüber verhielt. Und daran war nichts uneigennützig. Er machte das, was er für sich selbst als Vorteil sah und unterließ dafür andere Dinge, die ihn vielleicht behindern könnten. In allem, was er tat.

Der einzige Mensch in seinem Leben, dem gegenüber er sich nicht so verhielt, war Jessica. Nur bei seiner Schwester war er lieb und freundlich und tat alles dafür, dass es ihr gutging. Für sie würde er alles tun. Und das hatte er auch schon oft unter Beweis gestellt, nicht wahr? Nur für sie hatte er aufgehört, ein normales Leben in Legalität zu führen. Nur, damit es ihr gut ging und sie gesund wurde, hatte er angefangen, kriminell zu werden.

Aber trotz seiner Wut hasste er sich selbst nicht dafür, dass er so war, wie er eben war. Es würde nichts daran ändern, dass er Jen genau wegen dieser Art verletzt hatte. Das musste aber nicht bedeuten, dass er es irgendwie wieder gutmachen wollte. Denn auch, wenn er es am liebsten geleugnet hätte, konnte er es doch nicht ertragen, sie so traurig zu sehen. Auch, wenn er sie eigentlich kaum kannte ...

Als er zehn Minuten später wieder vor ihrer Zimmertür stand, entschied er, dass es egal war, wie lange er sie kannte oder wie gut. Das, was er bisher von ihr erfahren hatte, reichte aus, seinen ersten Eindruck von ihr zu revidieren. Jen war kein einfältiges dummes Südstaatengör. Vielleicht war sie verwöhnt, aber das konnte er kaum ihr anlasten. Klar sah sie auch umwerfend gut aus, aber das war längst nicht mehr alles, was Eric an ihr zu schätzen wusste. Jen hatte einen starken Willen und ließ sich durch nichts und niemanden einfach unterbuttern. Selbst in der ausweglosen Lage, in der sie sich mit ihm befand, gab sie nicht auf. Sie kämpfte weiter, auch wenn das vielleicht bedeutete, dass er sie verletzte. Und genau das hatte er ja schließlich auch getan, als er angenommen hatte, jemand wie sie würde sich niemals in jemanden wie ihn verlieben.

Pech.

Anders, als erwartet, war es im Zimmer nicht dunkel und Jen schlief auch nicht, oder weinte alternativ. Die kleinen Leuchten, die an den Wänden und neben dem riesigen Flachbildschirm vor dem Bett hingen, warfen ein angenehmes warmes Licht in den Raum. Jen lag noch immer auf dem Bett. Klar. Wo sollte sie so gefesselt, wie sie war, auch sonst hingehen? Außerdem war sie wach. Sie schaute Eric nicht an, als er das Zimmer betrat, drehte ihm aber auch nicht gleich den Rücken zu.

»Hast du genug gesoffen und endlich entschieden, was du nun mit mir machen willst?«, fragte sie trocken und starrte weiter an die Zimmerdecke.

Eric schluckte hart und setze sich in Bewegung. Ohne zu wissen, wieso er es machte, zog er den kleinen silbernen Schlüssel aus seiner Hosentasche und schloss die Handschellen auf. Es kostete ihn alle Willenskraft, die er aufbringen konnte, nicht auf ihren halbnackten Oberkörper zu starren, der den ungehinderten Blick auf ihre Brüste nur störte, weil sie einen weißen Spitzen-BH trug. Die Bluse lag noch hinter ihm auf dem Boden. Die Handschellen blieben reglos auf einem der vielen Kissen liegen, als Jen ihre Arme wegzog und sich langsam aufsetzte. Eric sah die Verwirrung in ihren Augen und spürte seine eigene. Darüber, warum es ihm einen Stich versetzte, dass sie das rechte Handgelenk sofort mit den Fingern der linken Hand umklammerte. Sie sagte kein einziges Wort. Kein Ton kam über ihre Lippen. Jetzt sah er, was sie zweifellos schon die ganze Zeit über gewusst und gespürt hatte. Durch den ehemals weißen Verband sickerte Blut. Sie musste sich in seiner Abwesenheit und in ihrer unbändigen Wut auf ihn so heftig gegen die Fesseln gewehrt haben, dass die alten Verletzungen viel schlimmer geworden waren und nun bluteten.

Eric rechnete damit, dass sie nicht zulassen würde, dass er sie berührte, aber er irrte sich. Als er vorsichtig nach ihrem Arm griff, um sich den entstandenen Schaden anzusehen, zog sie ihre Hand nicht weg. Sie starrte ihn einfach weiter an und in ihren Augen sah er nichts als Verbitterung. Sie hatte aufgegeben. Nicht einmal Hass schien sie noch für ihn übrig zu haben. Eine Tatsache, die das Messer in Erics Magen noch einmal herumdrehte.

Wortlos fing er an, den blutigen Verband abzuwickeln. Das Ausmaß der Verletzungen erschreckte ihn und versetzte ihm einen weiteren Stich. Die Haut war wundgeschürft, gerötet und blutete an mehreren Stellen, auch jetzt noch, wo es keinen Widerstand mehr gab, der sie reizte. Eric griff nach der Tempo-Box, die auf dem Nachttisch neben ihm stand. Eigentlich wäre es effektiver gewesen, Wasser zu verwenden, aber er wollte nicht aufstehen. Etwas hielt ihn hier, also blieb er sitzen.

Jen sagte nichts, als er die Stellen mit dem Tuch abtupfte, aber er spürte, wie sie vor Schmerz zusammenzuckte. Er bemühte sich, ihr nicht allzu sehr wehzutun, wusste aber, dass es ihm nicht wirklich gelang. Dafür war es schließlich längst zu spät, oder?

»Und? Was wird das hier? Ein verzweifelter Versuch, deine Spuren zu verwischen, bevor du mich in den nächsten Fluss wirfst?«

Jens Stimme war absolut monoton und emotionslos, aber Eric spürte sehr wohl, wie sehr sie verletzt war. Ein Blick in ihre wunderschönen blauen Augen reichte aus, um diese Annahme zu bestätigen.

Eine Weile lang saßen sie einfach schweigend da, jeder von ihnen offenbar unfähig, die richtigen Worte zu finden. Eric wollte sich entschuldigen. Ihr erklären, wieso er so fies zu ihr war. Aber er musste sich eingestehen, dass es dafür wahrscheinlich gar keine Erklärung gab. Immerhin hatte sie nur das getan, was jeder in ihrer Lage getan hätte. Ihn selbst eingeschlossen.

»Es tut mir leid«, sagte er schließlich leise und es war das Einzige, das irgendeinen Sinn in seinen Gedanken ergab. Mehr nicht. Nur das und er schwieg wieder.

Jen antwortete nicht. Sie presste stumm die Lippen aufeinander, sah ihm schon fast mit trotziger Standhaftigkeit ins Gesicht und versuchte nicht einmal, die Tränen zurückzuhalten, die ihr in die Augen stiegen.

Ohne zu überlegen, hob Eric eine Hand an ihr Gesicht und wischte die Tränen mit dem Daumen fort. Und ohne darüber nachzudenken, dass sie sich wahrscheinlich mit Händen und Füßen dagegen wehren würde, wenn er versuchte, sie zu küssen, tat er es. Aber Jen wehrte sich nicht, als Eric sie küsste. Sie wehrte sich nicht, als er näher zu ihr hinrutschte und sie wehrte sich auch nicht, als er die zweite Hand ebenfalls an ihre tränennasse Wange legte. Kein einziger Laut entwich ihr. Nichts. Sie ließ einfach zu, dass er sie küsste, als wäre zwischen ihnen nie etwas gewesen.

Eric wusste nicht einmal, weshalb er das überhaupt machte. Es war doch ziemlich bescheuert, die verfahrene Situation zwischen ihnen ausgerechnet mit einem Kuss zu lösen, nicht wahr? Zumindest schien sein Verstand das zu glauben. Der Rest von ihm wollte einfach nur, dass sie aufhörte zu weinen. Dass sie aufhörte, ihn verdammt noch mal zu verachten. Dass sie ihm verzieh.

»Ich hasse dich«, murmelte sie an seinem Hals, als er den Kuss beendete und sie stattdessen in seine Arme zog. Er spürte, wie sie zitterte, hörte, dass ihre Stimme bebte und wusste, dass sie ihn nicht hasste, auch wenn sie es behauptete. Sie beide wussten es. Und vielleicht war das der Grund dafür, dass ihre Stimme so wenig nach Verachtung klang.

»Es tut mir leid«, wiederholte er leise, streichelte mit seiner Hand über ihren Kopf und hielt sie so fest, wie er es verkraften konnte, ohne zu denken, dass er ihr nur wieder wehtat. »Wenn es dir hilft, dann hass mich. Aber hör auf zu weinen, bitte.« Eric nahm ihr Gesicht wieder in beide Hände. Die Tränen versiegten langsam, aber Jen schaute ihn noch immer an, als könnte sie seinen Anblick einfach nicht ertragen. Er stellte fest, dass es ihm ebenfalls so ging. Er konnte sie nicht ansehen. Wollte nicht sehen, was er angerichtet hatte.

Eric hätte sich an diesem Punkt entscheiden können, einfach aufzustehen und das Zimmer wieder zu verlassen. Etwas, das er noch vor wenigen Tagen zweifellos ohne zu zögern getan hätte. Aber er entschied sich stattdessen dafür, die Augen zu schließen und Jen zu küssen. Noch einmal und noch einmal. Vielleicht auf die Gefahr hin, dass sie ihn nun auf immer und ewig verachtete. Aber es war besser, das in Kauf zu nehmen, als weiterhin diese Tränen sehen zu müssen und damit seine eigene Schuld.

»Es tut mir leid«, flüsterte er immer wieder, bis er hoffte, dass sie ihm endlich glaubte. Jen ließ es über sich ergehen. Sekunden, die ihm wie Stunden vorkamen, rührte sie sich nicht vom Fleck. Sie wehrte ihn nicht ab, obwohl er es zugelassen hätte, wenn es so gewesen wäre. Eric schmeckte das Salz der Tränen auf ihren Lippen, als sie sich aus irgendeinem Grund, der für ihn nicht nachvollziehbar war, dazu entschied, seinen Kuss zu erwidern. Zunächst vorsichtig und zaghaft, aber keinen Augenblick später so stürmisch und verzehrend, dass er scharf die Luft einsog.

Es war, als wäre sie plötzlich wie ausgewechselt. Eric spürte, wie sie ihre Hände an seine Wangen legte, sein Gesicht festhielt und sich an ihn presste, als wäre er der Strohhalm, der sie vor dem Ertrinken retten könnte. Eric wusste nicht, warum sie es machte. Und in diesem Moment war es ihm auch egal. Er war froh, dass sie ihn nicht wegstieß. Und ganz vielleicht war er auch froh darüber, dass sie sich auf einmal so anders ihm gegenüber verhielt.

Jens Finger vergruben sich in seinen Haaren, zerrten daran, ohne dass es ihm wehtat, und zogen ihn mit Nachdruck weiter aufs Bett. Das war der Augenblick, in dem Eric entschied, seinen Verstand abzuschalten. Er hätte ohnehin nicht begriffen, was in sie gefahren war. Und wahrscheinlich war es besser, sie nicht danach zu fragen. Nicht jetzt.

Stattdessen intensivierte er den Kuss. Er fuhr mit seiner Zunge über ihre Lippen, biss vorsichtig in ihre Unterlippe und lauschte dem unterdrückten Stöhnen, das ihr entweichen wollte, das sie aber zurückhielt, indem sie spürbar den Atem anhielt. Er sah, dass sie die Augen geschlossen hielt, als er vorsichtig ihre Hände in seine nahm, sie über ihrem Kopf in die Kissen drückte und anfing, kleine Küsse auf ihrer Wange, ihrem Kinn und ihrem Hals zu verteilen.

»Bist du sicher, dass du das willst?«, presste er irgendwann hervor, kurz bevor er mit seinem Mund an ihren Brüsten ankommen konnte. So viel Verstand hatte er wohl doch noch. Wenn sie jetzt nein sagen würde, würde er aufhören. Danach - konnte er für nichts mehr garantieren.

»Zurückhaltung ist doch nicht deine Stärke, oder?«, sagte sie mit gesenkter Stimme und Eric sah, dass sie lächelte. Nicht fröhlich, sondern ziemlich kühl. Ihre blauen Augen waren eiskalt. »Dann halte dich gefälligst auch nicht zurück!«

Eric schaffte es nicht, ihrem Blick auch nur drei Sekunden lang standzuhalten. Er schaltete seinen Verstand wieder aus, weil er sich über ihre Worte und den kaum zu überhörenden Vorwurf keine Gedanken machen wollte. Wenn er es doch getan hätte, hätte er gezögert. Und wenn er gezögert hätte, hätte er vielleicht doch abgebrochen.

Eric brach nicht ab. Im Gegenteil. Als wäre ihre Aufforderung alles, was er brauchte, schob er sich wieder höher, bis er mit seinen Lippen die ihren erreichen und sie noch einmal küssen konnte. Schnell und unnachgiebig. Jen erwiderte den Kuss auf dieselbe stürmische Weise wie zuvor. Sie unterdrückte ihr Stöhnen nicht länger. Sie unterdrückte es auch nicht mehr, ihn nun ihrerseits zu berühren. Ihre

Hände lösten sich aus seiner Umklammerung und wanderten über seinen Nacken, schoben sich in den Kragen seines geliehenen Hemdes und schließlich fuhr sie mit ihren Fingernägeln über seine Haut, auf der sich schon bald die kleinen feinen Härchen aufstellten. Bevor sie aber noch tiefer über seinen Rücken wandern konnte, beendete er seinen Kuss so schnell wieder, wie er ihn begonnen hatte, rutschte wieder tiefer zwischen ihre Beine und wanderte mit seinen Fingern nun über ihren Oberkörper.

Jen atmete hörbar aus, als er ganz kurz ihre Brüste streifte, ihnen aber nicht so viel Beachtung schenkte, wie sie vielleicht gern gehabt hätte. Noch nicht. Noch wollte er - spielen. Eric merkte, dass er anfing zu lächeln, als er registrierte, wie wild es sie machte, wenn er mit seiner Zunge über ihre Schlüsselbeine und über die Haut fuhr, an der der BH anfing, den Rest darunter vor ihm zu schützen. Er bemerkte auch, dass es ihr offenbar ziemlich gut gefiel, wenn er sein Knie zwischen ihre Beine schob, ohne allzu dicht an die Stelle zu gelangen, die sie zweifelsohne unbedingt berührt haben wollte.

Bevor er ihr den Gefallen tat, und ihren BH öffnete, der, wie er feststellte, praktischerweise seinen Verschluss vorne trug, entschied er, ihr den Rock auszuziehen. Langsam. *Sehr* langsam. Jen quittierte seine nicht vorhandene Eile mit einem ungeduldigen Stöhnen, sagte aber nichts. Eric stellte fest, dass der Tanga, den sie unter dem Rock trug, passend zu ihrem BH war und grinste.

»Was ist so lustig?«, fragte sie und schaute skeptisch zu ihm herunter.

»Nichts«, antwortete er wahrheitsgemäß. »Mein alter Herr hat mal gesagt, dass es Frauen, die zusammenpassende Unterwäsche tragen, nur darauf anlegen, gevögelt zu werden.« Er wusste nicht, wieso er das sagte. Wahrscheinlich würde sie eh nichts darauf antworten. Also warf er ihren Rock einfach achtlos vom Bett und machte damit weiter, mit den Fingerspitzen über ihre endlos langen Beine zu wandern.

»Klingt ja sehr philosophisch«, sagte sie trocken. »Jetzt weiß ich, woher du deine Tiefsinnigkeit hast.«

Eric, der diesen Seitenhieb sehr wohl als das verstand, als was er gedacht war, lachte leise. Er hörte auf, sie zu streicheln, rutschte wieder hoch, um ihr ins Gesicht zu sehen, während er seine Finger ohne Vorwarnung gegen den dünnen Stoff ihres Tangas presste, und erfreute sich an ihrer sofortigen Reaktion darauf. Jen hielt den Atem an und sah ihm in die Augen. Sofort verschwand die eisige Kälte in ihrem Blick und machte dem Verlangen Platz, das Eric sehen wollte.

»Ich zeige dir gerne, wie tiefsinnig ich wirklich werden kann«, flüsterte er, schob den Tanga kurzerhand zur Seite und drang mit zwei Fingern in sie ein.

Jen biss sich auf die Unterlippe, bog ihm ihren Unterkörper entgegen und schien gleichzeitig zu versuchen, sich ihm zu entziehen und sich enger an ihn zu pressen. Eric genoss es, ihr dabei ins Gesicht zu sehen. Er stellte fest, dass es ihn anturnte. Sehr sogar.

»Siehst du?«, fragte er provokant und zog seine Finger wieder aus ihr zurück. Sollte sie ihn ruhig anbetteln. Ein bisschen hoffte er sogar, dass sie es tat. Aber es schien sie doch mehr kalt zu lassen, als er erwartet hatte. Sie lächelte ihn schon fast emotionslos an. »In meiner Handtasche sind Kondome. Ich nehme an, du hast keine, oder?« Sie deutete mit einem Kopfnicken auf die kleine Abendtasche, die sie zum Dinner dabei gehabt hatte.

Widerwillig stand Eric vom Bett auf. Es störte ihn, dass sie anscheinend nicht ganz so auf ihn ansprang, wie er sich erhofft hatte. Woran das lag, wusste er nicht, er konnte sich aber immerhin denken, dass sie wohl mit aller Macht verbergen wollte, dass sie eigentlich doch unbedingt mit ihm schlafen wollte. Weshalb auch immer. Er schaltete seinen Kopf wieder aus, als er das Gummi aus ihrer Tasche zog. »Genehm so, Ma'am?« fragte er und hielt es grinsend hoch.

Jen lag nun auf der Seite und beobachtete ihn. Sie stützte sich auf den Unterarm und schien ihre Wunden ganz vergessen zu haben. Sollte sie Schmerzen haben, so ließ sie es sich nicht anmerken.

Eric fand sie, nur in Unterwäsche und mit diesem doch ziemlich eisigen Blick, einfach nur anbetungswürdig heiß. Er spürte, dass die Erektion in seiner Hose bereits schmerzhaft anfing zu pochen und öffnete den Knopf der schwarzen Anzughose, als Jen den Kopf schüttelte und sich aufsetzte. »Komm her«, befahl sie und klopfte mit der Hand aufs Bett neben sich.

Eric gehorchte stumm und sah mit wachsendem Staunen zu, wie Jen vom Bett rutschte, den Knopf seiner Hose öffnete und sie ein Stück herunterzog, bevor er sich hinsetzen konnte. Dann kniete sie sich zwischen seine Beine, ohne den Blickkontakt zwischen ihnen abreißen zu lassen. Schließlich beugte sie sich über ihn und sein Schwanz verschwand in ihrem Mund.

Eric stöhnte überrascht und warf den Kopf zurück. Sicher hatte er mit allem Möglichen gerechnet, aber nicht ausgerechnet damit, dass sie ihm einen blasen würde. Aber das tat Jen. Und sie machte es ziemlich gut. Ihr Mund war unbeschreiblich heiß und ihre Zunge verstand eine Menge von dem, was sie tat. Definitiv! Das war wirklich fast zu schön, um wahr zu sein. Er merkte, dass er sich entspannte und es tatsächlich genoss, ihr für einen kurzen Moment die Führung zu überlassen. Mit den Fingern durchwühlte er ihr Haar. Sie ließ ihn anstandslos gewähren und machte einfach weiter. Rauf, runter, Zunge, Lippen - Sie war überall, schien selbst eine Menge Gefallen daran zu finden, ihn auf diese Art zu verwöhnen - und ja verdammt, sie wusste, was sie tat! Es gefiel Eric überaus gut. Ein Teil von ihm hatte der vermeintlich verwöhnten Südstaatengöre nämlich nicht zugetraut, sich so gut auf diesem Gebiet auszukennen. Aber die Hitze, die von ihrem Mund auf seinen Schwanz überging, breitete sich rasend schnell in seinem ganzen Körper aus und schon Sekunden später fühlte er sich, als könnte er sich kaum noch kontrollieren. Er wollte, dass sie weitermachte. Dass sie niemals damit aufhörte, ihn allein durch ihren Mund in den Wahnsinn zu treiben.

Bevor Jen ihr Spielchen allerdings bis zum Ende durchzog, löste sie sich von ihm, was er mit einem bedauernden Knurren quittierte. Sie lächelte wissend (und ein bisschen fies), riss das Kondom auf und rollte es über ihn, ohne Eric aus den Augen zu lassen. Fast blind vor Verlangen sah er zu, wie sie langsam wieder aufstand, sich dabei den Tanga abstreifte und sich direkt zwischen seine Beine stellte, während sie gleichzeitig den BH öffnete und ihn neben sich auf den Boden fallen ließ. So nackt, wie sie vor ihm stand, war sie das absolut schönste Geschöpf, das Eric je in seinem Leben gesehen hatte. Und bei Gott - er wollte sie! Jetzt und auf der Stelle!

»Schluss mit der Zurückhaltung«, grinste er und streifte nur mit Hilfe seiner Füße die lästige Hose von seinen Beinen. Er packte kurzerhand ihre Schultern und warf sie wieder neben sich aufs Bett. Ohne noch lange zu fackeln, drückte er ihre Beine auseinander und lauschte ihrem keuchenden Atem, als sie ihr Gesicht an seinen Hals presste. Als würde sie es nicht ertragen können, von ihm angesehen zu werden, während er in sie eindrang. Schnell und fest, aber nicht zu hart, um ihr nicht wehzutun. Ihre Finger griffen in den Stoff des weißen Hemdes, vergruben sich in seinen Haaren und krallten sich in seinen Arm, als er das Tempo schnell und mit jedem Stoß erhöhte.

Ihr Anblick brachte ihn beinahe um den Verstand. Das hier war um Welten besser, als ihr erstes Mal; was nicht nur daran lag, dass sie hier nicht von stinkenden Mülltonnen umgeben waren. Es kam Eric vor, als kenne er Jen und ihren Körper in- und auswendig. Instinktiv wusste er, wie er sich bewegen musste. Wie er sie berühren sollte. Was sie von ihm wollte. Es war der absolute Wahnsinn, mit ihr zu schlafen und Eric wollte verdammt noch mal nichts anderes mehr, als es zu tun. Die ganze Nacht lang, wenn es nach ihm ginge. Wieder und wieder, bis sie vollkommen erschöpft in seinen Armen liegen würde. Eine Vorstellung, die ein seltsam warmes Gefühl in seinem Magen verursachte. Ungewohnt, aber nicht unwillkommen.

Es schien ihr ebenso zu gefallen, auch wenn sie nichts sagte. Eric war nicht böse darum, dass sie lieber schwieg. Sicher nicht. Jens Atem ging schneller, ihre Finger krallten sich fester in das Hemd und er sah die kaum erhoffte Leidenschaft in ihren Augen, während er tiefer und schneller in sie stieß.

Aber sein Herz hämmerte schnell gegen seine Brust, als er spürte, wie sie ihre Hände zwischen ihren Körpern an seine Brust schob und damit begann, die Knöpfe des geliehenen Hemdes zu öffnen. Einen Knopf nach dem anderen, ohne den Kuss zu unterbrechen, den sie nun wie selbstverständlich leitete. Ihre Zunge in seinem Mund war heiß, genau wie ihr Atem, der eine Welle aus Hitze und Ekstase über seinen ganzen Körper jagte. Gott! Wie sehr er es genoss, sie auf diese Weise zu küssen und ihr so nahe zu sein ... Und trotzdem -

Eric schaffte es gerade noch so, ihre Finger davon abzuhalten, noch mehr Knöpfe aufzumachen und unterbrach den Kuss keuchend. »Hör auf«, sagte er bestimmt und zwang sich, wieder ruhiger zu atmen. »Nicht!«

Sichtlich irritiert sah Jen ihm ins Gesicht. »Aber du darfst mich nackt sehen, oder was?«, fragte sie säuerlich und verzog ihr hübsches Gesicht zu einem zynischen Lächeln.

Eric wollte ihr nicht antworten. Nicht in diesem Punkt. Er entschied, dass es besser war, sie abzulenken. Er packte kurzerhand ihren Arm und zog sie mit sich, als er sich kurz aus ihr zurückzog und sich auf den Rücken rollte. Jen saß nun auf ihm. Seine Hände umfassten ihre perfekten Brüste, während er sie anlächelte, als wäre nie etwas gewesen. Langsam hob sie die Hüften, um dort fortzufahren, wo sie aufgehört hatten, verlor aber nichts von der Skepsis in ihren Augen.

»Du bist halt hübscher als ich«, grinste er unverfänglich und bewegte sich unter ihr. Es gefiel ihm, wie sich der Ausdruck in ihren Augen sofort wieder veränderte. Er sah erwartungsvolle Erregung, als könnte sie es kaum erwarten, dass er weitermachte. Und das tat er. Ihre Bewegungen passten sich einander an, wurden schneller und wieder langsamer, als hätten sie nie etwas anderes getan, als sich auf diese Weise zu lieben. Als hätten sie schon hunderte Male miteinander geschlafen. Dabei war es egal, was die Ursache hierfür war. Egal, dass sie es eigentlich lieber nicht hätten tun sollen. Egal. Alles egal.

Jen, die schon ziemlich nah an ihrem Höhepunkt zu sein schien, griff schließlich nach Erics Händen und zog ihn zu sich hoch, sodass er nun auf dem Bett saß und ihre Hüften umklammerte, während sie sich auf ihm bewegte. Er war so sehr darin vertieft, sie zu ficken und es zu genießen, dass er erst viel zu spät bemerkte, dass sie sich nun doch wieder an seinem Hemd zu schaffen machte. Vielleicht bemerkte sie es nicht einmal selbst, aber als Eric ihre Hände auf seinem Rücken spürte und auch merkte, wie sie plötzlich innehielt, hielt er entsetzt den Atem an.

»Was -«, setzte sie verwirrt an, nahm ihre Hände aber nicht weg und brachte den Satz auch nicht zu Ende. Zu Erics großer Überraschung fuhr sie beinahe zärtlich mit ihren Fingerspitzen über die Narben auf seinem Rücken. Langsam wanderten ihre Finger über die vernarbte Haut, als wollte sie keinen Zentimeter auslassen. Dabei sah sie ihm so fest in die Augen, dass Eric den Schmerz sehen konnte, den das Ertasten in ihr auszulösen schien. Er hielt ihrem Blick stand, ohne zu atmen. So fest, dass es ihn selbst am meisten überraschte. Noch nie hatte er zugelassen, dass das jemand bei ihm machte. Niemals.

Schließlich nahm er ihre Hand in seine, führte sie an seine Lippen und küsste ihre Fingerkuppen. Eine nach der anderen. »Mein Vater war *sehr* philosophisch. Vor allem, wenn er getrunken hatte«, sagte er leise, aber ohne Gräuel. »Seine Verse trug er am liebsten mit seiner Gürtelschnalle vor. Alternativ mit einer Pferdepeitsche. Sehr tiefsinnig, oder?«

Jen antwortete nicht. Sie verzog die Lippen zu einem gequälten Lächeln. In ihren Augen sah er kein Mitleid, sondern nur ehrliches Bedauern. Als sie ihre Hand stumm an sein Gesicht legte und ihn küsste, war er ihr dankbar. Dafür, dass sie dem nichts hinzufügte, und dass sie ihn ausgerechnet auf diese Art küsste: Sanft und zärtlich und auf eine derart gefühlvolle Weise, dass er sich nicht mehr dagegen wehren konnte, sich in sie zu verlieben.

Sie brachten den Akt zu Ende, der um so vieles stürmischer begonnen hatte. Sanft, zärtlich und für

Eric definitiv ungewohnt langsam. Was nicht bedeutete, dass es nicht absolut genial war. Neu, intensiv, unglaublich erfüllend - Nie hätte er gedacht, dass eine derartige Erfahrung so abartig gut sein könnte. Ausgerechnet nach so einer Unterbrechung ...

Aber als Jen eine gefühlte Ewigkeit später zufrieden lächelnd in seinem Arm einschlief, wusste Eric, dass er sich längst in sie verliebt hatte. Und dass es nichts gab, das noch etwas daran ändern würde. Er verschwendete keine Gedanken an die Gründe oder die Konsequenzen. Die waren egal. Heute Nacht spielten sie keine Rolle und das war in Ordnung. Denn zum ersten Mal seit einer Ewigkeit schlief Eric wirklich zufrieden ein.

Kapitel 23

Das Erste, das Jen wahrnahm, ohne die Augen aufzumachen, war das leise Geräusch von Erics Atem. Dann seinen Herzschlag, der fest und regelmäßig war, ebenso wie ihr eigener. Ihr Gesicht lag auf seiner Brust, ihre Hand auf seinem, wie sie irgendwie gerade zum ersten Mal feststellte, ziemlich muskulösen Oberkörper und sie spürte seinen Arm, der sie noch im Schlaf festhielt.

Jen dachte darüber nach, wann sie das letzte Mal auf diese Weise neben einem Mann geschlafen hatte. Sie war sich nicht sicher, ob das jemals der Fall gewesen war. Klar. Sie hatte Liebhaber gehabt und das nicht zu knapp. Aber entweder waren die noch vor Tagesanbruch wieder aus dem Zimmer im Haus ihrer Eltern verschwunden, oder sie hatten schnarchend neben ihr in deren Betten gelegen, und ihr den Rücken zugedreht.

Langsam öffnete sie die Augen, bewegte sich aber nicht, um Eric nicht zu wecken. Sein Gesicht sah entspannt aus, fand sie. Beinahe friedlich. Ganz anders, als in der letzten Nacht, in der sie nur Schuld und einen durch unfreiwillige Erinnerungen hervorgerufenen Schmerz in seinen Augen gesehen hatte. Schuld, weil er irgendwann selbst zu dem Schluss gelangt sein musste, dass er ihr wehgetan hatte, und

Schmerz, weil sie herausgefunden hatte, was er vor aller Augen zu verbergen versuchte.

Jen erinnerte sich an das Gefühl, als ihre Finger über die vernarbte Haut an seinem Rücken gewandert waren. Den Schmerz, den es in ihrem Innersten ausgelöst hatte und an das Mitgefühl. Sie hatte ihn für ein blödes Arschloch gehalten und feststellen müssen, dass es Gründe dafür gab, wieso er sich allen Menschen in seiner Umgebung gegenüber so verhielt, als wäre er es. Sie hatte ihn nicht gefragt, was aus seinem Vater geworden war. Oder, ob er sich jemals gewehrt hatte. Ganz sicher sogar hatte er das. Welcher Junge würde einfach hinnehmen, dass man ihn derart bestialisch verprügelte?

Sie konnte sich nicht einmal vorstellen, wie es für ihn gewesen war. Ihre eigenen Eltern hatte Jen oft genug verflucht. Für alles Mögliche. Wenn sie etwas nicht bekommen hat, was sie sich gewünscht hatte, wenn sie Hausarrest bekommen hatte oder sonst irgendein dummes Verbot, das nichts weiter gewesen war, als eine notwendige Erziehungsmaßnahme. Aber weder ihr Dad noch ihre Mom hatten jemals die Hand gegen sie erhoben. Geschweige denn, dass sie zu solchen Mitteln gegriffen hätten.

Natürlich war sie nicht so weltfremd, dass sie nicht wusste, dass es Eltern gab, die ihre Kinder schlugen. Aber in ihrem ganzen Leben war sie noch nie jemandem begegnet, dem es tatsächlich passiert war. Und wahrscheinlich sollte sie dankbar dafür sein.

Plötzlich verspürte Jen das Bedürfnis danach, ihn zu wecken und ihm zu sagen, dass ihr ihr Verhalten ihm gegenüber leidtat. Dass sie ihm Unrecht getan und ihn verurteilt hatte, bevor sie ihn eigentlich kannte. Wie von selbst bewegte sich ihre Hand von seinem Bauch hoch zu seinem Gesicht, aber er rührte sich nicht. Er schlief einfach weiter, auch als Jen zärtlich über seine Wange streichelte, ein paar Haarsträhnen aus seiner Stirn strich, die ihm ins Gesicht gefallen waren und ihn einfach nur ansah. Auf eine Weise, die sie sich noch vor ein paar Stunden selbst nicht erträumt hätte.

Etwas hatte sich zwischen ihnen geändert. Es war nicht nur die Tatsache, dass sie wider besseres Wissen zugelassen hatte, dass er nach allem, was geschehen war, mit ihr schlief. Sie hatte es gewollt. Sie hatte gewollt, dass sie etwas fühlte. Irgendetwas. Nur keine Leere mehr. Als er kurz vorher einfach gegangen war, hatte sie sich innerlich tot gefühlt. Und - schmutzig. Vielleicht hatte sie danach angefangen, sich ihm hinzugeben, weil sie eine Bestätigung haben wollte. Ein dunkler Teil von ihr, der auch fand, dass sie dreckig war und nichts Besseres verdiente. Aber dann - hatte sie es wirklich gewollt. Und sich dabei wohlgefühlt, als sie mit ihm geschlafen hatte.

Ohne es zu wollen, wanderten Jens Gedanken zu der Frage, wie es nun weitergehen sollte. Wie es zwischen ihnen weitergehen sollte, wenn sie New York erreichten, sie an die UNU ging und er - was auch immer tat. Jen würde ihm das Geld geben. Wieso sie so etwas Dummes machen wollte, wusste sie nicht und irgendwie spielte es auch keine Rolle. Sie würde es tun und dabei zusehen, wie er es nahm und für immer aus ihrem Leben verschwand. Ihr Verstand wusste, dass es besser so war. Dass sie beide ohnehin keine Zukunft hätten, selbst wenn er das Geld nicht nehmen und stattdessen bei ihr bleiben wollte. Was Jen ohnehin nicht glaubte. Trotzdem. Sie hatten nichts gemeinsam. Eric kam aus einer ganz anderen Welt als sie, wusste nichts über das Leben, das sie bisher geführt hatte und Jen konnte zumindest mit Sicherheit sagen, dass sie sich auch nicht vorstellen konnte, wie es war, sein Leben zu leben. Irgendwo am Rande der Gesellschaft, mit krimineller Vergangenheit und ohne jede Sicherheit.

Jens letzter Gedanke, bevor sie spürte, dass Eric erwachte, galt der Auswegslosigkeit dieser nicht existenten Beziehung. Für sie beide gab es keinen Weg. Wenn sie in New York waren, würden ihre Wege sich trennen. Jen wusste, dass ihr dieser Umstand das Herz noch einmal brechen würde. Aber sie wusste auch, dass sie die wenige Zeit bis dahin noch ein kleines bisschen genießen wollte. Einmal selbstsüchtig sein. Einmal etwas haben wollen, das sie nicht haben konnte. Und einmal etwas fühlen, das sie noch nie gefühlt hatte. Auch, wenn es schon sehr bald enden würde.

»Morgen, Dornröschen«, murmelte Eric verschlafen und lächelte, als er seine rechte Hand an ihre Wange legte. »Gut geschlafen?«

»Wer ist heute das Dornröschen«, antwortete sie und lachte leise. »Ich war schon eher wach als du. Und ich hab dich beobachtet.« Sie stütze sich auf ihren Unterarm und zwinkerte ihm zu. »Wenn du schläfst, siehst du aus wie ein kleiner Junge, weißt du das?«

»Ach ja?«, gähnte er grinsend und reckte sich. »Tja, ich kann dir versichern, dass das nur im Schlaf so ist. Aber ich kann dir gerne noch einen weiteren Beweis dafür liefern, dass ich kein kleiner Junge mehr bin, wenn du darauf bestehst.«

Jen lachte, als er seinen Worten umgehend Taten folgen lassen wollte, sich zu ihr drehte und sich im nächsten Moment auf sie warf. Sie spürte seine Wärme, das Gewicht seines Körpers und seinen Atem, als er ihr einen Kuss auf die Stirn gab.

»Leider muss ich dich aber vertrösten, denn ich muss pinkeln. Meinst du, Will verkraftet es, wenn wir Frühstück aufs Zimmer bestellen?«, fragte er mit einem zweideutigen Lächeln auf den Lippen, als er sich wieder hochdrückte und aufstand. Dass er rein gar nichts anhatte, als er müde aufs Badezimmer zuschlurfte, schien ihn nicht wirklich zu stören.

Jen sah ihm nach. Die Narben auf seinem Rücken, längst verblasste Striemen, die sich über seinen ganzen Rücken zogen, sahen bei Tageslicht noch schlimmer aus, als sie sich durch das Ertasten gedacht hatte. Sein Vater musste eine wahre Bestie gewesen sein …

Jen schluckte einen Kloß hinunter, der sich in ihrem Hals gebildet hatte. Sie zwang sich, sich zusammenzureißen. Eric war nicht der Typ, der sich Mitleid bei einer Frau holte. Wahrscheinlich hätte es ihm nicht gefallen, wenn er gesehen hätte, dass sie ihn anstarrte, als würde sie vor lauter Mitgefühl zerfließen. Wenn sie nicht zufällig entdeckt hätte, was er vor ihr und allen anderen Menschen verbarg, hätte sie es nie herausgefunden, da war sie sicher.

»Der arme Will«, rief sie ihm zum Badezimmer zu und griff nach dem Telefon, das auf der anderen Seite des Bettes auf einem Nachttisch stand. Sie wählte die Nummer vom Zimmerservice und bestellte zwei Mal Frühstück, ohne ein schlechtes Gewissen zu haben. Wenn sie auschecken, würde sie selbst die Rechnung dafür übernehmen.

»Hey, das ist das erste Mal, dass ich Frühstück ans Bett serviert bekomme. Das lass ich mir doch nicht entgehen!« Eric grinste, hatte eine Zahnbürste im Mundwinkel baumeln und schlenderte nackt im Hotelzimmer auf und ab, als würde er das andauernd machen. Jen beobachtete ihn lächelnd, entschied, dass es wohl keine schlechte Idee war, vor dem Frühstück auch ihre Zähne zu putzen, schlug die Decke weg und stand auf. Wie und wann sie es in der letzten Nacht geschafft hatte, sich die Unterwäsche und ein schlichtes graues T-Shirt anzuziehen, wusste sie nicht mehr. Vielleicht war ihr kalt gewesen. Egal.

»Wirklich?«, fragte sie, während sie nach der Zahnpasta griff. »Du hast noch nie im Bett gefrühstückt? Da hast du aber was verpasst! Das kann ich so nicht durchgehen lassen - hey!« Jen lachte, als sie spürte, dass Eric hinter sie getreten war, seine freie Hand vollkommen selbstverständlich unter ihr T-Shirt schob und sie frech mit der Zahnbürste im Mund angrinste, während er ihre nackte Brust drückte. Fest, aber nicht schmerzhaft. Jen konnte sich das leise Aufstöhnen nicht verkneifen. Etwas, das er sich zweifellos dadurch erhofft hatte.

»Ich fürchte, ich habe so einiges verpasst, sagte er mit demselben Tonfall, der sie gestern Nacht beinahe um den Verstand gebracht hatte. »Und du wirst mir sicher noch sehr viel davon zeigen können, meinst du nicht?«

Bevor Jen den Mund zu einer Antwort öffnen konnte, klopfte es an der Tür. »Schade. Die Leute hier sind ziemlich fix, oder?« Eric zwinkerte ihr zu, schmiss seine Zahnbürste ins Waschbecken vor ihr und griff nach einem der beiden Bademäntel, die neben der Tür aufgehängt worden waren.

Jen, die ihren hochroten Kopf im Spiegel betrachten konnte, war froh, dass er ging, um dem Mann vom Zimmerservice das Frühstück abzunehmen. Sie hoffte, dass er an das Trinkgeld dachte, aber eigentlich war ihr das doch egal. Schließlich war sie zu sehr damit beschäftigt, das Verlangen niederzukämpfen, das sich in ihrem Unterleib auszubreiten begann, seit Eric sie berührt hatte.

Himmel. Er schaffte es wirklich, dass sie sich wie ein unerfahrenes Schulmädchen fühlte. Dabei machte er nichts Besonderes - er sah sie einfach nur an. Und er berührte sie. Und er küsste sie. Und all das auf eine Weise - die Jens Herz dazu brachte, wie verrückt in ihrer Brust zu schlagen. Und sie noch einmal daran erinnerte, dass all das hier schon bald zu Ende sein würde. Bevor es wirklich angefangen hatte.

Kapitel 24

Eric wollte nicht, dass er sich mit einem Anflug von Wehmut im Rückspiegel des Ford zum Hotel umsah. Er wollte nicht, dass es ihm einen schmerzhaften Stich versetzte, das Hotel zu verlassen. Er wollte auch nicht, dass er sich dadurch automatisch vor Augen führte, dass ein weiterer Abschnitt ihrer Reise damit hinter ihnen lag. Und erst recht wollte er in Jens Augen nicht dasselbe sehen, als sie glaubte, dass er sie nicht beobachtete.

Bis nach New York waren es nicht einmal mehr neunhundert Meilen. Eine Strecke, die sie an einem Tag zurücklegen könnten, wenn sie es darauf anlegten. Aber alles in Eric schrie danach, nicht weiter zu fahren. Sich der Stadt nicht weiter zu nähern, die ihn unweigerlich von Jen trennen würde - ob er es wollte, oder nicht. So oder so würde es in New York enden.

Mit dieser fast verzweifelten Wehmut sah er zu Jen herüber, die ihren Gedanken nachhängend aus dem Seitenfenster schaute, und zum ersten Mal wirklich entspannt neben ihm saß. Ungefesselt. Weil sie ab jetzt keine Handschellen mehr brauchen würden. *Er* brauchte sie nicht mehr, weil er wusste, dass sie nicht mehr versuchen würde, abzuhauen. Wieso er das wusste, war ihm nicht ganz klar. Sie hatten kein einziges Wort mehr darüber verloren.

Aber das spielte auch keine Rolle. Es war einfach so. Fertig.

Jen würde nicht weglaufen. Sie würde zulassen, dass er sie nach New York begleitete, ihm wahrscheinlich sogar noch das Geld geben, das er ja eigentlich von ihr gefordert hatte und ihn dann seiner Wege ziehen lassen. Aus dem einzigen Grund, dass auch ihr sehr wohl bewusst war, dass es kein danach geben würde.

Kein danach. Kein Morgen.

Eric und Jen kamen aus verschiedenen Welten. Er passte nicht in ihre Welt - und sie ganz sicher sogar nicht in seine. Allein der Gedanke, sie könnte mit ihm zusammen in einem verfallenen Haus in der Nähe von Monahans oder Grandfalls hausen, nicht wissen, wie sie ihre Rechnungen bezahlen sollten und nebenbei vielleicht noch einen Stall kranker Kinder versorgen musste, erregte Übelkeit in ihm. Nur, weil er Jessicas Krankheit nicht selbst hatte, musste es nicht heißen, dass er sie nicht in sich trug und sie weitergeben könnte, oder?

Als er ihre Hand auf seinem Knie spürte und sah, dass sie ihn anlächelte, schluckte er den Kloß endlich hinunter. »Guck nicht so griesgrämig. Noch sind wir nicht in New York, stimmt's?«

Eric nickte. Er hatte das Gefühl, als hätte sie seine Gedanken gelesen. Waren sie ihm wirklich so deutlich am Gesicht abzulesen? Oder konnte es sein, dass sie sich vielleicht doch selbst den hübschen Kopf darüber zerbrach?

Jen beantwortete seine nicht gestellte Frage von allein: »Weißt du, dass ich vor ein paar Stunden nichts mehr gewollt habe, als dass du dich endlich in Luft auflöst und aus meinem Leben verschwindest?«, fragte sie, ohne ihre Hand von seinem Knie zu nehmen, oder etwas von dem Lächeln auf ihren Lippen zu verlieren. Aber Eric sah die Traurigkeit in ihren Augen, die sie vor ihm verbergen wollte. Er wusste es. »Und jetzt denke ich nur noch pausenlos darüber nach, wie ich noch ein kleines bisschen mehr Zeit mit dir verbringen könnte. Mehr Zeit, die uns bleibt, bevor du gehst, und ich dich nie wieder sehe. Schräg, oder?« Sie lachte leise, aber ohne eine Spur von Freude. »Absolut bescheuert!«

Eric, der den Kloß zurückkehren spürte, wollte nicht, dass sie weitersprach. Er wollte nicht hören, was sie dachte. Er wollte die Bestätigung nicht bekommen, die er eigentlich nur noch erwartete.

»Lass uns später darüber reden, ja?«, sagte er so fest, dass er sich beinahe selbst abgekauft hätte, dass ihm dieses Thema rein gar nichts ausmachte. Als wäre es nichts Schlimmes. »Das ist kein Thema für eine Autofahrt. Lass uns nachher irgendwo was essen und dann unterhalten wir uns.« Er griff nach ihrer Hand, die noch immer auf seinem Schoß lag, hob sie an seine Lippen und küsste sie kurz. Dann legte er wieder beide Hände ans Lenkrad und tat, als wäre nichts gewesen. Als sträubte sich nicht alles in ihm dagegen, dieses Gespräch überhaupt zu führen.

Jen sah so aus, als wollte sie unbedingt noch etwas dazu sagen. Weil sich ihr hübscher Dickkopf nicht so leicht abspeisen ließ, wie er es gerne hätte. Aber bevor Eric in den Genuss kam, sich ihre wahrscheinlich reichlich naiven Vorschläge anzuhören, klingelte das Handy, das vorn in ihrer Handtasche steckte. Eric sah, wie sie das Gesicht verzog, und erhaschte einen kurzen Blick auf das Anruferfoto. Es war unverkennbar ihre Mutter. Es überraschte Eric nicht, dass Jens Mutter tatsächlich aussah, wie eine wesentlich ältere Version ihrer hübschen Tochter. Den hinterlegten Namen ›Mom‹ konnte er gerade noch lesen, bevor sie den Anruf widerwillig entgegen nahm.

»Mom, ich kann gerade wirklich nicht. Ich bin mitten auf der Straße und -« Jen, die Eric gerade noch mit einem entnervten Blick hatte zeigen wollen, dass sie sich etwas Netteres vorstellen konnte, als ausgerechnet jetzt mit ihrer Mutter zu telefonieren, wurde offenbar von Selbiger unterbrochen. Sie schrie sogar so laut in das Telefon, dass er ihre Stimme hören konnte. Für ihn klang sie ziemlich hysterisch.

»Was soll das heißen? Wieso ist Dad im Krankenhaus? Was ist passiert?« Jens Widerwillen wandelte sich in Sorge. Auch das konnte Eric sehen und setzte, ohne, dass sie ihn dazu aufforderte, den Blinker, um rechts an den Straßenrand zu fahren.

Jen bemerkte es nicht. Sie kaute auf ihren Nägeln herum und hörte zu, was ihre Mutter ihr am anderen Ende der Leitung ins Ohr schrie und Eric musste zusehen, wie ihr Gesicht sich verdüsterte. »Okay, okay! Schon gut! Und was soll ich deiner Meinung nach jetzt machen?« Pause. »Das kannst du vergessen!«, rief sie und war plötzlich so wütend, dass sie ihre Hand zu einer Faust ballte. »Ich komme nicht zurück, nur weil -« Wieder Pause. Eric hörte, dass Jens Mutter sich nun regelrecht in ihre Hysterie hineinsteigerte und sie nun an ihrer Tochter ausließ. Einen ziemlich fiesen Fluch konnte er sogar sehr genau identifizieren, obwohl Jen einige Zentimeter von ihm entfernt saß. »Das kannst du nicht von mir verlangen! Das ist nur einer seiner Tricks, damit ich -«

Himmel! Konnte diese Frau ihre Tochter denn gar nicht zu Wort kommen lassen? Eric merkte, dass er selbst das Gesicht verzog. Und dass ihm Übles schwante. Er verstand nur die eine Hälfte des Gesprächs, aber mehr war auch nicht nötig. Wenn Jens Eltern wollten, dass sie aus irgendeinem Grund - wahrscheinlich ein Notfall, wenn ihr Dad im Krankenhaus war - wieder nach Pecos zurückkehrte, wäre alles vorbei. Ein Gedanke, den er nicht zu Ende führen wollte.

Aus dem Augenwinkel sah Eric, dass Jen anfing, ihre linke Schläfe zu massieren. Die Stimme ihrer Mutter schien ihr ziemliche Kopfschmerzen zu bereiten. Er konnte es ihr nicht verdenken. »Mom - ich habe dich verstanden, okay? Ich werde zurückfahren. Aber sobald es Dad besser geht, verschwinde ich wieder! Ich lasse mir von euch nicht aufdiktieren, wie ich mein Leben zu leben habe und -«

Es folgte eine längere Pause, in der Eric nicht anders konnte, als sie zu bewundern. Dafür, dass sie ihrer Mutter noch immer die Stirn bot, auch, wenn sich in ihrem Leben in den letzten drei Tagen so vieles geändert hatte. Er bewunderte sie dafür - und er liebte sie dafür. Auch, wenn er das ganz und gar nicht tun sollte ...

»Einverstanden. Ich bin Morgen gegen -« Sie schien kurz zu überlegen, wie lange sie für die Strecke zurück brauchen würde, wenn sie keine unnötigen Pausen einlegte - »Abend im Krankenhaus. Und dann, wenn Dad gesund ist, fliege ich nach New York. Und keiner von euch beiden wird mich daran hindern können!« Ihre Mutter schluchzte ins Telefon, Eric glaubte, vor Erleichterung. Jen nickte, mehr zu sich selbst, und beendete das Gespräch, indem sie ihrer Mutter noch sagte, dass sie sie liebte und dass alles gut werden würde. Dann schaltete sie das Gerät aus und starrte aus der Windschutzscheibe.

Erics Hals war plötzlich ziemlich trocken. Er wollte etwas sagen, um sie daran zu erinnern, dass er existierte, aber sie schien ihn nicht einmal zu registrieren. Auf einmal stieß sie die Beifahrertür auf, riss den Gurt beinahe aus seinem Verschluss und stieg wie von der Tarantel gestochen aus dem Auto aus. Dabei fuhr sie sich mit den Fingern unentwegt durch die langen honigblonden Haare und trat schließlich sogar mit so einer Wucht gegen den rechten Vorderreifen des Ford, dass Eric glaubte, sie hätte sich den Fuß dadurch verstaucht. »Fuck! Verdammter Mist - was soll diese Scheiße!«, schrie Jen in ihrem Wutanfall, ohne ihn dabei anzusehen.

Eric sah sie an und - zögerte. Ihm wurde bewusst, dass er nicht die geringste Ahnung hatte, wie er sich jetzt verhalten sollte. Wie er sie beruhigen sollte und ob er sie beruhigen sollte. Ob es überhaupt eine gute Idee war, sie in ihrem Wutanfall zu unterbrechen, oder ob er ihren Unmut dadurch nur auf sich selbst lenkte ... Er wollte nicht, dass es so kam. Er wollte nicht, dass sie sauer auf ihn wurde. Weil sie ihn dann vielleicht einfach hier stehen ließ und - Er zwang sich,

sich zusammenzureißen, schaute kurz in den Rückspiegel und stieg aus dem Wagen, als kein anderes Auto ihn überfahren konnte. Mit großen Schritten umrundete er das parkende Fahrzeug, streckte die Hand nach Jen aus und hoffte, dass sie ihn nicht wegstieß. Sie tat es nicht. Sie ließ zu, dass er ihre Hand nahm, sie an sich zog und einfach nur festhielt. So fest, dass sie endlich anfing, sich zu beruhigen.

»Das ist - unfair«, murmelte sie und presste ihr Gesicht an seine zugeschnürte Brust. »Warum ausgerechnet jetzt? Warum?«

»Was ist passiert? Was ist mit deinem Dad?«, fragte Eric gepresst und strich sanft über ihr Haar.

Sie lachte trocken und schüttelte den Kopf. »Mom sagt, er hatte einen Herzinfarkt. Ist das zu fassen? Ausgerechnet dann, wenn ich beschließe, mein eigenes Leben zu leben?«

Eric antwortete nicht. Er spürte, dass sie sich Sorgen machte, auch wenn sie zu versuchen schien, ihre Gefühle für ihren Vater hinter einer Wand aus Wut zu verbergen. Er war trotzdem noch ihr Vater. Und selbst Eric wusste, dass Arschlöcher wie sein eigener Erzeuger selten waren. Wahrscheinlich liebte sie ihre Eltern, trotz allem, was sie ihr aufzwingen wollten. Natürlich tat sie das. Und nun war es eben so, dass ihr Vater krank geworden war. Sehr krank. Und sie wollte zu ihm und bei ihm sein. Er konnte es nachvollziehen. Himmel, das konnte er. Und trotzdem machte es ihm Angst ... Der Gedanke, sie jetzt sofort zu verlieren -

»Ich muss sofort zurückfahren. Meine Mutter sagt, es steht wohl wirklich schlecht um ihn. Ich dachte erst, er simuliert nur. Aber was, wenn ich mich irre?« Jen hob den Kopf und schaute Eric in die Augen. Er sah die kleinen Tränen in ihren Augenwinkeln glitzern und fühlte sich auf einmal noch mieser. Das war nicht der richtige Zeitpunkt, um sich darüber den Kopf zu zerbrechen, was das hier für ihn bedeuten würde. Es ging um sie. Nur um sie. Und er wollte nicht, dass sie litt ...

»Dann musst du fahren«, antwortete er so leise, dass er hoffte, dass sie das Zittern seiner Stimme nicht hören konnte. Abartig. Dass ihm das überhaupt einmal passieren würde, hätte er nie erwartet. Früher hätte er darauf nur mit einem müden Schulterzucken reagiert. Aber das war - vorbei. »Jen - dein Vater braucht dich.«

Aber Jen schüttelte nur den Kopf. Nicht trotzig. Nur unendlich traurig. »Aber ich brauche di-«

Eric ließ sie den Satz nicht beenden. Er umfasste ihr Gesicht mit beiden Händen und beugte sich zu ihr hinunter, damit er sie küssen konnte. Sie ließ es zu und stieg bereitwillig darauf ein. Schnell und stürmisch; so, wie er es zu lieben gelernt hatte, ohne es zu wollen. Eric wollte sie einfach nur küssen und sie dadurch hoffentlich wieder beruhigen. So weit, dass sie wieder klar denken konnte. Etwas, das er selbst nicht mehr wirklich zustande brachte. »Du musst nicht allein fahren«, flüsterte er ihr zu, ohne sich auch nur einen Deut um die Konsequenzen zu scheren. Sie würde nicht ablehnen. Das war das

Einzige, dessen er sich sicher war. »Ich komme mit dir zurück. Du musst nicht allein sein.«

Die wahrscheinlich dümmste Idee, die er seit dem Tag seiner gelungenen Flucht aus dem Monahans County Jail gehabt hatte. Die allerdümmste Idee. Aber es war auch die Einzige, die in Erics durcheinandergeratenem Verstand noch irgendeinen Sinn ergab. Er würde sie begleiten. Und damit wahrscheinlich seine eigene Freiheit riskieren. Für eine sehr sehr lange Zeit.

Kapitel 25

Jen wachte erst auf, als Eric sie sanft schüttelte. Er war schon ausgestiegen und um den Wagen herum gegangen, um die Beifahrertür zu öffnen, und sie zu wecken. Verschlafen und ein bisschen verwirrt schaute sie ihn an.

Eric lächelte. »Aufwachen, Dornröschen.« Ein Name, mit dem er sie irgendwie gerne anzureden schien, stellte sie fest. Es war mindestens das dritte Mal, dass er das zu ihr gesagt hatte.

Sie erwiderte sein Lächeln matt und schnallte sich ab. »Wo sind wir? Wie lange habe ich geschlafen?« Sie schaute sich um und versuchte, einen Hinweis darauf zu finden, wie weit sie seit Arkadelphia gekommen waren. Dort hatten sie am späten Nachmittag eine Rast eingelegt, weil Eric eine Pause brauchte. Und jetzt war es bereits stockdunkel.

»Wir sind kurz hinter Clyde. Ich wollte nicht direkt in der Stadt übernachten, deswegen habe ich etwas gesucht, das ein bisschen außerhalb ist. Wahrscheinlich nicht so nett, wie Wills Hütte, aber besser, als im Auto zu schlafen.« Eric verzog die Lippen zu einem müden Lächeln und deutete mit dem Daumen hinter sich. Jetzt sah Jen das große Gebäude, das nur aus einer Etage bestand und aussah, wie ein typisches amerikanisches Highway-Motel. Sogar ein blinkendes Schild konnte sie in der

Nähe der Interstate sehen, von der Eric eben abgefahren war.

»Warte«, sagte sie und hob verwirrt eine Augenbraue. »Clyde? Wie lange bist du denn bitte gefahren, um so weit zu kommen? Und wieso habe ich das nicht mitbekommen?«

»Weil du geschlafen hast. Ich hab nur zwei Mal angehalten, weil ich pinkeln musste, aber das hat dich nicht die Bohne interessiert. Hast einfach weitergepennt.«

Schuldbewusst verzog sie das Gesicht. Eigentlich hatten sie abgemacht, sich zwischen den Pausen mit dem Fahren abzuwechseln. Aber anstatt sie zu wecken, hatte Eric sie einfach weiterschlafen lassen. Und nun war sie so hellwach, dass sie wahrscheinlich den Rest der Nacht kein Auge zubekommen würde. *Klasse, Jen. Wirklich gut gemacht.*

»Macht nichts. Aber leider bricht mir das Kreuz durch, wenn ich noch länger im Auto sitzen muss. Komm, wir hauen uns hin.«

Jen, die irgendwie nicht damit gerechnet hatte, dass Eric die texanische Grenze schon heute überqueren würde, folgte ihm in das kleine muffige Büro des Motels. Eine Frau in den Sechzigern begrüßte sie ohne allzu viel Höflichkeit und reichte ihnen wortlos die Liste, in die sie sich eintragen mussten. Jen sah, dass auf ihrem Schoß eine Strickarbeit lag. Etwas, das aussah wie ein rosa Babykleidchen. Unbewusst fragte sie sich, ob Wills Baby wohl inzwischen auf der Welt war. Und, ob es ein Junge oder ein Mädchen sein würde. Auf einmal vermisste sie Will schrecklich. Will und seine freundliche lebensfrohe Art und sein Hotel und - ihre Freiheit, die nun in ziemlich weite Ferne gerückt war. New York lag nicht länger vor Jen, sondern auf irgendeine seltsam verdrehte Weise hinter ihr. Und dieser Gedanke versetzte ihr einen Stich.

»Hey, Schätzchen. Nicht träumen. Gezahlt wird im Voraus. Und das ihr mir nicht auf die Idee kommt, die gute Einrichtung auseinanderzunehmen, kapiert? Ich stelle euch jeden Kratzer in Rechnung!«

Jen, die keine Sekunde lang daran zweifelte, dass diese Frau ihre Worte haargenau so meinte, steckte ihre Kreditkarte in das Lesegerät, dass die Alte ihr hinhielt. Sie war so in ihre Gedanken vertieft, dass sie nicht einmal wusste, wie hoch der Betrag für dieses wundervolle, sterile und zweifelsfrei wanzenfreie Superzimmer eigentlich war. Eigentlich interessierte es sie auch nicht wirklich.

Alles in ihrem Kopf war seltsam leer. Die einzigen Gedankenfetzen, sie einen Sinn ergaben, drehten sich um ihren todkranken Vater, die Tatsache, dass sie zurück nach Hause kehrte und darum, dass Eric trotz allem noch immer bei ihr war. Eine Tatsache, die sie weder erklären noch verstehen konnte, aber *wollte*. Jen wollte wissen, weshalb er sie begleitete. Dorthin, wo er noch immer per Haftbefehl gesucht wurde. Warum er überhaupt genau gesucht wurde. Warum er nicht einfach ausgestiegen war, als er noch die Möglichkeit dazu gehabt hatte, ohne sich selbst durch seine Anwesenheit in Gefahr zu bringen, wieder im Gefängnis zu landen.

All das wusste Jen nicht. Aber sie wollte es erfahren. Und sie würde Eric danach fragen.

»Ach, ich werde beschuldigt, an einem bewaffneten Raubüberfall auf einen Drugstore in Thortnonville beteiligt gewesen zu sein. Ein Pisser, der mir schon eine Weile ans Bein pinkeln will, behauptet, mich erkannt zu haben. Dabei war ich an diesem Abend nicht einmal in der Stadt! Ich war in Odessa im Krankenhaus, weil es Jessica schlecht ging.« Eric, der irgendwie den Eindruck machte, keine große Lust auf dieses Thema zu haben, zuckte mit den Schultern und schob Jens Koffer neben das Bett.

»Was? Aber wenn du doch gar nicht dabei gewesen bist, dann -«

Eric lachte trocken und schüttelte den Kopf. »Hast du eine Ahnung, wie viele Cops in der Stadt meinen Kopf wollen? Dass sie nur auf eine Gelegenheit gewartet haben, um mich länger als ein paar Tage einbuchten zu können?«

»Aber warum? Ich verstehe das nicht«, antwortete Jen, als sie merkte, dass ihr Unverständnis für seine Situation sie wütend machte. »Wenn du nicht dabei warst, gibt es Zeugen, die das bestätigen können. Man kann dich doch nicht für etwas wegsperren, dass du gar nicht -«

Aber Eric ließ sie wieder nicht ausreden. Dieses Mal griff er nach Jens Handgelenk, schien dabei zu vergessen, dass ihr das verdammt wehtat, und zog sie zu sich heran, um sie zu küssen. Jen stöhnte in seinen Kuss, halb vor Schmerz, halb vor Überraschung, weil er sich darum zu drücken schien, ihr ihre Antworten zu liefern.

»Eric«, presste sie hervor, als er aufhörte, sie zu küssen, »hör auf damit! Was ist? Glaubst du, du musst mich schonen? Ich bin kein kleines Mädchen mehr!«

»Glaub mir, ich weiß ganz genau, dass du klein kleines Mädchen mehr bist«, flüsterte er ihr ins Ohr und biss gleich darauf sanft in ihren Hals, was Jen einen weiteren Seufzer entlockte. »Aber was spielt das für eine Rolle? Sobald wir in Pecos sind, kehrst du nach Hause in den Schoß deiner heilen Familie und zu dem zukünftigen Wunschschwiegersohn deines Dads zurück und wirst mich vergessen.«

»Warum sagst du das?«, fragte sie kaum hörbar, weil sie nicht wirklich fassen konnte, was er sagte. Was er mit diesen Worten und dem eisigen Lächeln bezwecken wollte, mit dem er sie nun ansah, als wollte er ihr vor Augen führen, dass die Realität um so vieles anders war, als die letzten Tage, die sie zusammen verbracht hatten.

»Weil es die Wahrheit ist«, antwortete er und strich mit den Fingern eine Strähne ihrer blonden langen Haare hinter ihr Ohr. »Wenn du erst einmal siehst, wie viel leichter alles sein kann, wirst du keinen Gedanken mehr an mich verschwenden. Dir wird klar werden, dass das hier -«, er fuhr mit dem Daumen langsam und unglaublich sanft über ihre Lippen, »nicht mehr war, als ein kleines Abenteuer. Und das ich für dich nichts weiter bin, als ein Experiment auf dem Weg zu dem Leben, das das Beste für dich ist.«

Jen starrte ihn an, unfähig, etwas darauf zu erwidern oder sich gegen seinen anschließenden Kuss zu wehren. Eric küsste sie. So langsam und zärtlich, wie er es noch nie getan hatte.

»Ein kleines gefährliches Experiment, wie du ja am eigenen Leib erfahren hast«, flüsterte er, führte ihre Hände zu seinem Hals und zog sie an ihren Hüften enger an sich. »Welche Frau kann schon irgendwann im hohen Alter von sich behaupten, in ihrer Jugend ein leidenschaftliches Verhältnis mit einem entflohenen Kriminellen gehabt zu haben, hm?« Eric lachte leise, aber in seiner Stimme lag nicht die Spur von Freude. Seine Augen waren eiskalt, aber trotzdem gelang es Jen nicht, ihren Blick abzuwenden. »Jedes Abenteuer endet irgendwann, süße Jen.«

Als wollte er seinen eigenen prophezeienden Worten widersprechen, schob er seine Hände langsam unter ihr Shirt, zog es hoch, und ehe Jen wusste, wie ihr geschah, lag es auf dem Boden neben ihren Füßen.

»Es liegt ganz allein an dir, wie es endet.« Mehr sagte er nicht, griff mit seinen Händen unter ihren Po und drehte sich mit ihr auf den Armen zum Bett um. Jen stöhnte auf, als er sie tief in die Kissen drückte und sich mit seinem ganzen Gewicht auf sie legte.

Eric presste seine Lippen auf ihre, schob seine Zunge langsam in ihren Mund und küsste sie auf dieselbe zärtliche Art, wie vorhin, und das war es, das Jens Verstand kurz aussetzen ließ. Für einen Augenblick lag sie einfach da, atmete seinen unglaublichen Geruch aus Schweiß und Shampoo ein und wünschte sich nichts sehnlicher, als dass er nichts von dem zu ihr gesagt hätte. Dieses Mal schien er es nicht eilig zu haben. Er ließ sich Zeit, den Kuss ausgiebig auszudehnen, ohne sich auch nur einen Millimeter zu bewegen, während das Verlangen nach ihm in Jens Unterleib wütete und sie mit Hitze erfüllte, die auch die viel zu kalt eingestellte Klimaanlage in diesem winzigen muffigen Motelzimmer nicht auslöschen konnte.

»Lass es auf diese Weise enden«, flüsterte er, als er den Kuss unterbrach, und ihr stattdessen ins Gesicht sah. Mit einem Blick, der im krassen Gegensatz zu dem stand, was er sagte. »Lass es enden, wenn es am schönsten ist, damit deine Erinnerung nicht von Schmerz und unerfüllten Wünschen getrübt wird.« Sanft streichelte er mit seinen Fingern über ihre Wange, über ihren Hals und ihr Schlüsselbein, ohne tiefer zu ihren Brüsten zu wandern, wie er es gestern noch ohne zu zögern oder lange um den heißen Brei herumzureden getan hätte.

Jen hielt seinem Blick stand. Langsam griff sie nach seinen Fingern, drückte sie kurz und führte sie an seine Brust, zu der Stelle, an der sie seinen Herzschlag fühlen konnte. Sein Herz schlug fest und schnell gegen ihre Hände; seine Hand unter der ihren. Jen fühlte es und spürte, wie sich ihr Magen dabei zusammenzog. Und plötzlich beschloss sie, ihm die Wahrheit zu sagen. Aus dem einfachen Grund, dass ihr klar wurde, dass seine einzige Absicht unzweifelhaft darin bestand, sie dazu zu bringen, ihn wieder zu verachten. Ihn zu verabscheuen. Ihn wirklich zu vergessen, wenn er am nächsten Morgen einfach verschwunden war. Denn genau das hatte er vor, nicht wahr? Er wollte eine letzte Nacht mit ihr verbringen und dann, wenn sie nah genug an ihrer Heimat war, würde er gehen. Einfach gehen, ohne sich von ihr zu verabschieden.

Also sagte sie ihm die Wahrheit, weil sie hoffte, dass es ihn daran hinderte, sie einfach zu verlassen. Etwas, das sie nicht annähernd so gut ertragen hätte, wie er sich offenbar erhoffte.

»Wenn du ein Experiment sein solltest, dann ist es fehlgeschlagen«, sagte sie leise und hörte, dass ihre Stimme brüchig klang. »In der Versuchsbeschreibung stand nämlich kein Wort davon, dass man sich als Ergebnis in sein Experiment verliebt.« Sie lächelte bitter und sah, dass sich Erics Gesicht verdüsterte. Vielleicht hatte diese Wahrheit doch nicht dazu geführt, ihn umzustimmen. Schade ...

»Du bist so dumm«, sagte er leise und schüttelte den Kopf. Aber Jen sah das Lächeln, das sich in sein Gesicht stahl. Jetzt war es nicht mehr eisig. »So unglaublich dumm -«

Dieses Mal ließ Jen ihn nicht ausreden. Sie hob den Kopf, um ihn zu küssen. Ein Kuss, der weitaus schneller war, als seiner es gewesen war. Ein Kuss, der nicht mehr durch Worte unterbrochen wurde. Durch Vorwürfe. Durch Angst. Oder durch Versprechen. Durch nichts, das Eric daran hindern konnte, auf unglaublich hingebungsvolle und sanfte Art mit Jen zu schlafen. Auf eine Art, die sie tatsächlich für eine Weile alles um sich herum vergessen ließ, außer dem warmen Gefühl in ihrem Magen, der sich nun nicht länger schmerzhaft zusammenzog. Und Jen gab sich diesem Gefühl bereitwillig hin.

Kapitel 26

»Weißt du, wenn man sein halbes Leben auf der Straße verbringt, bekommt man so einiges mit«, erzählte Eric, als sie nach einer Weile des andauernden Schweigens nebeneinander auf der stinkenden Matratze auf dem quietschenden Bett lagen. Zwischen seinen Fingern drehte er eine ihrer Haarsträhnen hin und her, während ihr Kopf auf seinem Arm lag. Mit der anderen Hand streichelte er über ihren Handrücken. Ihre Finger auf seiner nackten Brust fühlten sich warm an. Genau wie der Rest ihres Körpers, der nun eng an ihn gepresst neben ihm lag und in Eric das Bedürfnis hervorrief, noch einmal mit ihr zu schlafen. Er zwang sich, seinen Trieben zu widerstehen, um ihr weiter von sich zu erzählen. Das Bedürfnis danach war nämlich mindestens genauso stark.

»Ich habe die Highschool abgebrochen, bevor ich sechzehn wurde. Die Behandlungskosten von Jessicas Krankheit haben meine Eltern in den Bankrott getrieben. Mein Vater hat schon vorher ziemlich viel gesoffen, aber danach ist es eskaliert. Ich bin erst auf den Bau, um Geld zu verdienen, ohne das wir nicht hätten überleben können. Irgendwann verlor mein Alter dann auch seinen Job und hat nur noch gesoffen. Beinahe rund um die Uhr.« Eric lachte trocken und schluckte.

Jen sagte nichts. Sie ließ einfach zu, dass er weiter mit ihren Haaren spielte, verschränkte ihre Finger mit seinen und hörte ihm zu.

»Natürlich hat mein mickriger Lohn hinten und vorne nicht gereicht. Es gab Tage, an denen wir nicht wussten, was wir essen sollten. Von den teuren Medikamenten ganz zu schweigen!«

»Was für eine Krankheit hat deine Schwester?«, fragte Jen leise, ohne sich zu bewegen.

»Epilepsie. Eine seltene, ziemlich schwere Form, die sich nur mit Hilfe teurer Tabletten behandeln lässt. Nach der Gesundheitsreform des letzten Präsidenten ist es ein bisschen besser geworden, aber da war es für meine Familie längst zu spät.« Er spürte, wie seine Lippen sich zu einem bitteren Lächeln verzogen, und hoffte, dass sie es nicht in seiner Stimme hörte.

»Was ist passiert?«

»Oh, mein versoffener Alter hat sich selbst irgendwann den Rest gegeben. Nachdem er meine Mom dazu gezwungen hat, anschaffen zu gehen, damit er nicht selbst seinen fetten Arsch hochkriegen musste. Als er endlich verreckt war, habe ich mit den Brüchen angefangen, damit sie ihren Körper nicht mehr an Männer verkaufen musste, um uns zu ernähren.«

Eric spürte, wie Jens Finger sich um seine schlossen, als er davon sprach. So fest, dass es fast wehtat. Er wollte sie beruhigen. Sie sollte sich ihr hübsches Köpfchen nicht darüber zerbrechen, was in seinem Leben für eine Scheiße lief. Vielleicht begriff sie dadurch sogar, dass es eine große Dummheit wäre, sich noch mehr in ihn zu verlieben. Dass es in seiner grenzenlosen Idiotie schon fast an geistige Umnachtung grenzte, sich auch nur weiter mit ihm abzugeben. So verkorkst, wie sein Leben war - nein. Er wollte nicht, dass sie sich das zumutete.

»Wie auch immer. Je älter Jessica wurde, desto schlimmer wurde ihre Krankheit. Inzwischen haben wir es einigermaßen gut unter Kontrolle. Es gibt ein neues Medikament, das ihre Anfälle wenigstens ein bisschen reguliert, auch wenn es sie nicht verhindern kann. Aber es hilft ihr, damit sie im nächsten Jahr aufs College gehen kann.«

»Ich finde es toll, dass du so für deine Familie sorgst«, flüsterte Jen kaum hörbar und bewegte sich nun doch neben ihm. Sie stützte sich auf den Unterarm, damit sie ihm ins Gesicht sehen konnte. Und Eric musste wirklich schlucken, als er das tiefe Mitgefühl und den ehrlichen Stolz in ihren Augen sah. »Das würde nicht jeder machen. Klar, vielleicht gäbe es andere Wege. Aber du hast es wenigstens versucht und dein Bestes gegeben, oder? Und dass du deiner Schwester die Ausbildung ermöglichen willst, die du nie hattest, finde ich auch schön.«

Eric konnte nicht anders. Er musste Jen einfach anlächeln, weil er sie so unglaublich schön fand, dass es ihm den Atem verschlug. Wie hatte er noch vor ein paar Tagen annehmen können, dass sie nie mehr sein könnte, als seine Fahrkarte in die Freiheit? Idiotisch.

»Ich finde, ein Mädchen sollte gebildet sein«, antwortete er und beugte sich zu ihr hin, damit er sie auf die Wange küssen konnte. »Und ich wäre stinksauer, wenn Jessica eines Tages mit irgendeinem Vollpfosten vor mir stehen und verkünden würde, sie wolle Hausfrau und Mutter werden und sich um nichts mehr selbst kümmern.«

Jen lachte. »Das kann ich mir vorstellen. Der arme Kerl tut mir jetzt schon leid.«

»Ja, das kann er auch. Ich kann sehr ungehalten werden, weißt du?«

»Ach, sag nur«, antwortete sie und lächelte ihn derart aufreizend an, dass er nicht anders konnte, als sich über sie zu rollen und sie unter sich festzunageln. Allein ihr Anblick turnte ihn dermaßen an, dass er am liebsten sofort wieder über sie hergefallen wäre. Eric widerstand dem Drang, es zu tun und schaute ihr stattdessen nur fest in die blauen Augen, die ihn erwartungsvoll anschauten.

»Ja, genau so ist es. Und das ist das Problem«, sagte er leise. »Ich kann meine Fresse nämlich einfach nicht halten. Einmal habe ich Jessica von der Schule abgeholt. Irgendein gehirnamputierter Vollidiot wollte ihr und ihren Freundinnen gerade etwas von seinem Meth verkaufen, als ich dazwischen bin. Und weißt du, was der Pisser ausgespuckt hat, als ich ihn windelweich gehauen habe?« Er grinste schwach. »Außer seinen Zähnen, meine ich?« Jen reagierte nicht. Sie schien es nicht sonderlich lustig zu finden, wie er darüber sprach. »Dass ihm ein Bulle das ganze Zeug zum Verticken verkaufte. Aus der Asservatenkammer des County Policebüros. Abartig, oder?«

Jetzt verzog sie immerhin das Gesicht. In ihrer Welt schien es bisher keine korrupten Bullen gegeben zu haben. Zweifellos ein weiterer Splitter in ihrer heilen Welt, die Eric erst vor ein paar Tagen noch zu gern zertrümmert hätte.

»Und genau dieser Scheißbulle war es, dem ich die Verhaftung wegen Raubes zu verdanken hatte. Nett. Es passte ihm anscheinend nicht, dass ich sein kleines Geheimnis überall herumerzählt habe. Wem glaubt man schließlich mehr? Einem vorbestraften Dieb oder einem ach so tollen Officer?« Eric entschied, dass seine Lust auf Sex gerade endgültig verflogen war. Er rollte sich wieder zur Seite und ließ zu, dass Jen sich wieder an ihn presste, ohne ihr weiter ins Gesicht zu sehen. »Jedenfalls komme ich aus dieser Nummer nicht mehr heraus. Egal, was passiert. Sobald sie mich sehen, werden sie mich wieder einbuchten und in einer ihrer stinkenden Zellen verfaulen lassen. Selbst dann, wenn du dich entschließt, mich nicht wegen Entführung anzuzeigen. Oder wegen Erpressung. Oder wegen sexueller Belästigung. Was auch immer.«

»Eric«, flüsterte sie und ihr Kopf erschien in seinem Gesichtsfeld, als er ihre Finger an seiner Wange spürte. »Glaubst du mir, wenn ich dir sage, dass ich dich niemals dafür anzeigen würde, weil ich dich liebe?«

»Was?«

Das war sicher nicht die passendste Antwort auf so ein Geständnis, aber für Eric, der diese Worte zum ersten Mal in seinem Leben hörte, war es die einzige Antwort, zu der er fähig war. Klar hatte es hin und wieder Tussis gegeben, die sich mehr erhofft hatten aber -

»Das ist nicht witzig!«, sagte Jen tadelnd und schaute ihn nun böse an. Erst jetzt bemerkte er, dass er angefangen hatte, zu lachen. »Ich weiß selbst, dass sich das bescheuert anhört, ja? Aber ich werde dich ganz sicher nicht anzeigen. Und ich will auch nicht, dass du wieder ins Gefängnis musst. Ich werde dir einen Anwalt -«

Jetzt konnte Eric wirklich nicht mehr an sich halten. Er lachte lauthals los, aber nicht, weil es so lustig war, was sie sagte, sondern, weil er es süß fand. Einfach unglaublich süß. Nicht im naiven Sinne, denn er glaubte ihr sofort, dass sie es nicht nur so meinte, sondern auch, dass sie alles daransetzen würde, ihn wirklich aus seiner Lage zu befreien. Vielleicht konnte sie das sogar. Das konnte er nicht beurteilen. Aber es spielte auch keine Rolle.

»Jen, hör mir zu«, presste er hervor, als er glaubte den Anfall wieder einigermaßen unter Kontrolle zu haben. »Glaubst du mir, wenn ich dir sage, dass ich finde, dass ich der Falsche für dich bin?« Er sah, dass sie das Gesicht bei seinen Worten verzog, und setzte nach: »Und glaubst du mir auch, wenn ich dir sage, dass ich alles dafür tun würde, ein Mann zu sein, den du verdienst?«

»Ich - verstehe nicht ...« Jen schüttelte verwirrt den Kopf. Sie schien wirklich nicht zu begreifen, worauf Eric hinauswollte. Aber leider war er auch nicht gerade sehr geübt darin, über seine Gefühle zu sprechen. Nicht wirklich. Verdammt unangenehme Angelegenheit.

»Bei unserer ersten Begegnung wollte ich nur deine Kohle. Und vielleicht noch deinen Wagen, um von der stinkenden Tanke wegzukommen. Und dann auch deinen Körper, das gebe ich zu.« Er merkte, dass er gerade anfing, ziemlich dümmlich zu grinsen, hoffte aber, dass es nicht aussah, als hätte er einen Schlaganfall. »Mein Plan ist nicht ganz aufgegangen, denn irgendwann wollte ich dich gar nicht mehr loswerden. Weil ich mit dir nach New York kommen wollte. Um mir dort etwas aufzubauen. Ein ehrliches Leben.« Mehr als kurze Sätze bekam er irgendwie gerade nicht auf die Kette, aber besser als gar nichts. »Plötzlich wollte ich jemand sein, in den du dich verlieben könntest, ohne dafür dein ganzes Leben zu opfern, verstehst du jetzt?« Er wusste nicht, wie er es besser erklären sollte. Dass er sich in sie verliebt hatte. Dass er wusste, dass es ein Fehler war und dass er ihr nur wehtun würde, auch wenn er es nicht wollte. Und dass er fand, dass sie etwas Besseres verdient hatte als ihn ...

Aber Jen lächelte. Vielleicht hatte sie es doch irgendwie begriffen ... »Es ist ganz allein meine Entscheidung, was ich bereue, und was nicht, schon vergessen?«, wiederholte sie den Satz, den sie Eric gegenüber gebracht hatte, als sie in diesem stinkenden Hinterhof der Diskothek gevögelt hatten, nachdem diese Weichbirnen ihr die K.o.-Tropfen eingeflößt hatten. Ein guter Schachzug, denn auch da hatte Eric ihre Entscheidung hingenommen. Wenn auch mehr aus eigennützigen Gründen ...

»Ja«, antwortete er schließlich und das Lachen war wirklich verschwunden. Genau wie seine Verwirrung darüber, dass es sich weit weniger falsch anhörte, es zu sagen, als er angenommen hatte. »Es ist allein deine Entscheidung. Und ganz ehrlich, ich hoffe, dass du es nicht bereuen musst.« Eric küsste sie, und als Jen mit ihren Fingern über seine Arme fuhr, sich an ihm festkrallte, als er sie doch wieder auf den Rücken warf und leise lachte, konnte er es endlich genießen.

Eric betete, dass es kein Fehler sein würde, sie morgen nach Pecos zu bringen. Nach Hause zu ihrer Familie, die sicherlich alles andere als begeistert sein würde, ihn zu sehen.

Kapitel 27

Jen spürte Erics Nervosität, je näher sie Pecos kamen. Sie hatte angeboten, den Rest des Weges bis dorthin zu fahren und Eric hatte angenommen. Vielleicht, weil er sich darüber bewusst war, dass seine Gesichtsfarbe schon alles über seinen Zustand aussagte.

Sie konnte ihn verstehen. Ihr ging es auch nicht viel anders. Sie wusste nicht, was sie mit ihm anstellen sollte. Ob sie ihn mit ins Krankenhaus nehmen sollte, auch wenn er vielleicht vor der Tür zum Zimmer ihres Vaters auf sie warten würde. Aber irgendwo ›parken‹ konnte sie auch nicht, weil sie fürchtete, er könnte durch einen dummen Zufall die Aufmerksamkeit der Polizisten auf sich lenken. Oder von Leuten, die er kannte. Es reichte ja schon aus, wenn einer seiner Kumpels aus Monahans sich in die Nachbarstadt verirrte.

Die Interstate 20 war am frühen Nachmittag wenig befahren. Sie hatten es sogar schneller hierher geschafft, als Jen gedacht hätte. Vielleicht ein bisschen schneller, als ihr lieb war.

Denn bei aller Sorge um den Zustand ihres Vaters hatte sie auch Angst. Große Angst davor, was geschehen würde, wenn Eric entdeckt würde, und auch davor, was ihr Vater sagen würde, wenn er ihn zu Gesicht bekam. Der Gedanke, Eric auch vor ihm zu verstecken, missfiel ihr. Aber sie wusste, dass es wohl so kommen würde, weil sie nicht wollte, dass am Ende ihr eigener Vater dafür verantwortlich war, dass sie ihn verlor. Und das wollte sie auf keinen Fall. Schließlich kannte sie ihren Dad gut genug. Wenn er Lunte roch und merkte, dass etwas mit Jens Begleiter nicht in Ordnung war, würde er nachbohren. Und dann würde ihm vielleicht die Ähnlichkeit mit den Fahndungsbildern auffallen, die sie vorhin an einem Laternenmast gesehen hatte. Erics Gesicht war unverkennbar darauf abgedruckt. Er wurde nach wie vor gesucht. Logisch. So schnell gaben sie sicher nicht auf.

Und was dann? Was, wenn ihr eigener Vater den Sheriff anrief?

Jen wusste es nicht. Sie wusste einfach nicht, wie sie sich verhalten sollte.

Als sie durch Monahans fuhren, rutschte Eric auf seinem Sitz sogar herunter, damit ihn niemand zufällig durch die Fenster des Ford sehen konnte.

»Wir haben es gleich geschafft«, murmelte Jen ihm aufmunternd zu, war sich aber nicht sicher, ob er den Frosch in ihrem Hals nicht doch hören konnte. Es war ein äußerst unangenehmes Gefühl, ihn so zu sehen. So - winzig. Und irgendwie voller Angst. Als er ganz kurz seinen Blick auf sie richtete, glaubte sie, auch Sehnsucht in seinen braunen Augen zu sehen. Schließlich war das hier auch seine Heimatstadt. Hier lebte seine Familie. Seine kleine Schwester, die so krank war. Seine Mutter. Die Menschen, die auf ihn angewiesen waren ...

Der Gedanke, er wollte mit ihr nach New York gehen und dort sein neues Leben beginnen, behagte ihr plötzlich nicht mehr. Sie fühlte sich schuldig, weil sie der Grund dafür war, dass diese Leute nun ohne ihn auskommen mussten, dabei war es schon vorher so gewesen, nicht wahr? Seit seiner Verhaftung durch diesen Officer, der Eric eins auswischen wollte, weil er ihn bloßgestellt hatte. Und auch das konnte sie kaum fassen. Schließlich handelte es sich um einen Polizisten, dessen Aufgabe darin bestand, diese Dealer und Drogenverkäufer einzubuchten, und nicht, selbst zu einem von ihnen zu werden.

Als sie Barstow durchquerten, hielt Jen ihre eigene innere Unruhe nicht mehr aus. Sie musste anhalten, wenn sie nicht wollte, dass sie gleich eine ausgewachsene Panikattacke bekam. Also fuhr sie rechts an den Straßenrand, als sie das letzte Haus hinter sich gelassen hatten, und atmete tief durch.

Auf einmal war es so, als würde ihr Kopf platzen. Es war so viel - alles zu viel. Ihr kranker Vater, Eric, die Angst, mit ihm erwischt zu werden und die Panik davor, ihn zu verlieren, wenn sie ihn einsperrten - das war zu viel für Jen.

»Wir - kehren um«, presste sie zwischen zwei hektischen Atemzügen hervor und merkte kaum, dass ihre Finger sich an das Lenkrad klammerten. »Mein Vater stirbt nicht. Er hatte vielleicht einen Herzanfall, aber er ist gesund und ihm wird nichts geschehen. Sonst hätte meine Mom längst angerufen. Und wenn wir umgedreht sind, ist alles in Ordnung und -«

»Jen!«, rief Eric neben ihr laut, um ihren Redewahn zu stoppen, legte seine Hand auf ihr Bein und drückte zu. »Hör auf, verstehst du mich?«

»- wir können nach New York fahren und uns etwas einfallen lassen, wie wir -«

»Jen, verdammt!« Eric brüllte jetzt. Als Jen ihm widerstrebend ins Gesicht sah, sah sie eine verrückte Mischung aus Wut, Angst und Liebe, die sie endlich verstummen ließ. »Halt den Mund! Es wird alles gut, hörst du? Wir können nicht mehr umkehren! Dein Vater ist krank und er braucht dich. Und du willst zu ihm, das weiß ich. Weil du deine Eltern nämlich liebst, egal, was vielleicht zwischen euch gewesen ist.«

Einen Moment lang schaffte sie es, ihn einfach nur stumm anzusehen. Aber dann schüttelte sie nur den Kopf. »Ich will dich nicht verlieren«, flüsterte sie und ihr Hals fühlte sich an, als hätte ihn jemand von innen mit Schmiergelpapier bearbeitet. Irgendwie registrierte sie, dass Eric seinen Gurt löste und sich über die Mittelkonsole des Ford hinweg zu ihr herüberbeugte. Sie spürte seine eiskalten Finger an ihrer Wange und dann endlich verschwand ihre Panik. Stück für Stück.

»Du wirst mich nicht verlieren, in Ordnung? Es wird alles gut. Wenn es deinem Vater besser geht, fahren wir nach New York. Du gehst an deine Uni. Du wirst eine hervorragende Diplomatin werden. Oder diese beschissene Welt auf andere Weise retten, keine Ahnung. Aber ich werde bei dir sein, verstehst du mich?«

Jen nickte schwach und rang sich ein Lächeln ab, dem man sicher ansehen konnte, wie sehr es sie quälte. »Ich kann dich nicht verlieren ...«

»Und das wirst du auch nicht. Komm schon. Wir bringen es hinter uns. Du schaffst das! Und mir wird nichts passieren.«

Jen startete den Motor mit zittrigen Fingern und hoffte so sehr, dass er recht hatte. Dass er sich nicht irrte. Und dass auf sie nicht noch eine böse Überraschung wartete. Denn alles in ihr schrie danach, umzukehren, weil sie in ihr Verderben fuhren. Aber Jen kämpfte das Gefühl nieder. So gut sie konnte. Und sie fuhr weiter. Geradewegs auf Pecos zu, in der Hoffnung, dass er mit allem, was er sagte, recht hatte.

Kapitel 28

Irritiert und belustigt gleichermaßen stellte Eric fest, dass Jens ursprüngliche Panik sich schnell in geschäftsmäßigen Tatendrang verwandelte, sobald sie die Stadtgrenze überquert hatten. Sie steuerte den Ford beinahe verbissen durch die Straßen, fuhr von der Interstate 20 ab und bewegte sich auf die Stadtmitte zu.

»Was hast du vor?«, fragte er mit hochgezogener Augenbraue, als ihm auffiel, dass sie nicht zuerst das Presley-Memorial-Hospital ansteuerte, wie er erwartet hätte. »Zum Krankenhaus geht's nach Westen, wenn ich mich nicht irre.«

Eric musste zugeben, dass er sich in Pecos nicht wirklich gut auskannte. Er war ein paar Mal hier gewesen, um Dinge für seine Mutter oder seine Schwester zu besorgen, und vielleicht auch ein oder zwei Mal, weil er einen Tipp für ein leerstehendes Haus bekommen hatte, deren Besitzer sich gerade im Urlaub oder bei Verwandten aufgehalten hatten.

»Du brauchst andere Klamotten«, antwortete sie mit demselben verkniffenen Blick, ohne ihn anzusehen. »Eine Verkleidung, damit du nicht jedem sofort auffällst. Lass mich nur machen.«

Eric schüttelte nur den Kopf, konnte sich das Lächeln aber nicht verkneifen. Er trug noch immer dieselbe Jeans, die er sich vor ein paar Tagen von ihrem Geld gekauft hatte und eines der beiden schlichten schwarzen Shirts. Klamotten, die er zu Hause in Monahans eigentlich nur in seinem Schrank liegen hatte. Und davon auch nicht gerade viel, weil er sein Geld selbstverständlich für andere Dinge zusammenhielt.

Schließlich bog Jen auf den Parkplatz der Wallmart-Filiale und parkte vor dem Eingang. »Du bleibst besser hier«, befahl sie, nickte schon wieder auf diese tatkräftige Art und griff nach ihrer Handtasche mit ihrem Portmonee. »Wehe, du steigst einfach aus, kapiert? Das soll hier schließlich nicht umsonst sein.«

»Auf die Idee würde ich niemals kommen«, antwortete er grinsend, zog sie kurz zu sich herüber, bevor sie aussteigen konnte, und küsste sie. »Ich werde brav sein, Ma'am.«

»Das will ich hoffen«, antwortete sie nun ihrerseits mit einem ziemlich geröteten Gesicht. Eric fand sie süß und stellte schließlich auch fest, dass sich ihre wie ausgewechselte Art auf ihn übertrug. Wenn sie nicht mehr so schrecklich nervös war, war er es auch nicht. Vielleicht waren ihre ganzen Sorgen ja unbegründet. Was sollte schon schiefgehen? Wenn er Klamotten hatte, in denen er nicht gleich auffiel, sobald sie das Auto verließen, würde es auch keine Probleme geben. Niemand würde ihn erkennen, weil ihnen vermutlich eh niemand über den Weg laufen würde, der Eric identifizieren könnte. Kein Grund zur Sorge.

»Welche Schuhgröße hast du?«, fragte sie, ohne sich zu weit von ihm zu entfernen. Als er ihr antwortete, konnte er ihren Atem auf seinem Gesicht spüren. Ein ziemlich geniales Gefühl. »Zwölf«, hauchte er so provokativ, dass er lachen musste, als er sah, dass Jen zitterte. Eine Sekunde blieb sie sitzen, als sträubte sie sich dagegen, ausgerechnet jetzt auszusteigen. Dann siegte ihr Tatendrang wieder und sie ließ ihn mit einem letzten Zwinkern zurück.

Jen kehrte zwanzig Minuten später atemlos zum Auto zurück. In der Hand hielt sie eine riesige Plastiktüte, die Eric plötzlich doch skeptisch machte. Wollte sie ihn in ein Pferdekostüm stecken, damit er noch weniger zu erkennen war?

»Hey, keine Sorge«, sagte sie schnell, als sie seinen Blick bemerkte und grinste. »Das ist nichts Schlimmes! Eine neue Jeans, ein paar Schuhe und ein Hemd, mehr nicht. Ach, und eine Baseballmütze hab ich auch gekauft. Damit du deine viel zu langen Haare darunter verstecken kannst.«

Zweifelnd warf Eric einen Blick in die Tüte, und gleich darauf in den Rückspiegel, um mit seinen Fingern kurz durch sein Haar zu fahren. »Findest du sie zu lang? Ich hatte eher den Eindruck, du stehst drauf«, lächelte er sie an und sah die Bestätigung, weil sie offenbar plötzlich bemüht war, den Inhalt ihrer Handtasche zu sortieren. »Vielleicht«, gab sie zu, ohne aufzusehen.

Eric lachte leise und fing an, den Inhalt der Tüte genauer zu studieren. »Sag mal, bist du bescheuert? Ich dachte, du kaufst normale Klamotten. Das hier ist alles nur Markenzeug!«

Verständnislos lächelnd sah sie zu ihm herüber, während er widerwillig anfing, sich das Shirt über den Kopf zu ziehen. »Ja, und? Wie soll ich dich denn sonst als meinen Freund vorstellen, hm? Mein Dad würde dich rauswerfen, wenn du mit deiner zerschlissenen Jeans und deinen alten Turnschuhen bei ihm auftauchst.«

Eric, der gerade noch sah, wie sie gleichgültig mit den Achseln zuckte, hielt in der Bewegung inne, bevor er das neue Hemd anzog. Auf der Brusttasche prangte unübersehbar das Armani Emblem. »Wie bitte? Davon war aber nicht die Rede -« stieß er hervor und merkte, dass er im Begriff war, sauer auf sie zu werden. Eigentlich hatte er gedacht, er würde einfach im Wagen sitzen bleiben und auf sie warten, bis sie damit fertig war, ihren Vater zu betüddeln, und sie endlich wieder von hier verschwinden könnten. Offenbar waren ihre Gedanken dazu aber in eine ganz andere Richtung gegangen. In eine, die ihm nicht wirklich gefiel.

»Ich habe ja auch gar nicht gesagt, dass ich vorhabe, dich meinen Eltern vorzustellen. Ich kenne das Risiko, ja? Du musst mir nicht sagen, was passiert, wenn dich jemand erkennt. Aber ich will für den Notfall vorsorgen. So bin ich eben.«

Eric vermutete, dass das stimmte. Wahrscheinlich wog sie jeden ihrer Schritte so genau ab, dass sie nichts dem Zufall überließ. Und er hoffte zumindest, dass diese Eigenart von ihr ihn davor bewahren würde, doch noch im County Jail zu landen, wenn etwas schief ging.

Missmutig fuhr Eric fort, sich umzuziehen. Er musste seine Wut zügeln, aber irgendwie gelang es ihm, als er auch die Hose unter Ächzen und unbequemen Bewegungen endlich ausgetauscht hatte. Eine neue Jeans - natürlich auch von Armani. Ebenso wie die Schuhe und die Sonnenbrille, die sie gekauft hatte. Er schaffte es nur leider nicht richtig, sich darüber zu freuen, dass alle Sachen passten. Er fühlte sich, wie ein Zirkusclown, auch wenn er es nicht wollte. Irgendwie war das hier schlimmer, als vorgestern Abend Wills geliehenen Anzug anzuziehen. Das war - nur für einen Abend gewesen. Aber er wurde das Gefühl nicht los, das Jen ihn gerade umzukrempeln versuchte und das schmeckte ihm nicht.

»Vergiss die Mütze nicht«, sagte sie säuerlich, als sie ihn begutachtete. »Die Preisschilder schneide ich dir später heraus. Aber dafür, dass du dich offenbar so sträubst, steht dir das ›Zeug‹ ziemlich gut.« Zur Untermalung ihrer Worte knickte sie Zeige- und Mittelfinger beider Hände.

Eric konnte sich den fiesen Blick nicht verkneifen, als er nach dem Basecap griff und es sich auf den Kopf setzte. »Wenigstens hast du eine vernünftige Mütze besorgt«, sagte er eine Spur zu scharf. »Keinen Cowboyhut oder so eine Gangster-Rapper-Speck-Haube, mit der ich erst recht auffallen würde.«

Jen, die seinen vorwurfsvollen Blick sehr wohl bemerkt hatte, schenkte ihm lediglich einen ziemlich kühlen Blick, bevor sie den Motor wieder startete. »Bitte, Eric. Ich stelle dir meinen guten Geschmack sehr gerne zur Verfügung. Beehre mich doch bald wieder.«

Darauf antwortete Eric nichts. Er verschränkte die Arme vor der Brust, nahm sie dann aber wieder herunter, weil er sich dabei vorkam, wie ein trotziger kleiner Junge. Schließlich war es ja nicht gelogen, dass sie einen guten Geschmack hatte. Die Jeans saß perfekt. Eric zweifelte nicht eine Sekunde daran, dass sein Arsch darin wahrscheinlich ziemlich gut aussehen würde. Die Schuhe waren bequem und entsprachen sogar weitestgehend seinem Stil, auch wenn es sauteure Markendinger waren. Und das schwarz und grau karierte Hemd passte sich seinen muskulösen Oberarmen perfekt an. Zusammen mit der Sonnenbrille und der schwarzen Baseballmütze sah er eigentlich ziemlich gut aus. Und ganz sicher würde ihn so niemand erkennen. Also. Wieso ärgerte er sich eigentlich ...

Weil ich ein Idiot bin, der Schiss hat, dass er sich von einer Frau verbiegen lässt, dachte er mürrisch. *Damit ich besser in ihr Weltbild passe, in dem es keine abgetretenen Latschen und Billigklamotten gibt.*

Aber das war unfair. Und Eric wusste es. Also zwang er sich, sich wieder zu entspannen und tat, als wäre nie etwas gewesen. Alles andere wäre eh sinnlos und blöd.

Schließlich überraschte es ihn nicht einmal, dass er ohne böse Gedanken oder eine Aufforderung aus dem Wagen stieg, Jens Hand in seine nahm, und neben ihr das Krankenhaus von Pecos betrat, ohne auch nur die Spur eines miesen Gefühls dabei zu haben. Als Jen bei der Information nach dem Zimmer ihres Vaters fragte, stand er in der Lobby des Krankenhauses und sah zweifellos so aus, als könnte ihn kein Wässerchen trüben. Kommentarlos hauchte er ihr einen Kuss auf die Stirn, bevor sie allein das Krankenzimmer betrat, und lehnte sich ein bisschen abseits an die Wand des langen weißen Flurs. Er ignorierte den beißenden Gestank des Desinfektionsmittels, das geschäftige Umhereilen der Krankenschwestern, die ihm nur flüchtige Blicke zuwarfen, und schaffte es sogar, die Schmerzensschreie auszublenden, die hin und wieder aus einem der anderen Zimmer auf den Flur drangen.

Eric hasste Krankenhäuser wie die Pest. Zu viele Erinnerungen an Jessica waren damit verbunden. Zu viele Bilder, die ihm vor Augen führten, was für ein inkompetenter Stümper er eigentlich war. Er konnte seiner Schwester nicht helfen, die ihn so sehr brauchte. Weil er auf der Flucht war und es vermutlich auch immer bleiben würde. Und er schaffte es natürlich auch nicht, ihre Krankheit zu heilen oder auch nur zu lindern. Natürlich nicht. Das schaffte niemand - außer den Medikamenten, die er zumindest auch in Zukunft für sie bezahlen konnte. Sobald er einen Job hatte. Sobald er sein verkorkstes Leben irgendwie auf die Reihe bekam. Immerhin etwas, wenn er schon zu sonst nichts zu gebrauchen war.

Denn auch Jen konnte er nicht beistehen, oder? Sie musste allein ins Zimmer gehen. Ihren Vater allein ansehen. Sehen, wie mies es dem alten Herrn vielleicht ging. Eric fragte sich, wie beschissen man nach so einem Herzanfall wohl aussehen würde. Vielleicht erschreckte es Jen, ihren Dad so zu sehen. Und vielleicht wollte sie auch ein kleines bisschen, dass er dabei sein und ihre Hand halten würde.

Wenn es so sein sollte, hatte sie sich nichts anmerken lassen. Ihr Gesicht war seit ihrem Betreten des Gebäudes wie versteinert gewesen. Und sie hätte wahrscheinlich eh nicht zugelassen, dass er sie hinein begleitete.

So blieb Eric nichts anderes übrig, als zu warten. Darauf, dass sie wieder herauskam und er in der Zwischenzeit herumstand, den Omis auf dem Gang möglichst freundlich zunickte, weil Jen das erwarten würde, und dafür zu sorgen, dass die jüngeren Schwestern nicht allzu viele Gründe bekamen, mit ihm zu flirten. Leider taten sie nämlich genau das, auch wenn es nur ziemlich eindeutige Blicke waren, die sie ihm schenkten.

»Junger Mann, suchen Sie jemand Bestimmtes? Wollen Sie vielleicht zu meinem Mann? Ich habe Sie noch nie hier gesehen. Sind Sie der Praktikant eines Geschäftspartners?«

Eric zuckte zusammen, als eine Frau in seinem Blickfeld auftauchte, deren Äußeres verdächtig nach Jens Mutter aussah. *Praktikant?* Überrascht und irritiert rang er sich ein unschuldiges Lächeln ab, und versuchte verkrampft, nicht allzu verdächtig auszusehen. Offenbar war ihm das bis jetzt gerade nämlich nicht gelungen. Warum sonst hätte Jens Mutter ihn ansprechen sollen, obwohl er ja eigentlich nur herumstand?

»Wie kommen Sie darauf?«, fragte er mit versteinertem Lächeln und merkte es schließlich selbst: Er hatte vergessen, die Sonnenbrille abzunehmen. Er war so in seine Gedanken vertieft gewesen, dass ihm nicht aufgefallen war, dass er die Sonnenbrille noch immer trug und damit wahrscheinlich einen wirklich seltsamen Anblick bot. Mist! »Oh, tja.« Er nahm die Brille ab und ließ sie halb in der Brusttasche des

Armani-Hemdes verschwinden. »Nein, eigentlich wollte ich nicht zu Ihrem Mann, und ein Praktikant bin ich auch nicht. Ich begleite nur jemanden.« Er lachte verkrampft und wünschte sich plötzlich, er würde unsichtbar werden. Die Art, wie Jens Mom ihn musterte, ließ keinerlei Zweifel daran aufkommen, dass sie schon längst durchschaut hatte, weshalb er hier stand. Auch, wenn sie die ganze Wahrheit natürlich nicht sehen konnte. Klar.

»So, Sie sind also mit meiner Tochter hier? Hat das junge Fräulein sich nun endlich bequemt, ihren sterbenskranken Vater zu besuchen?« Mrs. Miller musterte Eric von Kopf bis Fuß, schien sich ein ganz eigenes Bild von ihm zu machen, an dem sie ihn nicht teilhaben ließ, und nickte schließlich, als musste sie anerkennen, dass ihre ach so missratene Tochter keinen ganz so schrecklichen Geschmack hatte, wie sie vielleicht angenommen hatte.

Eric starrte sie nun seinerseits an, bemühte sich allerdings, sich seine Nervosität und das schlechte Gewissen nicht anmerken zu lassen. Jens Mom sah auch in natura aus, als wäre sie eine etwa dreißig Jahre ältere Version ihrer hübschen Tochter. Blonde Haare, die sie zu einer ordentlichen Hochsteckfrisur frisiert hatte, die sich perfekt in das Gesamtbild aus roter Bluse und knielangem schwarzen Seidenrock einfügte. Abgerundet durch die geschnürten Highheels, deren Absätze so hoch waren, dass Eric allein von ihrem Anblick die eigenen Füße wehtaten. Er hatte noch nie verstanden, warum Frauen sich das antaten. Klar. Die meisten Männer, er eingeschlossen, fanden es heiß, wenn sie die Dinger anhatten. Aber so hohe Teile mussten einfach nur wehtun.

»- hat meine Tochter Sie aufgegabelt?«

»Wie bitte?« Eric hatte nicht gehört, was Mrs. Miller gefragt hatte, weil er zu sehr damit beschäftigt gewesen war, sie anzustarren und gleichzeitig zu versuchen, normal zu wirken.

»Ich habe gefragt, wo meine Tochter Sie aufgegabelt hat. Ich habe Sie noch nie in Pecos gesehen, und ich kenne so ziemlich jeden in der Stadt. Durch meine Wohltätigkeitsveranstaltungen, verstehen Sie?«

Eric, der nicht die geringste Ahnung hatte, wovon die Frau da sprach, nickte nur unbeholfen. »Ich bin nicht aus der Stadt. Ich hatte eine -«, er überlegte kurz, welche Geschichte er Jens Mom auftischen konnte, ohne dass es allzu an den Haaren herbeigezerrt klang, »Autopanne. Ich wollte eigentlich nach Monahans. Meine Mutter und meine Schwester leben dort.«

An dem Blick, mit dem Mrs. Miller ihn bedachte, sah Eric, dass sie ihm kein einziges seiner Worte glaubte. Da sie aber offensichtlich keine große Lust zu haben schien, sich noch mehr mit dem unbedeutenden Liebhaber ihrer Tochter herumzuschlagen, ließ sie es dabei bewenden. »Nun, wenn das so ist, nehmen Sie sich doch ein Taxi. Vor dem Krankenhaus stehen glaube ich zwei oder drei. Lassen Sie sich nicht aufhalten und fahren Sie ruhig zu Ihrer Familie. Hier sind Sie nur im Weg.«

Mit diesen mehr als deutlichen Worten und ohne ihn auch nur nach seinem Namen zu fragen, ließ Jens

Mom ihn stehen und stolzierte mit schwingenden Hüften an ihm vorbei ins Zimmer ihres Mannes.

Eric starrte ihr mit offenem Mund hinterher, unfähig, auch nur an eine Erwiderung zu denken. Sie hatte klar gemacht, was sie von ihm hielt, dass es sie nicht im Geringsten interessierte, weshalb er hier war, und dass sie einzig und allein erwartete, dass er wieder verschwand. Am besten umgehend.

Er überlegte gerade, ob es sinnvoll wäre, ihrem Wunsch Folge zu leisten und zu verschwinden, bevor sie wieder zurückkommen und ihn durch den Sicherheitsdienst aus dem Krankenhaus entfernen lassen konnte, als er die lauten Stimmen im Krankenzimmer nebenan hörte. Er hörte Jens wütende Stimme, die offenbar etwas zu ihrer Mutter sagte, und einen Mann, der wohl ihr Dad war. Der klang allerdings nicht so, als würde er gerade im Sterben liegen. Er schrie irgendetwas, das Eric nicht verstehen konnte. Wahrscheinlich hatte Mrs. Miller sich ihre Kommentare zu Eric auch nicht verkneifen können. Was genau sie sagte, konnte er nicht hören, aber das war auch nicht nötig. Denn Jens Wut entlud sich, als ihre Mutter, und wohl auch ihr Vater, noch etwas sagte. Mit einem nunmehr weinerlichen Tonfall seitens ihrer Mom, der vermutlich Jens Schuldbewusstsein ankurbeln sollte.

Bevor Eric noch mehr unverständliches Zeug hören konnte, wurde die Tür aufgerissen, durch die Mrs. Miller gerade eben noch verschwunden war und Jen trat in den Flur. Mit, wie erwartet, wutverzerrtem Gesicht. »Ihr habt sie doch nicht mehr alle! Ein *Magengeschwür*? Und deswegen macht ihr so einen

Aufriss, als würde Dad jeden Moment sterben?«, schrie sie so laut, dass ein paar der Leute auf den Gängen erschrocken zu ihnen herumfuhren. »Das kann ja wohl nicht wahr sein! Du solltest dich schämen, Mom! Mir so eine Angst einzujagen, nur damit ich zurück nach Hause komme -« Sie schnaufte und sah aus, als wollte sie am liebsten explodieren. Dann sah sie Eric, der noch immer wie angewurzelt an seinem Platz stand und stürmte auf ihn zu, bevor er etwas sagen oder tun konnte. »Wir gehen!«, fauchte sie, ohne ihn anzusehen, griff aber bestimmt nach seiner Hand und setzte sich in Bewegung.

»Warte, Jenny! Das kannst du nicht machen! Wir wussten nicht, dass es nur ein Magengeschwür ist«, rief Jens Mom hinter ihnen her und stolzierte über den Gang, als würde es ihr nicht die geringste Mühe machen, auf diesen mordsmäßigen Absätzen im Notfall auch einen Hundert-Meter-Sprint zu gewinnen. »Ich dachte wirklich, dass dein Dad es nicht mehr lange macht -«

Eric stellte überrascht fest, dass sie sie schneller eingeholt hatte, als er gedacht hätte. Sie packte Jens Hand mit einer derart herrischen Bewegung, dass Jen stehen blieb. Und Eric mit ihr. Die Blicke der Leute waren ihm unangenehm. Er hasste es, angestarrt zu werden. Und die ganze Aufmerksamkeit machte ihn nur noch nervöser! Das war schließlich nicht der Sinn dieser ganzen Aktion gewesen, oder? Er hatte *gar keine* Aufmerksamkeit auf sich ziehen wollen. Und nun kam er sich vor, wie auf einem Präsentierteller.

»Lass mich los, Mom!«, zischte Jen und riss ihren Arm unwirsch aus der Umklammerung ihrer Mutter.

»Ein Anruf hätte ja wohl gereicht oder? Ein kleiner Hinweis darauf, dass ich mir keine Sorgen mehr machen muss, dass Dad vielleicht stirbt, bevor ich ihn noch einmal sehen kann. Nur ein verschissener *Anruf*!« Das letzte Wort schrie Jen ihrer Mutter ins Gesicht, woraufhin die Frau erschrocken das Gesicht verzog.

»Jenny!«, zischte sie ungehalten. »Wie redest du denn mit mir? Hat dir das dein neuer Freund hier beigebracht? Warte nur, bis dein Vater davon -«

»Gar nichts wirst du Dad erzählen, hast du verstanden?«, unterbrach sie ihre Mutter schroff und wich noch einen kleinen Schritt vor ihr zurück. Eric wusste nicht, ob es eine gute Idee sein würde, Jens andere Hand zu berühren, oder ob sie auch ihn wegstoßen würde. Oder vielleicht, ob es nicht einfach zu unpassend wäre, angesichts der Missbilligung, die ihrer Mom nun überdeutlich ins Gesicht geschrieben stand. »Es geht dich nämlich gar nichts an, was ich mit wem wo mache. Du hast mich belogen, Mom! Hast du eine Ahnung, wie sauer ich gerade auf dich bin?«

Eric, der sich entschied, Jens Hand noch nicht zu berühren, wartete mit angespanntem Unbehagen auf die Antwort von Jens Mutter. Würde sie weiter auf sie einreden und sie damit noch mehr von sich wegdrängen? Oder würde sie einlenken, weil Jen ihre eigene Art ja von irgendwem haben musste, richtig? Er meinte die Art, jemanden um den Finger zu wickeln und ihn einzulullen, wenn es ihren Zwecken dienlich war. Ein Schauspiel.

Er stellte fest, dass es ihn nicht überraschte, als Jens Mom die Hand wieder sinken ließ und sich zu einem Seufzer herabließ. Und schließlich sogar zu einem Lächeln, auch wenn es wohl das falscheste Lächeln war, das Eric je gesehen hatte. »Also schön, Kind. Du willst wütend auf uns sein, und vielleicht ist das dein gutes Recht. Aber vergiss bitte nicht, dass wir immer alles für dich getan haben. Wir hätten deine Konten auch sperren lassen können!«, fügte sie hinzu, als Jen den Mund zu einer biestigen Erwiderung öffnete. »Lass uns noch einmal über alles reden. Morgen wird dein Vater entlassen. Wir setzen uns als Familie hin und besprechen ganz gesittet bei einem netten Abendessen, wie es von jetzt an weitergeht.«

Eric, der auch über diesen Vorschlag nicht wirklich überrascht war, verzog kaum merklich das Gesicht. Wenn ihre Eltern ihr nun einreden sollten, dass sie doch lieber bleiben und nicht nach New York fahren sollte und Jen sich aus irgendwelchen Gründen bequatschen ließ, war es aus. Davor hatte er sich gefürchtet, oder? Sie zu verlieren. Auch wenn es vielleicht nicht das war, was er gemeint hatte. Aber sicher wäre es nicht weniger endgültig.

»Du willst ein Abendessen arrangieren? Dass ich nicht lache. Für wie dumm hältst du mich bitte, Mom?« Jen lachte tatsächlich. Noch schien sie den Versuchen ihrer Mutter, sie zur Umkehr zu bewegen, standhalten zu können. Aber wahrscheinlich hätte Eric selbst auch nicht damit gerechnet, dass sie den Spieß nun ihrerseits umdrehte. In eine Richtung, die Eric noch viel weniger behagte. »Also gut. Ganz wie du willst. Essen. Morgen Abend. Aber Eric begleitet mich.«

Bevor Eric wusste, wie ihm geschah, er ihre Worte noch verdaute und seine Hirnwindungen verfluchte, weil sie offenbar nicht in der Lage waren, das Gesagte zu verarbeiten, nahm sie seine Hand. Er konnte nicht einmal zucken, so perplex war er.

»Damit du nicht auf die Idee kommen kannst, einen anderen Gast einzuladen, der dir sicher besser in den Kram passen würde.« Jen grinste ihre Mom überlegen an, weil sie sie ausgestochen hatte. Vermutlich dachte sie bei besagtem ›Gast‹ an jemanden, an den sogar Eric direkt denken musste, ohne dass sie das Thema je wirklich vertieft hätten: Diesen Peter-Irgendwas, den Jens Vater unbedingt mit ihr verheiraten wollte. Und leider hatte sie Eric dadurch auch in eine für ihn absolut unangenehme Lage brachte, was sie allerdings nicht wirklich zu interessieren schien.

Gott! Er verfluchte sich immer mehr, weil er nicht einfach im Auto sitzengeblieben war. Dann hätte er sich diese Schmierenkomödie ersparen können.

Jens Mom verzog angesäuert das Gesicht. »Aber Jennylein, das geht doch nicht. Wir kennen den jungen Mann ja überhaupt nicht. Und ich bezweifle doch sehr, dass es angemessen ist, ihn in unsere Familienangelegenheiten einzubeziehen.«

»Gut, auch kein Problem. Setze ich mich eben wieder in dein Auto und mache mich auf den Weg nach New York. Deine Entscheidung, Mom. Und *ich* möchte, dass Eric dabei ist. Immerhin bin ich ja auch Teil der Familie, nicht wahr?« Jen lächelte ihre Mutter eiskalt an und war schon wieder im Begriff, das Krankenhaus zu verlassen, als ihre Mom endlich nachgab.

»Also schön! Wenn es nicht anders geht und du weiterhin meinst, deinen kindischen Dickkopf durch die Wand zu fahren, soll er eben dabei sein.« Mrs. Miller schenkte Eric einen Blick, der ihn daran erinnerte, was sie von ihm hielt, auch wenn sie kaum mehr als drei Sätze mit ihm gesprochen hatte. Sie sah ihn an, wie man vielleicht ein besonders hässliches Insekt oder eine Spinne betrachtete, die es wagte, Sauerstoff zu atmen und überhaupt zu existieren. »Aber er schläft nicht in meinem Haus! Nur, damit das klar ist!«

Jen lachte wieder, während Eric so durcheinander war, dass er das Gefühl hatte, nun gar nichts mehr zu kapieren. Das ging ihm eindeutig viel zu schnell. Alles zu durcheinander. Alles überhaupt nicht so geplant. Scheiße, verdammt!

»Oh, das ist das geringste Problem. Weil ich nämlich auch nicht bei euch schlafen werde! Ich nehme mir ein Zimmer in der Stadt. Ciao, Mom!«

Ohne auf die Antwort ihrer Mutter zu warten, oder sich auch nur darum zu scheren, wie es Eric gerade ging, packte sie seine Hand und riss ihn wie einen dümmlichen Köter hinter sich her. Und während Eric ihr folgte, fühlte er sich auch genau so. Wie ein Hund, den sie lenkte, wie es ihr gerade passte.

Er beschloss, Jen die Hölle heißzumachen, sobald sie allein waren. Spätestens im Auto! Dann würde er ihr diesen ganzen Scheiß um die Ohren hauen, sich an die Interstate stellen und einfach per Anhalter -

Die Fahrstuhltüren schlossen sich hinter Jen und ihm. Er hatte nicht einmal registriert, wie sie in das verdammte Ding eingestiegen waren. Aber das war auf einmal so beschissen egal, wie seine unbändige Wut auf Jen, die schon vor Eric registrierte, dass niemand außer ihnen in dem winzigen Aufzug war, ihn nun am Kragen seines nigelnagelneuen Hemdes packte und ihn so temperamentvoll und impulsiv küsste, dass ihm seine ganze tolle Wut im Halse stecken blieb.

Er hörte, wie sich ihr Atem beschleunigte, spürte ihre Finger in seinem Nacken und in seinen Haaren, als sie ihm die Baseballmütze vom Kopf nahm und er erwiderte ihren verzweifelten Kuss, bevor er im Stande war, etwas anderes zu tun. Bevor er sie anschreien konnte. Bevor er die Möglichkeit bekam, sie einfach in seiner ganzen Wut hier zurückzulassen.

Jen zitterte, als er seine Arme um sie legte, sie fest an sich zog und ihren Anblick in sich aufsog, als gäbe es nichts Wichtigeres. Es war ihr leises verhaltenes Stöhnen, das ihm verriet, dass sie so heiß auf ihn war, dass sie sich kaum zurückhalten konnte.

Da hat dieses Dilemma wohl auch etwas Gutes. Interessant.

Eric entschied in seiner eigenen aufkommenden Begierde auf sie, sie nicht hier zurückzulassen. Sie nicht anzuschreien. Jedenfalls noch nicht. Aber ganz sicher würde er ihr den Gefallen nicht tun, sie jetzt sofort flachzulegen, auch weil wohl eh nicht mehr als ein Quickie dabei herausspringen würde. Dieses Mal würde er sie betteln lassen. Als Strafe, gewissermaßen. Und es würde ihm eine ziemlich große Freude sein, sie dabei zu beobachten, und sie in ihrer Lust ertrinken zu lassen, während er ihr haarklein erklärte, was genau sie an diesem Tag alles falsch gemacht hatte. Und das war schließlich eine Menge. Bis sie also zu ihrer Erlösung durch seine gnädige Absolution kam, würde es dauern. Sehr lange dauern.

Kapitel 29

Enttäuscht musste Jen feststellen, dass Eric nicht auf ihren Versuch ansprang, ihn noch im Fahrstuhl zu verführen und ihn dadurch dazu zu bringen, sie an Ort und Stelle zu vögeln. Irgendwie war es ihr als eine außerordentlich gute Idee vorgekommen, etwas derart Absurdes und vielleicht auch Verbotenes zu tun, dass sie nicht hatte widerstehen können. Sie hatte noch nie in einem Fahrstuhl gevögelt. Von der Fummelei in Wills Hotel vielleicht abgesehen, aber da war ja schließlich gar nichts Interessantes passiert. Und selbst, wenn Eric nicht sofort darauf eingegangen war, weil - sie hatte keine Ahnung, wieso - dann hätte er sie doch zumindest mit einem Hinweis auf das Auto ihrer Mom oder auch auf das beschissene Hotelzimmer vertrösten können, oder nicht?

Aber Eric hatte nichts davon getan. Klar. Er hatte sie geküsst. Aber das war auch schon alles gewesen. Nicht einmal eine Erektion hatte sie durch ihre offensive Art bei ihm ausgelöst. So, als ließe sie ihn einfach kalt.

Aber Jen war viel zu durcheinander, als dass sie wirklich begriff, dass er angepisst war. Er sagte es nicht, aber sie merkte es irgendwie dadurch, dass er sie nicht ansah, nicht ihre Hand nahm und sie verdammt noch mal auch nicht vögelte! Keinen Ton sagte er, als sie die Lobby des Krankenhauses durchquerten und sich auf den Weg zum Parkplatz machten. Sein Gesicht sah aus, als hätte ihm ein dreister Köter gerade ans Bein gepinkelt und sie ahnte immerhin, dass sie dieser Köter war.

Aber -

Verdammt! Ihre Eltern, deren unverschämte Lüge und die Tatsache, dass sie Jen nun doch dazu bekommen hatten, in ihre Arme zu laufen, machten sie einfach fertig! Ihre eigene Dummheit machte sie am meisten fertig. Dass sie nicht gemerkt hatte, dass etwas faul an dieser Sache war. Spätestens, als nach dem ersten Anruf ihrer Mutter kein Zweiter gefolgt war, hätten all ihre Alarmglocken schrillen müssen! Wenn es ihrem Dad wirklich so schlecht gegangen wäre, dann hätte ihr Handy nicht stillgestanden. Ihre Mutter hätte pausenlos versucht, sie zu erreichen, sie zur Eile zu treiben und ihr zu sagen, was für eine missratene Tochter sie war.

Aber das war nicht so gewesen. Jen hatte einfach angenommen, dass es dringend war, hatte sich beeilt und festgestellt, dass ihre Eile und die ganze Rückfahrt völlig umsonst waren. Dass sie zugelassen hatte, dass ihre Eltern die Chance bekamen, sie von jetzt an in Pecos zu halten, selbst wenn Jen es nicht wollte. Und Jen war auf sie hereingefallen. Und hatte zu allem Überfluss in ihrer Wut noch dafür gesorgt, dass Eric mit in ihre Probleme hineingezogen wurde. Sie *selbst* hatte ihn hineingezogen, indem sie ihm dieses Abendessen bei ihren Eltern aufgezwungen hatte. Die allerdümmste Idee, die sie je gehabt hatte.

Und als Jen sich das klar machte, musste sie sich auch eingestehen, dass ihre Mom recht hatte. Jen wollte mit dem Kopf durch die Wand. Und um zu bekommen, was sie wollte, war sie bereit, Eric in Gefahr zu bringen. Verrückt! Und mehr als nur falsch!

All diese Gedanken machte sie sich in weniger als zwei Minuten. Die Zeit, die sie benötigten, um aus der Eingangstür des Krankenhauses zu treten, von der heißen Sonne geblendet zu werden und die Stufen zum Parkplatz hinunterzugehen. Die Zeit, in der Eric stumm wie ein Fisch neben ihr hertrottete, als wäre er ihr Hündchen und sie keines Blickes würdigte.

Jen blieb stehen, als sie die letzte Stufe erreicht hatte, und drehte sich zu ihm um. »Eric, es tut mir leid«, platzte sie so schnell heraus, dass es ihr gleich wieder leidtat, dass sie ihn überhaupt angesprochen hatte. »Ich hätte das nicht tun dürfen! Bitte -«

In Erics Gesicht spiegelte sich eine seltsame Mischung aus Wut, Belustigung und etwas, das Jen als Rachelust interpretierte, und dann begriff sie, dass er nicht mit ihr reden würde. Nicht jetzt. Und nicht so lange, bis er sich sicher war, dass sie wirklich darunter leiden würde, wenn er weiterhin schwieg.

Und genau das tat er. Er schenkte ihr nicht mehr als einen vielsagenden Blick, als er an ihr vorbeiging, und ließ sie einfach stehen.

Verwirrt und betrübt blieb Jen noch kurz stehen. Es tat ihr wirklich leid, was sie angerichtet hatte. Und wenn sie könnte, würde sie es rückgängig machen. Eric sollte nicht unter ihrer kindischen Art und dem miesen Verhältnis zu ihren Eltern leiden. Das war nicht fair. Und sie wollte sich nur noch entschuldigen.

Und bei ihrer Mom anrufen und das Essen absagen. Eigentlich hätte sie das gleich tun sollen. Sofort und ohne zu zögern. Aber leider war sie zu stolz, als dass sie hätte akzeptieren können, dass ihre Mutter es nicht billigte, was Jen trieb. Mit *wem* sie es trieb. Denn Eric war nicht irgendein dahergelaufener Liebhaber, den sie sich für eine oder zwei heiße Nächte geangelt hatte, nur um ihn dann wieder seiner Wege zu schicken. Und ganz vielleicht wollte sie einfach nur, dass ihre Mom genau das sah. Dass sie sie verstand. Und dass sie es akzeptierte. Denn egal, was gewesen war - Jen war immer noch eine Tochter. Und sie glaubte, dass alle Töchter wollten, dass ihre Eltern stolz auf sie waren. Egal, wie sie ihr Leben lebten.

»Jen? Hey, wo hast du denn gesteckt? Ich versuche schon seit drei Tagen, dich zu erreichen!«

Irritiert drehte Jen sich um, als sie die Stimme von Samantha Lewis hinter sich hörte. Ihre Freundin aus Grundschulzeiten eilte die Treppen herunter auf sie zu.

»Was machst du hier? Bist du wegen deines Vaters hier?« Neugierig und ein bisschen besorgt schaute Sam sie an, schien aber erleichtert zu sein, als Jen nickte. »Ja. Mein Dad hat - ein Magengeschwür.« Sie gab sich alle Mühe, den hasserfüllten Ton wegen ihres Vaters zu verbergen. »Und du? Bist du krank?«

Ihre Freundin lachte und strich sich die braunen lockigen Haare aus dem Gesicht. Jen stellte fest, dass sie die Haare seit ihrer letzten Begegnung kürzer trug, hakte aber nicht nach. Solche Dinge interessierten sie nicht mehr im Mindesten. »Nein, aber John hat sich bei einem Footballspiel das Bein gebrochen. Ziemlich übel, so kurz vor der Hochzeit.«

Jen nickte und schaffte es sogar, sich ein Lächeln abzuringen. »Nächsten Monat ist es so weit, oder? Hast du schon ein Kleid?«

Sam zwinkerte ihr verschwörerisch zu. Etwas, das sie als junge Mädchen ständig gemacht hatten, wenn sie glaubten, dass niemand verstehen konnte, worüber sie sich unterhielten, weil sie einfach alle um sich herum ausblendeten. »Sicher hab ich das, Süße. Willst du es sehen?«

Jen wollte es nicht sehen, nickte aber trotzdem. Sie war froh, dass Samantha sie nicht in den nächsten Brautkleidladen am Stafford Boulevard schleppte, und stattdessen nur ihr Handy aus ihrer Hosentasche zog. Sie wischte mit dem Finger darauf herum, um das Foto von ihrem Kleid zu finden, das sie offenbar suchte, als Jen auffiel, dass sie ja eigentlich noch immer in Begleitung war. Sie hob kurz den Kopf, um zu sehen, wo Eric abgeblieben war. Er stand an den Ford gelehnt ein paar Meter weiter, verschränkte die Arme vor seiner Brust und hatte die Beine überkreuzt, als wollte er ihr sagen, dass ihn nichts und niemand aus der Ruhe brachten. Wahrscheinlich auch nur ein Teil seines Plans, um sie zu zermürben.

»Das ist es. Ist es nicht traumhaft?« Stolz hielt Sam ihr das Handy vor die Nase. Jen musste wirklich zugeben, dass ihre Freundin einen sehr guten Geschmack hatte. Das Kleid war wunderschön und Sam, die das Foto bei einer Anprobe gemacht hatte, sah hinreißend darin aus. Jen schaffte es sogar ganz kurz, ihren Ärger über die Tatsache herunterzuschlucken, dass auch Sam nun heiraten würde, anstatt auf eine ordentliche Universität zu gehen. Warum nur alle Frauen in Texas zu glauben schienen, ein Mann wäre das ultimative Glück und Selbstbestimmung durch Bildung und einen guten Job wären unwichtig ...

»Wow, Sam! Es ist wundervoll! Ich freue mich so für dich.« Jen fand, dass sich ihre Stimme nicht danach anhörte, als müsste sie sich dazu zwingen, die Worte zu sagen. Und darüber war sie wirklich froh.

»Nicht wahr? Ich kann es kaum noch erwarten, es endlich allen zu zeigen. Aber genug von mir. Wo hast du gesteckt und was hast du tagelang getrieben?« Sie zwinkerte Jen verschwörerisch zu und nickte zu Eric hinüber, den sie sehr wohl bemerkt hatte, auch wenn Jen nicht davon ausgegangen war. »Hübsches Kerlchen. Wo hast du ihn her und wer ist er?«

Jen schluckte. Irgendwie fühlte sich ihre Zunge gerade ziemlich belegt an. »Das ist - Eric«, antwortete sie widerstrebend und merkte, dass diese Antwort mehr als dürftig war. Aber was zur Hölle sollte sie darauf sagen? Weder konnte sie Sam seinen vollen Namen sagen, noch wer er war, wie sie sich kennengelernt hatten oder was sie mit ihm zu tun hatte?

Sie malte sich Samanthas Gesicht aus, wenn Jen ihr die Wahrheit sagen würde: *Oh, das ist Eric. Er ist aus dem Monahans County Jail ausgebrochen, nachdem er wegen Raubes festgenommen wurde. Den Raub hat er zwar nicht begannen, aber das interessiert keine Sau, weil er mich direkt danach entführt und erpresst hat. Inzwischen schlafe ich mit ihm. Ist er nicht toll?*

Ja. Wirklich eine sehr lustige Geschichte.

»Ah, Eric also.« Sam lächelte Jen mit einem sehr zweideutigen Blick an, stellte aber zu ihrer Überraschung keine Nachfragen. Den Grund dafür teilte sie Jen umgehend mit: »Wie wäre es, wenn du und Eric -«, sie nickte mit demselben zweideutigen Grinsen zu Eric hinüber, »heute Abend mit zu Annabelles Party kommt? Ihr Vater ist auf Geschäftsreise in Kentucky und ihre Mom hat wohl nichts dagegen. Na? Wie wär's?«

Innerlich stöhnte Jen über diesen Vorschlag. Sie wollte Sam diese Bitte gerne erfüllen und hätte vor ein paar Tagen nicht einmal eine Sekunde gezögert. Aber sie konnte unmöglich zusagen, bevor sie nicht mit Eric geredet hätte. Er würde ihr den Kopf abreißen, wenn sie ihm noch mehr Dinge aufbürdete und es dadurch eindeutig zu weit trieb. Unmöglich.

»Oh, ich weiß nicht ... Wir hatten eine lange Fahrt und -«

»Ach, papperlapapp! Du wirst nicht jünger, Süße. Geh und frag ihn. Und wenn er halt keine Lust hat, dann kommst du allein. Ist doch nichts dabei!« Auffordernd schob Sam sie in Richtung des Autos, ohne darauf zu achten, dass Jens Körper sich bereits anspannte. Ein Blick in Erics Gesicht, das immer noch von seiner eisigen Gleichgültigkeit ihr gegenüber zeugte, reichte Jen. Am liebsten hätte sie sich irgendwo verkrochen.

»Hey. Eric, richtig? Sag mal, habt ihr zwei Süßen heute Abend schon was vor?« Sam, die sich von Erics hochgezogener Augenbraue und dem biestigen Grinsen auf seinen Lippen nicht im Mindesten beeindrucken ließ, lächelte ihn unbeirrt an und schubste Jen unsanft am Arm vor sich her, als gäbe es für sie nichts Schöneres. »Eine unserer Freundinnen schmeißt eine Party. Es gibt jede Menge Bier und angeblich legt der Poolboy ihrer Mom heute Platten auf. Was ist, interessiert?«

Verzweifelt wollte Jen sich in einer stummen Botschaft bei ihm für diesen Überfall entschuldigen, doch Eric reagierte völlig anders, als sie erwartet hätte: Er lächelte ihre Freundin Samantha so liebenswürdig an, dass ihre Kinnlade wieder zuklappte und ihre Entschuldigung in ihrem Hals steckenblieb. Jen hätte fest damit gerechnet, dass Eric sofort ablehnen würde. Das Risiko, erkannt zu werden, konnte es doch nicht wert sein. Niemals! Aber Eric schien sich gar nicht um sie und ihre innere Verzweiflung zu scheren. »Aber klar doch, Süße. Gerne kommen wir, oder? Jen?«

Jen schluckte, als sie das Blitzen in seinen Augen sah und das gleichzeitig das Verlangen in ihrem Unterleib auflodern und sie wünschen ließ, sie wäre Sam nie über den Weg gelaufen. Sie konnte nur ahnen, dass diese Sache noch Folgen für sie haben würde.

»Na siehst du?« Sam schlug Jen so fest auf die Schulter, dass sie glaubte, einfach umzukippen. »Gar kein Problem. Dann sehen wir uns um sieben bei Annabelle. Ich muss leider los. Die Floristin kriegt es nicht geschissen, ein einfaches Arrangement aus weißen Rosen zu produzieren. Also wirklich!« Sam verdrehte die Augen, als wüsste doch schließlich jeder, dass es nichts Einfacheres gab, als weiße Rosen zu - was auch immer zu arrangieren - und verschwand schließlich mit zum Abschied erhobener Hand. So ging sie immer, wenn sie sich trennten. Jen schaute ihr nach, schaffte es aber nicht, zu lächeln. Denn jetzt würde sie sicher Ärger bekommen. Großen Ärger.

Verdammt! Warum war dieser Tag auch so beschissen schiefgelaufen?

Kapitel 30

Eric, der ganz genau wusste, dass ihm dieser Tag keinen Spaß machen sollte, scherte sich einen Dreck darum und hatte Spaß. Eine Menge Spaß. Weil er seinen geplanten Racheakt nun endlich umsetzen konnte. Auf eine Weise, die ihn mit derartig tiefer Befriedigung erfüllte, dass es sich schon fast besser anfühlte als Sex. Aber nur fast.

Er saß auf dem Bett des Motelzimmers, in das sie sich eben gerade erst einquartiert hatten, und hatte Mühe damit, zu verbergen, wie viel Spaß er hatte. Seine Belustigung darüber, dass Jen im Zimmer auf und ab lief, sich die Haare dabei raufte und aussah, als würde sie jeden Moment vor lauter Verzweiflung in Tränen ausbrechen.

Eric wusste ganz genau, dass sie ein schlechtes Gewissen hatte. Dass es ihr leidtat, wie der Tag gelaufen war. Und eigentlich wusste er auch, dass das meiste davon nicht einmal ihre Schuld war. Er hatte nämlich sehr wohl bemerkt, wie sie auf dem Parkplatz des Krankenhauses neben ihrer Freundin gestanden und stumm die Lippen bewegt hatte, damit er ja nicht einwilligte, auf diese Party zu gehen. Weil sie wahrscheinlich verhindern wollte, dass noch mehr schieflaufen konnte, als es das ohnehin schon tat. Nach ihrer tollen Einlage mit ihrer Mom, der sie Eric auf einem Silbertablett vorwerfen wollte. Bei einem

Abendessen im Haus ihrer Eltern, die alles andere als begeistert darüber waren, dass Jen ausgerechnet Eric dabeihaben wollte. Natürlich.

Aber Eric hatte eingewilligt und war sich der möglichen Folgen durchaus bewusst. Leider war aber sein Bedürfnis nach Rache für einen Augenblick stärker gewesen. Klar. Er hätte sich umentscheiden können. Er hätte sie auch allein gehen lassen können. Aber wozu? Wo blieb dann sein Spaß?

Der Spaß, den es ihm zum Beispiel machte, sich ihren Entschuldigungsschwall anzuhören. Oder, einfach stumm hier zu sitzen, ohne ihre Entschuldigungen anzunehmen, bis sie es schließlich aufgab, ihm einen bösen Blick zuwarf und angepisst im Badezimmer verschwand, um zu duschen.

All das fand Eric wirklich höchst amüsant. So amüsant, dass er ihr eine Minute Vorsprung ließ, die neuen Sachen auszog, die sie ihm besorgt hatte, und ihr ins Badezimmer folgte.

»Eric!«, rief sie überrascht, als Eric wortlos die Duschtür aufzog und sich zu ihr unter den heißen Wasserstrahl stellte. »Was wird das? Willst du jetzt doch mit mir reden?«

Eric hatte nicht vor, mit ihr zu reden. Eric hatte vor, sie zu reizen, und sein Spielchen auf diese Weise noch ein bisschen weiter zu treiben. Oh, nicht so weit, dass *sie* etwas davon hätte. Nur so, dass es sein Rachebedürfnis ein kleines bisschen stillte. Wenigstens etwas.

»Eric, was -«, presste sie hervor, als Eric sich ohne Erklärung hinter sie stellte, seinen Arm um ihren Oberkörper schlang, damit er ihre Brüste zu fassen bekam und die andere Hand an ihre Hüfte legte, damit sie sich nicht rühren konnte. Gleichzeitig küsste er ihre nasse Schulter, leckte über ihre Haut und biss mit den Zähnen so vorsichtig in ihren Hals, dass es ihn selbst schon ziemlich anmachte. Jen antwortete mit einem süßen Stöhnen, das sie nicht ansatzweise zu unterdrücken versuchte.

Er spürte, wie sie ihm den Hintern entgegenstreckte, damit er weitermachte. Klar tat sie das. Und ganz sicher würde er ihr diesen Gefallen nicht tun.

Die Duschkabine war schnell von nebeligen Wasserdampfschwaden erfüllt. Sie hatte das Wasser ziemlich heiß gestellt, was ihn aber nicht sonderlich störte. Er genoss das Gefühl. Fast so sehr, wie er es genoss, die Hand an Jens Hüfte langsam nach vorne zu schieben. Dorthin, wo sie sie zweifellos hin haben wollte.

Oh, ja. Es machte Eric unglaublichen Spaß, Jen heißzumachen. So sehr, dass er es ihr einen Moment lang gönnte, dass seine Finger ihre Klitoris berührten, sich dann langsam zwischen ihre Beine schoben und in sie eindrangen, während sie ihren Kopf vor lauter Begierde gegen seine Schulter warf und er sie küsste. Es machte ihn an, dass er sie dadurch fast zum Schreien brachte. Sehr sogar. Fast so sehr, dass er beinahe vergaß, ihr seine Finger wieder zu entziehen, und ihr stattdessen nur ein eiskaltes wissendes Lächeln zu schenken.

»Eric«, keuchte sie protestierend, doch er ignorierte sie weiter. Sie drehte sich in seinen Armen zu ihm herum, stellte sich auf Zehenspitzen und versuchte, ihn zu küssen, doch bevor sie sein Gesicht erreichen konnte, drehte Eric den Spieß wieder um. Er hielt ihre Handgelenke fest, an denen die Wunden inzwischen zu heilen anfingen. Ihre Arme hielt er neben ihrem Körper fest, damit sie sie nicht bewegen konnte, als er sie erneut auf den Hals küsste. Leider war es in dieser Position auch für ihn etwas schwierig, noch mehr mit seinem Mund erreichen zu können, aber selbst einen einfachen Kuss wollte er ihr nicht zugestehen. Ein Kuss, der wahrscheinlich so heiß geworden wäre, dass Eric nicht mehr widerstehen könnte.

Selbstverständlich hatte er eine Erektion. Nur ein Kerl ohne Eier hätte in diesem Moment keine gehabt. Aber Eric war kein kleiner Junge mehr, auch wenn Jen ihn heute so behandelt hatte. Er hatte seinen Körper sehr wohl unter Kontrolle. Und sich selbst würde er auch nicht zugestehen, jetzt einzuknicken. Niemals!

Jens Atem war heiß und ging schnell, als Eric eine ihrer Hände losließ, um noch einmal zwischen ihre Beine zu greifen. Dieses Mal ein bisschen länger. Er spürte, wie sie zitterte und wie sehr sie ihn anbetteln wollte, weiterzumachen und bloß nicht damit aufzuhören. Aber zum Betteln war sie anscheinend noch zu stolz.

Gut. Ihr Pech.

Ohne ein einziges Wort und mit dem fiesesten Lächeln, zu dem er fähig war, ließ Eric von Jen ab. Komplett. Er trat von ihr zurück, so weit es die Enge der Dusche zuließ, drehte sich um und griff nach dem Duschgel, das auf der Ablage neben dem Wasserhahn lag. Dann seifte er sich ein und tat, als wäre nie etwas gewesen. Jens Proteste und ihr Gezeter prallten an ihm ab. Er wartete, ob sie nun doch noch flehen und betteln würde, wenn sie begriff, dass das nur ein kleines nettes Spielchen für Eric gewesen war, und dass er die Dusche gleich wieder verlassen würde. Aber Jen flehte nicht und sie bettelte auch nicht. Sie schenkte ihm einen letzten vernichtenden Blick, als er die Dusche grinsend vor ihr verließ, damit sie ja nicht sah, wie schwer es für ihn selbst war, es nicht zu Ende zu bringen.

»Du bist ein Arschloch!«, rief sie ihm nach, als er sich ein Handtuch schnappte und zurück ins Zimmer ging. Eric grinste. Und fand, dass sie dieses Mal damit recht hatte.

Als Jen nach ein paar Minuten aus dem Bad kam, und ihn nun ihrerseits keines Blickes würdigte, während sie ihren Koffer nach einem passenden Outfit für die Party ihrer Freundin durchwühlte, hatte Eric immer noch Spaß. Denn er wusste, dass sich ihm heute Abend noch so einige Gelegenheiten bieten würden, seine Rache perfekt zu machen. Am Ende dieses Tages würde Jen ihn anbetteln, sie zu ficken. Und dann würde Eric es tun und es genießen. Bis dahin würde es aber noch ein Weilchen dauern.

Etwas, das Eric wenig störte, wenn er an die unangenehmen Seiten des Abends dachte, die ihm noch bevorstanden. Die Leute zum Beispiel, die er kennen lernen sollte. Ein Haufen Snobs, die sie ihre Freunde nannte, und die vielleicht nur durch sein Auftreten merken würden, dass er keiner von ihnen war. Ganz zu schweigen von seiner Identität.

»Ach, ich habe mir was überlegt«, sagte Jen irgendwann, als sie das Handtuch in eine Ecke schmiss und nun nur mit Unterwäsche bekleidet vor ihm stand. Es schien sie nicht länger zu stören, dass Eric sich nicht für sie zu interessieren schien. Aber er stellte fest, dass er seinen Blick doch nicht ganz so leicht wieder von ihr lösen und so tun konnte, als kratzte es ihn nicht, wie heiß sie aussah. Wieder weiße Wäsche. Aber ein anderes Modell als das Gestrige. Heiß ...

»Und das wäre?«, fragte er betont gleichgültig, um sie ja nicht in dem Glauben zu lassen, sie könnte ihn reizen.

»Wir verpassen dir einen falschen Nachnamen. Wie wäre es mit Jefferson? Oder Nixon, Truman, Johnson, Taylor ...«

Eric konnte sich das Lachen nicht verkneifen. »Was denn, fällt dir nichts Kreativeres ein, als die Namen toter Präsidenten?«

»Ich habe nie behauptet, ich wäre in solchen Dingen kreativ«, antwortete sie eisig, hörte aber sofort auf, in ihrem Koffer zu kramen und kam stattdessen auf ihn zu. Jen Hand fuhr mit den Fingern durch sein Haar und zog daran, aber nicht so, dass es wehgetan hätte. Dabei schaute sie ihn mit diesem Blick in die Augen, der ihn am Liebsten sofort hätte weichwerden lassen. »Aber es gibt genug andere Sachen, in denen ich durchaus kreativ werden könnte«, hauchte sie in sein Ohr, leckte ganz kurz über sein empfindliches Ohrläppchen und lachte leise, als er die Berührung mit einem Seufzen beantwortete, das er nicht schnell genug unterdrücken konnte. So ein Biest!

»Von mir aus«, knurrte er, als sie ihn so schnell wieder losließ, dass es schon fast gemein war, und sich wieder ihrer Garderobe widmete. »Dann eben Jefferson. Zufrieden? Und was ist mit dem Rest? Wo haben wir uns kennengelernt? Und was mache ich so?«

Jen kicherte, als hätte sie für alles längst eine Antwort. »Eric Jefferson und Jen Miller haben sich kennengelernt, als Eric Jefferson eine Reifenpanne mit seinem alten Pick-up hatte. Draußen hinter Barstow. Jen Miller hat in ihrer unendlichen Güte zugelassen, dass der unglaublich heiße und attraktive Eric Jefferson in ihr Auto steigt, wo sie ihn selbstverständlich verführt hat. Schließlich wollte Jen Miller ja nach New York, um ihren Spaß zu haben, nicht wahr?« Sie zwinkerte Eric zu und er merkte, dass sein Mund offenstand. »Dummerweise ist Eric Jeffersons Ausrüstung auf dem Weg gestohlen worden. Er verkauft Zubehör für Hundeleinen. Ein Missgeschick, für das er leider umkehren musste, um bei seinem Chef neue Ware zum Verkauf zu besorgen. Bisher konnte Eric Jefferson es aber noch nicht über sich bringen, die unglaublich heiße und anziehende Jen Miller wieder allein zu lassen. Deswegen kommst du mit auf die Party. Ende der Geschichte.« Sie grinste ihn böse an, vielleicht in der Hoffnung, dass er nun wütend werden würde.

Aber diesen Gefallen tat Eric ihr nicht. »Soso«, sagte er stattdessen und gab sich Mühe, einigermaßen belustigt zu klingen. »Hundeleinen also? Klingt ja sehr interessant. Was deine versnobten Freunde wohl denken, wenn sie das da«, er deutete mit einem müden Lächeln auf ihre Handgelenke, »zu Gesicht bekommen.«

»Dass ich auf Hunde stehe«, antwortete sie so prompt, dass sie beide anfingen, zu lachen. Ein Augenblick, in dem Eric sich noch ein kleines bisschen mehr in Jen verliebte. »Ach, und du musst dir keine Sorgen machen. Meine Freunde haben *kein* Geld! Meine Familie und die von Annabelle, bei der die Party stattfindet, sind die einzigen Familien in der ganzen Gegend, die Kohle haben. Alle anderen sind total normal. Vielleicht ein bisschen schräg, aber durchaus in Ordnung. Ich denke, du wirst sie mögen.« Jen lächelte und dann konnte Eric doch nicht mehr anders: Er zog sie an sich, umarmte sie und küsste sie auf die Stirn. »Ich bin gespannt«, sagte er leise. »Aber glaub ja nicht, dass das irgendetwas daran ändern wird, dass du heute noch leiden wirst. Sehr leiden!«

Und es machte Eric wirklich Spaß, als er sah, wie sich der flehende Ausdruck zurück in ihre blauen wunderschönen Augen stahl. Sehr viel Spaß. Aber Jen bettelte nicht. Und Eric nahm es hin, weil er wusste, dass sie es noch tun würde.

Kapitel 31

Jen war nicht wirklich überrascht, als sie feststellte, dass all ihre Bedenken umsonst gewesen waren. Ebenso wie Erics. Er fügte sich in die Partygesellschaft ein, als wäre er schon immer ein Teil davon gewesen. Als kannte er Jens Schulfreunde schon ewig. Und sie benahmen sich ihm gegenüber auch so, als würden sie sich wirklich freuen, dass Jen ihn angeschleppt hatte und dafür war sie ihnen dankbar. Vor allem ihre Freundinnen Annabelle und Samantha schienen ihn zu mögen.

»Hundeleinen? Nicht dein Ernst!«, Annabelle lachte so laut, dass ein paar der anderen Leute um sie herum sie irritiert anschauten. »Sag nur, damit kann man Geld verdienen?«

»Oh, Schätzchen, wenn du wüsstest«, antwortete Eric mit einem verschwörerischen Lächeln, sparte sich aber weitere Details.

Als Jen und Eric angekommen waren, war die Party schon im vollen Gange, obwohl sie sicher war, dass Sam doch sieben Uhr gesagt hatte. Nun. Eigentlich wunderte es Jen nicht wirklich, als sie wohl als Letzte hier ankamen. Manche ihrer Freunde könnten den ganzen Tag lang Party machen, wenn sie nur öfter die Gelegenheit dazu bekommen würden. Aber in Pecos gab es keine richtige Diskothek. Nur einen Western-Saloon, der von einem alten Knacker betrieben wurde, der laute Musik und junge Leute hasste. Wenige Gelegenheiten also, um die Sau raus zu lassen.

»Jen, Jen, Jen«, rief Christina, ein Mädchen, das die Schule nach der Highschool abgebrochen hatte. »Wie kannst du uns so ein Schnuckelchen einfach vorenthalten? Er ist zum Anbeißen.« Sie sprach so leise, dass Eric sie nicht verstehen konnte. Außerdem drückte sie Jen noch einen Pappbecher in die Hand, dessen Inhalt Jen auf Bier schätzte, hätte sich aber auch nicht gewundert, stattdessen Gin zu trinken. »Ist es wahr, dass du einen Platz an der UNU in New York bekommen hast?« Die Augen ihrer kleinen blonden Freundin leuchteten. »Gott, was würde ich dafür geben, in deiner Haut zu stecken.«

»Christina, es ist doch nie zu spät, um den Abschluss nachzuholen. Du könntest Trevor doch tagsüber in eine Krippe bringen. Du bist doch schlau genug!«

Es stimmte. Christina war einer der schlausten Menschen, die Jen kannte. Leider war sie in der zehnten Klasse auf den dummen Gedanken gekommen, sich von Marc Fishman schwängern zu lassen. Trevor musste inzwischen fast fünf Jahre alt sein. Ein Alter, in dem er tagsüber betreut werden könnte, damit Chris ihren Abschluss nachholte. »Das wäre doch Verschwendung!«

Christina lachte und wedelte abwehrend mit der Hand. »Ach, Schätzchen, das habe ich abgehakt. Ich bin schon froh, wenn Marc mich nicht jede Woche zwei Mal betrügt und ab und zu auf den Kleinen aufpasst, damit ich mich revanchieren kann. Du verstehst?« Sie zwinkerte Jen zu, die nicht wirklich wusste, was sie darauf erwidern sollte. Immerhin konnte sie sich nicht vorstellen, mit einem Mann zusammen zu sein, der sie andauernd nur betrog und für den die Liebe längst erloschen war. Das fand Jen einfach nur dumm.

»Ich meine ja nur«, sagte sie schulterzuckend und hoffte, dass ihre Freundin die Missbilligung nicht sofort bemerkte. »Dir würden alle Türen offen stehen, wenn du es nur versuchen würdest.«

»Lieb von dir, wirklich.« Christina schien nicht sonderlich erpicht darauf zu sein, dieses Thema fortzusetzen. Stattdessen führte sie Jen von den anderen weg nach draußen auf die Terrasse. »Guck mal, wen wir hier haben. Peter hat sich ganz schön gemacht, was?«

Jen folgte dem Blick ihrer Freundin nur widerwillig. Besagter Peter, der junge Mann, mit dem ihr Dad sie am liebsten liiert sehen würde, schwamm im Pool mit ein paar anderen Jungs. Sie warfen sich einen riesigen Wasserball zu, lachten laut und tranken hin und wieder aus den Bechern, die am Rand des Swimmingpools standen. Jen vermutete, dass sie schon ziemlich besoffen sein mussten, denn die Bemerkungen, die sie über die umherstehenden Mädchen fallen ließen, oder direkt an sie wendeten, waren anzüglich und teilweise sogar gemein.

Außerdem konnte sie nicht erkennen, was genau Chris mit ihrer Bemerkung gemeint hatte. Peter sah in ihren Augen noch genau so aus, wie beim letzten Mal, als sie ihm über den Weg gelaufen war. Bei einem Dinner im Hause ihres Vaters. Er war immer noch dünn wie eine Bohnenstange, hatte dieselbe langweilige Frisur und wahrscheinlich immer noch seine Brille, die er im Augenblick nur deswegen nicht trug, weil er eben schwamm. Jen fand rein gar nichts Attraktives an ihm.

Okay. Vielleicht war er ganz nett. Sogar witzig, wenn sie allein waren und ihre Eltern nicht mit Argusaugen darauf achteten, was sie zueinander sagten und wie oft sie sich unterhielten. Dann konnte Jen über seine Witze lachen. Und zusammen konnten sie auch über ihre Eltern lachen.

Aber leider wusste Jen auch, dass er im Gegensatz zu ihr rein gar nichts an einem möglichen Arrangement zwischen ihnen auszusetzen hatte. Peter hatte sie schon gemocht, als sie noch Teenager gewesen waren. Bevor ihr Dad die mögliche Beziehung zwischen ihnen überhaupt ernsthaft ins Auge gefasst hatte. Für Peter wäre sie ein ganz großer Fang. Und zumindest manchmal schien er zu glauben, dass es auch umgekehrt so war. Er hatte Jen nie bedrängt oder ihr offen seine Zuneigung gezeigt, aber sie wusste, dass er sie toll fand. Vielleicht sogar über das äußerliche Maß hinaus.

Tja, Peter. Tut mir echt leid für dich, dachte sie, meinte es aber nicht wirklich so. Er tat ihr nicht leid. Sie selbst tat sich leid. Weil ihr Dad zu glauben schien, er könnte etwas erzwingen, das man nicht erzwingen konnte. Liebe war nicht käuflich, egal, was ihr Dad dazu sagte.

»Ich finde ihn ja schnuckelig«, seufzte Christina neben ihr, die Jen schon fast vergessen hatte. »Aber ich kann dich gut verstehen. Wenn ich die Wahl hätte, zwischen Peter und Eric - ich würde mich auch lieber für ihn entscheiden.«

Überrascht drehte sie sich zu Chris herum. »Wie kommst du denn darauf? Wir sind nicht -«

Aber Christina lachte nur und trank ihren Becher leer. »Ach Süße, was du sagst und was die Realität ist, sind ganz unterschiedliche Dinge.«

Jen verzog das Gesicht. Sie hatte niemandem etwas davon gesagt, dass sie ein Verhältnis mit Eric hatte. Gut, vielleicht war es offensichtlich, dass sie miteinander geschlafen hatten. Aber das wäre ja auch nicht dramatisch, oder? Immerhin waren sie jung und mehr oder weniger ungebunden. Aber eigentlich hatte sie nicht gewollt, dass ihre Freunde merkten, dass da noch ein bisschen mehr war ...

»Okay, ich hatte Sex mit ihm. Aber das heißt ja nichts, oder?« Missmutig schaute sie Chris an, die einfach weiter lachte.

»Klar. Sex ist klasse. Und wenn ich mir ihn da -«, sie nickte zum Haus herüber, »so ansehe, dann ist der Sex wahrscheinlich megaheiß, oder?« Wieder ein verschwörerisches Zwinkern, auf das Jen keine Antwort gab. »Jen, Jen, Jen. Scheiß auf deinen Alten und schnapp dir das Leckerchen, bevor es wieder abhaut. Er verkauft doch Hundeleinen. Binde ihn einfach irgendwo fest und verpass ihm einen Chip hinters Ohr, damit er nicht abhandenkommt.«

Darauf sagte sie nichts mehr, lächelte nur mit einem wissenden Blick auf Jens Handgelenke, um die sie vorhin im Zimmer wieder einen dünnen Verband gewickelt hatte. Eigentlich hatte sie vorgehabt, zu behaupten, dass es sich um einen Unfall gehandelt hatte. Ein Unfall mit einem Fahrrad. Oder einem Lastwagen. Oder einem verdammten UFO. Irgendwas, das nicht ganz so blöd klang, wie die Wahrheit, die sie unter keinen Umständen erzählen durfte.

Christina ging auf eine kleine Gruppe zu, die neben dem Pool stand. Jen hatte keine Lust ihr zu folgen. Lieber wollte sie ins Haus zu Samantha und den anderen zurück.

»Hey, Jennifer. Schön, dich zu sehen. Ich wusste gar nicht, dass du auch kommst!«

Es war Peter, der ihren Plan zunichtemachte, indem er sie ansprach. Jen sah, dass er gerade aus dem Pool geklettert kam. Auf eine Weise, die ihm wahrscheinlich als höchst männlich vorkam. Mit den Armen, in denen sich kaum nennenswerte Muskeln befanden, drückte er sich am Beckenrand hoch und hatte aber sichtlich damit zu kämpfen, auch den Rest seines Körpers aus dem Wasser zu hieven. Etwas, das ihm ein paar gemeine Kommentare seiner Mitschwimmer einbrachte.

»Na, Peter? Kriegste keinen hoch?«, rief Marcus Fire ihm nach, während Justin McReady ihn darauf hinwies, dass seine Boxershorts gleich im Wasser landen würden, wenn er nicht aufpasste.

Peter grinste nur dümmlich, reagierte aber nicht auf seine Freunde. »Ignorier sie einfach«, sagte er und grinste Jen an, die feststellte, dass Peter tatsächlich keine Badehose trug, sondern nur seine normale Boxershorts, aus der jetzt das ganze Wasser heraus auf den Boden tropfte. »Wie geht's dir? Was hast du in letzter Zeit gemacht? Man sieht dich ja gar nicht mehr.«

»Oh, ich war unterwegs«, antwortete sie knapp und hoffte inständig, dass sich für sie eine schnelle Gelegenheit zur Flucht ergab. »Und du so?«

Peter lachte, griff nach einem der Handtücher, die Annabelle wohl in weiser Voraussicht an den Beckenrand gelegt hatte und Jen war froh, seinen Körper nun nicht mehr ganz so nackt sehen zu müssen.

Nein. An Peter gab es wirklich nicht das geringste Bisschen, das sie attraktiv fand. Ganz und gar nicht.

»Ich war mit meinem Dad neulich in Ohio auf einer Tagung. War ziemlich interessant. Vielleicht haben wir dort ein paar nützliche Kontakte geknüpft, die uns in Zukunft helfen, die Firma weiter auszubauen.«

Mit der Firma meinte er selbstverständlich die Firma von Jens Dad. Peters Vater war für ihren Dad so etwas wie die rechte Hand. Sie wusste, dass ihr Vater die vorausschauende Arbeitsweise und die Planungsfähigkeit von Mr. McDougle sehr zu schätzen wusste. Und vermutlich erhoffte er sich dasselbe Potenzial auch von dessen Sohn.

»Ist ja toll«, murmelte Jen, die wirklich keine Lust hatte, ausgerechnet über die Geschäfte ihrer Eltern zu diskutieren. »Leider habe ich wohl mit den Angelegenheiten meines Vaters nicht mehr allzu viel am Hut. Ich gehe nach New York. Ich habe einen Studienplatz an der UNU. Von daher ...«

»Was denn, du gehst an die United Nation University? Wieso hat mir niemand davon erzählt?« Peter sah derart betroffen drein, dass es ihr schon fast leidtat, diesen Hinweis fallen gelassen zu haben. Sie wollte eigentlich, dass er ab jetzt endlich damit aufhörte, sich falsche Hoffnungen über ihre nicht existente gemeinsame Zukunft zu machen. Etwas, das sie wohl schon viel früher hätte tun sollen, wenn sie sich jetzt sein Gesicht anschaute. »Wozu das? Ich meine, es war doch schon alles geregelt, oder?« Er lachte nervös. Etwas, das Jen plötzlich irgendwie zur Weißglut trieb.

»Gar nichts ist geklärt!«, zischte sie ungehalten und trank ihren Becher in einem Zug leer. Es war tatsächlich Bier. Bier vertrug sie nicht so gut, wie sie sehr wohl wusste, aber das war ihr jetzt herzlich egal. »Keine Ahnung, wie du darauf kommst, dass zwischen uns *irgendetwas* geklärt ist! Falls du diese lächerliche Idee meinst, wir beide könnten irgendwann heiraten, muss ich dich enttäuschen.«

»Aber -«, setzte er nun einigermaßen verzweifelt an, doch Jen fuchtelte nur ungehalten mit ihrer Hand vor seinem Gesicht herum. »Ich werde dich nicht heiraten, Peter. Eher hacke ich mir ein Bein ab, kapiert?«

Daraufhin erwiderte er nichts mehr. Vielleicht wusste er einfach nicht, was er sagen sollte, ohne sich selbst noch mehr vor seinen Kumpels bloßzustellen, die offenbar sehr genau zugehört hatten. Außer der Musik, die aus einem Lautsprecher irgendwo hinter dem Pool dröhnte, war nichts mehr zu hören. Die Gespräche der anderen Anwesenden waren verstummt und jeder schien sich nur noch dafür zu interessieren, wie dieser offensichtliche Streit wohl zu Ende gehen würde.

Jen hatte nichts mehr zu sagen. Wutschnaubend drehte sie sich um und ließ den tropfnassen Peter einfach stehen, der nun nur noch aussah wie ein begossener Pudel. Hinter sich hörte sie ein leises Lachen, das schnell zu einem riesigen Gelächter anschwoll, als die Jungs im Pool Peter mit seiner Schlappe aufzogen. Es kümmerte Jen nicht. Sie wollte nur noch ins Haus und sich mehr von dem Bier besorgen. So viel, wie möglich.

»Holla, was war das denn?«, grinste Samantha, als Jen die Küche betrat. Es schien sie nicht wirklich zu interessieren, dass Jen keine Lust auf ein Gespräch hatte. »Der arme Kerl.« Sie lachte, was Jen verriet, dass sie nicht wirklich Mitleid mit Peter hatte.

»Ach, ich kann sie verstehen«, seufzte Annabelle, die in diesem Moment ebenfalls die Küche betrat. In ihrem locker fallenden beigefarbenen Sommerkleid sah sie aus, als wäre ihr ziemlich heiß. Sie fächelte sich mit der Hand Luft zu. »Ich würde auch niemanden heiraten, den ich nicht mag.« Das Grinsen ihrer Gastgeberin richtete sich nicht an Jen, sondern an Christina, die nur ungerührt die Schultern hob. »Es gibt Schlimmeres«, antwortete sie schlicht und nahm sich ebenfalls einen neuen Becher mit Bier.

»Es ist doch wohl nicht meine Schuld, wenn Peter sich falsche Hoffnungen macht oder?«, knurrte Jen missmutig und trank aus ihrem Becher. »Immerhin habe ich ihn nicht ermutigt. Es war mein bescheuerter Vater, der diese Sache mit der Ehe vorgeschlagen hat.«

»Das wissen wir doch, Schätzchen«, antwortete Sam und klopfte Jen auf die Schulter. Sie kam sich dadurch ein bisschen bemuttert vor, sagte aber nichts.

»Ich brauche frische Luft. Kommt schon. Wir ignorieren Peter einfach und tun so, als wäre er Luft.« Sie stellte sich zwischen Jen und Annabelle, die im Gegensatz zu Jen nicht abgeneigt war, und schob beide vor sich her aus der Terrassentür. »Es gibt noch jede Menge anderer heißer Typen, die nur darauf warten, von uns begutachtet zu werden.« Sam lachte und Annabelle stimmte in ihr Lachen ein.

Jen lachte nicht. Zum ersten Mal seit einer Weile sah sie sich nach Eric um. Sie konnte ihn nirgends ausmachen. Vielleicht war er auf dem Klo. Oder irgendwo im Haus, wo ja schließlich auch ein Teil der Party stattfand. Egal. Er war erwachsen und wusste schon, was er machte.

»Hi, Jen. Sag mal, wer ist der Mann, den du mitgebracht hast? Der ist ja ziemlich süß. Wo findet man solche Typen?« Mary, ein Mädchen, das zwei Stufen unter Jen in der Schule gewesen war, lächelte sie schüchtern an.

Sam hatte sie zu einer Gruppe Mädels geführt, die in der hinteren Ecke neben dem Pool standen. Dahinter war der nur spärlich beleuchtete Garten, in dem sich kaum jemand aufhielt. Jen sah ein Pärchen, das in einer Ecke knutschte, konnte aber nicht erkennen, um wen es sich handelte.

»Die findet man auf der Straße«, antwortete Jen eine Spur zu genervt und wollte eigentlich noch etwas hinzufügen, aber dann spürte sie Hände, die sich von hinten an ihre Taille legten, und atmete Erics Duft ein. »Stimmt, auf der Straße. Und wenn man nicht aufpasst, verschlingen sie einen mit Haut und Haaren.« Um seine Worte zu untermalen, schob er

Jens Haare zur Seite und biss sie leicht in den Hals. Etwas, das ihr beinahe ein Seufzen entlockt hätte, wenn sie sich nicht rechtzeitig zusammengerissen hätte. »Na, Mädels? Alles klar bei euch? Ganz schön heiß heute Abend, was?«

Mary lief sofort puterrot an. Das konnte Jen sogar in diesem Licht noch erkennen, und verkniff sich das Lachen.

»Aber ja doch«, antwortete Sam ungerührt, warf Jen aber schon wieder einen ihrer zweideutigen Blicke zu und lachte lauthals. Etwas, das mit ihrer angenehmen Stimme weit weniger schrecklich klang, als das Lachen der Typen hinter ihr.

Die Jungs, die zusammen mit Peter im Pool schwammen und sich schon wieder diesen blöden Wasserball zuwarfen, beobachteten die Szene offenbar. Jen hörte, wie einer von ihnen, sie glaubte, die Stimme von Justus Pemberly zu hören, einen Spruch weit unterhalb der Gürtellinie abließ. Die anderen lachten. Klar. Pemberly war der Quarterback der Footballmannschaft gewesen. Wenn er lachte, lachten auch alle anderen.

»So ein Pech für dich, Peter, was? Lässt dein Schnittchen sich einfach von einem anderen Kerl bumsen«, rief er Peter, der irgendwo außerhalb von Jens Blickfeld im Pool schwamm, so laut zu, dass es nun nicht mehr zu überhören war.

Jen spürte, wie ihr das Blut ins Gesicht schoss, rührte sich aber keinen Millimeter. Ebenso wie Eric, der wie angewurzelt hinter ihr stand und sie noch immer festhielt. Die Blicke der Mädchen sprachen Bände.

»Aber scheiß doch drauf, Alter. Jetzt ist sie wahrscheinlich ausgenudelt und verbraucht, und ein Flittchen will auch keiner, stimmt's?«

Um sie herum war es wieder totenstill. Ein paar der Jungs, die eben auch gelacht hatten, lachten jetzt wieder, aber die Gespräche der anderen waren verstummt. Wie vorhin, als Jen den Streit mit Peter hatte, der zwar interessant für sie gewesen sein musste, aber nicht annähernd so interessant, wie die Tatsache, dass Eric Jen losließ, und auf den Pool zumarschierte, bevor sie ihn aufhalten konnte.

»Oh, Loverboy meint wohl, er könnte einen auf dicke Hose machen, was? Er scheint nicht zu wissen, mit wem er sich anlegt, oder was meint ihr?«

Entsetzt sah Jen, dass Justus Pemberly mit einem breiten Grinsen die Arme hinter seinem Kopf verschränkte, als fühlte er sich absolut unangreifbar. Und wahrscheinlich war es auch so, dass er nicht wirklich damit rechnete, dass Eric ihm tatsächlich etwas anhaben könnte. Jeder, der Justus kannte und noch alle Sinne beisammenhatte, hätte es nicht gewagt, ihn offen anzugreifen. Aber unter Jens Schulfreunden befand sich auch niemand, der es mit ihm hätte aufnehmen können. Er war gebaut wie ein Bär, dabei aber trotzdem flink genug und Jen wusste, dass seine Faust Knochen zertrümmern konnte, wenn er es darauf anlegte. In der Schule hatte er sich öfter geprügelt, einfach, weil ihm der Sinn danach gestanden hatte.

»Ich schlage vor, du gehirnamputierter Pisser steigst jetzt aus deinem Micky-Maus-Pool und wir klären das wie Männer«, sagte Eric so leise, dass Jen ihn kaum verstand. Daran, wie seine Faust zitterte, erkannte sie, wie wütend er war. »Wird's bald? Oder muss ich dich erst rausfischen und dich dann anschließend windelweich prügeln?«

»Oh, mein Freund! Ich glaube, du hast nicht die geringste Ahnung, mit wem du dich anlegst«, knurrte Justus, der es nicht gewohnt war, dass man ihm so offen die Stirn bot.

»Ich bin nicht dein Freund. Und jetzt komm raus, wenn du deine Eier nicht morgen früh mit einem Sieb aus dem Pool fischen willst!«

»Ich werd's dir zeigen, na warte!«

Jen sah, dass Justus auf den Beckenrand zuschwamm, um sich Erics Aufforderung zu stellen, und löste sich endlich aus ihrer Starre. Sie packe Eric am Arm, riss daran und bemühte sich, ihn aufzuhalten, bevor er etwas Dummes tun konnte. Etwas sehr Dummes, denn wenn er sich auf diese Prügelei einließ, könnte das ganz böse enden. Für sie beide! »Eric, hör auf!«, zischte sie, aber er ignorierte sie einfach. Er wollte sich aus ihrem Griff befreien, aber sie zerrte weiter an seinem Ärmel, bis er sie endlich voller Widerwillen ansah. Erst jetzt merkte sie, dass sie vor lauter Panik kurz davor war zu weinen. »Er ist es nicht wert, verstehst du? Du kannst nicht -«

»Halt dich da raus, Jen!«, befahl Justus, der bereits aus dem Pool geklettert war, und nun auf Eric zusteuerte. »Wenn dein Lover nicht hören kann, dann muss er eben fühlen. Tut mir ja leid, dass er danach wahrscheinlich nicht mehr so gut ficken kann, wie bisher, aber -«

Weiter kam er nicht und Jen verlor Erics Ärmel aus den Fingern, weil er sich mit einem kräftigen Ruck losriss und Justus einen Fausthieb verpasste, der es in sich hatte. Justus taumelte zurück, war offenbar selbst dermaßen entsetzt darüber, dass nicht er derjenige gewesen war, der den ersten Schlag ausgeteilt hatte und dann auch noch so hart getroffen wurde, dass nun Blut aus seiner Nase schoss, als wäre sie gebrochen. Er jaulte auf, weil der Schmerz wohl so stark war, hielt sich die Hand vors Gesicht und versuchte, das Blut aufzuhalten, aber es rann ihm zwischen den Fingern hindurch und bestätigte das Ausmaß seiner Verletzung.

Jen schrie erschrocken auf, ebenso wie einige der anderen Mädchen, die die Szene nicht weniger entsetzt beobachteten. Jen betete, dass noch niemand die Polizei gerufen hatte. Sie betete, dass Eric es dabei belassen würde und dass Justus' Nase nicht gebrochen war. Und zumindest im letzten Punkt schien es so, als würde es ihm reichen. Eric ließ die Faust sinken und warf einen hasserfüllten Blick auf den vor Schmerzen jammernden Justus.

»Ich fürchte, du bist derjenige, der keine Ahnung hat, mit wem er sich anlegt!«, rief Eric ihm zu und sah aus, als erfüllte ihn das gequälte Gejaule mit ziemlicher Genugtuung. »Du solltest das kühlen. Und wehe, du latscht zu den Bullen, dann lernst du mich richtig kennen, kapiert, Pisser? Nimm es wie ein Mann, wenn du weißt, was das ist!«

Jen hielt den Atem an, weil sie fürchtete, er könnte es sich anders überlegen und noch einmal nachlegen, aber Eric drehte sich endlich zu ihr um.

Und um allem noch die Krone aufzusetzen, lächelte er sie an! Als wäre gerade rein gar nichts passiert. Abartig!

»Also. Sonst noch irgendwer, der seine Fresse nicht halten kann?«, fragte er laut in die Runde, ohne sie aus den Augen zu lassen, oder das Lächeln auf seinen Lippen zu verlieren.

Niemand sagte etwas. Es war totenstill. Sogar die Musik war kurzzeitig abgedreht worden, damit auch ja niemand in der Nähe etwas von diesem Spektakel verpassen konnte.

Jen, die die Lippen fest zu einem dünnen Strich zusammengepresst hatte, wollte Eric am liebsten anbrüllen. Ihm an den Kopf werfen, was für ein dämlicher Idiot er war. In was für eine Gefahr er sich dadurch gebracht hatte, die Kommentare nicht einfach zu überhören. Dass er dadurch auffliegen könnte, wenn jemand die Polizei allarmierte. Und dass sie verdammt noch mal Angst davor hatte, dass das passieren könnte.

Aber Jen schaffte es nicht, auch nur einen Ton zu sagen. Eric stand vor ihr, lächelte sie stetig weiter an, als hätte er seinen Verstand verloren und um sie herum ging die Party langsam wieder los. Irgendwie registrierte Jen, dass jemand den stöhnenden und winselnden Justus zum Haus brachte. Wahrscheinlich, um die Blutung zu stillen. Und, um ihn so weit aus Erics Reichweite zu schaffen, wie es möglich war. Wahrscheinlich war sie nämlich nicht die Einzige, die damit rechnete, dass er es sich anders überlegen und ihn doch noch totschlagen könnte.

»So Leute, es ist vorbei. Hier gibt's nichts mehr zu gucken!«, rief Samantha, die die Erste um sie herum war, die wieder ihre Fassung zurückerlangte, und klatschte eifrig in die Hände. »Nehm euch noch etwas zu trinken, tanzt eine Runde und habt wieder Spaß, ja?«

Jen warf ihrer Freundin einen dankbaren Blick zu, die ihr nur knapp zunickte und sich dann abwandte, um zu einer Gruppe glotzender Leute zu marschieren. »Anny, dein Glas ist ja schon leer. Los, hop hop, ab in die Küche. Nachschub!«, hörte sie Sam sagen und atmete endlich aus. Erst jetzt bemerkte sie, dass sie die ganze Zeit über den Atem angehalten hatte. Ihre Lungen füllten sich mit Sauerstoff und ihre verkrampften Muskeln entspannten sich endlich wieder.

Das Spektakel war endgültig vorbei. Jen registrierte, wie Annabelle etwas zu der jüngeren Mary sagte, dass sie lachen ließ, konnte es aber nicht verstehen, weil sie sich auf Eric konzentrierte. Das verrückte Lächeln auf seinen Lippen erstarb endlich, als er sie in seine Arme zog und sie festhielt. Ihre Wut auf ihn verflog nicht wirklich, aber immerhin hatte sie nicht mehr das Bedürfnis danach, ihn kräftig zu ohrfeigen.

Eric sagte nichts und das war Jen recht so. Er hielt sie einfach nur fest, während sie ihr Gesicht an seine Brust legte und hoffte, nicht doch noch zu weinen. Sie lauschte, weil sie fürchtete, Sirenen aus der Ferne zu hören, aber es blieb still. Die Musik ging wieder an, die Leute wechselten ihre Themen und kein Sirenengeheul kündigte das Ende von Jens und Erics gemeinsamer Reise an. Und dafür war sie dankbar.

Kapitel 32

Eric starrte auf seine Hand, ohne an etwas Bestimmtes zu denken. Zumindest versuchte er das, während er Jens ruhigem Atem lauschte, deren Kopf aus seiner Brust lag. Sie schlief. Und das war gut so. Sie hatte es verdient, endlich zur Ruhe zu kommen, auch wenn es vielleicht nur für ein paar Stunden sein würde.

Eric hatte mit ihr geschlafen. Zwei Mal. Beide Male ziemlich heftig - vielleicht schon zu heftig für Jen, die so zierlich war, dass er zwischendurch fast Angst gehabt hatte, sie zu zerbrechen. Aber sie hatte nichts gesagt und sich nicht dagegen gesträubt, und doch hatte er bemerkt, dass es sie fertiggemacht hatte. Sie war vor lauter Erschöpfung beinahe sofort in seinem Arm eingeschlafen.

Einen Moment lang schaute er in ihr friedliches, wunderschönes Gesicht und strich mit seiner kaputten Hand eine Haarsträhne aus ihrer Stirn. Bei dem Schlag, der dem Wichser hoffentlich die Nase gebrochen hatte, hatte er sich die Fingerknöchel aufgeschürft. Es blutete nicht mehr, tat aber doch ganz schön weh. Der Pisser hatte einen steinharten Schädel, aber das hatte Eric nicht wirklich gewundert. Wahrscheinlich war darin ohnehin nicht mehr als Luft gewesen.

Natürlich war es auch mehr als dumm gewesen, auf die Provokation einzugehen. Es hätte ihn sogar seinen Kopf kosten können. Niemand wusste das besser als Eric. Wenn einer ihrer Freundinnen die Cops gerufen hätte, wäre es aus gewesen. Deswegen hatte er all seine Willenskraft zusammengekratzt und es bei dem einen Schlag belassen. Gar nicht so einfach. Er hatte dem Bedürfnis, den vorlauten Scheißer einfach im Pool zu ersäufen, gerade so widerstehen können.

Eric lächelte. Zurückhaltung war eben nicht seine Stärke, was? Jen hätte das sicher nicht lustig gefunden. Nicht in diesem Punkt. Tja.

Eigentlich wollte Eric nicht, dass seine Gedanken dahin wanderten, wo sie sich immer wieder hin verirrten. Zu den Überlegungen, die er anstellte, auch wenn er es nicht wollte. Auf gar keinen Fall. Aber leider wusste er auch, dass es keinen anderen Ausweg geben würde. Nicht mehr. Vor ein paar Tagen hätte er sich selbst ausgelacht, wenn er auch nur daran gedacht hätte, so eine Dummheit zu machen, die in seiner Vorstellung nun mehr und mehr Gestalt annahm. Er hätte nicht auch nur im Traum daran gedacht.

Aber jetzt sah Eric Jen an. Jen, die in seinen Armen schlief, ständig Angst um ihn hatte und das aus gutem Grund. Und er wollte nicht, dass sie weiter Angst um ihn hatte.

Verrückt. Absurd! Herrgott - vor ein paar Tagen hätte er es selbst unter Qualen und Gewissensbissen nicht in Erwägung gezogen, sich freiwillig zu stellen. Aber jetzt war alles anders. Jetzt hatte er Jen und Jen hatte ihn, auch wenn dieses ›Haben‹ gar nicht real war. Es würde nie real sein. Solange er auf der Flucht war, könnten sie niemals ein einigermaßen normales Leben führen. Nicht nur, weil Eric keine Papiere hatte und ein entlaufener Krimineller war, der den Rest seines Lebens fürchten musste, doch noch durch einen dummen Zufall aufgegriffen und in den Knast verfrachtet zu werden. Einen Knast, aus dem er zweifellos nicht so leicht ausbrechen könnte, wie aus dem County Jail im stinkenden Monahans.

Sie würden auch kein normales Leben führen können, weil Eric nicht mit der Schuld leben könnte, Jen das zuzumuten. Er wusste, dass sie ihm ohne zu zögern gefolgt wäre. Vielleicht sogar dann, wenn es bedeuten würde, dass sie nicht nach New York konnte. Auch dann, wenn er sie irgendwo in eine Hütte in den Wäldern Oregons entführte, oder nach Alaska oder wer weiß wohin, um nicht entdeckt zu werden. Einfach, weil sie sich in ihrer grenzenlosen Naivität in Eric verliebt hatte. In ihrer Unbedarftheit und Treuherzigkeit, die Eric seinerseits zu lieben gelernt hatte.

Und es ging nicht nur um Jen. Was würde aus seiner Mom werden? Aus Jessica? Sie waren auf ihn angewiesen. Nicht nur auf das Geld, das er ihnen von überall auf Welt hätte schicken können. Seit sie durch Monahans gefahren waren und er sich nun mehr oder weniger in ihrer unmittelbaren Nähe aufhielt, verspürte er Sehnsucht nach ihnen. Wie Heimweh. Abartig! Das hatte er noch nie so empfunden.

Das liegt auch an ihr, dachte er und schaute Jen wieder an, die so ruhig und zufrieden aussah, dass es

Eric einen Stich versetzte. Er wusste, dass es stimmte. Er hatte nicht den blassesten Schimmer, wie und wann es passiert war, aber seit er Jen getroffen hatte, sah er manche Dinge grundlegend anders als früher. Als hätte sie einen anderen Menschen aus ihm gemacht. Einen Mann. *Auf was habe ich mich da nur eingelassen ...*

Eric würde sich stellen. Am Morgen nach dem Abendessen bei ihren Eltern. Er würde nach Monahans fahren, das Polizeirevier betreten und sich einbuchten lassen. Für wer weiß wie lange. Irgendwie spielte das keine Rolle. Nicht wirklich. Eric würde es tun. Für Jen. Für seine Mom. Und für Jessica. Damit er, wenn er wieder herausgelassen wurde, der Mann sein konnte, den sie verdienten.

Ein wirklich beschissen absurder Gedanke. Aber mit diesem Gedanken schlief Eric schließlich endlich ein, als der Himmel über Reeves County seine Schleusen öffnete, und es zum ersten Mal seit Wochen anfing, zu regnen. Der Regen würde die Hitze vorübergehend aus der Stadt vertreiben. Und darüber war Eric wirklich froh.

Kapitel 33

Missmutig schaute Jen aus dem riesigen Fenster im Wohnzimmer ihrer Eltern. Die Fenster, die beinahe von der Decke bis zum Boden reichten, ließen den ungehinderten Blick auf das Regeninferno draußen zu. Es regnete ohne Unterbrechung. Seit der letzten Nacht. Und sie hasste es. Weil sie wusste, dass sie nicht wieder ins Motel zurückfahren könnten, wenn es nicht bald aufhörte. Die ansonsten nur staubigen Straßen, die sie befahren hatten, als sie die Route 285 verlassen hatten, waren inzwischen schon von Schlamm und Wasser unterspült. Noch ein bisschen mehr Regen, und sie würden sich in unpassierbare Wege verwandeln, die nur ein geistig Gestörter noch benutzen würde.

Mist. Ein riesengroßer Haufen Mist!

Zu allem Überfluss hatte Jen feststellen müssen, dass ihre Mom ihre Erwartungen absolut erfüllte. Nur die negativen Erwartungen, versteht sich. Sie hatte ihnen noch nicht ganz die Tür aufgemacht, als sie Eric mit einem derart herablassenden Blick gemustert hatte, dass Jens Nackenhaare auch jetzt noch zu Berge standen.

Jen wusste nicht genau, ob ihre Eltern etwas von der Prügelei erfahren hatten, die sich gestern bei Annabelle abgespielt hatte. Wenn es so sein sollte, so ließ zumindest ihre Mom sich nichts anmerken. Und das bedeutete, dass sie wohl nichts wusste. Gut. Sonst hätte sie Eric sicher gar nicht erst hereingelassen.

Eric selbst hingegen verhielt sich nicht ansatzweise so, wie sie es erwartet hätte. Jen hätte gedacht, dass er mindestens so nervös wäre wie gestern vor der Party bei ihren Freunden. Dass es ihm zutiefst widerstrebte, überhaupt hier zu sein, auf dem dummen, auf antik gemachten, Sessel zu sitzen, der möglichste weit weg von Jens Platz war, und sich auf diese erwartete Weise von ihrer Mutter behandeln zu lassen.

Aber verdammt - er lächelte! Die ganze Zeit. Er sah so unmöglich entspannt aus, dass es Jen in den Fingern juckte, ihn zu schütteln, und ihm klar zu machen, wo er sich hier befand. Dass das hier gewissermaßen die Höhle des Löwen war und dass er gefälligst Angst davor haben sollte! So, wie sie selbst. Denn Jen hatte so große Angst, dass sie schon fast panisch darüber nachdachte, was passieren würde, wenn ihren Eltern ein Fehler in der Geschichte auffiel, die sie ihnen auftischen wollte. Eine etwas abgewandelte Version der Story, die sie gestern ihren Freunden mitgeteilt hatte. Natürlich ohne diverse Details über Erics erfundenen Job, der die Mädels gestern nur zu schlüpfrigen Kommentaren verleitet hatte. Sie hatte vor, Eric als Vertreter für Baumaschinen vorzustellen. Etwas, das in den Augen ihres Vaters sicherlich für mehr Toleranz und Verständnis gesorgt hätte. Zumindest hoffte sie das und nun würde sich auch zeigen, wie gut ihre Geschichte war.

Denn in diesem Moment betrat Jack Miller das Wohnzimmer und sah so aus, als wäre mit seiner Gesundheit schon immer alles in bester Ordnung gewesen. Als hätte er seine Tochter nicht durch seine dreiste Lüge dazu gebracht, alles stehen und liegen zu lassen, nur um ihren vermeintlich sterbenskranken Vater zu sehen.

»Ah, Jen! Da bist du ja endlich. Ich hatte mich schon gefragt, ob du nach dem Desaster gestern überhaupt noch in der Stadt bist.«

»Hallo, Dad«, antwortete Jen trocken und stand auf, um sich widerwillig von ihrem Vater in den Arm nehmen zu lassen. »Schön, dich zu sehen.« Im Gegensatz zu ihrer Mom nannte er sie immer Jen. Nicht Jenny und auch nicht Jennifer. Und das hatte sie immer gut gefunden. Aber jetzt stieß es sie irgendwie ab, weil sie wusste, was für eine Falschheit hinter seiner vermeintlich netten Begrüßung steckte.

Ihr Dad lachte und ließ sie endlich wieder zu Atem kommen. Er wischte sich die nicht schwitzenden Hände an seiner Hilfiger-Jeans ab. »Ja, nicht wahr? Ich war heute Vormittag erst bei Alfredo, um mir die Nackenhaare entfernen zu lassen. Meinen Bart hat er auch wunderbar in Form gebracht, findest du nicht?« Jen sah, wie er zur Untermalung seiner Worte mit den Fingern über sein Gesicht strich. Der graumelierte Bart war auf ein paar Zentimeter gestutzt und sah eigentlich so aus wie immer, fand sie. Sie sagte aber nichts und nickte nur, damit er nicht glaubte, sie hätte es angenehm gefunden, Smalltalk mit ihm zu führen.

In ihrer Nervosität hätte sie beinahe vergessen, dass das der passende Augenblick war, um Eric vorzustellen, aber ihr Dad kam ihr schon wieder zuvor. »Sie müssen Eric sein, richtig? Haben Sie auch einen Nachnamen? Den hat meine Frau wohl nicht verstanden, als Jen Ihren Besuch bei uns angekündigt hat.«

Jen schluckte, als sie den Gesichtsausdruck ihres Vaters sah. Für Eric, der gerade aufstand und ihren Dad mit einem Handschlag begrüßte, musste er zweifellos freundlich aussehen, aber Jen wusste es besser. Ihr Vater schätzte Eric so eiskalt ab, wie er es auch mit seinen zukünftigen Geschäftspartnern tat. Ein einziger Blick reichte ihm in der Regel aus, um alles über sein Gegenüber zu erfahren, was er wissen musste. Wenn das, was er über Eric erfuhr, ihm missfiel, so ließ er es sich nicht anmerken. Sein Händedruck schien fest zu sein. Jen entspannte sich ein wenig. Das war immerhin kein allzu schlechtes Zeichen.

»Eric Jefferson. Freut mich, Sir.« Das Lächeln in seinem Gesicht zeigte nicht die Spur von Nervosität. »Ein nettes Haus haben Sie. Wird Ihr Kamin mit Gas betrieben?« Er deutete auf den gemauerten Kamin neben der Wohnzimmertür und lenkte das Gespräch so natürlich, dass Jen nur den Kopf schütteln konnte.

»Oh, das haben Sie bemerkt? Interessant, nicht wahr? Früher wurde er ganz normal mit Holz betrieben, aber meine Frau hatte wohl Angst um ihre teuren Möbel. Auf den ersten Blick bemerkt man den Unterschied kaum.« Ihr Vater nickte anerkennend. Jen wusste, wie viel Wert er auf ein gutes Auge legte. Es imponierte ihm offenbar, dass Eric überhaupt die Zähne auseinander bekam. Vielleicht hatte er damit gerechnet, dass Jens ungebetener Begleiter den ganzen Abend lang stumm dasitzen und seine Blicke über sich ergehen ließ, ohne auch nur einen Ton zu sagen. Dass das nicht der Fall war, schien ihn überraschend zu freuen.

»Das kann ich mir vorstellen«, antwortete Eric nickend, ohne Jen auch nur einen Blick zu schenken. »Die Hitzeentwicklung ist auch eine ganz andere, nicht wahr? Sie verteilt sich besser im Raum.«

»Ja, das stimmt auch. Sie kennen sich ja aus, was?« Jack Miller lachte. »Nach dem Essen führe ich Ihnen gerne vor, wie wunderbar angenehm dieses kleine Feuerchen ist. Rußarm und frei von kleinen Staubpartikeln.«

»Ja, Schatz, das kannst du gerne tun. *Nach* dem Essen.« In diesem Augenblick betrat Jens Mom das Wohnzimmer, schaute ein bisschen säuerlich drein und bat ihre Gäste zu Tisch. Nichts anderes hatte Jen von ihr erwartet. Während ihr Vater offensichtlich mehr von Eric angetan war, als sie zu hoffen gewagt hatte, begegnete ihre Mutter ihm mit eisiger Kälte, egal, was sie zu ihm sagte. Je mehr ihr Dad und Eric sich unterhielten, desto besser wurde aber die Laune ihres Vaters. Schließlich musste Jen sogar zulassen, dass sie sich annähernd entspannt an den Esstisch in einer Ecke des riesigen Wohnbereichs setzen konnte.

Sie bedauerte es, dass sie nicht neben Eric sitzen konnte. Aber leider nahm ihre Mom unaufgefordert neben ihr Platz, während er sich neben ihren Dad setzte, und ihr nur ein absolut strahlendes Lächeln schenkte, als hätte er schon tausende Male mit ihren Eltern zu Abend gegessen.

Überhaupt fand sie, dass er schon den ganzen Tag über so seltsam gewesen war ... Sie hatten die meiste Zeit auf ihrem Zimmer im Motel verbracht. Jen wollte nicht, dass er nach draußen ging, damit er keine Aufmerksamkeit erregte. Damit ihn niemand durch Zufall erkannte und er vielleicht doch noch eingesperrt wurde, ohne dass sie etwas dagegen unternehmen könnte.

Nicht, dass Eric sich sonderlich daran gestört hätte, diese Zeit mit ihr gemeinsam im Bett zu verbringen. Ganz sicher nicht.

Jen zwang sich, sein Lächeln zu erwidern und hoffte, dass sie nicht rot im Gesicht wurde, als sie an den Sex heute Nachmittag dachte. Es kam ihr so vor, als wäre es völlig egal, wie oft sie mit ihm schlief - sie würde es jedes Mal aufregend finden. Auch, wenn sie es jeden Tag tun würden. Verrückt. Frühere Liebhaber hatten sie früher oder später immer gelangweilt, aber bei Eric hatte sie nicht wirklich das Gefühl, als könnte das jemals der Fall sein.

»Nun, Jen. Ich hörte, deine Freundin Samantha Lewis heiratet nächsten Monat? Wie wunderbar!«

Natürlich. Jen sog scharf die Luft zwischen ihren Zähnen ein, um sich zusammenzureißen und in einigermaßen vernünftigen Tonfall auf den Kommentar ihrer Mutter zu reagieren. Es war ja schließlich klar, dass sie nicht ewig damit warten würde, das Tischgespräch in eine für sie passende Richtung zu lenken. »Ja, Mom. Das hast du richtig gehört. Sie heiratet in der St. Helena Church.«

»Ach, ist das schön. Dort wollte ich dich auch immer in einem weißen Kleid sehen, weißt du? Schon als du noch ein Kind warst.« Ihre Mutter strahlte so liebenswürdig in die Runde, dass Jen ihr am liebsten eine Ohrfeige verpasst hätte. »Wie steht es mit Ihnen, Eric? Sie sind ja schon so einige Jährchen älter als unsere Jenny. Sind Sie verheiratet?«

Eine derart dreiste Frage, dass Jen sich beinahe an ihrer Kartoffel verschluckte, während Eric nur stetig lächelnd den Kopf schüttelte, als würde ihn die Impertinenz ihrer Mutter nicht im Geringsten kümmern.

»Nein, Ma'am. Ich bin nicht verheiratet. Und ich gedenke ehrlichgesagt auch nicht, diesen Umstand in nächster Zukunft zu ändern.«

»Nicht?« Clara Miller sah tatsächlich ein bisschen so aus, als hätte man ihr ins Gesicht geschlagen. Jen fand, dass es ihrer Mom sehr gut stand. Aber sie bekam sich schneller wieder in den Griff, als Jen gehofft hatte. »Oh, dann haben Sie also niemanden in Aussicht. Wie schade. Unsere Jenny hat Ihnen ja sicher erzählt, was für ein großartiges Arrangement auf sie wartet, nicht wahr?« Ungerührt aß ihre Mutter weiter, ohne Eric oder ihre Tochter dabei anzusehen. Sie ließ sich Zeit, um die Wirkung ihrer Worte dieses Mal besser entfalten zu lassen. Etwas, das ihr nun wohl besser gelungen zu sein schien, als beim ersten Versuch, Eric aus der Fassung zu bringen.

Jen sah, wie das Lächeln auf seinen Lippen für einen Augenblick gefror. Seine Augen wanderten ganz kurz zu ihr, dann hatte er sich wieder unter Kontrolle. »Nun, Ihre Tochter hat mir schon davon erzählt, Ma'am«, antwortete er nun wesentlich kühler als vorhin. »Aber Sie wissen ja sicher auch, dass Jen erst an der UNU studieren möchte, bevor sie es in Erwägung zieht, zu heiraten, oder?«

Ein netter Konter, das musste Jen ihm anerkennend zugestehen. »Das stimmt, Mom. Und das weißt du ja auch!«, presste sie schließlich hervor, als ihre Mom nicht direkt auf Eric reagierte. Ihr Dad schien kein sonderlich ausgeprägtes Interesse daran zu haben, sich an dem Gespräch zu beteiligen. Dabei hatte Jen eigentlich felsenfest damit gerechnet, dass er es sich nicht nehmen lassen würde, seinen Senf dazuzugeben. Sein Rinderbraten schien interessanter zu sein, als der sich anbahnende Streit zwischen seinen beiden Frauen.

»Ach«, erwiderte ihre Mutter schließlich ungerührt, »man kann auch verheiratet studieren. Ich bin ja nicht unbedingt dagegen, dass du das so dringend möchtest, Jenny. Auch, wenn ich einfach finde, dass es einer Frau mehr zusteht, den heimischen Haushalt zu führen und ihrem Mann den Rücken freizuhalten.«

»Ja, Mom. Das hast du schon mehrfach deutlich gemacht!«, zischte Jen und hatte immer mehr Mühe, sich zusammenzureißen. Um ihre Wut über ihre Mutter zu verbergen, griff sie nach ihrem Rotweinglas auf dem Tisch. Ein guter Wein, aber nichts anderes hatte sie erwartet. Die Art ihrer Mutter, um Jens ungebetenem Begleiter in allen Details vor Augen zu führen, dass er alles andere als angemessen für sie war. Egal, wo er herkam, wie viel Geld er verdiente oder ob er ihre Tochter vielleicht wirklich liebte. Das war für ihre Mom absolut unwichtig. Sie hatte sich auf Peter McDougle als ihren zukünftigen Schwiegersohn versteift. Viel stärker, als ihr Vater, wie sich immer mehr herauskristallisierte. Interessant.

»Hm, sehen Sie das so?« Eric, der Jens Mienenspiel offenbar sehr genau beobachtet hatte, zwinkerte ihr unauffällig zu. Von seiner Ruhe hatte er nicht das geringste Bisschen eingebüßt. Er hatte sich wieder vollkommen in der Gewalt. »Ich denke eher, dass es Verschwendung wäre, ein Mädchen, das so intelligent ist wie Jen, nicht studieren zu lassen. Was sollte sie denn hinter dem Herd erreichen? So hat sie doch immerhin die Chance, die Welt auf ihre Art zu verbessern, finden Sie nicht, Ma'am?«

Jens Mom lachte trocken, ohne das Gesicht zu verziehen. »Junger Mann, wie bitte sollte meine Tochter die Welt verbessern? Denken Sie nicht, dass das doch eine reichlich naive Vorstellung von dem Lotterleben ist, das sie sich zweifelsohne davon verspricht, wenn sie am anderen Ende des Landes studiert?«

»Mom!«, rief Jen nun ungehalten und machte sich nicht mehr die Mühe, ihre Wut länger zurückzuhalten. »Ich führe kein Lotterleben! Und ich habe auch nicht vor, mit dir über den Sinn meines Studiums zu diskutieren! Dieses Gespräch haben wir schließlich schon unzählige Male geführt, oder?«

»Ach, haben wir das?« Eiskalt sah ihre Mom sie an, legte ihre Gabel langsam an ihren Tellerrand und trank einen winzigen Schluck Rotwein. Das machte sie immer! Und Jen hasste es! »Bisher hatten wir aber auch noch nie Grund zu der Annahme, dass du diesen

Weg nur gehen willst, um dich vor der Heirat mit Peter zu drücken, nicht wahr? Davor, ein anständiges Leben zu führen! Und nun? Du schleppst diesen Kerl hier an und erwartest, dass wir es gutheißen, was du treibst? Wer sagt uns denn, dass du dich nicht längst hast schwängern lassen?«

Mit weit aufgerissenen Augen starrte Jen sie an, unfähig, etwas darauf zu antworten, oder auch nur darüber nachzudenken, wie sie ihrer Mutter darauf begegnen sollte. Die Dreistigkeit, die Unverschämtheit und die herabwürdigende Art, mit der sie Eric nun unverhohlen musterte, ekelten sie an. Am liebsten wäre sie umgehend aufgesprungen, um das Haus zu verlassen und es nie wieder in ihrem Leben zu betreten. Plötzlich war es egal, dass ihre Eltern ihr als Konsequenz zweifellos den Geldhahn abdrehen würden. Sie würde sich einfach einen Job suchen. Man konnte neben dem Studium auch arbeiten gehen, nicht wahr? Tausende anderer Studenten machten das schließlich auch! Gar kein Problem! Solange sie das Gesicht ihrer Mutter dafür nie wieder sehen musste, war ihr alles recht.

»Du bleibst sitzen, Jen!«, befahl ihr Vater laut, der sich offenbar doch gerade dazu entschieden hatte, sich in das Gespräch einzumischen und haute mit der Faust auf den Tisch. Erschrocken zuckte Jen zusammen, als die Gläser klirrten, und ließ sich sofort wieder auf ihren Stuhl fallen. Sie rechnete fest damit, dass ihr Dad ihr denselben ungerechtfertigten Vorwurf machen würde wie ihre Mom, aber er sah nicht Jen an, sondern seine Frau. »Clara, denkst du nicht, dass das ein bisschen zu weit geht?«, fragte er scharf und schüttelte missbilligend den Kopf. »Du weißt doch nicht das Geringste über den jungen Mann hier, oder? Wer sagt dir denn, dass er nicht vielleicht ganz ordentliche Absichten unserer Jen gegenüber hat? Und wie zum Teufel kommst du darauf, dass sie gleich schwanger sein muss, nur, weil sie sich ein bisschen mehr Unabhängigkeit wünscht?«

Jen konnte nicht anders; sie starrte ihren Vater fassungslos ins Gesicht. Jack Millers Wangen waren vor lauter Zorn sogar gerötet. Sie hatte es noch nie mitbekommen, dass er seine Frau so anfuhr, geschweige denn vor den Augen eines Gastes zurechtwies. Bisher hatte er auch nie etwas dazu gesagt, wenn ihre Mom Jen mit Vorwürfen bombardiert hatte. Egal, ob sie einen Grund dafür hatte, oder nicht. Was es war, das seine Meinung nun offenbar geändert hatte, wusste Jen nicht. Aber das spielte auch angesichts der Tatsache, dass er sich gerade wider Erwarten auf Jens Seite stellte, keine große Rolle.

»Ich bitte dich, Jack!«, antwortete ihre Mom in einem derart unterkühlten Tonfall, dass sich tatsächlich eine Gänsehaut auf Jens Unterarmen ausbreitete. »Du willst mir doch wohl jetzt nicht in den Rücken fallen, oder? Es war klar abgesprochen, dass Jen Peter McDougle heiratet, bevor du in den Ruhestand gehst.«

»Sehe ich aus, als würde ich bald in den Ruhestand gehen?«, konterte ihr Dad zornig und Jen wurde endlich klar, dass ihr Vater von Anfang an nicht die treibende Kraft in dieser Heiratsgeschichte gewesen war. Er schien sogar dagegen gewesen zu sein, hatte seine Frau aber machen lassen, solange sich nicht herauskristallisierte, dass sie es zu weit trieb. Was offenbar in seinen Augen jetzt der Fall war. »*Du* wolltest, dass Jen diesen Stümper heiratet! Mir ist es völlig egal, was sie macht. Meine Jen will studieren gehen? Prima. Dann kann sie meinen Betrieb irgendwann übernehmen und ihn selbst leiten. Dazu braucht man keinen Mann. Himmel, Clara - wir leben im einundzwanzigsten Jahrhundert! Nur, weil *deine* Mutter dir eingetrichtert hat, dass nichts über einen Mann und ein sicheres Auskommen geht, muss das doch noch lange nicht bedeuten, dass für Jen dasselbe gilt! Herrgott!«

Jens Mom knallte wütend ihr Glas auf den Tisch. Ein bisschen Rotwein schwappte über den Rand und färbte ihre akkurat gebügelte Tischdecke rot. Es schien sie nicht zu kümmern. Der Augenblick, in dem Jen klar wurde, dass ihre Mutter wohl noch nicht ihre tägliche Dosis Valium intus hatte. »Ja, das ist richtig! Weil ich nun einmal finde, dass sie nicht an eine Universität gehört, sondern hierher! Zu *uns*!«

Jen, die absolut unfähig war, etwas zu dem plötzlichen Streit ihrer Eltern beizutragen, schüttelte nur ungläubig den Kopf. Eric schien es ähnlich zu gehen. Er hatte seine Serviette in der Hand und sie sah, dass seine Finger sich ziemlich fest in den weißen Stoff krallten. Es war ihm offenbar nun ebenso unangenehm, wie ihr selbst, überhaupt hier zu sein. So viel zu seiner Selbstsicherheit.

»Außerdem ist Peter kein Stümper, wie du es nennst. Bis eben gerade hast du immer in den allerhöchsten Tönen von ihm gesprochen, wenn ich dich daran erinnern darf, Jack.«

»Und wenn schon«, knurrte ihr Dad missmutig. »Das eine hat mit dem anderen nicht das Geringste zu tun.«

»So, du siehst also lieber tatenlos dabei zu, wie Jenny in ihr Verderben rennt? Mit einem Taugenichts, wie *ihm*?« Jens Mutter wies unwirsch auf Eric. Die unverhohlene Verachtung war ihr deutlich ins Gesicht geschrieben. Sie vergaß all ihre Manieren und tat, als hätte Jen irgendeinen Penner in ihr Haus geschleppt. Sie sah aus, als wollte sie am liebsten noch mehr sagen, schien es sich dann aber anders zu überlegen. Ihre Mom knallte ihr Besteck auf den Teller, wischte sich kurz mit ihrer Serviette über den Mund, ohne auch nur einen Hauch ihres Lippenstiftes auf dem Stoff zu verteilen, und stand so ruckartig auf, dass der ganze Tisch erbebte. »Macht doch alle, was ihr wollt. Ich ziehe es vor, den Rest des Abends in meinem Zimmer zu verbringen. Wenn Jenny zur Vernunft gekommen ist, lasst es mich wissen.«

Ohne Jen, oder gar Eric, eines Blickes zu würdigen, warf sie ihrem Mann einen ziemlich biestigen Blick zu und verließ das Wohnzimmer. Sie rannte fast aus dem Raum, als könnte sie es kaum erwarten, andere Luft zu atmen als die, die auch ihr ungebetener Gast dreisterweise einatmete.

Jen starrte ihr nach, genau wie ihr Dad und Eric, dem das Ganze nun wirklich ziemlich unangenehm zu sein schien. »Vielleicht ist es besser, wenn ich gehe«, begann er zögernd und lächelte unglücklich zu Jen hinüber.

Jen riss den Mund auf, um ihn davon abzuhalten, allein zu gehen, und ebenfalls aufzustehen, aber wieder kam ihr Dad ihr zuvor. Er hielt Eric am Arm zurück, bevor er seinen Platz verlassen konnte. »Nicht nötig, Junge. Ignorieren Sie meine Frau einfach. Ich fürchte, sie braucht nur ein bisschen mehr Zeit, um zu verstehen, dass unsere Tochter ihr Leben nicht für uns lebt.«

Und dafür, sich mit Tabletten vollzuschütten, dachte Jen, sagte aber nichts und schaute nur betreten auf ihre Finger. Es tat ihr unendlich leid, dass sie Eric das hier zugemutet hatte. Dass sie nicht doch abgesagt hatte, als es noch nicht zu spät gewesen war. Oder, dass sie nicht gegangen war, als ihre Mutter mit ihren Hasstiraden angefangen hatte. Jetzt war es zu spät und sie schämte sich in Grund und Boden. Für ihre Mom und für sich selbst, weil sie das Krankenhaus gestern nicht umgehend verlassen hatte. Und diesen verdammten Ort gleich mit.

»Nun, Kinder. Ich weiß ja nicht, wie es mit euch bestellt ist, aber ich für meinen Teil bin mehr als nur pappsatt«, rief ihr Vater schließlich mit erstaunlich guter Laune in die Runde und klatschte sogar in die Hände. »Ich denke, Maria schafft das hier gleich auch allein. Eric, wie wäre es mit einem schönen Glas von meinem Single Malt? Ein guter schottischer Tropfen, das kann ich Ihnen versichern.«

»Dad, meinst du nicht, es wäre vielleicht besser, wenn wir gehen würden?«, fragte Jen mit einem unsicheren Blick zu Eric und ihrem Vater, dessen plötzlichen Stimmungsumschwung sie ein bisschen befremdlich fand. Irgendwie fühlte es sich für sie seltsam an, nach dieser showreifen Einlage ihrer Mutter noch länger hier zu bleiben.

»Aber nicht doch, mein Kind. Bleibt bitte noch. Schaut mal nach draußen! Bei dem Wetter wollt ihr doch nicht mehr in die Stadt fahren, oder? Du hast dein Zimmer doch noch hier. Es ist alles so, wie du es verlassen hast, das kann ich dir versichern.« Jack Miller schaute seine Tochter mit einem solch väterlich flehenden Blick an, dass Jen nicht anders konnte, als zu nicken und ihrem Vater wenigstens ein kleines Lächeln zu schenken. »Also schön. Aber sobald es aufhört zu regnen, verschwinden wir, ja?«

Ihr Dad nickte zufrieden, stand vom Tisch auf und lief gut gelaunt auf seine Vitrine im Wohnzimmer zu, wo er seinen ganzen Schnaps und den Alkohol aufbewahrte, den er meistens nur zu besonderen Anlässen herausholte.

Jen sah Eric an, um Aufschluss darüber zu bekommen, wie er darüber dachte. Seit ihre Mom gegangen war, hatte er nichts mehr gesagt. Sie fürchtete, dass er nun wirklich wütend auf sie sein könnte, aber das schien nicht der Fall zu sein. Im Gegenteil. Er beugte sich über den Tisch und ergriff Jens Hand, sie noch immer die Gabel fest umklammert hielt, als wäre sie das Einzige, das sie daran hinderte, einfach davonzurennen. In seinen Augen sah sie keinerlei Missfallen. Nichts, was darauf hindeutete, dass er um jeden Preis das Haus ihrer Eltern verlassen wollte, auch, wenn das bedeuten würde, den halben Weg zurück in die Stadt schwimmend zurückzulegen.

Eric lächelte. Und Jen erwiderte das Lächeln.

Kapitel 34

Eric wurde durch das Gewitter geweckt, das ihn mit einem Donnern unsanft aus dem Schlaf gerissen hatte. Durch das vorhanglose Fenster sah er einen Blitz am wolkenverhangenen Himmel, auf den gleich darauf ein erneuter Donner folgte. Stöhnend wegen der ungebetenen Ruhestörung warf er sich auf die Seite. Ein Blick auf den LED-Wecker auf Jens Nachttisch verriet ihm, dass es erst halb drei Uhr morgens war. Noch viel zu früh zum Aufstehen. Aber als er sich wieder zu Jen umdrehen und sich an sie kuscheln wollte, stellte er fest, dass sie nicht mehr da war. Das Bett neben ihm war leer.

Eric hielt es für keine allzu geniale Idee, aufzustehen und sie zu suchen. Schließlich war das hier nicht sein Haus und er wollte ihrer Mom nur äußerst ungern über den Weg laufen, wenn er sich auf dem Weg zu Jen in diesem beschissen großen Haus verlief. Er zweifelte nicht daran, dass das sicher passieren würde. Er hatte noch nie in einem Haus geschlafen, das so viele Zimmer hatte. Die Motels zählten selbstverständlich nicht.

Aber leider stellte er auch fest, dass er Durst hatte. Und Jen hatte kein Wasser in ihrem Zimmer. Also müsste er wohl doch aufstehen, um nach unten in die Küche zu kommen. Den Weg dorthin würde er hoffentlich finden. Er meinte, sich daran zu erinnern, dass Jens Zimmer nicht weit von der Treppe entfernt war. Ein typisches Zimmer, in dem eine junge Frau lebte, stellte er lächelnd fest, als er nun doch aufstand. Wenigstens eine Hose wollte er sich anziehen, bevor er sich durch das stockdunkle Haus bewegte. Es wäre sicher schlimm genug, wenn Jens Mom, die sicher annahm, er wäre längst über alle Berge, ihn überhaupt zu Gesicht bekam. Aber schlimmer wäre es, wenn er dabei nicht einmal eine Hose trug. Er konnte sich vorstellen, wie sie ihn mit einem Besenstiel aus dem Haus treiben würde. Und wie er schließlich klitschnass durch den Regen in die Stadt zurücklaufen musste. Keine sonderlich angenehme Vorstellung.

Eric schlich über den dunklen Flur, bemühte sich, nicht aus Versehen über einen der dicken Teppiche zu stolpern, die überall herumlagen und darauf zu achten, auch keine teure chinesische Vase umzuschmeißen. Er hatte keine Ahnung, ob die Dinger aus China stammten, traute es Jens Mom aber durchaus zu, dass sie solche Staubfänger herumstehen hatte. Sie hatte einen ziemlich gruseligen Geschmack.

Endlich am Fuß der Treppe angekommen, sah Eric Licht, das aus der offenen Wohnküche schwach in den ganzen unteren Wohnbereich fiel.

»Eric, bist du das?«

Gerade, als er wieder umdrehen wollte, weil er fürchtete, nun doch noch Jens Mutter oder ihrem Vater in die Arme zu laufen, hörte er Jens Stimme. Hier unten war sie also. Er lächelte müde und ging nun um einiges weniger schreckhaft zu ihr in die Küche. Jen saß auf einem der beiden Barhocker, die auf der zum Wohnzimmer hingewandten Seite der Programminsel standen. Dahinter befand sich das Kochfeld, das weder ihre Mom noch ihr Dad wahrscheinlich je benutzt hatten. Die Millers hatten ein Hausmädchen, das Maria hieß. Er vermutete, dass sie aus Mexico stammte, aber das war eigentlich ziemlich unwichtig. Sie hatte vorhin den Tisch abgeräumt, als Eric mit Jens Vater den sauteuren Whiskey getrunken hatte und sich schwer hatte anstrengen müssen, um Jen nicht die ganze Zeit über anzustarren.

»Hey, was machst du denn hier unten?«, fragte er leise, trat neben sie und streichelte ihr mit den Fingern über die Wange. »Ich dachte, du hättest mich zurückgelassen, um mich deinen Eltern morgen früh zum Frühstück zu servieren.« Er grinste schwach, als er sah, dass Jen das Gesicht verzog. Sie hatten den ganzen Abend über keine Gelegenheit gehabt, über das zu reden, was passiert war. Nicht einmal, als sie in ihrem Zimmer endlich allein gewesen waren. Jen war so todmüde gewesen, dass gleich ins Bett gefallen und eingepennt war. Es schien ganz schön viel für sie gewesen zu sein, also hatte Eric sie schlafen lassen.

»Ich schätze, das würde meiner Mom gut gefallen, oder?« Sie schenkte ihm ein knappes Lächeln, bevor sich ihr hübsches Gesicht wieder verdüsterte. »Das, was sie gesagt hat, tut mir leid. Ich wusste nicht, dass sie *so* ausrasten würde. Es ist unfair und ungerecht und nichts davon hast du verdient.«

»Schon gut«, antwortete er grinsend. »Ich hatte nichts anderes erwartet. Keine Ahnung, wie sie das gemacht hat, aber ich gehe jede Wette ein, dass sie durchschaut hat, dass ich kein Vertreter bin. Aber selbst, wenn nicht, dann reicht es, dass ich einfach nicht gut genug für dich sein kann. Egal, wie toll ich mich verkaufe.«

In Jens Augen sah Eric, dass sie es ähnlich zu sehen schien. Aber das sorgte nur dafür, dass ihr Schuldbewusstsein wohl noch mehr zunahm. Bevor sie etwas sagen konnte, küsste Eric sie sanft auf die Stirn. »Keine Sorge, ich verkrafte das schon. Es ist nicht so, als würde mich das sonderlich kränken. Ich bin so, wie ich bin.«

»Für mich bist du perfekt«, sagte sie und endlich lächelte sie ihn wirklich an.

Eric schluckte den Kloß herunter, der sich bei ihren Worten in seinem Hals gebildet hatte. Was sie wohl sagen würde, wenn sie von seinen Plänen erfuhr? Sicher würde sie alles daransetzen, ihn davon abzubringen, nach Monahans zu fahren und sich der Polizei zu stellen. Ganz bestimmt. Vielleicht würde sie ihn im Keller ihrer Eltern einsperren, damit er es nicht tun konnte. Innerlich lachte er, als ihm die Absurdität dieser Fantasie bewusst wurde. Sie sperrte ihn ein, so, wie er es bei ihr getan hatte. Interessante Vorstellung.

»Was ist so lustig?«, fragte sie und machte ihm bewusst, dass er sich das Grinsen wohl doch nicht so gut verkneifen konnte, wie er gehofft hatte.

»Gar nichts«, antwortete er schnell und entschied, dass es eine unglaublich gute Idee wäre, sie richtig zu küssen. Er tat es. Und es gefiel ihm. Sehr sogar.

Jen schlang bereitwillig ihre Arme um seinen Hals, zog ihn enger an sich und rutschte auf ihrem Hocker so herum, dass er sich zwischen ihre Beine stellen konnte. Zum Schlafen hatte sie kurze dünne

Shorts angezogen. Heiß, aber ein bisschen lästig, wie er fand. Wenn sie nackt wäre, wäre es wesentlich leichter, sie ohne Umwege zu verführen.

»Eric - meine Eltern«, keuchte sie leise in sein Ohr, als er anfing, seine Hände unter ihr Shirt zu schieben, ohne den ziemlich heißen Kuss zu unterbrechen.

»Die schlafen«, murmelte er, als er ihr das Shirt kurzerhand gegen ihren Protest über den Kopf zog. Er hoffte, dass es wirklich so war, und ließ es darauf ankommen. »Und leider steh ich auf den Nervenkitzel. Du doch auch, oder?« Er schenkte ihr einen wissenden Seitenblick, als er seine Finger durch ihr Haar gleiten ließ und mit seiner Zunge unendlich langsam über ihren Hals wanderte.

Jen machte sich nicht die Mühe, ihm zu antworten. Ihr unterdrücktes Stöhnen reichte ihm vollkommen aus. Nach einem letzten kurzen Zögern entspannte sie sich ein bisschen. Genug, damit Eric seine Hände unter ihren Hintern schieben und sie hochheben konnte. Er trug sie um das Kochfeld herum und setzte sie auf die Arbeitsplatte neben dem Kühlschrank, der sein leises monotones Geräusch vor sich hinsummte.

Ihre Küsse wurden heißer und ihr Atem ging schneller, als er sich mit für sie unerträglicher Langsamkeit daranmachte, ihre Hose herunter zu ziehen. Etwas, das ihm durchaus Spaß machte. Vor allem, weil sie dabei verbissen die Augen geschlossen hielt und die vollen perfekten Lippen aufeinanderpresste, damit sie ihn nicht auffordern konnte, sich gefälligst zu beeilen. Vielleicht hatte sie Angst, jedes ihrer Geräusche könnte ihre Eltern auf den Plan rufen. Ein Gedanke, der Eric sogar mehr anmachte, als er ihn abstieß. Klar. Er stand auf den Kick. Und die Vorstellung, von ihrer Mom dabei erwischt zu werden, wie er ihre heißgeliebte Tochter in ihrer wahrscheinlich genauso heißgeliebten Küche vögelte, ließ seine Erektion schmerzhaft gegen die Enge in seinen eigenen Boxershorts protestieren.

Aber noch wollte er ihr und sich selbst nicht zugestehen, sie zu ficken. Noch nicht. Erst wollte er sich bücken, ihre Beine auseinander drücken und mit seiner Zunge die Stellen erkunden, die bisher meistens seinem Schwanz vorbehalten gewesen waren. Und er musste feststellen, dass ihm das mindestens genauso gut gefiel.

Jen war heiß. Unglaublich heiß und feucht und sie stöhnte leise, als er mit zwei Fingern in sie eindrang, ohne seine Zunge wegzunehmen. Gott! Wie ihn dieses Geräusch anmachte!

Ihre Finger vergruben sich haltsuchend in seinen Haaren, zerrten daran und wollten ihn enger an sich pressen, damit er bloß nicht auf die Idee kam, es *nicht* zu beenden. Aber das hatte Eric auch nicht vor. Er machte weiter, genoss es tierisch, wie sie sich dabei anhörte und wie es sich für ihn anfühlte, sie zu lecken, und brachte es schließlich zu Ende, indem er in dem Augenblick mit seinem Penis in sie eindrang, als sie kam.

Jen presste ihre Lippen sofort auf seine, damit der Kuss ihren leisen Aufschrei erstickte, bevor er ihr entweichen und die anhaltende Stille im Erdgeschoss ihres Elternhauses durchbrechen konnte.

Eric spürte, wie der Orgasmus über sie hinwegrollte und sie zum Zittern brachte. Er fand es ziemlich geil, dass sie ihre Nägel in seine Arme schlug, auch wenn es ein kleines bisschen wehtat. Vielleicht gerade deshalb. Und er fand es erst recht geil, wie es sich anfühlte, als er sie an ihren Hüften ein Stückchen nach vorne zog, um schneller und tiefer in sie stoßen zu können.

»Eric«, flüsterte sie atemlos in sein Ohr, als Eric sich seinem eigenen Höhepunkt näherte und überrascht feststellte, dass sie ein zweites Mal kam. »Eric, ich liebe dich!«

Völlig außer Atem vergrub Eric sein Gesicht in ihrer Halsbeuge, damit sie ihn nicht ansehen konnte. Damit sie nicht sehen konnte, wie sein Gesicht sich verzog und der kurze, aber heftige Schmerz in seiner Brust ihn zwang, ihr unter keinen Umständen in die Augen zu schauen. Damit sie seine Pläne nicht in seinen eigenen Augen sehen konnte. Damit sie nicht erfuhr, dass das hier das letzte Mal sein würde, das er mit ihr schlief, sie so eng bei sich hatte, und nichts auf der Welt lieber wollte, als es noch einmal zu wiederholen. Auf dass diese Nacht niemals enden würde.

»Ich liebe dich auch, Jen«, antwortete er leise und schaute ihr nun doch in die Augen. Eric küsste sie sanft und zärtlich, bevor er sich aus ihr zurückzog, strich ihre blonden Haare zur Seite und fuhr mit seinen Fingern über ihre Wange. Einen sehr langen Moment blieben sie einfach so, während ein weiterer heller Blitz über den Himmel jagte. Er stand vor ihr, umarmte sie und bewegte sich keinen Zentimeter vom

Fleck. Er genoss es, sie festzuhalten, ihren Atem auf seiner Haut zu spüren und die Wärme, die von ihr ausging, in dem Wissen, dass er sie nur wenige Stunden später allein zurücklassen würde. Und ganz vielleicht auch in der Furcht, dass es das letzte Mal war, dass er sie sah.

Ein Gedanke, der Eric mehr Angst machte, als er sich eingestehen wollte. Ein Gedanke, der in seiner Endgültigkeit schon fast grausam war. Aber Eric wusste, dass er es ertragen musste, wenn es jetzt endete. Und er hoffte, dass ihm das gelang.

Kapitel 35

Jens Nerven waren zum Zerreißen gespannt. Unruhig rutschte sie auf dem unbequemen und ziemlich klapprigen Stuhl herum, den der Mann in der Wärteruniform ihr zugewiesen hatte. Der stand jetzt neben der Tür des Besuchszimmers, ohne sie anzusehen. Er schien auf irgendeinen imaginären Punkt am anderen Ende des Raumes zu starren. Jen hörte leise Gespräche um sich herum, achtete aber nicht auf die Häftlinge oder deren Angehörige. Was interessierte es sie schließlich, was sie zu sagen hatten? Sie wollte ihn sehen. Und zwar sofort! Sie konnte es kaum noch abwarten, dass die Tür neben dem Wachmann endlich aufging, und er ins Zimmer geführt wurde. Wahrscheinlich mit Handschellen gefesselt. Zumindest war das immer in den Filmen so, die sie sich manchmal vor lauter Langeweile im Abendprogramm angesehen hatte.

Das Warten erschien ihr wie eine Ewigkeit. Sie spürte, dass ihre Hände inzwischen schweißnass waren, und wischte sie an ihrer Hose ab. Ohne nennenswerten Erfolg. Gott! Warum dauerte das so lange? Hatten die Bullen es sich anders überlegt, und würden ihn doch nicht mehr zu ihr lassen? Weil sie nicht mit ihm verwandt war? Das war schließlich der Grund dafür, dass sie eine Woche gebraucht hatte, um einen Besuchstermin zu bekommen. Eine verdammt lange Woche, in der sie gebangt und gezittert hatte. Darum, ob es Eric gut ging. Ob er hier zurechtkam. Ob man ihn einigermaßen gut behandelte. Eine ganze beschissene Woche, in der sie sich nichts sehnlicher gewünscht hatte, als ihm den Hals umzudrehen! Dafür, dass er ihr kein Wort davon gesagt hatte, dass er vorhatte, Jen zu verlassen und nach Monahans zu fahren, um sich den Behörden selbst zu stellen.

So ein verdammter Idiot! Wusste er denn nicht, was er ihr damit angetan hatte? Wie viele Sorgen sie sich um ihn gemacht hatte, bis sie ein paar Stunden später endlich herausfinden konnte, *was* er getan hatte?

Eigentlich hatte es Jen nicht wirklich überrascht, es herauszufinden. Sie hatte es irgendwie - gewusst. Auch, wenn sie es vielleicht nicht hatte wahrhaben wollen. Natürlich nicht, oder? Immerhin bedeutete es für ihn, dass er ab jetzt ins Gefängnis musste. So lange, bis es einen Gerichtstermin gab, bei dem die ihm zur Last gelegten Vergehen verhandelt werden würden. Die Diebstähle und Einbrüche und der angebliche Raubüberfall, von dem er ihr erzählt hatte. Oder so lange, bis es Jen gelang, die geforderte Kaution zu beschaffen. Es würde ihm sicher nicht gefallen, wenn er erfuhr, wie hoch sie war ...

Jen kam nicht dazu, sich weiter ihren trüben Gedanken hinzugeben, denn in diesem Moment ging endlich die Tür auf und Eric wurde von einem anderen Wachmann hereingeführt. Natürlich mit Hand- und Fußschellen. Aber das war egal, weil seine Augen leuchteten, als er Jen sah. Am liebsten wäre sie aufgesprungen und ihm um den Hals gefallen, aber dann hätte der andere Wachmann sie sofort aufgefordert, sich wieder hinzusetzen. Und vielleicht hätten sie Eric sogar umgehend wieder aus dem Raum geführt, sodass sie gar nicht erst die Gelegenheit hatte, mit ihm zu reden. Also biss Jen sich auf die Unterlippe und blieb sitzen, während der Wachmann, der Eric begleitete, ihn zu seinem Platz ihr gegenüber führte.

»Was machst du hier?«, fragte er mit gedämpfter Stimme, weil seine anfängliche Freude, sie zu sehen, wohl nun von etwas abgelöst wurde, das Jen als einen Hauch von Wut interpretierte. »Woher weißt du, dass ich hier bin?«

Jen lachte entgeistert und schüttelte den Kopf. »Das ist nicht dein Ernst, oder? Es war nicht wirklich schwer, das herauszufinden. Ein Anruf beim Sheriff hat genügt. Sag mal, spinnst du eigentlich? Was soll dieser Mist!«, zischte sie ihm so leise zu, dass nur er sie verstehen konnte. Sollte einer der anderen Menschen sie hören, so schien sich niemand für ihr Gespräch zu interessieren. Und das war gut so. »Was glaubst du eigentlich, was du hier machst?«

Eric sah bei ihren Worten aus, als hätte sie ihm ins Gesicht geschlagen. Es kostete Jen einen zweiten Blick, damit sie erkannte, dass das offenbar bereits jemand anderes getan hatte. Ihre Wut verflog umgehend, als sie den blauen Fleck unter seinem Auge sah. Sie hob die Hand, weil sie sein Gesicht berühren wollte, aber Eric lehnte sich auf seinem Stuhl zurück, damit sie ihn nicht erreichen konnte. Seine Haut war blass, aber sonst schien es ihm gut zu gehen. Auch, wenn er unter keinen Umständen zu wollen schien, dass sie ihn berührte. Als der Wachmann an der Ecke sie aufforderte, die Hand sinken zu lassen, weil Berührungen nicht gestattet waren, nahm sie die Hand runter.

»Eric«, flüsterte sie, und obwohl es nicht so klingen sollte, hörte sie das Flehen in ihrer Stimme. »Du bist so dumm, weißt du das? Wie kannst du nur ...«

»Ich wollte dich nur beschützen«, antwortete er leise und schaffte es, sich ein schwaches Lächeln abzuringen. »Wenn sie mich erwischt hätten, wärst du als Mitwisserin dran gewesen.«

Irgendetwas sagte Jen, dass das nicht alles war, aber weil er nicht mehr sagte als das, blieb ihr nichts anderes übrig, als sich ihren Teil zu denken. Der Teil, in dem er ihr zu verstehen gab, dass er das nicht nur für sie getan hatte, sondern auch, um sich selbst zu rehabilitieren. Um zu dem zu stehen, was er getan hatte. Weil - sie das von ihm erwartete, ohne es jemals laut ausgesprochen zu haben. Vielleicht, ohne dass sie selbst auch nur daran gedacht hatte. Sofort kehrte das schlechte Gewissen zurück.

»Es tut mir leid, Eric«, sagte sie und biss sich wieder auf die Unterlippe. »Ich hätte dich nicht mit zurücknehmen dürfen. Wenn du einfach weiter gefahren wärst, wärst du doch nie auf diese bescheuerte Idee gekommen!«

»Mach dir keine Gedanken um mich«, lachte er freudlos. »Ich komme wunderbar zurecht. Ich habe sogar schon neue Freunde gefunden. Meine Kumpels Jengis und Peekock sind wirklich nett. Jengis hat versucht, mir an den Arsch zu gehen, aber das ist ihm nicht sonderlich gut bekommen.« Eric grinste schwach. Das war dann wohl der Grund für das Veilchen in seinem Gesicht. »Guck nicht so. Es ist nicht für immer. Irgendwann lassen sie mich sicher wieder raus.«

Jen lachte trocken, konnte sich das Schluchzen aber nun nicht mehr verkneifen. Sie hatte sich geschworen, nicht zu heulen, spürte aber schon, wie die Tränen ihr mit aller Macht in die Augen stiegen. »Nein, nicht für immer! Nur für zehn Jahre, weil du den Raubüberfall auf deiner Liste hast. Eric, verdammt! Kapierst du nicht, wie schlimm es für dich steht?«

»Wie sollte ich«, antwortete er zu Jens Entsetzen mit einem gleichgültigen Schulterzucken und wandte sogar seinen Blick von ihr ab. »Hier redet kaum einer und einen Gerichtstermin hab ich noch nicht.«

»Aber eine Möglichkeit, auf Kaution freizukommen!«, rief sie so leise, wie ihre gereizte Stimme es zuließ. »Der Richter hat deine Kaution gestern auf zehntausend Dollar festgesetzt. Und vielleicht gefällt es dir nicht, aber ich werde nicht tatenlos herumsitzen, und dabei zusehen, wie sie dich hier behandeln! Ich werde das Geld für deine Kaution beschaffen und dafür sorgen, dass du bis zur Verhandlung freikommst.«

»Nein, das wirst du nicht tun, Jen! Sag mal tickst du noch ganz richtig?« Eric machte sich im Gegensatz zu Jen nicht die Mühe, seine Stimme zu senken und sein Ärger war ihm deutlich am Gesicht abzulesen. Mit einem schnellen Blick registrierte Jen, dass die

Wache neben der Tür die Hand an den schwarzen Schlagstock an seinem Gürtel wandern ließ.

»Pst, nicht so laut!«

»Ist mir doch egal, wer das alles hören kann! Ich will, dass du dich aus meinen Angelegenheiten heraushältst, ja? Es geht dich nämlich nicht das geringste Bisschen an, was -«

»Wie bitte?«, unterbrach sie ihn und spürte den Zorn auf ihn, der sie ihre bisher einigermaßen entspannte Hand zur Faust ballen ließ. »Du bist ja wohl auch meine Angelegenheit, oder? Eric - ich liebe dich! Ich lasse dich nicht hier drin, wenn es einen Weg gibt, damit du nicht hier sein musst, verstehst du das nicht?« Flehende Wut. Ein verrücktes Gefühl, aber anders konnte Jen es nicht beschreiben. Sie sah Eric ins Gesicht und spürte die ersten Tränen in ihren Augen. Sie brannten, aber sie kniff sie nicht zusammen, damit es nicht noch schlimmer wurde.

Als sie Eric ins Gesicht sah, veränderte sich seine Haltung endlich. Er sank sogar ein bisschen in sich zusammen und erwiderte ihren Blick nun sichtlich gequält. »Jen, ich liebe dich auch, das weißt du. Aber ich musste das hier tun. Ich kann nicht einfach weitermachen und so tun, als wäre ich ein Mensch, der ich gar nicht bin, verstehst du? Ich verdiene es, hier zu sein. Und solange ich nicht gebüßt habe, kann ich nicht der Mann sein, den *du* verdienst.«

Also doch, dachte Jen und wischte die Tränen mit ihrem Handrücken weg. *Er tut es doch für mich ...*

»Ich werde dir helfen, ob es dir passt, oder nicht!« Jen presste die Lippen aufeinander, als sie versuchte, ihm so fest wie möglich in die Augen zu sehen. »Ich hole dich hier heraus. Und du bist schon längst der Mann, den ich verdiene. Denn du bist es, den ich *will*!«

Überrascht hielt Jen den Atem an. Sie hatte den Satz noch nicht ganz zu Ende gebracht, als Eric von seinem Stuhl aufgestanden war und sich über den winzigen Tisch zu ihr herübergebeugt hatte, um sie auf den Mund zu küssen. Nur ganz kurz, kaum mehr als ein Hauch. Aber es reichte, damit der Wachmann an der Tür sich in Bewegung setzte, Eric grob an der Schulter packte und ihn zurück auf seinen Stuhl schmiss. Nicht setzte - schmiss. »Noch ein Mal Freundchen und du verbringst den Rest dieser Woche in Einzelhaft, kapiert?«

Eric nickte nur, ohne Jen aus den Augen zu lassen. Als hätte ihm das gerade rein gar nichts ausgemacht. Dabei war die Aussicht auf Einzelhaft sicher nicht die Angenehmste.

»Danke«, flüsterte er, als seine Zeit nur Sekunden später um war und er zusammen mit den anderen Gefangenen den Raum verlassen musste. Jen wollte aufstehen und ihn umarmen, aber sie widerstand dem Drang, um den Unmut des Wärters durch ihre Unüberlegtheit auf Eric zu richten. Stattdessen schaute sie ihm nach, sah ihm ein letztes Mal in die Augen und hoffte, dass sie bald einen Weg fand, das Geld zu besorgen. Etwas, das sicherlich nicht leicht werden würde, denn es setzte voraus, dass ihr Vater seine Wut auf sie endlich niederlegte.

Klar. Wahrscheinlich war ihr Dad zu recht wütend auf sie. Schließlich hatte es ihm ganz und gar nicht geschmeckt, als er erfahren hatte, wen seine geliebte kleine Tochter tatsächlich in sein Haus gebracht hatte. Dass es sich bei dem netten jungen Mann nicht um irgendeinen Vertreter für Baumaschinen handelte, sondern um den gesuchten Ausbrecher, der seit etwa einer Woche noch immer als verschwunden galt. Der Kerl, der im ganzen Umkreis von Monahans gesucht, aber nicht gefunden wurde. Weil er sich nämlich die ganze Zeit über in Begleitung seiner eigenen Tochter aufgehalten hatte.

Als Jen daran dachte, wie ihr Vater getobt hatte, fühlte sie sich wieder mies. Sie kam sich vor, als hätte sie sein Vertrauen missbraucht, dabei hätte sie nicht in tausend Jahren angenommen, dass er Eric überhaupt mögen könnte. Aber irgendwie mochte er ihn. Und wenn es nur so war, weil seine Frau ihn *nicht* mochte. Jens Mom, die bei der Nachricht nur gleichgültig genickt hatte. Weil sie schon am Morgen nach Erics Verschwinden vollgepumpt mit Valium gewesen war.

Aber Jen wusste, dass ihr Vater der Einzige war, der ihr helfen konnte. Der Einzige, von dem sie wusste, dass er das Geld für die Kaution aufbringen könnte, ohne dass sie extra in ein Kautionsbüro gehen müsste. Natürlich würde sie auch das tun, wenn es keinen anderen Weg gab. Aber lieber hätte sie es auf andere Weise geschafft.

Jen verließ das Gefängnis von Monahans mit hängenden Schultern. Sie würde noch einmal das Gespräch mit ihrem Dad suchen. Und darauf hoffen, dass er sich doch noch erbarmte. Für Jen, die er ja schließlich mehr liebte, als alles andere. Zumindest hoffte sie, dass sich daran nichts geändert hatte.

Kapitel 36

Eric lag auf seiner unbequemen Pritsche und starrte auf den Lattenrost über ihm. Leider war die obere Matratze des Etagenbetts bei seiner Ankunft in dieser hübschen Residenz bereits besetzt gewesen. Von seinem Zellengenossen. Ein unangenehmer fetter Zeitgenosse, der den IQ einer Schmeißfliege zu besitzen schien und eigentlich auch so aussah. Ein Blick in seine glänzenden Froschaugen reichte, um zu wissen, dass er wahrscheinlich auch jetzt noch vollgepumpt mit dem Scheiß war, den er sich ›draußen‹ wohl ständig reinpfiff. Crystal Meth oder Speed oder was auch immer. Es interessierte Eric nicht.

Was ihn aber leider sehr wohl interessierte, war die Verdauung seines unfreiwilligen Mitbewohners. Um die stand es nämlich ziemlich schlecht, wie er schnell hatte feststellen müssen. Nicht nur, dass der Dicke ständig Durchfall hatte - er furzte auch die ganze Nacht lang. Manchmal so schlimm, dass Eric kein Auge unter ihm zubekam, weil er gegen den Drang zu kotzen ankämpfte.

Deswegen war Eric an diesem Nachmittag, drei Tage nach Jens Besuch, mehr als froh darüber, allein in der Zelle zu sein. Dann könnte er wenigstens ein paar Minuten in Ruhe pennen. Mehr standen die Drecksäcke von Wärtern ihm nicht zu. Sie latschten an den Gittern der Zellen entlang und es machte ihnen einen riesengroßen Spaß, die Häftlinge in den Zellen zu ärgern, indem sie mit ihren Schlagstöcken gegen die Eisengitter schlugen. Scheißkerle.

Als die Zellentür aufgemacht wurde, rechnete Eric schon damit, sein dicker Kumpel würde von seinem Kurzausflug beim Doc zurückkehren. Innerlich wappnete er sich gegen den Gestank der Fürze. Besser, man bereitete sich darauf vor.

Aber zu seiner Überraschung war es einer der Wärter, der seinen, für seinen massigen Körper viel zu winzigen Schädel, in seine Zelle steckte. »Besuch, Jackson. Sieh zu, dass du deinen Arsch hochkriegst!«, rief er mürrisch und so laut, dass die Insassen der anderen Zellen johlten. Klar. Sie fanden es immer urkomisch, wenn einer von den Wärtern durch die Gegend gescheucht wurde. Dann, wenn sie es nicht selbst waren.

»Na, Jackson? Deine Süße von neulich?«, fragte der Typ, der in der Zelle neben Eric hauste. Er wusste, dass er wegen Körperverletzung saß. Hatte den armen Kerl fast zu Tode geprügelt und brüstete sich bei jeder Gelegenheit damit, als wäre es das Tollste der Welt, ein Arschloch zu sein.

»Oder deine Mama?«, sein Zellengenosse glotzte, als würden ihm gleich die Fischaugen aus dem Schädel quellen. »Bringt sie dir Schokolade oder *Wi- Wi- Windeln*?«

Eric ignorierte sie beide ziemlich gleichgültig, auch wenn er die innere Erwartung nicht zügeln konnte. Er hoffte so sehr, dass es Jen war, die ihn besuchte, dass es ihn fast wahnsinnig machte.

Natürlich wusste sein Verstand, dass sie es nicht sein konnte. Es war kein Besuchstag. Der war schließlich vor drei Tagen gewesen, nicht wahr? Vielleicht hatte sie ihm aber einen Anwalt besorgt. Einen Richtigen. Nicht so einen Stümper von Pflichtverteidiger, den Eric vor zwei Tagen mit einem müden Lächeln wieder weggeschickt hatte. Der Kerl hatte ausgesehen, als käme er gerade frisch von der Provinzuni, an der er wahrscheinlich nur mit viel Kohle und gutem Zureden seines Daddys bestanden hatte. Der hätte ihm eh nicht helfen können.

»Hast du ein Glück«, knurrte die Wache, als er Eric die Tür zu dem kleinen Verhörraum öffnete, in dem normalerweise nur die Verhöre durch die Polizei stattfanden. Eric selbst hatte genau zwei Mal da drin gesessen. Direkt, nachdem er eingesperrt worden war und gestern. Um seine Aussage aufzunehmen und sie anschließend auf Lücken zu prüfen. Oder darauf, dass er sich in seiner Geschichte verstrickte und irgendwie eine Lüge zu Tage förderte, die es nicht gab. Schließlich hatte er ihnen nichts als die Wahrheit erzählt. Vielleicht abgesehen von der Tatsache, dass er sich zunächst eine Geisel genommen hatte, aber davon wusste ja niemand, außer Jen und ihm. »Viel Spaß! Und ich hoffe, dass wir uns nicht allzu schnell wiedersehen!« Damit schloss der Wachmann die Tür hinter Eric wieder und ließ ihn allein mit seinem Besucher.

Erstaunt und gleichzeitig verunsichert nahm er seinen unerwarteten Besucher zur Kenntnis. Es war Jens Vater, der mit hinter dem Rücken verschränkten Armen vor ihm am kleinen vergitterten Fenster stand.

Als die Tür hinter Eric ins Schloss fiel, drehte er sich zu ihm um.

»Guten Tag, Eric Jackson«, sagte er in einem Tonfall, den er wahrscheinlich auch benutzte, wenn er mit seinen Untergebenen sprach, und schaute Eric ins Gesicht.

Eric, der sich unter diesem seltsam neugierigen Blick nicht wirklich wohlfühlte, trat unruhig von dem einen auf das andere Bein, während er sich fragte, was das zu bedeuten hatte. Warum war Mr. Miller hier? Was wollte er von ihm? Ihm mitteilen, dass er hoffte, dass Eric hier im Knast verfaulte, während in Pecos längst die Hochzeitglocken für seine Tochter läuteten? Fuck! Er hasste es, zu raten.

»Guten Tag, Sir«, presste er schließlich hervor, als Jens Dad keine Anstalten machte, von sich aus mit der Sprache herauszurücken. »Was verschafft mir die Ehre Ihres Besuchs?«

Mr. Miller musterte Eric weiter von Kopf bis Fuß, bis er sich endlich bequemte, ihm zu antworten. »Sie denken vielleicht, ich wäre auf Geheiß meiner Tochter hier, die sicherlich äußerst froh darüber wäre, wenn sie von meiner Anwesenheit hier wüsste. Aber Gott sei Dank weiß meine Jen nicht das Geringste davon und sie wird es auch nie erfahren.«

Eric starrte Mr. Miller an, unfähig, zu begreifen, was er sagte. Wieso sagte er Jen nicht, dass er hier war? Wieso verschwieg er ihr seine Anwesenheit? Und warum zum Teufel hörte er nicht auf, ihn so anzuglotzen?

»Sie hingegen, Mr. Jackson, werden sicher erfreut sein, wenn ich Ihnen mitteile, dass ich Ihre Kaution gestellt habe. Sie sind bis zu Ihrer Verhandlung nächsten Monat auf freiem Fuß und dürfen das Gefängnis verlassen. Aber -«, setzte er nach und Erics Hals schnürte sich enger zusammen, »ich untersage Ihnen jedweden Kontakt mit meiner Tochter. Ich wünsche weder, dass Sie sie anrufen, noch, dass Sie Jen auflauern und Sie sie überhaupt sehen.«

Eric starrte sein Gegenüber an. Aus irgendeinem absurden Grund hatte er gerade verstanden, dass er sich von Jen fernhalten sollte. Dass er sie nicht sehen durfte. Dass er so tun sollte, als existierte sie gar nicht und verdammt noch mal auch vergessen sollte, dass er sie liebte? Das war ein schlechter Scherz! Unmöglich! Vielleicht hatte sich sein Verstand aber auch einfach nur verabschiedet und vergessen, dass es seine Aufgabe war, Eric von Tagträumen zu verschonen. Ganz bestimmt.

»Nun, da das ja geklärt wäre -«, setzte Mr. Miller an, der aus Erics nicht vorhandener Reaktion offenbar fälschlicherweise zu schließen schien, dass er ihm zustimmte.

Aber Eric unterbrach ihn unwirsch. Plötzlich konnte er doch wieder denken. Und sprechen. Laut! »Nein!«

»Wie bitte?« Mr. Miller hob eine Augenbraue. Offenbar war es nicht gewohnt, dass man ihm widersprach. Sein Problem.

»Ich habe gesagt: Nein!«, wiederholte Eric schneidend. »Ich werde mich ganz sicher nicht von Jen fernhalten. Warum sollte ich das tun?« Eric schüttelte den Kopf und lachte verkrampft. »Damit Sie Ihre Meinung ändern können, und sie doch noch mit diesem Loser verheiraten können? Denken Sie ernsthaft, Jen ändert ihre Meinung? Dass sie sich entschließt, dieses Weichei zu heiraten, nur weil sie mich nicht bekommen kann?«

Eric rechnete fest damit, dass der Mann vor ihm nun einfach gehen würde. Dass er Eric stehen ließ, seine Kaution zurückzog und ihn tatsächlich hier drin verrotten ließ. Weil er sich dreisterweise weigerte, auf diese unverschämte Forderung einzugehen. Aber Mr. Miller stand einfach da, mit hochgezogener Augenbraue und musterte ihn, als wäre er ein ziemlich interessantes Forschungsobjekt.

»Oh, das habe ich keine Sekunde lang gedacht«, gab er schließlich zu und Eric wusste, dass er die Wahrheit sagte. Es ging ihm nicht darum, Jen gegen ihren offensichtlichen Willen zu verheiraten, sondern nur darum, dass *Eric* sie nicht dazu bringen konnte, *ihn* stattdessen zu heiraten. Etwas, das niemals passieren würde, aber trotzdem. Sicherheit war wohl besser, was? Eric schnaufte verächtlich. »Meine liebe Jen hat so einen Dickkopf, dass sie einen vorgeschlagenen Ehemann selbst dann ablehnen würde, wenn ich ihr Prinz William vor die Nase setzen würde. Aber das wissen Sie wahrscheinlich selbst, nicht wahr?«

»Warum dann? Was soll dieser Scheiß?« Es gelang ihm nicht länger, seine Wut zu zügeln. Am liebsten hätte er etwas kaputtgemacht. Den Stuhl in der Mitte des Raumes durch die Gegend schmeißen. Oder den Tisch zu Kleinholz verarbeiten. Irgendetwas, um seinen Zorn zu kanalisieren. Er hatte das Gefühl, das er das wirklich dringend tun musste.

»Verstehen Sie das nicht, Junge? Es ist mir wirklich vollkommen egal, wen meine Tochter anschleppt. Solange es dabei nur um ihren Spaß geht, kann sie es meinetwegen mit halb Texas treiben!«

Eric verzog verwirrt das Gesicht. Er konnte Mr. Miller nicht folgen. Die Art, wie er redete -

»Solange Jen sich nicht ernsthaft dadurch in Gefahr bringt, ist es mir gleich, was sie macht. Ob sie studiert, oder mit Typen wie Ihnen verkehrt, oder nur nach New York gehen will, um möglichst weit weg von mir und meiner Frau zu kommen, ist völlig unwichtig. Solange sie dadurch nicht ihr Herz verliert. Und ich glaube, genau das ist geschehen, als sie Ihnen begegnet ist!« Anklagend deutete Mr. Miller auf Eric, der noch immer nicht wirklich begriff, worauf Jens Vater hinauswollte.

»Sir, ich habe Ihrer Tochter nichts getan. Ich weiß gar nicht, wovon Sie reden«, versuchte es Eric mit langsam wachsender Verzweiflung.

»Junge!«, schrie Mr. Miller nun fast und Eric zuckte erschrocken zusammen. »Ich verbiete Ihnen jeden weiteren Kontakt mit meiner Tochter, damit sie ihr das Herz nicht brechen können, kapieren Sie das nicht? Jeder, der seine Sinne noch alle beisammenhat, sieht, dass meine Tochter in Sie verliebt ist. Und verzeihen Sie mir, wenn ich es so offen sage, aber Sie sind ganz sicher nicht in der Lage, Jen das Leben zu ermöglichen, das sie verdient!«

Plötzlich kam Eric sich ziemlich klein neben Jens Vater vor. Ein Mann, den er erst vor kurzem kennengelernt hatte und schon einmal durch seine Art überrascht worden war. Damals zum Positiven - heute war genau das Gegenteil der Fall. Niemals hätte er erwartet, dass Mr. Miller es so sehr darauf anlegte, ihn von Jen fernzuhalten. Offenbar war er sogar bereit, dafür Erics Kaution zu stellen, damit er endlich von hier verschwand und nie wieder einen Fuß nach Pecos setzen konnte. Damit er Jens Herz nicht brechen konnte, was ihr Vater ihm zweifellos als unumstößliche Tatsache unterstellte.

»Ich habe Erkundigungen über Sie eingeholt, Eric. Ich kenne also die Gründe, die hinter Ihrem kriminellen Werdegang stecken. Ich bin kein Unmensch. Ihre Gründe sind sicher weit weniger schlecht, als die manch anderer unangenehmer Zeitgenossen. Aber Sie werden sich niemals ändern. Ich kenne Ihre Sorte, wissen Sie? Sie geben vor, alles für Ihre Familie zu tun und sind bereit, dafür auch Grenzen zu übertreten, die es nicht grundlos gibt. Der kriminelle Weg ist zweifellos der Einfachere, nicht wahr? Aber eben weil Sie sich niemals ändern werden, kann ich nicht zulassen, dass Sie auch nur in Jens Nähe kommen!«

»Ich habe nicht vor, Jen in irgendetwas hineinzuziehen!«, protestierte Eric, als es ihm endlich gelang, seine Zunge von seinem Gaumen zu lösen. Das Mistding fühlte sich an, als wäre sie aus Gummi. »Auch, wenn Sie zu glauben scheinen, alles über mich zu wissen, irren Sie sich doch! Für sie würde ich alles aufgeben und neu anfangen. Für sie würde ich ein besserer Mensch werden. Nur ihretwegen bin ich überhaupt erst zu den Bullen gelatscht, sehen Sie das nicht?«

Mr. Miller lachte nur. Entweder glaubte er kein einziges Wort von dem, was Eric sagte, oder er fand es einfach nur irrewitzig, dass er versuchte, um Jen zu kämpfen. Er ließ es Eric nicht wissen und marschierte an ihm vorbei auf die Tür zu, als hätte sich das Gespräch für ihn erledigt.

»Interessant«, sagte er und nickte mit einem komischen Ausdruck im Gesicht, den Eric beinahe als Zustimmung interpretiert hätte. »Sie vertreten Ihre Ansichten recht bestimmt. Vielleicht wird es Sie freuen, zu hören, dass der wahre Schuldige am Raubüberfall auf den Drugstore in Thorntonville gestern gefasst wurde. Ein Junkie, der es wohl darauf abgesehen hatte, sich eine ordentliche Dosis irgendeiner Ersatzdroge zu besorgen.«

Eric sah, dass Mr. Miller seine Hand hob, um an die kleine Scheibe in der Tür zu klopfen. Damit die Wache vor der Tür öffnen und ihn herauslassen konnte, während Eric zurück in seine Zelle mit seinem stinkenden Bettgenossen verfrachtet werden könnte.

Er versuchte zu verstehen, was das für ihn bedeuten würde. Dass er nun nicht mehr wegen des Raubüberfalls drankommen könnte, an dem er nicht beteiligt gewesen war. Und er fragte sich, wie der beschissene Officer wohl darauf reagiert hatte, dass der ihm verhasste Eric Jackson nun nicht mehr für seinen eigenen Dreck im Knast verrotten würde. Vielleicht hatte man sogar ihn inzwischen als den Drahtzieher drangekriegt. Er wollte sich darüber freuen, wusste aber nicht wirklich, ob ihm das etwas nützen würde. Eric hoffte es so sehr, dass er beinahe vergaß, dass Jens Vater noch nicht gegangen war.

»Eine letzte Frage habe ich noch«, sagte er und die Neugier war eindeutig wieder da. Sein Zorn schien verraucht zu sein, jedenfalls konnte Eric in den Augen des Mannes nichts dergleichen entdecken.

»Und die wäre?«, seufzte Eric, der sich in diesem Moment damit abfand, nicht freizukommen. Nur mit dem Gedanken, Jen vielleicht nie wieder zu sehen, konnte er sich nicht anfreunden. Er musste sich etwas einfallen lassen, wenn er -

»Lieben Sie meine Tochter?« Eine klare Frage, die keinerlei Spekulation zuließ. Als erwartete er nichts anderes darauf, als eine ebenso klare Antwort.

Eric schluckte seine restliche Wut hinunter, wischte sich die schweißnassen Hände an der hässlichen orangefarbenen Gefängnishose ab und schaute Mr. Miller fest in die Augen. Er hatte keine Ahnung, weshalb er ausgerechnet diese Frage stellte. Vielleicht, um Eric einen letzten verbalen Tritt zu verpassen. Er wusste es nicht, aber es war auch egal. Weil Eric sich nicht brechen lassen würde. Er würde nicht lügen. Und bevor er zustimmte, die Stadt zu verlassen, damit ihr Vater seinen Willen bekam, würde er lieber freiwillig einsitzen. Auch so lange, wie der Richter es im nächsten Monat anordnen würde, wenn es sein musste. Bei seiner Verhandlung, die allein über das Maß seiner Strafe entschied. Und Eric würde diese Strafe hinnehmen, weil er nichts mehr wollte, als der Mann zu sein, den Jen verdiente.

»Ja, Sir. Ich liebe Ihre Tochter.« Eine klare Antwort. Nicht mehr und nicht weniger. Was auch immer Mr. Miller nun damit bezwecken wollte - mehr hatte Eric nicht zu bieten.

Daraufhin sagte Mr. Miller nichts mehr. Er ließ seinen strengen Blick über Eric wandern, nickte ihm schließlich knapp zu und klopfte gegen die Scheibe. Die Tür wurde beinahe umgehend aufgeschlossen und geöffnet. Der Wärter, der Eric zuvor hereingebracht hatte, wies Jens Vater stumm an, den Raum zu verlassen, während Eric einfach darauf wartete, dass er alleingelassen wurde. Und darauf, dass er etwas fühlte. Irgendwas, das die Leere in seinem Inneren füllte. Außer dem ziemlich drängenden Bedürfnis danach, sich umgehend zu übergeben, fühlte er nämlich nichts.

»Tja, Eric Jackson. Dann kann ich wohl nichts mehr tun, oder? Den Anwalt, der dich zur Verhandlung vertreten wird, lade ich für morgen in mein Haus ein, wenn es dir recht ist. Die Kosten dafür trage ich. Wenn du also nun die Güte hättest, mich hinauszubegleiten, damit meine dumme und ahnungslose Tochter dich in Empfang nehmen kann, wäre ich dir sehr verbunden.«

Das Erste, das Erics offensichtlich ziemlich matschiger Verstand registrierte, war, das Mr. Miller ihn gerade mit ›du‹ angeredet hatte. Das Zweite, das er verstand, war der Hinweis auf einen Anwalt, der aller Wahrscheinlichkeit nach einiges mehr auf dem Kasten haben würde als der Idiot von vorgestern. Und das Letzte, das nun auch die hintersten Winkel seines Schädels durchdrang, war Jen.

Mr. Miller, der es gerade noch so darauf angelegt hatte, Eric für immer und ewig aus dem Leben seiner

Tochter zu verbannen, gab ihm jetzt gerade die Chance, sie wiederzusehen. In Freiheit. Vorläufig, klar. Aber trotzdem, das war -

»Ich -«, presste Eric hervor und merkte, dass ihm die passenden Worte fehlten, um Jens Vater seine Dankbarkeit und die Erleichterung begreiflich zu machen, die er selbst kaum fassen konnte. Er war einfach - sprachlos!

»Schon gut, Junge. Danken kannst du mir später.« Jetzt lächelte Mr. Miller, reichte Eric die Hand und klopfte ihm fest auf die Schulter, als die beiden Männer sich auf den Weg machten. Um Erics Sachen und seine Ausweise abzuholen. Und, um Jen zu sehen. Und das konnte Eric wirklich nicht mehr erwarten.

Kapitel 37

Ach, komm schon Jen. Dein Eis schmilzt gleich, wenn du nicht langsam anfängst, es zu essen.«
Jen hatte keinen Appetit auf Eis. Sie hatte nicht einmal Lust dazu, überhaupt hier zu sitzen und sich Samanthas gutgemeinte Ratschläge anzuhören. Natürlich meinte ihre Freundin es nur gut mit ihr, aber Jen war wirklich ganz und gar nicht danach, sich überhaupt aufmuntern zu lassen. Am liebsten würde sie sich verkriechen. In ihrem Motelzimmer, das sie seit Erics Verhaftung nicht mehr verlassen hatte. Jedenfalls kaum. Heute war eine Ausnahme. Weil Sam so hartnäckig gewesen und fast zehn Minuten lang vor der Tür gestanden hatte, während sie mit ihrer Faust dagegen gehauen und immer wieder Jens Namen gerufen hatte. Der Mann vom Empfang war schließlich aufgetaucht, weil er und andere Gäste sich anscheinend von der Ruhestörung belästigt gefühlt hatten. Jen hatte nur widerwillig zugestimmt, ihre Freundin nach draußen zu begleiten. Um einen Kaffee zu trinken. Oder ein Eis zu essen, was Sam definitiv bevorzugte.

Aber Jen hatte einfach keine Lust, sich zu unterhalten. Sie wollte nicht über das reden, was passiert war. Darüber, weshalb sie all ihre Freunde belogen hatte, und ihnen nicht die Wahrheit über Eric erzählt hatte, die sie alle nur durch die Nachrichten erfahren hatten. Klar. Es hatte sich verbreitet wie ein Lauffeuer. Die ganze Stadt redete darüber, dass Jen es mit einem Verbrecher getrieben hatte. Vor allem Justus Pemberly und seine dämlichen Kumpels zerrissen sich das Maul über Jen. Sam hatte es ihr erzählt.

Tja, auch das interessierte Jen nicht. Wozu? Sollten sie doch reden. Niemand von diesen Weichbirnen hatte auch nur annähernd eine Ahnung davon, wie egal es Jen war, was sie erzählten.

Samantha verurteilte Jen nicht, weil sie schlau genug war, sich ein eigenes Bild von der Lage zu machen. Das wusste Jen, auch wenn sie Sam nicht darauf ansprach, weshalb sie ihr keine Vorwürfe machte. Sie dachte sich, dass ihre Freundin vermutlich längst wusste, dass zwischen Eric und Jen weit mehr gelaufen war, als ein bisschen Gefummel und dass das der Grund dafür war, weshalb Jen Eric nicht umgehend hatte sitzen lassen, als sie die Wahrheit über seine Vergangenheit erfahren hatte. Von Erics ursprünglicher Entführung und der Tatsache, dass sie sich eigentlich tagelang unfreiwillig in seiner Gewalt befunden hatte, wusste sie nichts. Das würde Jen weiterhin für sich behalten und dieses Geheimnis mit ins Grab nehmen.

»Jen, komm schon!«, wiederholte Sam schließlich gequält, als Jen noch immer nicht reagierte. »Ist es denn wirklich so schlimm? Besteht überhaupt keine Chance, dass sie ihn herauslassen und dass dein Vater seine Meinung ändert?«

Jen schüttelte langsam den Kopf. Er schmerzte und sie fürchtete, die Schmerzen durch zu schnelle Bewegungen nur zu verschlimmern. »Nein. Mein Dad weigert sich, die Kaution zu stellen. Und er sagt, sollte ich ihn je wiedersehen, wird er umgehend dafür sorgen, dass Eric nie wieder auf freien Fuß kommt. Keine Ahnung, wie er das anstellen will.«

»Ach«, antwortete Sam, die nicht ganz so überzeugt von der Ernsthaftigkeit der Worte von Jens Vater zu sein schien, »ich glaube nicht, dass er das tun würde. Das kann er nicht einfach so. Und wenn erst einmal ein bisschen Gras über die Sache gewachsen ist, wird er es sich ganz bestimmt überlegen.«

Jen antwortete nicht. Sie entschied, dass sie das Eis wenigstens probieren wollte, auch wenn sie bezweifelte, dass sie den Geschmack überhaupt unterscheiden könnte. Seit Eric weg war, kam es ihr vor, als könnte sie nicht mehr schmecken. Absolut kindisch. Früher hätte sie gelacht, wenn ihr jemand auf diese Weise seinen Liebeskummer geschildert hätte. Aber jetzt nicht mehr.

»Ich wünschte, ich könnte dir helfen«, seufzte Sam und schien wirklich betroffen zu sein. Darüber, dass ihre Freundin so litt und darüber, dass sie ihr nicht helfen und ihr Leiden lindern konnte. Sie wusste nicht, wie. Niemand wusste, wie das gehen sollte. Am allerwenigsten Jen selbst.

Die Schuldgefühle fraßen sie inzwischen nur noch von innen heraus auf. Sie würde alles dafür geben, ihre ganzen falschen Entscheidungen einfach rückgängig zu machen. Noch einmal von vorne mit Eric beginnen. Niemals umkehren, selbst, wenn es bedeuten würde, dass ihr Vater wirklich starb. Einfach aus Nashville herausfahren, alles hinter sich lassen und niemals zurückschauen. Eine Zukunft mit ihm zusammen haben.

»Du liebst ihn wirklich, oder? Und ich dachte noch, es ist nur eine harmlose Schwärmerei ...«

Traurig schüttelte Jen den Kopf. »Keine Schwärmerei. Leider.« Die Verbitterung in ihrer Stimme machte ihr Angst. Es hörte sich wirklich so an, als hätte sie sich damit abgefunden, alles verloren zu haben. Abartig falsch.

»Jen«, seufzte Samantha und schwieg schließlich. Wahrscheinlich, weil ihr einfach nichts mehr einfiel, was sie noch sagen könnte. All ihre Aufmunterungsversuche waren schließlich gescheitert. Also saßen die beiden jungen Frauen nur schweigend in dem Café. Sam trank ihren Milchkaffee, Jen stocherte lustlos in ihrem Eis herum und sah zu, wie es schmolz. Das war alles. Und schon bald würde es Sam zu viel werden. Dann würde sie aufstehen, ihren Kaffee bezahlen und Jen mit einem mitleidigen Blick allein lassen, damit sie einfach weiter in ihrem Selbstmitleid ertrank. Gut.

»Dein Handy klingelt«, hörte sie Sam irgendwann sagen und griff widerstrebend nach dem IPhone, das auf dem Tisch vor ihr lag. Ihr Verstand sah das Anruferbild und las den Namen und Jen legte das Handy wieder hin. Sie wollte nicht mit ihrem Dad reden. Am besten nie wieder.

»Geh schon ran«, sagte Samantha mit einem ziemlich gequälten Ausdruck im Gesicht und gestikulierte unbeholfen zu ihr herüber. »Was, wenn er es sich anders überlegt hat?«

Jen wusste, dass er es sich nicht anders überlegt hatte. Das hier war wahrscheinlich nur einer der vielen Kontrollanrufe ihres Vaters, der sich inzwischen mit ihrer Mutter dahingehend abwechselte. Sie schienen prüfen zu wollen, ob Jen überhaupt noch lebte. Gut. Dann würde sie das Gespräch annehmen, ihrem Vater genau das mitteilen und wieder auflegen. Fertig.

»Ich lebe noch, Dad. Du kannst beruhigt weiter deiner Arbeit nachgehen. Bis da-«, weiter kam Jen nicht. Gerade, als sie ihr Vorhaben in die Tat umsetzen und das Gespräch wieder beenden wollte, hörte sie die Stimme ihres Vaters, der sie ziemlich ungehalten unterbrach. Als wäre er wegen irgendetwas ziemlich aufgeregt. Seltsam. Aber - eigentlich auch egal, oder? Was sagte er?

»Jen, wo bist du? Ich muss mit dir reden! Sofort!«

»Im Diner an der Lincoln Street«, antwortete sie tatsächlich, ohne nachzudenken. Die Worte schossen einfach hervor, bevor sie sie realisierte. Dabei wollte sie doch auflegen. Ganz bestimmt wollte sie nicht mit ihrem Vater reden! Oh, nein! »Lass mich in Ruhe, Dad, hörst du? Ich *will* nicht mit dir reden!« Und dann legte sie auf. Sie warf das Handy sogar so heftig auf den Tisch, dass es einen kleinen Satz machte, und beinahe in Sams Tasse gelandet wäre. »Sorry«, murmelte sie gerade noch, und verfiel wieder in die Haltung, die ihrer Freundin ankündigen sollte, dass Jen von nun an wieder gedachte, schweigend am Tisch zu sitzen.

»Schon gut.«

Ein paar Minuten herrschte tatsächlich Stille zwischen den Freundinnen. Stille, die Jen wirklich genoss, die ihrer Freundin aber irgendwie unheimlich zu sein schien. »Warum wollte dein Dad denn wissen, wo du bist?«, fragte sie und trank ihren Kaffee aus.

»Keine Ahnung«, murmelte Jen und hob missgelaunt die Schultern. »Kontrolle.«

»Ah ja.« Dann lachte Samantha plötzlich lauthals los, sodass Jen ihr einen schiefen Blick zuwarf. Als ob sie plötzlich ihren Verstand verloren hätte. »Ein wirklich netter Kontrollanruf«, antwortete sie auf Jens fragenden Blick und deutete mit dem Finger lachend hinter Jen. »Aber dein Dad ist nicht allein und sieht auch nicht wirklich so aus, als wollte er dich nach Hause schleppen und in euren Keller sperren.«

Jen, die absolut kein Verständnis dafür hatte, was bitteschön so lustig daran sein sollte, dass ihr Vater ihr nun schon auflauerte, drehte sich wütend zur Tür herum. Jetzt würde sie ihm richtig die Meinung geigen! Jetzt würde er sie kennen-

Jen erstarrte in der Bewegung, als ihr Blick zuerst auf ihren Dad fiel, der sich suchend im Diner umschaute, weil er Jen und Samantha noch nicht entdeckt hatte, und dann - auf Eric.

Unmöglich. Das war ein Traum. Nicht real. Wie konnte er hier sein? Wie konnte er ausgerechnet in Begleitung ihres Vaters in Pecos auftauchen, wo er doch eigentlich im Gefängnis sitzen und auf seine Verurteilung warten sollte?

Ungläubig schüttelte Jen den Kopf, während sie nicht einmal richtig registrierte, dass sie aufstand. Als bewegte ihr Körper sich von selbst. Abartig.

Aber Eric war real. Und er stand wirklich hier - in der Tür des Diners und sah sie an. Er sah sie einfach an und lächelte und Jen konnte nicht anders. Sie rannte auf ihn zu, ignorierte Samanthas begeistertes Klatschen und die verwirrten Blicke der anderen Gäste und fiel Eric in die Arme.

»Das ist nicht wahr«, murmelte sie an seine Brust, während sie gierig seinen Duft einatmete, der irgendwie ein bisschen steril roch, und die Wärme seines Körpers spürte, während er sie in die Arme schloss und einfach festhielt. »Ich träume, oder? *Wie*?«

Eric grinste. »Dein Dad«, antwortete er mit einem Kopfnicken auf ihren Vater, der neben ihr stand und ein bisschen verunsichert dreinblickte. Fast so, als wüsste auch er nicht so recht, was er sagen oder machen sollte. »Er hat meine Kaution gestellt, weil ich es offenbar geschafft habe, ihn zu überzeugen.« Eric zwinkerte Jen zu, die nur Bahnhof verstand.

»Wovon überzeugen?«

»Davon, dass der Junge möglicherweise doch kein so großer Taugenichts ist, wie ich gedacht hatte«, antwortete ihr Dad an Erics Stelle, steckte die Hände schwungvoll in seine Hosentaschen und streckte stolz den Bauch hervor, als hätte er etwas Unglaubliches geleistet. Und genau so war es auch für Jen. Bevor Jen wusste, was sie tat, ließ sie Eric los und fiel ihrem Vater um den Hals. »Danke, Dad! Ich liebe dich!«

»Ja, das weiß ich doch, mein Schatz«, lachte ihr Vater, der es nicht gewohnt war, dass seine kleine Tochter ihm derart offen ihre Liebe zu ihm zeigte. »Jetzt muss ich mir wohl etwas einfallen lassen, wie ich deiner Mom das verklickere, oder?«

Jen lachte. »Ach, das schaffst du schon. Du schaffst ja anscheinend alles, was du willst, oder?«

»Nicht ganz.« Ihr Dad zwinkerte ihr zu und verkniff sich seinen Kommentar auf seine nunmehr geplatzte Wunschhochzeit mit Peter McDougle. Jen verstand ihn schließlich auch so. »Dein Eric darf den Staat nicht verlassen. Wenn er nicht zu seinem Gerichtstermin erscheint, zahlst du die Kaution, klar, Tochter?«

Jen nickte. Schließlich küsste sie ihren Vater auf die bärtige Wange, bevor sie sich wieder Eric zuwandte. Mit klopfendem Herzen, das sich nun nicht mehr leer anfühlte, sondern so, als wollte es aus ihrer Brust springen. Sie hatte ihn wieder, ohne jemals damit gerechnet zu haben. Endlich.

»Ich liebe dich«, flüsterte Eric Jen ins Ohr und küsste sie. »Jetzt kann ich endlich der Mann werden, den du verdienst. Gut, oder?«

Jen schüttelte lachend den Kopf. »Der warst du schon die ganze Zeit! Für mich gibt es niemanden, der perfekter wäre.« Jen meinte es genau so. Endlich konnte sie sich wieder auf etwas freuen. Auf ihre Zukunft, in der Eric ganz sicher eine große Rolle spielen würde, auch wenn sie es kaum noch zu hoffen gewagt hatte. Und Jen beschloss, ihn nie wieder gehen zu lassen. Ganz bestimmt nicht. »Warte, bis wir allein sind«, flüsterte sie so leise, dass nur er sie verstehen konnte. »Dann zeige ich dir, wie perfekt du bist.«

»Ich kann es kaum erwarten«, antwortete Eric genauso leise, und küsste Jen auf die Wange. Als sie ihm schließlich ins Gesicht sah, und ihre Blicke sich trafen, sah Jen nichts als Liebe in seinen Augen.

Dieselbe Liebe, die sie in ihrem Herzen fühlte. Jen war zufrieden. Zufrieden und absolut glücklich mit ihrer Entscheidung, ihm nicht davongelaufen zu sein. Die beste Entscheidung ihres Lebens.

to be continued ...